The Transformation of
Chinese Contemporary Science Fiction:
Focus on *Science Fiction World*

中国当代科幻文学的流变

以《科幻世界》为中心

吕兴 著

华中科技大学出版社
http://press.hust.edu.cn
中国·武汉

内容简介

本书以《科幻世界》杂志为媒介，探讨中国当代科幻文学的流变逻辑。一方面立足于科幻文学文本，解读科幻文学的内在演变方式；另一方面关注作为文本载体的杂志媒介的起伏变迁，考察经济、文化等因素对文学发展的影响，力图较为完整地展示中国当代科幻文学的历史。本书将当代中国科幻文学史划分为五个阶段，并对每一阶段的科幻文学特点和代表人物作了专题介绍，为后期深入推进中国科幻文学研究奠定了很好的基础。本书既可以作为中国现当代文学专业课程的读本，又可以作为科幻文学爱好者的入门读物。

图书在版编目 CIP 数据

中国当代科幻文学的流变：以《科幻世界》为中心 / 吕兴著 . -- 武汉：华中科技大学出版社，2024. 6. -- ISBN 978-7-5772-0915-9

Ⅰ . I207.42

中国国家版本馆 CIP 数据核字第 2024XP2533 号

中国当代科幻文学的流变：以《科幻世界》为中心　　　　　　　　　　　　吕兴　著

Zhongguo Dangdai Kehuan Wenxue de Liubian：Yi《Kehuan Shijie》wei Zhongxin

策划编辑：	周晓方　杨　玲　庹北麟
责任编辑：	庹北麟　唐梦琦
封面设计：	廖亚萍
责任校对：	唐梦琦
责任监印：	周治超
出版发行：	华中科技大学出版社（中国·武汉）　电话：（027）81321913
	武汉市东湖新技术开发区华工科技园　邮编：430223
录　　排：	华中科技大学出版社美编室
印　　刷：	武汉科源印刷设计有限公司
开　　本：	710mm×1000mm　1/16
印　　张：	16.75
字　　数：	317 千字
版　　次：	2024 年 6 月第 1 版第 1 次印刷
定　　价：	78.00 元

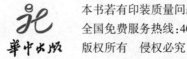

本书若有印装质量问题，请向出版社营销中心调换

全国免费服务热线：400-6679-118　　竭诚为您服务

版权所有　侵权必究

代序

叶立文[①]

自五四以来，随着新文学的发展，我国科幻文学也因其特殊的思想取向和美学风格而备受世人关注。虽然在一段时期内，这一文学潮流遭遇过压制与冷落，但新文化运动为读者培育的"赛先生"情结，以及类型文学本身所具有的生命力，让科幻文学总能在曲折动荡的历史进程中薪火相传、绵延不绝。时至今日，科幻文学已然成为文学"出圈"的典型代表：它不仅借助影视改编和融媒介传播方式深度介入我们的日常生活，而且以其独具的文学观念，暗暗动摇着百年来启蒙文学的"人学"传统。前者不难理解，随着国民经济的发展和生活水平的提高，大众文化的崛起自会助推科幻文学的发展。而后者则指科幻文学凭借科学想象和未来时态的叙事立场，不断祛魅以彰显人之主体性力量为标志的启蒙神话。简言之，新文学传统对"老大中国"的历史批判，正逐步让位于科幻文学对"新中国未来记"的恢宏书写。与之相应，近年来，学界对科幻文学的热情也水涨船高，各种观点新颖、材料齐备和论证周密的成果层出不穷，以至于科幻文学研究如今渐成显学。

然而风光之下必有隐忧。总的来看，当前不少研究成果仍以对作家作品的主观阐释为主，其中存在的强制阐释与过度阐释问题依然显眼。而讲求实证、以朴学精神为指导的当代文学研究历史潮流，迄今尚未完全深入科幻小说的研究领域。由此导致的后果，是学界有关科幻小说的"应然性"，即科幻小说应如何发展的理论构想很多，而对它的"实然性"，即科幻小说的历史脉络爬梳不足，导致这门显学在学科化、历史化和经典化等文学史研究方面存在诸多问题。从这个角度看，吕兴博士的专著《中国当代科幻文学的流变：以〈科幻世界〉为中心》，正是以实证性的研究方式切入科幻文学发展史，在致力于材料爬梳、史料勘正和史实甄别的同时，又以讲究分寸的限制阐释，深入剖析了科

[①] 武汉大学文学院教授、博士生导师，美国耶鲁大学访问学者，入选教育部新世纪优秀人才支持计划。中国作协会员，兼任湖北省作家协会副主席、第十届茅盾文学奖评委、第八届鲁迅文学奖评委、新概念作文大赛评委等职。

幻文学的诸多"实然性"问题。窃以为,这是为将来撰写科学完备的科幻文学史所做的一项基础性工作。一般而言,治文学史者最常犯的错误就是观念先行。一些文学史家收集、整理和裁剪史料,目的不是客观还原文学事实,而是欲以史料佐证先验的文学史观,故而在文学史书写里就常见观念先行、以理论宰制事实的宏大叙述。相比之下,以"历史的微声"激荡文学场域,从具体而微的视角进入历史现场,则更有可能规避先验的文学史观,继而真正做到以史代论、论从史出。虽然这一学术路径至为艰难,但吕兴博士治学的这种自觉意识,却让其刻苦尝试初见成效。

概括来说,我以为这部著作的学术贡献主要有以下两点。其一是由于角度选择得当和史料研究扎实,同时研究方法属于典型的以史代论,故而能够清楚阐明科幻文学的流变过程。事实上,以刊物作为视角的研究成果并不鲜见,而且大多数研究者都有以刊物为方法的问题意识,即将刊物研究作为一个相关问题的切入点。对这部著作而言,《科幻世界》就是进入中国当代科幻文学史的具体路径,它是研究的视角、手段和方法,目的则直指科幻文学历史脉络的梳理。不过在具体的研究过程中,我们可以看到作者的本位意识其实远不止于将刊物作为方法,在很多时候,刊物即研究本体。换言之,以实证性研究勾勒《科幻世界》的发展变化,甚至成为部分篇章的主流叙事。那么,这种将手段本体化的研究方式,会不会导致论证过程的本末倒置,继而影响"流变论"这一主要对象呢?这就涉及与撰写科幻文学史有关的史家意识问题。如果从当下文学史研究的状况来看,研究者其实早就不满于用作家作品孤立串联文学史事实的简单做法,他们的文学史观,毋宁说已经具备了"大文学"或"杂文学"的宏大视野。这也意味着刊物本身,包括所有影响作家作品的外部因素,都是文学史的一部分。而《科幻世界》作为中国当代科幻文学的大本营,其编辑理念、出版实践和人事变动等都是科幻文学生产机制的组成部分,因此对这一刊物进行本体研究,就等同于从《新青年》观察新文化运动,借《读书》探讨思想解放运动,本身就具有重要的学术价值和可靠的学术依据。也正是因为有了这样一种"大文学"或"杂文学"的宏大视野,吕兴博士的刊物研究才真正做到了客观准确。

其二,这部著作的学术贡献还在于对科幻文学"文学性"价值的发掘与彰显。众所周知,科幻文学的"科文之争"由来已久,它不仅是一个创作实践问题,而且是一个研究者需要面对的视角问题。从已有的学术成果来看,有不少研究者都偏向于科幻文学的"科学"部分,即以科学原理考辨作品的科学想象问题。虽说这种"硬核"的研究方式可以最大限度地确认一部科幻文学作品的"科学"属性,但它更属于一种"元理论"研究。对这些研究者而言,他们之所以要把握"科学"属性，皆因科学是科幻文学最基本的创作来源，因此这类研究成果其实更侧重于考虑一部科幻文学作品是否足够"科学"，并以此为准绳进行价值判断。然而在文学史研究中，研究者面对的却是文学史的既定事实。在一些特殊阶段，有很多科幻作家并不具备自觉的"科学"意识，他们甚至会用天马行空的艺术想象无视基本的科学原理。面对这种状况，属性界定和价值评判其实并不是研究工作的首要目标。准确来说，梳理当代中国的科幻文学"曾经怎样"远比"应当怎样"更加重要。正是因为有了这样一种历史主义的研究态度，吕兴博士才能深入把握当代科幻文学史上的"科文之争"。其中最有价值的部分，自然是吕兴博士以其细腻的艺术感觉对科幻文学作品"文学性"的分析，比如对刘慈欣、王晋康和韩松等人的研究皆是如此。尤其是在分析韩松的科幻创作时，更能深刻开掘其"先锋"属性，因此她对科幻文学与主流文学的关联性研究也极富新意。

以上种种，都是我对吕兴博士这部力作的一些粗浅认识，难免有浮光掠影、言不及义之处。但我相信热爱科幻文学的读者，必定能在这部著作中收获无比丰富而且极具创见的新知。是为序。

目录

第一章　中国科幻文学"黄金时代"的到来与终结
（1979—1990） /1
第一节　《科学文艺》杂志与中国科幻文学的兴衰 /1
第二节　中国科幻小说与现实主义 /34
第三节　魏雅华：诡谲未来世界的温情缔造者 /56

第二章　中国当代科幻文学的重启（1991—1993） /68
第一节　《科学文艺》的更名与中国科幻的"重生" /68
第二节　从儿童文学阵营出逃的"异类" /77
第三节　韩松：勇于创新的"先锋者" /91

第三章　中国科幻文学的"青春期"（1994—1998） /104
第一节　《科幻世界》的"精英化" /105
第二节　"科学控"写就的"青春"科幻 /118
第三节　王晋康：时代的"异类" /139

第四章　百花齐放的中国科幻文学（1999—2009） /150
第一节　蓬勃发展的《科幻世界》与中国科幻 /151
第二节　坚守与融合 /161
第三节　刘慈欣：融通者与坚守者 /174

第五章 中国科幻文学的转型期(2010—2019) /186
  第一节 《科幻世界》:探索者与领路人 /187
  第二节 "后三体时代"的科幻创作 /194
  第三节 张冉:传承与创新 /206

结语 /217

参考文献 /221

附录 历届中国科幻银河奖部分获奖作品 /226

第一章

中国科幻文学"黄金时代"的到来与终结（1979—1990）

在20世纪70年代，中国当代文学经历了巨大的转折，进入了一个新纪元，文学史上把这一时期的文学称为"新时期文学"。正是在这一阶段，科幻文学迎来了新生，出现了一批优秀的科幻作家和科幻作品，大量的科幻杂志也应运而生，《科学文艺》正是创刊于这一时期。这段时期被称为中国科幻文学的"黄金时代"。但是科幻文学领域的繁荣只持续了较短的时间，便因为多种原因匆匆终结了。这背后涉及很多复杂的原因，反映出中国科幻文学历史的特殊性，以及科幻文学观念的特质。

第一节　《科学文艺》杂志与中国科幻文学的兴衰

1979年，《科学文艺》创刊，它是由四川省科普创作协会主编的一份科普杂志。《科学文艺》在创刊之初，首期发行量便达到了15万册左右[1]，并与北京的《科幻海洋》、天津的《智慧树》、哈尔滨的《科学时代》和《中国科幻小说报》，共称为科学文艺界的"四刊一报"，刊登了大量知名科幻作家的经典科幻作品，如童恩正的《世界上第一个机器人之死》、刘兴诗的《雪尘》等。可是在20世纪80年代中后期，《科学文艺》的经营却陷入了困顿之中，其采用更改

---

[1] 吴岩主编：《20世纪中国科幻小说史》，北京大学出版社，2022年版，第122页。

杂志名、改组编辑部、寻找新的经营策略等举措，直到90年代才勉强摆脱了生存危机。《科学文艺》从诞生、兴盛到陷入经营困境的整个过程，折射出20世纪80年代中国科幻文学坎坷的发展过程，反映出中国科幻文学的特殊性。

从发行量高、口碑良好的《科学文艺》到举步维艰、濒临倒闭的《奇谈》，《科学文艺》在20世纪80年代的发展历程可以以1983年为界分为两个阶段：1979—1983年这个阶段，《科学文艺》显示出稳步发展的态势，在栏目设置、作品刊载的过程中积极探索科幻文学创作观念；而1983年之后，《科学文艺》的经营遇到困难，为了摆脱生存危机，吸引大众读者，1989年，《科学文艺》更名为《奇谈》。《科学文艺》的经历正好与中国科幻文学在20世纪80年代由盛及衰的发展轨迹重合，可以说，这本杂志正是中国科幻文学在该时段的命运缩影。因此，我们一方面可以从杂志的发展过程中窥见造成中国科幻文学大开大合命运的原因，另一方面则可以从整体的科幻文学历史出发，为杂志所呈现出的复杂表征寻求注解。

一、《科学文艺》的诞生与中国科幻小说的"黄金时代"

《科学文艺》杂志的诞生与20世纪70年代末80年代初出现的"科幻热"有着密切的关系。在这一时期，一批重要的科幻文学作品相继出版，不仅得到了读者的认可，创造了可观的销售量，而且获得了主流文学界的青睐，拿到了具有分量的纯文学奖项。自1962年以来，科幻作品无法发表、无人问津的状况得到了改变，大量专业的科学文艺杂志也在这一阶段出现了，为科学文艺作品的发表提供了平台，创造了中国科幻文学的"黄金时代"[①]。只是这个"黄金时代"与20世纪40年代美国科幻文学的"黄金时代"是不一样的。美国的"黄金时代"是科技高速发展下的产物，通俗杂志的迅速兴起是其基础，有一批成熟的科幻作家和忠实的科幻爱好者是其产生的根本原因。而中国"科幻热"的出现则更多源于政治、文化、历史原因：首先是基于国家对科技的重视，要把科技进步与经济发展结合起来；其次是对20世纪80年代的启蒙思潮进行回应，科学文艺作品中的现代性和科学性得到强调；最后则是源于大众读者对于叙事的渴求，情节跌宕起伏的科幻小说满足了读者的娱乐需求。《科学文艺》所呈现出的办刊宗旨、理念、风格无不受到这些因素的左右。

政府对科学和技术的重视是中国科幻热迅速蔓延的最直接动力，科学文艺

---

① 李广益：《史料学视野中的中国科幻研究》，《清华大学学报（社会科学版）》，2015年第4期，第137页。

作品因其所具有的科学因素而被重视，其科普功能再度得到强调。在20世纪80年代更加自由、开放的文化氛围之中，科学文艺作品所包含的科学的价值观、乐观的科技主义，以及激发和培养创造力的功能也受到了关注。但是彼时的科学文艺作品不再限于儿童科普类科幻这一类型，而是在创作疆域上不断拓展，作品的文学性与幻想性得到了进一步的提升。

随着特殊历史时期的结束，教育制度逐步走上正轨，崇尚知识、重视科学文化的风气复苏。[1]早在1977年，中共中央就发出了召开全国科学大会的通知，各省市的科研单位、研究机构都作出了积极的回应，仅武汉市就在一年内获得了489项科技成果，超过了历史上的任何一年。[2]1978年3月，全国科学大会在北京召开，这个会议被视为"科学的春天"[3]到来的标志，科学技术受到了前所未有的重视。在这个有6000人参加的大会上，邓小平代表中央作了重要讲话，着重突出了科技对于现代化发展的重要性，指出"科学技术是生产力，这是马克思主义历来的观点"[4]，并认为"科学技术作为生产力，越来越显示出巨大的作用"。在后续的经济建设过程中，科技发展始终被放在一个重要地位。[5]1985年的全国科学技术工作会议上，邓小平同志在会上发表了题为《改革科技体制是为了解放生产力》的讲话，随后党中央颁布了《关于科学技术体制改革的决定》，强调了在经济建设过程中科学技术的重要性，着力解决科技体制与经济体制脱节的问题。1988年，邓小平再度重申"依我看，科学技术是第一生产力"[6]。正是由于对科技的重视，知识分子的地位得到了根本的改善，科技人才的培养、国民科学素养的提升被放在了重要的位置。正是在这样的背景下，科幻文学再度繁荣起来。从1976年到1983年出版的科幻小说图书有120余种，在报刊上发表的科幻作品接近1000篇。[7]1978年，童恩正所写的科幻小说《珊瑚岛上的死光》不仅刊发在了《人民文学》杂志上，更获得了1978年全国优秀短篇小说奖，这证明中国科幻小说获得了主流文学界的认可，其影响力得到了进一步的提升。

正是在这样的情况下，《科学文艺》杂志应运而生。在创刊伊始，该杂志就把传播科学知识放在了首要地位，但不再单一强调科学文艺作品中的科学

---

[1] 吴岩主编：《20世纪中国科幻小说史》，北京大学出版社，2022年版，第116页。
[2] 姚启荣：《全国科学大会唤醒"科学的春天"》，《工会信息》2020年第8期，第38页。
[3] 张柏春：《"科学的春天"意义深远》，《中国科学院院刊》2018年第4期，第432页。
[4] 邓小平：《邓小平文选》（第二卷），人民出版社，1994年版，第87页。
[5] 邓小平：《邓小平文选》（第二卷），人民出版社，1994年版，第87页。
[6] 何珍华：《邓小平经济理论》，辽宁人民出版社，1997年版，第104页。
[7] 吴岩主编：《20世纪中国科幻小说史》，北京大学出版社，2022年版，第122页。

性，而认为科普功能的发挥是建立在科学文艺作品本身的趣味性上的。其发刊词呈现了这一变化。在《祝科学与文艺的结合（代发刊词）》中，作者写道："要向群众普及科学知识，培养对于科学的兴趣，我们必须在他们的心田里播下科学的种子……但是，科学知识往往艰深难懂，正如鲁迅说的那样，'常人厌之，阅不终篇，辄欲睡去'，因此，必须使科学通俗化，这就要借助于文艺这个形式，用生动的形象来表述玄妙的道理。这就是科学文艺。"① 显然，在作者看来，科学文艺作品的趣味性足以冲淡科学知识的艰涩，同时还能激发出人们学习科学的兴趣，为培养科学新人立下功劳，"我们要培养明天的科学家，就需要今天的科学文艺。也许一篇引人入胜的科学通俗作品，能引导出一个明天的非凡的科学家"②。这与"十七年"时期，科幻作品完全被当作普及知识的工具是有差异的。《科学文艺》上刊登的一系列文章也证明了这一观点，如刘牧在科学评论文章《发展科学文艺的我见》中提到科学文艺"提高整个中华民族的科学文化水平，科学文艺肩负着十分光荣而艰巨的任务"，但是他亦认为"只宣传科学规律本身，不注意宣传通过人的活动在改造自然界和人类社会中发挥的巨大威力，这样的作品思想性是不强的，同时也是缺乏战斗力的"③。在饶忠华、林耀琛的文章《把科学幻想小说的创作提高到一个新的水平——评1976年至1979年的科学幻想小说》中，作者亦是对科学幻想小说所具有的科普功能作了全面的阐述："科学幻想小说是在当代科学成就的基础上对科学技术的发展所作出的创造性的预见，并用幻想的形式描述人类利用这些未来的发现，去完成某些奇迹的小说。它的社会作用，主要在于启示读者的科学思考，鼓舞人们投身科学事业，勇敢地去探索和创造未来。"④ 科幻文学的科普功能不再被局限为传递具体知识，而是体现为对一种科学精神和生活态度的传达，其可以兼具知识性和想象力。在1985年的一份读者来信中，读者同样指出，"可以毫不夸张地说，科学文艺再不跨出传统自然科学的门槛，一味强调文艺为自然科学发展服务，其作品是很难引起读者的共鸣"⑤。

可以发现，尽管科学幻想小说不能完全挣脱科普工具论的束缚，但是其已经有了更大的创作空间和创作自由，能够更好地实现其文学价值和想象性。《科学文艺》所刊登的科学幻想小说与"十七年"时期所流行的儿童科幻作品

---

① 马识途：《祝科学与文艺的结合（代发刊词）》，《科学文艺》1979年第1期，第1页。
② 马识途：《祝科学与文艺的结合（代发刊词）》，《科学文艺》1979年第1期，第1页。
③ 刘牧：《发展科学文艺的我见》，《科学文艺》1979年第3期，第74页。
④ 饶忠华、林耀琛：《把科学幻想小说的创作提高到一个新的水平——评1976年至1979年的科学幻想小说》，《科学文艺》1979年第3期，第71页。
⑤ 刘军：《科学文艺的新使命》，《科学文艺》1985年第2期，第64页。

有了很大的差别，在情节的设置、人物形象的塑造、语言风格的呈现上都有了很大的进步。如刘肇贵所写的科学幻想小说《β这个谜》，具有跌宕起伏的情节、立体鲜明的人物形象，在描写正邪两方力量尖锐对立的过程中，对人工智能与人类的关系问题进行了带有哲学性、前瞻性的思考。小说开端便以仿生研究所所长石波教授的失踪埋下伏笔，而副所长任岐反常的举动让这起失踪案变得更加扑朔迷离，由石波教授研发的人工智能型机器人贝塔的突然失控，更是让形势变得紧张。石波教授的遭遇到底是因为智能机器人对人类的无情叛变，还是因为人类犯下的罪恶？在层层悬念之下是对人工智能技术所潜藏的危机的思考，这与"十七年"时期充斥着科学乐观主义精神的科幻作品已经有所不同。尽管最终作者仍旧把机器人叛变的原因归结为人类的举动，是间谍弄坏了机器人的零件而导致机器人伤害自己主人的情况发生，但是科技发展可能带来恶果的阴霾已经投在了文本之上。可见，这一时期的科学幻想小说在对未来科技的想象上已经更加大胆了。《科学文艺》上还刊载了很多这样的作品，如李亚平、吴国梁、李凤山所写的《中秋夜归人》，也是在情节多层反转之后对克隆技术的伦理性提出了质疑。

对科技发展的关注使科学幻想小说再度受到重视，但是政治层面的推动只是科幻小说热出现的一重原因。20世纪80年代思想界出现的重大变革，倒是可以视作这股热潮出现的另一重原因。"新启蒙"思潮连接了五四与当代，20世纪七八十年代的转折期成为重新高扬民主与科学大旗的"新时期"[1]，启蒙再度成为时代的关键词。而文化启蒙的精神实质是对理性和科学的推崇，对宗教神学、封建主义思想体系的批判，并且在理性地认识神学和否定传统权威中，给人以应有的自由。[2]因此，具有科学知识、崇尚科学理性的科幻小说便被视为文化启蒙的重要文学类型。换句话说，科幻文学在20世纪80年代的快速发展，除了源于其所具有的科普功能外，还因其与启蒙议题有所勾连。科幻小说之所以能与启蒙相关，既是因为五四新文学时期为人们对科幻文学的认知提供了基础，也是由于科幻小说本身孕育着现代性。

20世纪80年代被称为"新时期"，不管是思想界还是文学界，都在尝试获取新的理论话语，以期与前一历史阶段的话语形态形成区别。彼时被反复提及的"人性""人道主义"等现代性话语与五四启蒙精神有着千丝万缕的联

---

[1] 贺桂梅：《"新启蒙"知识档案：80年代中国文化研究》，北京大学出版社，2010年版，第33页。
[2] 叶立文：《五四精神：文化启蒙，还是个人自由？》，载于《解构批评的道与谋：中国现当代文学研究论集》，中国社会科学出版社，2012年版，第301页。

系，所以"新时期"被视为对五四运动的继承和延续。五四文学观念也在20世纪80年代得到了继承，在这一时代形成了与"十七年"时期不尽相同的文学评价标准，从而引发了文学史重写的现象。正是在这样的情境下，科幻小说被赋予了启蒙的意义，与解放思想、自由民主联系了起来。科幻小说在晚清时期已经进入中国，面对西方文明强势入侵的态势，晚清科幻作家们利用科幻想象来缓解随之而来的现代性焦虑。而到了五四时期，对于科幻小说的创作和认知又进入了新的阶段，科幻小说摆脱了科学与"奇谈"混杂一处的境地，而专注于对科学观念的传达和思想上的启发。鲁迅便认为科幻小说能够"使读者触目会心，不劳思索，则必能于不知不觉间，获一斑之智识，破遗传之迷信，改良思想，补助文明"[1]，强调科幻小说在思想启蒙上的特殊意义。而民国时期的科幻小说相较于科学知识的传递，似乎更注重文化的启蒙，坚持进行国民性批判。如老舍的作品《猫城记》，以"我"的火星奇遇为故事主线，描写了猫人国的种种怪相，实则是影射当时中国积贫积弱的国情。尽管这部作品的性质一度遭到质疑，但是不管是太空冒险的主题，还是对于外星族群的想象，都在毫无疑问地说明这是一部科幻小说。与民国时期出现的充满大量科学知识的"科学小说"不同，这篇作品没有涉及具体的科学内容，而是充满了讽喻性。老舍以夸张的笔法、天马行空的想象进行着对国民性的批判与文化启蒙。许地山的科幻作品《铁鱼底鳃》同样关注思想与精神的启蒙，讲述了爱国科学家雷先生与其所设计的潜水艇的故事。雷先生是一位具有爱国精神的科学家，他造出了能够让人在水底呼吸的鳃。但是这一创作蓝图无法实现，为了祖国他不肯向外国的船坞交出图纸，而在中国他的发明也无用武之地，最后他和他的发明一起沉入了湖中，余留满腔遗憾。这篇作品以一位科学家报国无门的悲剧控诉了当时中国黑暗的现实，仍旧延续了启蒙路径。

而在20世纪80年代，科幻小说所具有的思想上的意义得到重视，科幻创作者也开始有意识地追求科幻小说的思想深度，尝试接续在"十七年"时期科幻文学作品之中已经断裂的启蒙传统。在《科学文艺》的发刊词中有这样一段话："是的，科学需要幻想，但是幻想需要自由，自由需要民主。没有科学自由和科学民主，就不能激发出科学幻想来，只有从绽开的幻想的繁花中，才能结出丰硕的科学果实来。"[2]在这里，科学、民主、自由被视为科学文艺发展的

---

[1] 鲁迅：《〈月界旅行〉辨言》，载于《鲁迅文集》，人民文学出版社，2019年版，第42页。
[2] 马识途：《祝科学与文艺的结合（代发刊词）》，《科学文艺》1979年第1期，第2页。

必要条件,换言之,科学文艺的繁荣则是昭示着启蒙的进行。从这个意义来说,科学文艺的发展程度变成了检验启蒙程度的风向标,科学文艺与文化启蒙呈现出一种共生关系。科幻作家萧建亨同样强调了科学文艺在思想解放上的意义,认为在"今天,当我们重新开始提倡科学幻想小说的时候,我们就应当破除迷信,解放思想,特别注意吸取这些年来正反两方面的历史教训"[1]。科学幻想小说的作用不再局限于传递具体的知识,它亦被看作解放思想的有力武器,这也意味着科学幻想小说能够追求思想上的深度而不拘泥于科普功能之中。《科学文艺》上刊载的科学幻想小说反映出这种变化趋势。如刘兴诗的《雪尘》便是关于破除迷信、打破权威的小说作品。这部作品具有两条故事线索,主线讲述了年轻的考古学家曹仲安进入西藏寻找古人类化石的传奇经历。曹仲安的父亲曹启凡也是一位考古学家,他在面对西方学者提出的西藏没有古人类,其居民是外来民族后裔这个观念的时候,提出了疑问,希望通过寻觅古人类化石来证明这个观念是错误的,但是命运不公,曹启凡不仅无法从当时掌权的北洋军阀政府处获得任何经济上的支持,而且在独立勘探的时候遭遇了地质灾难,落下了终身残疾,他渴望找寻科学真相的理想在自己儿子身上得到了传承。曹仲安不惜深入险地,也要证明古西藏地区不是无人的荒漠,西藏人更不是外来的移民。这一叙事主线显然是表达了追索知识真相、破除学术偏见的主题。在现代考古技术的支持下,两代人不惧学术权威共同努力,终于还原了历史本来面目。挑战业已形成的权威观念,以逻辑证据构建新的学术观点,这本身就是一个思想解放的过程,更值得玩味的是叙事主线所呈现出的对中国/西方二元对立模式的改写。在20世纪80年代,大量的西方文化资源涌入,在"新启蒙"思潮这个大的语境之中,其自然而然地被看成是具有现代性的启蒙话语,而中国传统文化则被视为落后与保守的话语形态,是需要被反思和质疑的。这种传统与现代的对立,又往往被处理成中国与西方的对立。可以说,过去/现在/未来的时间框架,被传统/现代所切分,并与"中国/西方"这一地缘空间的框架同构,而且可以繁衍并置换为"乡村/都市""农民/知识分子""革命/改良""救亡/启蒙"等一系列二项对立式。[2]在刘兴诗这篇作品之中也有着中/西二元对立的书写,但是与当时主流的话语不同,西方并不代表着先进的现代思想,而被处理成带有强烈傲慢与偏见、落后于时代的"老大哥"形象,中国则成了具有锐意进取精神、不断打破偏见、蓬勃发展的新兴国家,其在现代知

---

[1] 萧建亨:《试论我国科学幻想小说的发展》,《科学文艺》1980年第4期,第63页。
[2] 贺桂梅:《"新启蒙"知识档案:80年代中国文化研究》,北京大学出版社,2010年版,第17页。

识与逻辑的基础之上孕育出了具有创新意识的新观念。这是对中国/西方、传统/现代模式的改写，这种改写反映出强烈的民族情感，也呈现出一种现代性焦虑。为了应对这种焦虑，作品延伸出了对中国式现代化的想象，即在学习西方现代知识的同时，超越西方现代知识的偏见，从本民族文化历史出发，构建新的现代化体系。尽管这样的想象体现了冷战视野与民族主义色彩，但是不能否认其中蕴含的合理性。在推进具有中国特色的现代化建设基调下，小说中的副线显得格外耐人寻味。封建迷信附身于藏族的传说之中，变成了控制藏族群众、谋求私利的工具。由于对曲凝大神的崇拜和对西藏地区特殊地理条件的无知，当地居民饱受放射性物质辐射所带来的痛苦。随着曹仲安与另一位地质研究生卢孟雄的到来，谜底才最终被揭开，阴谋才得以被破解。两条叙事线索交织在一起，互为因果。迷信的破除与思想的启蒙被紧密联系在一起，前者是后者的表征，后者则是前者所带来的结果，启蒙为建立中国式现代化而服务。其实从这篇科幻小说作品中，已经能窥到20世纪80年代新启蒙思潮与五四启蒙思潮的差异，二者对待历史、传统和未来的态度都是不尽相同的。以对待传统的态度为例，五四启蒙思潮摆出了与传统势不两立的架势，当时的有识之士渴望引进西方的文化成果，但是在20世纪80年代"新启蒙"思潮中，作家、学者们对于传统的态度显然变得复杂了很多。正如在《雪尘》中对于曲凝神山传说的处理，作者把传说中所包含的迷信成分放置在了具体的人物语境之中，给读者留下了这样的印象：正是因为权力在支配迷信思想，所以迷信思想才会继续禁锢百姓。传说中具有美感的部分则被视为最终帮助揭秘的线索，作者在努力挖掘民族传说背后的合理性。在这部科幻作品之中，可以窥见科学知识在科幻小说之中的角色变化，其作用不再局限于提升和促进读者的科学素养、刺激科学产业发展这种较为现实的目的，而是能够为启蒙的发生提供一片土壤，最终达到启迪人心的目的。

这样的科幻小说在《科学文艺》上还有很多，如黄述恒的科幻小说《心灵的感应》中，常勇的妻子玉兰已经离世了，他却多次在家中看到妻子的影像，就如妻子还活着一般，而孩子也经常生病。岳母认为是妻子的灵魂回到了家中，让"我"（常勇）去找一个会收"鬼"的魏老头。"我"作为一个造反派，在运动中"整"过这个老头，所以并不想去，但是受情势所迫不得不来到他家。魏老头并不是一个进行封建迷信活动的捉鬼人，而是一个生物学家，他利用生物学的知识解释了"我"能见到妻子的灵异现象。这是一种神奇的生物磁场在作祟，因为"我"与妻子本身就是表兄妹，在血缘关系的作用下，这种磁场得到加强，所以我才能够多次看到这种现象。当灵异事件的谜底最终揭开，"我"的立场也开始发生动摇，开始审视起自己过去打砸魏老头的实验室并把他赶出家门的行为。当"我"的岳母在领会到上面的新精神,再度赶来对魏老头进行迫害的时候,曾经带头对魏老头进行迫害的"我",此刻却"一动不动。呆痴痴地望着他们,不懂他们为什么要这么做"①,甚至"气得把脸转了开去"。作者有意把学习知识与接受启蒙的过程并置,科学不仅破除了迷信,更荡涤了"我"的灵魂。这篇作品具有明显的伤痕文学的痕迹,在描写知识分子所受到的迫害之时,还勾画出了一个清晰的"人"的觉醒过程,与主流文学界所流行的人道主义话语相呼应,科幻小说也被纳入了启蒙思潮的话语体系之中。所以,20世纪80年代中国科幻小说的繁荣不仅仅是因为科技和政治原因,也不完全源于创作水准的提升,而是由于其所蕴含的启蒙与现代性特质契合于时代精神。它与伤痕文学、反思文学一道反映出人道主义思想的流行,比其他类型文学更清晰地体现着"新启蒙"思想的痕迹。这实际上意味着科幻小说在一定程度上摆脱了儿童文学的标签,逐渐步入主流文学体系之内。不过,这也为科幻小说后来的危机埋下了伏笔。

除了官方的鼓励、学界的提倡,20世纪80年代大众读者特殊的阅读心理也为科幻小说的迅速发展发挥了重要的作用。这一时期,一方面,大众对知识充满渴求。多年来正规教育体系的缺席,思想领域的单一沉默,图书、杂志等资源的匮乏,都让人萌生出对知识、对阅读的渴望。能够购买书籍进行阅读,这一行为本身就被赋予了巨大的意义。另一方面,娱乐需求被长期压制后呈现井喷的态势,内容和思想上单一的文化产品已经满足不了大众读者的需求,对于叙事乐趣的渴望只能被压抑而不能被消除。而科幻小说正好在这两方面都能够满足大众读者的要求,与其他类型文学作品相比,它显然具有更强的知识性和逻辑性;而与纯文学作品相比,它的创作内容和创作模式显然更具有趣味性。

大众读者对于阅读和知识的热情在一定程度上刺激了科幻小说热的产生,在20世纪80年代初期,科幻小说拥有大量的读者,但是这些读者与真正的科幻迷是不同的,他们并非仅仅对科幻作品有兴趣,而是对所有的书籍都表现出了热情,所以科幻小说热可以被看成是当时文化热与文学热的余波。

20世纪80年代初期,被称为"自发畅销书"的时代,甚至出现了人们在书店前通宵排队购书的情况,"从1978年到1988年10年间,在那个渴望了解世界的年代里,人们如饥似渴地饱览着每一部能得到的书,也不论是否感兴趣或者是否看得懂"②。而科幻小说因为其所具有的科学性而受到了更多的关注,

---

① 黄述恒:《心灵的感应》,《科幻世界》1981年第3期,第68页。
② 程美华:《新时期(1978—2008)出版史概论》,学林出版社,2012年版,第60页。

其出版、发行都获得了巨大的成功。叶永烈的科幻作品《小灵通漫游未来》在1976年初版就发售了160万册。①童恩正、郑文光等人的作品也获得了极大的关注。除了这些在早期较为著名的作家作品之外，一本科学幻想小说选集的首印数量便可以达到30万册。②这也可以从侧面说明科幻小说的繁荣。《科学文艺》在初期的发行量十分惊人，达到了单期15万册左右，最鼎盛时的1980年达到了单期20万册③。这庞大发行量的背后，是读者们求知若渴的心情，很多人是真的把《科学文艺》杂志当作获取科学知识的有效渠道。一位读者如此写道："由于'四人帮'长达十余年的浩劫，我们这一代年青人丧失了良好的学习时间和条件。如今飞速发展的科学技术使我们瞠目结舌，深悔自己学识浅薄，也苦于无法了解浩瀚的科学知识。正在这时候，《科学文艺》创刊了，她以独特的风格吸引着我们，她寓科学知识于文艺之中，读来浅显易懂，生动感人，弥补了纯科技书籍那种单调、枯燥的不足，使我们百看不厌，爱不释手。"④读者陶世龙直接提出："希望能更多地围绕四化中的科学问题选择题材，在形式上更多地表现我国的民族特点。"⑤显然在大部分读者看来，《科学文艺》并不是一份普通的文学刊物，而是能够提供讯息的科普类刊物。《科学文艺》杂志编辑部显然也顺应了这种定位，在编辑部所写的《致读者》中，明确提出："《科学文艺》从创刊的那一天起，就把以文艺形式向广大青年读者介绍科学知识，帮助青年读者树立科学的人生观，激励青年读者爱科学、学科学、用科学，勇于攀登科学新高峰，在四化建设中发挥他们的更积极的作用，作为自己的宗旨。从已经出刊的十六期《科学文艺》里，读者可以看到广大科技工作者在四化建设中丰富多彩的生活斗争画面及其感人的精神面貌，可以领略到古今中外的科技工作者在科学征途中坚韧不拔、勇于献身的探索精神和取得的辉煌成果，可以学到对青年读者富于启迪性的各方面知识。"⑥杂志在栏目设置上亦体现出这一编辑方针与目的。《科学文艺》的栏目设置十分丰富，除了刊载与科学相关的小说、诗歌、童话之外，还刊登大量具有科普性、知识性的小品文，以及与科学家、科学发明有关的传记、报告文学等，这些栏目的设置更多是从知识的全面性来进行考量的。同时，小说栏目部分也有精细的划分，不

---

① 吴岩、吴应钟：《1950—1970年代：中国科幻的燃情岁月》，载于《科幻文学入门》，福建少年儿童出版社，2006年版，第242页。
② 黄伊：《科学幻想小说选》，中国青年出版社，1980年版，版权页。
③ 杨枫编著：《中国科幻口述史》（第一卷），成都时代出版社，2022年版，第17页。
④ 吴庆明：《科学文艺信箱》，《科学文艺》1980年第2期，第95页。
⑤ 陶世龙：《读者来信》，《科学文艺》1981年第2期，第59页。
⑥ 《科学文艺》编辑部：《致读者》，《科学文艺》1982年第3期，第3页。

仅有科学幻想小说，还有乡土小说、科学小说、历史小说等，这些小说在题材、写法上都有所不同，唯一的共同点是都与科学、知识相关。其实从这里便可以看出这一时期的《科学文艺》并不是一本科幻文学刊物，而是一份集科普和文艺功能于一身的综合性刊物。

对知识的渴望是促使读者去阅读科幻小说的重要原因，但绝对不是唯一的原因，科幻小说之中所蕴含的趣味性，也是其获得欢迎的重要因素。与同时期的纯文学作品相比，尽管科幻小说也受到了历史与现实因素的影响，却因为有幻想特质的存在而富有更多的变化和想象力。同时，由于其一直以来远离文学的中心，在题材选择、写作手法等方面的束缚较少，读者能够从中感受到更多的阅读乐趣。

从《珊瑚岛上的死光》的命运就可以窥见科幻小说受到读者欢迎的真正原因，以及这一文类在当代文坛的特殊性。童恩正早在1964年便写成了这篇作品，但是苦于没有平台可以发表，直到1978年才在《人民文学》杂志上发表，并于同年获得了全国优秀短篇小说奖。这往往被解读为科幻小说受到主流文学认可的信号。实际上，这部作品的受欢迎更多源于读者对这部作品趣味性的认可。1978年全国优秀短篇小说奖的评选采取了专家评审与群众评审相结合的方式，"热烈欢迎各条战线上的广大读者积极参加推荐优秀作品；恳切希望各地文艺刊物、出版社、报纸文艺副刊协助介绍、推荐；最后，由本刊编委会邀请作家、评论家组成评选委员会，在群众性推荐的基础上，进行评选工作"[①]。《珊瑚岛上的死光》虽然得到了较高的票数，但是排名却较为靠后，这表明普通读者对侦探、讽刺、科幻、言情类的小说始终保持着兴趣。[②]1980年，根据小说改编的同名电影上映，其"卖座率达95%，说明观众是喜欢看中国科幻片的"。尽管童恩正在创作谈中强调了这部作品作为科学文艺作品的性质，"《珊瑚岛上的死光》是一篇科学幻想小说，属于科学文艺的范畴。这种形式的文艺，对于宣扬科学，尊重客观事实，鼓舞人们对新事物的探索精神，破除迷信，都是能起很大的作用的"[③]，但是这篇作品受欢迎显然不完全是因为它所具有的科学因素，而是因为其中的通俗文学因素和文学价值。与1949年之后所盛行的儿童科幻文学作品相比，这部作品在人物形象的塑造、主题内涵的呈现以及段落情节的设置上都更加成熟，这是一部面向成人读者的科幻文学作品。

---

① 《本刊举办一九七八年全国优秀短篇小说评选启事》，《人民文学》1978年第10期。
② 徐文泰：《全国优秀短篇小说获奖评选与新时期文学生态的重建》，《哈尔滨工业大学学报（社会科学版）》2019年第3期，第73页。
③ 童恩正：《关于〈珊瑚岛上的死光〉》，《语文教学通讯》1980年第3期，第58页。

而正邪两方的对立，主人公命运的跌宕起伏，高科技发明所带来的神秘感，又比纯文学作品多了几分传奇色彩，引人入胜。"影片《珊瑚岛上的死光》，除了具有情节曲折、结构紧凑、矛盾尖锐、一波未平一波又起等特点外，还较好地把科学性、思想性和电影性紧密、自然地结合了起来。"[1]这虽然是对电影《珊瑚岛上的死光》的评价，但是其中对情节特征的概括亦可以用于小说作品。这部作品无疑为中国当代科幻文学的创作提供了一个新的方向，那就是向类型文学转型，在科幻文学领域内尝试打破雅俗的分界线。它的成功昭示着中国科幻小说既不用完全与主流文学捆绑，削足适履地去接受纯文学的评价标准；也不必进入儿童文学的阵营，借童真童趣之名来展开想象翅膀。一批科幻作家与读者看到了科幻文学除科普教育、文学美育之外的功能，认为科幻文学可以提供一种新的创作范式。在当时，有很多科幻作品在模仿《珊瑚岛上的死光》，这些作品大都具有浓厚的冷战色彩，描写了中西/正邪两股势力的对立。同时，这些作品善于设置悬念，吸引读者进行阅读。这在一定程度上推动了科幻小说的类型化和通俗化。

《科学文艺》显然也意识到了类型文学对于读者的特殊魅力，并刊载了一些具有明显通俗文学特征的作品。这些作品融入了侦探、武侠、爱情等元素，与早期的儿童科普作品有着明显的区别。如刘继安的作品《湖边奇案》便是把侦探、间谍小说的元素融入科幻小说之中。作品设下层层悬念，把生物学知识作为解开谜题的钥匙，使科学技术与作品情节得到了较好的融合。作品在开始便设置了悬念，生物学教授舒宁秘密研究的课题竟然被一个外国经济谍报组织所探得，实验成果面临被泄露的风险，到底是谁又为什么要泄露试验机密呢？而一波未平一波又起，在学校池塘里竟然发现了一具身份不明的男尸，这具男尸到底是谁？这具男尸与实验的泄密是否有关系？公安局三处处长夏阳与舒宁意欲联手突破谜题，没想到尸体竟然不翼而飞，这使整个事件更加扑朔迷离。被鱼儿啃噬的尸体、突然死掉的猫咪、不明原因的皮肤病等情节都给这部作品增添了悬疑与恐怖的色彩，使作品表现出一定的哥特风格。但是作者并没有沉溺于恐怖氛围的营造和案件的猎奇之中，而是把对知识的介绍融入探案的过程之中，以其科研成果 E·coli 作为侦破案件的关键点。作者不曾按照疑案发生的顺序来进行侦破，而是从最离奇的尸体消失之案来进行揭秘。舒宁教授通过注射防腐剂针管上所残留的药剂，敏锐地发现了尸体消失与 E·coli 细胞之间的关系，顺藤摸瓜找到了为尸体注射防腐剂的助手陈良，通过他身上因苔藓而产生

---

[1] 章浩：《别开生面的新探索——评科幻故事片〈珊瑚岛上的死光〉》，《电影评介》1980年第7期，第4页。

的皮肤病，推断出其与死者之间的联系，最终拼凑出了事情的真相。原来陈良作为实验团队的助手在一次游览过程之中与死者王小刚结识，两人都被从国外来的工业间谍所诱惑，通过出卖国家机密而换取钱财。直至后来王小刚不愿意再铤而走险，从而被陈良杀害。敌我双方的对立，商业间谍的阴险卑鄙，为作品注入了一种冷战色彩，从普通刑事案件个体与个体的矛盾上升到了国家与国家之间的对垒，这更能够挑动读者的民族情感。当然，这篇作品依旧存在一些创作上的问题，比如案件的侦破过于简单，人物形象不够鲜明。但是瑕不掩瑜，知识的想象与悬念的揭开过程紧密地融合在了一起，既能够以案件的发展与侦破过程引起读者的兴趣，又起到了普及知识的作用。这篇作品具有突出的代表性，代表了这一类在情节设置和铺排上见长的作品。还有一类作品则是在情感关系的书写方面有所突破。如黄胜利的《金珊瑚》，同样是写正邪两方的对峙，但是中间加入了更多"情"的书写，有乔敏与韩辉两个志同道合的年轻人之间的爱情，也有乔敏与父亲乔兴中的父女情，以及乔敏对祖国和大自然的热爱之情，但是最为复杂的应该是乔家与司徒正义之间的情感。司徒正义与乔兴中既是朋友也是情敌，两个人因性格不同走上了完全不同的道路。乔兴中踏实、努力，在学业上颇有建树，具有深厚的爱国情怀，最终抱得美人归，并与妻子生下了一个可爱的女儿。司徒正义却沉溺于声色犬马之中，学业平平，贪生怕死，在嫉妒和虚荣心作祟下，他与敌对势力合作杀死了乔兴中。可是在乔兴中死后，他又肩负起照顾乔敏的重任，呵护着乔敏平安长大，并为了救乔敏失去了自己的生命。可以说乔敏陷入了一种极富戏剧性的伦理悖论之中，她视为父亲的人，却是她的杀父仇人。在这种富有张力的情感关系之中，人物的形象也变得更加立体和丰富。特别是所谓的"坏人"司徒正义，他不再是一个"典型"的十恶不赦的间谍，而是一个充满了弱点的立体的人，他在背叛朋友和祖国的过程之中也有纠结和挣扎，但是欲望让他最终犯下了不可饶恕的罪行，并一再被犯罪集团所裹挟和绑架，一错再错，直至跌入死亡的深渊。这种对于人性与人情的书写与一些优秀的纯文学作品相比也并不逊色。可以说，复杂的情感纠葛构成了另一重魅力，与情节紧凑、悬念丛生的科幻作品相比，形成了另一种戏剧张力。还有莫树清的《童子岛》、陈振实的《史前的礼物》等作品都呈现出通俗化的倾向。如果沿着这一路径发展，中国科幻小说有可能会挣脱科普论的束缚，成为一种较为成熟的通俗文学类型，正如美国科幻小说的发展历程一样。但是这种探索却戛然而止，随着中国科幻"黄金时代"的匆匆结束，《科学文艺》与中国科幻小说一道再次落入了低谷。

总的来说，《科学文艺》的诞生与发展得益于20世纪80年代初期中国科幻小说的繁荣，科幻小说的突然兴起既与当时政府的经济、科技政策相关，又与彼时的"新启蒙"思潮有着千丝万缕的联系，而当时读者特殊的阅读心理与偏好也起到了推波助澜的作用，因此《科学文艺》一方面着重于对科普功能和启蒙精神的强调，另一方面却并不拒绝刊登具有明显通俗与娱乐性质的科幻作品。《科学文艺》的性质与办刊宗旨亦反映了中国科幻小说发展的特殊性。中国科幻小说从被引进之时就始终面临着一种概念和功能上的含混不清，而《科学文艺》在建刊之初亦不是一本专业的科幻小说杂志，更偏向于科普类型杂志。概念的不清晰也在一定程度上导致了科幻小说评价体系和标准的模糊，不同的科幻作家和读者对于好的科幻小说的认知显然并不相同，所以《科学文艺》上刊登的作品也呈现出主题和文风混杂的态势。可以发现，在20世纪80年代初期，尽管中国科幻小说领域呈现出一片繁荣的态势，这种繁荣实际上却是十分脆弱的，科幻小说的"黄金年代"实际上隐藏着诸多危机。这也意味着《科学文艺》尽管在短时间内拥有骄人的销售量，但是仍旧有着一个漫长的探索过程。

二、《科学文艺》的探索与中国科幻小说遇冷

1983年是中国当代科幻小说发展过程中的一个分水岭，如火如荼的科幻文学突然遭到了批判，一批知名的科幻作家被迫封笔，如童恩正、郑文光、叶永烈等人都不再从事科幻文学的创作。科幻文学杂志也纷纷倒闭，可供交流、发表的科幻文学平台越来越少。而后，中国科幻文学一蹶不振，不复初期的辉煌，甚至面临销声匿迹的风险，直到20世纪90年代初期才重新回到读者的视野中。这样的局面背后有着极其复杂的原因，既有一直未曾解决的科幻小说的概念问题，也有科幻小说与现实主义创作观念的冲突，还有科幻小说读者缺失的问题。这一时期，《科学文艺》的生存处境也十分艰难，一方面是科幻文学本身所受到的冲击影响了杂志的运营，另一方面则是杂志经营环境发生了整体性变化。正是在这样的背景下，《科学文艺》首先在编辑方针和经营策略方面不断进行探索和调整，希望能够吸收其他杂志的经验，吸引更多的读者；其次与国际科幻创作领域接轨，与其他国家的科幻文学领域建立密切的交流；最后则始终坚持培养年轻的科幻作家，搭建与科幻爱好者沟通的桥梁，为中国科幻文学的复苏保留了火种。

仿佛一夜之间，中国科幻文学便从兴盛走向衰落，从能够提升人民科学素养的科普类作品变成了会造成精神污染的文化产品。"科文之争"与"清污运动"往往被视为造成中国科幻文学衰落最直接和最主要的原因，但是实际上，

科幻文学发展停滞不前的原因显然要复杂得多。首先是中国科幻文学概念的含混性,"科文之争"其实便是这一问题的具体表征,但是这绝对不是唯一的表征;其次是科幻小说缺乏读者基础,难以真正成为一种独立的文类;最后则是科幻小说的幻想特质和现实主义写作传统难以统一起来,现实主义创作手法为中国科幻小说的发展注入了活力,却也成了一种桎梏。

对中国科幻小说性质和概念认知的混乱极大地阻碍了科幻文学的发展,这种混乱主要体现在科幻小说与科普作品之间界限的不分明,科幻小说被置于科普文学这一文类中,无法确立自身的独立地位。这个问题的根源可以追溯到五四新文学时期。新中国成立之后,这个问题不仅没有得到解决,而且因为引入了苏联关于科学文艺的相关理论变得更加复杂。到了20世纪80年代,这个未曾解决的问题再度跳出来作祟,进一步引发了"科文之争"。

在清末,H.G.威尔斯和凡尔纳的作品就已经进入中国,科幻小说彼时被称为"科学小说",它作为一种新小说文类受到了梁启超、鲁迅等人的重视。尽管在这一时期,科幻小说和狂想小说在实践中互相介入了对方的领域[1],但是"科学小说"更多的是被赋予了开启民智、传播知识的责任,其内涵更偏向于科普小说。而到了民国时期,受到日本、苏联等外国文学观念的影响,科学文学、科学文艺等概念出现了。[2]这些概念所涵盖的范围更广了,不仅包括科幻小说,实际上还容纳了科学小品、科普小说等科普内容。其实从这个时候开始,科幻小说与科普作品之间的界限就变得不甚分明了,这也为后来中国科幻小说的发展埋下了隐患。由于民国时期的"科学小说"几乎完全以科普为己任,而他们参考的对象又是英美的"科幻小说",于是形成了目的与方式的错位,形成了小说"幻想性"与"科学性"的撕裂。[3]新中国成立之后,受到苏联文学创作理念的影响,科学文艺的确更多是在"儿童科学文艺"里展开的[4],所以科幻小说自然而然被归于儿童文学阵营之中,呈现出一种低龄化、拙稚化的状态。实际上,苏联科幻小说并不完全只有儿童科普作品,同样也有很多在思想性、文学性上都很优秀和成熟的作品,如伊万·叶弗列莫夫的《星球上来

---

[1] 王德威:《被压抑的现代性——晚清小说新论》,宋伟杰译,北京大学出版社,2005年版,第294页。
[2] 周小娟:《"中国科学文艺"传统的建立》,《中国现代文学论丛》2023年第2期,第132页。
[3] 吴岩主编:《20世纪中国科幻小说史》,北京大学出版社,2022年版,第60页。
[4] 周小娟:《"中国科学文艺"传统的建立》,《中国现代文学论丛》2023年第2期,第132页。

的人》、"巨环"三部曲等，都是进入了西方市场、流传全世界的。①而在20世纪50年代翻译和引进的苏联科幻作品也并非都是技术理想型的，也涉及对人性、技术、人文精神的探讨，如J.盖·马尔迪诺夫《星球来客》、伏·阿·奥布鲁切夫《萨尼柯夫发现地》、阿·托尔斯泰《阿爱丽塔》等。但是早期中国科幻小说作者显然不是从这一类苏联科幻小说作品中寻找灵感的，他们更为重视科幻小说的科普功能，以至于格外强调科幻小说的知识性，并且直接把科幻小说的目标读者定义为青少年儿童。当时，已经有科幻作家感觉到这种分类对于科幻小说创作的桎梏，因此从科幻小说的文学性、思想性出发尝试探索一条新路，但是这种探索刚刚展开便因为外界原因而被打断了。到了20世纪80年代，当科幻作家们重新开始进行创作，并开始有意识地让科幻小说独立于科普创作时，未曾解决的概念含混问题变得更加尖锐和突出，因此引发了"科文之争"，这成为科幻小说遇冷最直接的原因。20世纪70年代末期至80年代初期，关于科幻小说的理论建设已经有了一定的成绩，童恩正、郑文光、萧建亨②、叶文烈等人都从自己的经验出发，对科幻小说的性质、创作方法、结构风格等提出了自己的想法，但是仍旧很难划清科幻小说与科普作品的界限。人们习惯以"科学文艺"指称包括科学普及读物和科学幻想读物在内的、与科学相关的各类文学体裁③，对二者的性质不加以细分，对科普读物和科幻小说提出了一样的要求。通过《科学文艺》上栏目的设置便可以看出这个问题，杂志里设置了小说、散文、童话、诗歌、报告文学等一系列栏目，甚至小说栏目里也不仅仅刊载科幻小说，还刊载人物传记小说、科学小说、纪实小说等，科幻小说显然被视为科学文艺的分支。而在中国，科学文艺的科普功能更被强调，这也就意味着科幻小说早已被归入科普创作中的一员，是否具有科普功能是对其最重要的评判标准。这也导致非常吊诡的一幕出现，在1981年四川省科协、省出版局、省广播事业局联合举办的"四川省优秀科普作品奖"评选活动中，四川省农科院作物所的《杂交水稻夏季制种技术》与刘肇贵的《β这个谜》同时获得了短篇科普作品二等奖。前者是一篇农学技术科普类文章，重视的是实用性与真实性；而后者则是一篇不折不扣的科幻小说，重点在于塑造立体的人物和构造跌宕起伏的情节，只因为都具有所谓的科学性，包含了对科技知识的阐释，所以就以统一的评价标准被审视。但是科幻小说与科普创作的性质是不同的，它有着自己的特殊性。在达科·苏恩文看来，科幻小说应该被理解为认知性陌

---

① 常言：《苏联的科学幻想小说》，《外国文学研究》1981年第1期，第137页。
② 后改名为肖建亨。
③ 詹玲：《当代中国科幻小说转型研究》，中国社会科学出版社，2022年版，第53页。

生化的文学①，认知性与新奇性共同构成科幻小说的特质，认知性又在一定程度上影响了新奇性的实现，这里的认知性也不完全等同于知识性，而是可以理解为对理性化理解的追求。②保持对世界、未知的探索精神，用严谨的态度来进行推测，其实就可以算作一种认知行为。20世纪80年代初期的科普作家和研究者显然未曾理解科学文艺概念中微妙的差异，从而引发了一场巨大的争论，即"科文之争"。

1979年初，关于科幻文学的争论便已经开始了，只是这一时期的争论更多集中在科学内容的准确性上。科普作品和科幻小说其实都遭到了不同程度的拷问和质疑，而到了1979年末，科幻小说遭到的批评明显变多。鲁兵、赵之等人都纷纷发表文章批评中国科学文艺，认为它是"灵魂出窍的文学"③，这种不能进行科学知识普及的科幻文学作品是不值得提倡的。叶永烈的小说《世界最高峰上的奇迹》遭到了猛烈抨击，其中的科学问题被反复提及。但是这种争论更多还是在科学文艺内部进行，科幻作家们就科幻创作的方法、科幻文学的性质进行讨论，很多科幻小说作家、科普作家以及科学家都卷入了这场争论之中。一些科普、科幻文学刊物也以自身的方式参与到这场争论之中。以《科学文艺》为例，其刊发了叶永烈的《科学幻想小说的创作》、萧建亨的《试论我国科学幻想小说的发展》、彭钟岷与彭辛岷的《试论科学幻想小说的构思》、周孟璞和谭楷等人的《韩素音谈科幻小说》等一系列关于科幻理论的文章来对科幻小说的性质进行阐述，尝试说明科幻小说的深层创作规律。这场争论其实可以看作对于中国科幻理论建设的探索，在这个过程中，科幻小说呈现出与科普文学逐渐剥离的态势。若是争论能够持续下去，对于中国科幻文学的发展未尝不是一件好事。但是在1983年，政治因素的强势介入，打断了这一论证过程，科幻小说直接被定性为对"科学的污染"④，被指其中存在着"精神污染的问题"⑤。自此之后，科幻小说的发表数量大幅度减少，相关的科幻活动也随之消失，科幻杂志也面临着被大批关停的局面。曾经科幻领域极负盛名的"四刊一报"，只剩下《科学文艺》和《智慧树》还在苦苦支撑。面对这样的情况，在很长一段时间里，《科学文艺》选择减少科幻小说的刊登数量，弱化刊物的科幻色彩，而突出其科普功能。1983—1984年，《科学文艺》上便不再设置专

---

① （加）达科·苏恩文：《科幻小说变形记：科幻小说诗学和文学类型史》，丁素萍、李靖民、李静滢译，安徽文艺出版社，2011年版，第4页。
② 吴岩：《中国科幻文学沉思录：吴岩学术自选集》，接力出版社，2020年版，第6页。
③ 鲁兵：《灵魂出窍的文学》，载于《科普小议》，科学普及出版社，1981年版，第24页。
④ 吴岩主编：《20世纪中国科幻小说史》，北京大学出版社，2022年版，第150页。
⑤ 吴岩主编：《20世纪中国科幻小说史》，北京大学出版社，2022年版，第151页。

门的科幻小说栏目,只是在小说作品后标注出"科幻小说"字样(如图1所示)。科幻作品数量,特别是本土科幻作品数量锐减。我们可以通过表1,来进行一个直观的对比。及至1985年,刊载科幻小说的栏目直接被命名为"未来世界",杂志亦不再标注出科幻小说篇章。尽管相对于杂志早期的《科幻小说》栏目名来说,《未来世界》更具有文学性,也是对科幻小说重要主题的概括总结,但是栏目的更名是不是为了回避可能面临的风险呢?

图1 《科学文艺》1983年第2期目录截图

表1　1982—1983年《科学文艺》刊载的科幻小说数量

年份	第一期	第二期	第三期	第四期	第五期	第六期	总计
1982年	10篇	6篇	9篇	7篇	7篇	3篇	42篇
1983年	6篇	2篇	3篇	4篇	9篇	5篇	31篇

（注：统计了《科学文艺》杂志明确标注为科幻小说的作品，包括微型科幻小说、科幻小说和外国科幻小说作品）

20世纪80年代科幻小说所遭遇的灾难看起来猝不及防，实际上早在其复兴之时就已经埋下了伏笔。中国科幻小说概念含混的问题由来已久，这是科幻小说进入中国之后"水土不服"的一种表现。细究科幻小说的历史，可以发现，尽管人们往往把玛丽·雪莱的《弗兰肯斯坦》作为现代科幻小说的起点，但是最古老的文学形式也常常存在着与科幻小说的密切关系。[1]科幻小说包含多种文类的异质性，与神话、传说、哥特小说、乌托邦等都有着密切的联系，而绝对不是如其名字所言，是科学与幻想的组合体。但是当它被翻译、介绍进中国的时候却被简化了，那批亟待解决中国问题的有识之士，只取了其概念和特质中对中国社会发展最为有用的部分，迅速地把科幻小说转化成了启蒙的工具，同时受限于这种文学类型本身的影响力，没有刻意关注其理论建构的问题。正是在这种情况下，关于科幻小说的性质这一关键问题竟然延宕了数百年未曾解决，并在20世纪80年代开始集中爆发。吴岩曾经痛惜地评论道："1984年，对科幻定义的理解差别所造成的争论，最终使科幻小说在中国绝迹整整5年，致使科幻作家队伍在中国全面消失。以至于到20世纪80年代末、90年代初，期望在中国恢复科幻文学出版时，创作队伍必须重新培养。"[2]

"清污运动"是导致中国科幻小说归于沉寂的直接原因，但绝不是唯一的原因。中国科幻小说缺乏读者基础，未曾被大众读者所接受可能是另一重原因。当然，这种局面的出现有多种因素，其中既有历史的原因，又有科幻创作本身存在的问题，这都在一定程度上造成了其不受大众读者关注的局面。

随着改革开放的进行，市场机制被引入文学场域之中，文化市场逐步成型，而文化（文学）体制改革亦在酝酿之中。文学体制改革改变了长期存在的文艺管理的行政方式和计划方式，提出尊重艺术的规律和文学自身的特性，使文学创作获得了更多自主权和更大的自由度，文学生产力得到了进一步的解

---

[1] （英）布赖恩·奥尔迪斯、（英）戴维·温格罗夫：《亿万年大狂欢：西方科幻文学史》，舒伟、孙法理、孙丹丁译，安徽文艺出版社，2011年版，第6页。
[2] 吴岩：《中国科幻文学沉思录：吴岩学术自选集》，接力出版社，2020年版，第3页。

放和提高。①这也意味着读者的权力越来越大，特别是对于通俗文学类型来说，大众读者的喜好决定了它们的命运。在科幻小说领域，读者的影响力显然更大，回溯科幻小说的历史，科幻爱好者在其间起到了极为重要的作用。正如《亿万年大狂欢：西方科幻小说史》中所说："无论在当时还是现在，这种充满热情的忠实的读者群体之独特现象对于科幻小说都是具有特殊的意义的。"②而在20世纪80年代时期的中国，大众读者对于科幻小说的接受度显然没有那么高，当科幻小说缺少政策层面的扶持，褪去了"传播知识"的光环以后，固定且忠诚的科幻小说读者并不多。若是比较一下同时期的武侠小说的命运，就能对科幻小说缺乏读者有着更直观的感受了。武侠小说，特别是港台武侠小说，在改革开放初期缺少正常的出版、流通渠道。1985年在北京举行的全国出版局（社）长会议上，甚至专门强调不要滥出新武侠小说，并针对新武侠小说提出了严厉的管控措施。出版受阻、明令禁止，都没有阻挡读者阅读武侠小说的热情，读者自发形成的"武侠热"甚至席卷了整个八九十年代，金庸的武侠小说甚至进入了大学的课堂，更甚而步入文学经典的序列。但是，反观整个科幻小说的发展过程，可见其并不顺利。当"清污运动"的影响逐步退去，科幻小说不再被污名化，但是其仍然只是瑟缩于文坛一隅的"寂寞的伏兵"③。直到2015年，刘慈欣获得了星云奖，科幻小说才再度被广大读者所喜欢和阅读。

　　读者对于科幻小说缺乏明显兴趣，显然是有着深刻的历史原因在其中的。科幻小说并非中国的传统文类，相对于武侠小说、言情小说来说，它不仅缺少作者，更缺乏读者。而且自被翻译、引进中国之后，科幻小说的科普功能就受到了持续强调，不管是梁启超还是鲁迅，抑或是新中国成立之后的科幻科普作家们，都在渲染科幻小说对于现实的意义，或认为其以隐喻的方式针砭时弊，反映了现实，或认为它传播了知识，有利于培养科学创意。科幻小说本身所具有的趣味性与想象力也许并未曾被大众读者们真正感受到。

　　科幻小说"舶来品"的身份意味着一种完全不同的审美和叙事模式。它是在现代科技文明的基础之上诞生的，具有极强的现代性，同时又是由西方文化孕育而来，很多关于未来科技蓝图的设计不乏西方神话与宗教的影子。若要完全呈现出这一文类的魅力和特质，就需要一个相当长的本土化过程，绝对不是简单照搬原有形式就可做到的，更不应该攫取其中一些概念与中国传统文类

---

① 於可训：《中国当代文学概论》第3版，武汉大学出版社，2009年版，第110页。
② （英）布赖恩·奥尔迪斯、（英）戴维·温格罗夫：《亿万年大狂欢：西方科幻文学史》，舒伟、孙法理、孙丹丁译，安徽文艺出版社，2011年版，第291页。
③ 宋明炜：《中国科幻文学新浪潮：历史·诗学·文本》，上海文艺出版社，2020年版，第5页。

进行嫁接。在很长的一段时间内，关于科幻小说创作规律和艺术表现方面的问题并未得到太多关注。读者更希望从科幻小说中看到现实的影子，是否与现实相关联成了他们评价一部科幻小说的重要标准。正如一位科幻读者所说："目前的科幻小说，写虚的太多，写实的较少，使人感到脱离社会现实，有些想入非非之感，应力图把科幻与现实生活结合起来，既给人以向往，又觉得是实实在在的，而不是坠入五里雾里。"[1]这代表了当时大部分普通读者对科幻小说的看法。毫无疑问，在20世纪80年代，现实主义创作观念对中国科幻小说的创作起到了很大的作用，然而亦形成了对科幻小说的桎梏，并不利于这一文类呈现出自己独特的优势与特点，这一点将在下一章展开重点论述。彼时大众的阅读期待与科幻小说的文类特质之间产生了巨大的裂隙，这并不是说中国读者缺乏想象力，而是他们未曾习惯基于科学知识生发出的想象，以及科幻小说的想象模式与主题。在很多读者看来，科学知识的严谨与幻想的天马行空本就是不相容的。其实，不仅普通读者不习惯科幻小说的叙事与想象模式，甚至就连具有一定科幻小说阅读经验的科普作家、评论家也并不欣赏太过于具有想象力的作品，认为"小说就应该真实地反映生活，幻想小说也不例外。虽然幻想小说并不直接反映生活，但是，经过变形化的处理以后，也必须使人感到它是真实的"[2]。而当时的科幻作家暂时还无法调和真实性与想象力之间的矛盾，换句话说，彼时的科幻作品不能满足读者的阅读趣味与需求。

20世纪80年代科幻小说中存在的创作问题亦是其衰落的重要原因。尽管在这一时期涌现了不少优秀的科幻作品，如童恩正的《珊瑚岛上的死光》、郑文光的《飞向人马座》、金涛的《月光岛》等，但是大部分科幻作品不管是在科幻创意还是在情节设置、语言风格上都不甚突出，最主要的问题有两个：一是科幻小说中科学知识的介绍与阐释问题，二是科幻作品在创作技巧与思想意蕴上的稚嫩。这影响了读者的阅读观感和体验。

科学性与文学性始终是科幻创作过程中值得关注的话题。科幻小说的特殊性质决定了作者在书写过程之中不能抛弃知识沉溺于幻想之中，而大量的科学书写又势必会打断小说的节奏和进程，削弱作品的趣味性，所以科幻作家需要考虑科学知识如何融入小说情节之中，如何在追求小说趣味性的同时兼顾科学背景和知识的介绍。新中国成立后的大部分科幻作品习惯性地以"对话体"的方式来完成对科学知识的讲解，并常常伴随这样的情节模式：一个记者或者一个小学生遇到了一种特殊的现象和一种新的仪器，迷惑不解之际，往往会有通

---

[1] 李恒瑞、李文友：《读者来信摘抄》，《科学文艺》1981年第2期，第59页。
[2] 赵世洲：《惊险科幻小说质疑》，《读书》1982年第8期，第65页。

晓一切的科学家进行解答。正如萧建亨所说:"到了50年代初,我们的作者为了普及知识,在小说里,不得不用一问一答的方法,来给孩子们上'科学普及'课。有的干脆在作品里安排一个头发花白了的老科学家用一问一答的方式给少先队员上起课来了。总之,作品一到了揭开谜底的阶段,总脱不了这种方法。或者,另外开辟一章(或一节),来专门讲清我们要普及的'科学'。"①这样的模式有着明显的优势,那就是可以十分清晰地呈现信息,让读者更好地理解知识,从而达到普及知识的目的。然而,这种方法也存在着弊端:首先就是容易形成知识的"肿块",相关科学知识游离于小说之外,与小说的整体叙事格格不入;其次则是不利于人物形象的塑造和展开,由于对话不是为了塑造人物而服务,而是为了知识的普及,所以小说中的人物往往成了科学知识的传声筒,而不具备独立的性格。到了20世纪80年代,这个问题引起了一大批科幻作家的关注,他们敏锐地意识到"对话体"的缺陷。"这些年来,凡是具有一定创作实践经验,并总想有所突破的作者,对于这个七巧板式的迷魂阵,无不感到万分腻烦和万分苦恼。他们苦苦地思索,开始做种种的尝试,终于逐渐弄清了一个道理,科学幻想小说或故事,一定有它们自己独特的道路和独特的规律。"②一些科幻作品正在摒弃这种方式而让科学知识推动情节的发展,但是这种写作方法上的探索和实验并不都是成功的。在一些科幻作品中,科学知识无法与情节相融合,仍旧以知识"肿块"的面貌出现,而更多的情况是,科幻作家在无法处理科学知识与情节书写的情况时,就完全把科学知识抛诸脑后,只有幻想而看不到科学知识的影子了。

以林树仁的《长江牧鱼记》为例,作者描绘了"牧鱼"时壮阔的景观,亦塑造了李宏这样一个充满责任心、能干理智的女工程师,甚至记录了"我"与李宏之间若有若无的情愫。相较于新中国成立初期的科幻小说而言,这部作品的情节复杂了很多,人物形象也更加立体,但是把知识融入作品之中的方式并没有变,仍旧是通过对话引入"牧鱼"的科学原理。作品在第一节对"我"的背景进行了简单的介绍,在第二节"飞蛾的启示"中就通过李宏与"我"对话的形式,说明了这项技术背后所蕴含的科学知识。"牧鱼"这一想法的诞生是因为受到了飞蛾求偶的启示,雌蛾通过一种化学物质来吸引雄蛾,而"东方一号"渔船通过释放少量的性诱剂使鱼儿追随船只游走,以达到大批运送鱼类的目的。虽然最后作者又补充了一些技术上的细节,但是这一操作仍旧是萧建亨所说的"七巧板模式"的一种变体,即"作者就整天忙于寻找一点什么'新'

---

① 萧建亨:《试论我国科学幻想小说的发展》,《科学文艺》1980年第4期,第63—64页。
② 萧建亨:《试论我国科学幻想小说的发展》,《科学文艺》1980年第4期,第64—65页。

的科学点子,然后就围绕这个主题,编造情节,配置人物。然后就皱着眉头,在他的纸上开始拼凑一篇科学幻想的'七巧板'"①。为何会出现这样的结果?这是因为科学知识与情节的发展其实是脱节的,不依赖于这一科学技术,人物性格和情节发展也能够进行下去,知识与技术结合得并不紧密。

黄人俊的科幻作品《海星》则在一定程度上解决了科学知识与小说情节不相容的问题,它围绕海星断肢再生这一科学事实书写了一篇精彩的科幻小说。年轻的地质工程师粟斌遭遇严重的车祸,面临双腿截肢的风险,医生面对这种情况却束手无策。但是一直沉迷于海洋生物研究的学者温海星却想出了办法,他发现了海星断肢再生的奥秘,找到了一种神奇的生物酶,并从这种酶中提取出了再生素,并尝试把这种技术应用到人身上。尽管遭到了医生朱彤的阻难,粟斌仍然选择了信任温海星,进行了这个实验。可是实验并没有成功,反而使他产生了变异,"粟斌的双腿已长出一部分,可是,它变得又细又小,遍体是焦黄色的浓密体毛。这哪儿是人腿,分明象一对爪子"②。面对这样的结果,温海星遭到了一大批人的指责,但是他没有气馁,与研究组的同事们一起寻找解决方法,并在自己的身上做实验,最终让粟斌重新长出了两条健康的腿,解决了人类断肢再生这一世界难题。作者基于海星断肢再生的现象做了大胆的想象,从生物学角度对这一特殊的现象作出了解答,同时通过一场事故,把这一科学想象直接与现实生活相勾连,以实际的生活场景来对这一科学成果进行阐释,使读者对相关的科学想象有了更加直观的认识。作者巧妙地以粟斌的个人命运来呈现技术的发展,让个体命运与科技想象紧密结合:出车祸/技术诞生(呈现)—接受实验/技术实现—实验失败/技术完善—粟斌康复/技术成功。可以说,这一技术的发展过程之中充满了人文关怀,作者隐晦地传递出"科技发展的原动力是人"这一充满温情的科技观。而且题名中的《海星》既指的是海洋生物,又指的是科学家温海星。他一方面沉迷于对海星的研究,具有科研热情和崇高理想;另一方面也像海星一样默默无闻,但创造了一个个奇迹。他与早期科幻小说中充满自信、无所不知的万事通科学家截然不同,他并非一个天才,而是凭借着坚韧不拔的精神和艰苦的奋斗攻破了难题。他为了达到研究目的,甚至不惜以自己的手作为实验对象,就算失去了亲人也不曾停下研究的脚步。一个锐意创新、甘于奉献的科学家形象跃然纸上。

而为了故事的完整性和流畅性抛弃对科学知识的讲解,这种情况更为常见,如丁磊的科幻小说《冰冻的微笑》。与同期作品比较起来,这部作品的主

---

① 萧建亨:《试论我国科学幻想小说的发展》,《科学文艺》1980年第4期,第65页。
② 黄人俊:《海星》,《科学文艺》1983年第1期,第30页。

题较为新颖，是对试管人和人类关系的想象，作者不再一味坚持科技乐观主义，而是借助一个凄美的爱情故事对试管人和人类的关系做了悲观的预测：试管人作为人造人会遭到人类的歧视。这篇作品是一部文学性极强的科幻小说[①]，"我"与黛尔塔两个人十分相爱，虽然是在26世纪，但是我们的爱情犹如所有20世纪的情侣一样充满着甜蜜，但是黛尔塔试管人的身份犹如一团乌云一般在我们的爱情生活中投下阴影。由于我们在不同的星球工作，她陷入了深深的不安中，而她的身份也让她没有办法随意离开自己工作的土星。因为忍受不住精神的折磨，她最终选择走入冷冻室中，没想到却因自己不恰当的操作让两人天人永隔。尽管这部作品本身十分动人，但是在知识层面却显得格外薄弱。作者显然不欲完善关于试管人的种种设定，也不曾基于身体特性而解释这种歧视的由来，更不曾从外在的社会层面来表现这种歧视对于试管人生活的切实影响，而着力于从人物的主观感受来探讨歧视的存在，以至于对人与试管人关系的想象显得不够严谨。这种关系的想象并非基于对技术的观察和逻辑的推断，而是变成了一种人物身份的设定，呈现出知识与想象的疏离。这样的作品在20世纪80年代还有很多，如石厥仁的《代表》。工作繁忙的科学家梁寒造出了一个和自己一模一样的机器人，让"他"代替自己去开会，以至于闹出了不少笑话。机器人"梁海"显然已经具备了一定的人类智能，但是作者显然不愿讨论其中所涉及的科技问题，而是讽刺了当时会务烦冗、人们无法专心本职工作这一社会现象。这样的作品在叙事上显然更加完整，文学性更为突出，然而却削弱了作品的科学性，以至于变成了披着科幻外衣的其他类型小说，失去了科幻小说本身的特质与魅力。

由此观之，20世纪80年代科幻小说的发展停滞有着多重原因，既有着外界政治、文化氛围的影响，又源于科幻领域内概念含混不清、创作观念保守的问题。彼时，科幻小说的发展陷入低谷，读者人数锐减，同时还面临着文学体制的改革，国家在逐步减少对于杂志和出版社的经济支持。在这种情况下，《科学文艺》也举步维艰，但它没有被困难打倒，而是在有限的条件下求新求变，继续进行科幻小说创作规律的探索，为中国科幻小说的复兴保留了火种。首先，《科学文艺》杂志社在办刊方针上进行了大胆的探索和调整，在吸引读者的前提下，逐步向通俗的大众文学杂志方向靠拢；其次则加强与国外科幻文学领域的联系，从有经验的国外科幻研究者和爱好者中获取经验和支持，充实中国科幻小说的力量。

20世纪80年代中后期，文学体制的改革已经开始了，虽然文学市场还未

---

① 《科学文艺》编辑部：《〈冰冻的微笑〉点评》，《科学文艺》1981年第2期，第38页。

第一章 中国科幻文学"黄金时代"的到来与终结(1979—1990)

完全成型,但是期刊社、出版社所获得补贴已经大幅缩水,文学期刊不得不面对自负盈亏的生存问题,而这个问题对于《科学文艺》来说更为严峻一些。科幻小说面临着衰落的局面,大量读者流失,而《科学文艺》在诞生之初亦存在着一些编辑方针和定位的问题,再加上文化政策的变化,其困境显得尤为突出。面对这样的情况,《科学文艺》编辑部一方面在经营策略上进行调整,比如精简人员、以副业养主业等,另一方面则在办刊方针上进行摸索,尝试向大众文化刊物转型,以期吸引更多的读者。经营管理的问题不是本书所探讨的重点,而《科学文艺》在编辑方针上的转变,以及这种转变所带来的对科幻创作的影响却值得我们关注。受到当时市面上一些流行的大众文化杂志的启发,《科学文艺》也尝试向通俗文学期刊转型,不仅更名为《奇谈》,而且所刊载的科幻小说作品也加入了更多通俗文学元素,严谨的科学论述减少,而传奇、刺激的情节有所增加。这种编辑方针上的转变常常被看作一种对市场和经济效益妥协的结果,甚至连编辑自己都认为这样的转变是"丢份儿"[①],而鲜少去关注这种转变对于科幻小说创作可能带来的积极影响。实际上,这种通俗化的转型,对于科幻小说摆脱儿童科普标签、走向成熟有着积极的意义,有助于帮助科幻作者打破科普作品的枷锁,当然也不能否认这造就了一些格调不高、语言粗鄙的科幻小说。

《科学文艺》在诞生之初其实就面临着定位不清晰、缺乏突出风格等问题,这些问题的出现与科学文艺概念的模糊不清有着很大的关系,也与当时的办刊环境和政策相关,其从属于四川省科普创作协会,创办目标是更好地传播与普及科学知识,不需要过多地为经费和读者定位所担心。而到了20世纪80年代中期,这样的办刊方针显然不再合适了。《科幻世界》第一任社长杨潇也意识到了这一情况:"当年接手《科学文艺》时,它的办刊宗旨是以科学文艺的形式普及科学知识。我们在办这个科普刊物时感到很困难,因为科学文艺涵盖太广,是从苏联学来的那一套。你看我们的栏目有什么呢?有科学家传记、报告文学、科幻小说、科技电影剧本、科学童话,有科学诗歌、科普散文、科普小品、科学考察记……以科普的名义集纳各类科普题材体裁,一锅大杂烩。说起来比较全面,结果重点不突出,组稿也不好组。……而且发行量日渐萎缩,虽然当时做了那么多书挣了一些钱,但'养鸡喂老虎',以副业养主业,也觉得特别不值。"[②]正是在这样的情况下,《科学文艺》杂志社开始逐步探索新的编辑方针,以期在定位上更加精准。其实早在1986年,《科学文艺》就已经有了

[①] 杨枫编著:《中国科幻口述史》(第一卷),成都时代出版社,2022年版,第28页。
[②] 杨枫编著:《中国科幻口述史》(第一卷),成都时代出版社,2022年版,第26页。

更名和改版的念头，在1986年最后一期杂志中已经刊发了启事，将由《科学文艺》更名为《银河》，旨在创作"新概念的科学文艺。科学文艺决不是让文艺当科学的讲解员，而是反映在科学浪潮的冲击下社会、人生的变革。这是表现自然、社会、人的全新文艺"[1]，并且在启事中对栏目内容进行了预告，不仅会有"最富有幻想色彩的《科幻之窗》《未来世界》；最具有强烈现实感的报告文学、纪实小说"[2]，还会有刊登科技趣闻、科学小品的《五光十色》，讲述科学家传记的专栏《科学家漫画象》，探险文学《热爱生命》《考察记》，具有思想性的散文、随笔《它山之石》《讽刺幽默》，甚至"还有一个让读者讲实话的沙龙，请读者直接倾诉心声"[3]的栏目。《科幻之窗》《未来世界》《讽刺幽默》等是《科学文艺》既有的老栏目，而《热爱生命》《科学家漫画象》则是在早期杂志上未曾出现过的新栏目，通过这些栏目设置可以发现，《科学文艺》不再把科普知识作为刊物的方针目标，而是在保持自身特色的基础上向文学综合类刊物转型，准备通过增加栏目来吸引更多类型的读者。在这样的改名之中，《科学文艺》显然是想做"加法"而不是"减法"。但是这个想法遭到了大多数读者的反对，读者陈其书的想法十分具有代表性："希望保持原来的特点，以发表科幻小说为主。这是全国唯一的科学文艺阵地了，千万不要失掉！"[4]于是这次更名不了了之。直至1988年，《科学文艺》杂志的经营状况进一步恶化，"从1984年10月起，由于国家财政困难，不再拨给《科学文艺》一分钱。为使中国唯一的科幻杂志生存下去，编辑部一再精简人员；一人身兼数职，千方百计发行一些图书来养活刊物。但近两年来纸张、印工及邮局发行费一涨再涨，每本定价0.55元的刊物，实际成本却是1.05元，每本刊物要亏损0.50元。真是赔不胜赔。还有不少读者反映：《科学文艺》刊名太死板"[5]。显然，制定新的编辑方针，进行内容上的改革和创新，已经迫在眉睫。虽然编辑部提出"使《奇谈》成为亿万青少年喜闻乐见的刊物"[6]，但实际上杂志的风格却日渐成熟，更多的偏向市民群体，血腥、暴力与色情元素出现在了作品之中。这种变化体现了在多个方面，最直观的便是杂志的封面。

[1] 《科学文艺》编辑部：《〈科学文艺〉明年下半年改名〈银河〉》，《科学文艺》1986年第6期，第62页。
[2] 《科学文艺》编辑部：《〈科学文艺〉明年下半年改名〈银河〉》，《科学文艺》1986年第6期，第62页。
[3] 《科学文艺》编辑部：《〈科学文艺〉明年下半年改名〈银河〉》，《科学文艺》1986年第6期，第62页。
[4] 《科学文艺》编辑部：《回音》，《科学文艺》1987年第3期，第64页。
[5] 《科学文艺》编辑部：《更改刊名为〈奇谈〉明年起自办发行》，1988年第5期，第1页。
[6] 《科学文艺》编辑部：《更改刊名为〈奇谈〉明年起自办发行》，1988年第5期，第1页。

第一章　中国科幻文学"黄金时代"的到来与终结（1979—1990）

　　早期《科学文艺》的封面，大都与科学元素相关，画面简单，风格质朴，文章标题也往往以黑色字体写成，整个封面显得较为低调，与杂志早期的传播科学知识的办刊目的相得益彰（图2为《科学文艺》1979年第1期封面，图3为《科学文艺》1987年第1期封面）。更名为《奇谈》之后，封面的风格出现了较大的变化，封面风格更加大胆，出现了裸露的人体、怪兽等元素，标题配色往往以红黄绿等鲜艳的颜色为主，看起来颇为醒目（图4为《奇谈》1989年第1期封面，图5为《奇谈》1990年第1期封面）。

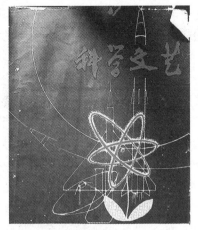

图2　《科学文艺》1979年第1期封面

图3　《科学文艺》1987年第1期封面

图4　《奇谈》1989年第1期封面

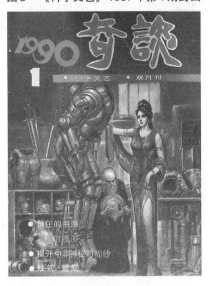

图5　《奇谈》1990年第1期封面

27

刊物内容上也有很大的变化，《科学小品》《科学家传记》《科学童话》等栏目全部被取消，小说成了主要内容体裁，而科幻小说又占据了绝大部分篇幅。《奇谈》杂志社有意通过栏目的调整来做更精准的受众定位。这一时期所刊登的科幻小说也不同于早期面向少年儿童的科普读物，而是逐步变成更适合成人读者阅读的科幻传奇，小说的想象变得更加大胆离奇，故事情节也更加曲折多变，也不再避讳对人性之恶和情欲的书写。这样的改变在一定程度上推动了科幻小说主题的深化，使中国科幻小说得以脱离对科技器物的想象，而有了探寻人性深度的可能。然而，遗憾的是，这一时期科幻作品中严谨的科学与技术因素少了很多，严谨的推理让位于传奇的故事，最终导致了科幻小说中的科学精神与科技色彩的进一步流失。

以卓都编译的作品《偷渡者的爱情》为例，这部作品讲述的是星际航空中的"偷渡客"。"我"独自一个人驾驶宇宙飞船前往剑鱼星，没想到竟然在货舱中发现了一个年幼的小女孩爱丽丝。她恳求"我"带上她前往这颗行星，"我"本着可怜她的想法答应了，没想到在飞行途中她竟然由小女孩变成了一个妙龄少女，并且还在以极快的速度衰老。在这个时候她才对"我"说了实话，原来她吃了剑鱼星上一种特殊的药草，能够使她变成一个幼童，但是这个药草的作用只能维持一段时间，如果不能及时吞服她就会衰老致死。而这次她的运气实在不好，没有提前回到星球，只能期盼"我"的飞船早点到达。"我"目睹了她不同的生命阶段，还因此爱上了她，并且最终陪她找到了药草。但是药草既是帮人类摆脱时间的神药，又是赋予人诅咒的毒药。"我"和爱丽丝处于不同的时空之中，她历经千帆却仍然能够保持稚气的面容，而"我"只能按照正常的速度衰老，于是我们最终分别。在这部作品中，作者对爱丽丝的身体进行了大胆的描写，毫不避讳地呈现"我"与爱丽丝之间的情欲，"她一夜之间竟变成了大人，比昨晚我们道晚安时的她高出足有一英尺。她的跳伞服现在只是一些破破烂烂的布条了，什么也裹不住。她的臂部向外弯曲，……胸部也长得圆圆的，乳房小而突出。当我注视这对乳房时，它们似乎已长得很丰满了"[①]。"我的心被迷惑了，但身体却没有反应。她激励我，以各种方式抚摸我，这就是告诉我她想干什么。她望着我，她的嘴唇湿润并微微开启，她的眼神在乞求着。我根本无法抵御这哀求的目光。我撤开我的思想，并让我的情感任意驰骋。"[②]这是早期科幻小说中不曾有过的内容，虽然20世纪70年代末80年代初的科幻作品之中不乏对爱情的书写，但是这种爱情书写往往是落脚于爱人双方

[①] 卓都：《偷渡者的爱情》，《奇谈》1989年第1期，第28页。

[②] 卓都：《偷渡者的爱情》，《奇谈》1989年第1期，第28页。

共同的事业和目标，展现出的是青年男女之间远大的理想与理性的科学精神。这样的爱情故事虽然不乏动人之处，然而却很少触及人类的欲望，处于爱情之中的男女往往变成了传递科学精神的工具，而不是具有鲜明个性的个体。虽然这只是一部编译作品，而不是作者原创作品，但是刻意凸显了男女两者身上的个体情欲。尽管这部作品中充满了经典的科幻元素，如太空航行、神奇植物、异族生灵，但是其与一流的科幻小说作品之间还是有着差距，因为在这部作品中显然缺乏一种科学精神与知识依据。与另一部在科幻文学史上引起广泛讨论的汤姆·戈德温的《冷酷的方程式》相比，就可以明显地看出二者的差异。《冷酷的方程式》于1954年发表于坎贝尔的《惊奇故事》杂志，并在1981年《科学文艺》第5期上刊登了中译版，不过更名为《冷酷的平衡》。这部作品同样是讲述太空偷渡客的遭遇，却是一个不折不扣的悲剧。这位才满18周岁的女孩玛丽琳因为心系哥哥的安危，偷偷登上了一艘飞船，这艘飞船上正好携带着拯救女孩哥哥的血清，但一切都是经过精心计算的，容不得一点差错，女孩的出现将会带来飞船坠毁的可怕后果。经过多方考虑之后，人们只能把女孩扔出了宇宙飞船。这部作品一发表就受到了读者关注，并有很多科幻作家对这个故事进行改写。相较于《奇谈》所刊登的《偷渡者的爱情》来说，《冷酷的方程式》的结局显然过于残酷，但是它昭示了宇宙世界的特殊法则，这个法则不受文明社会的道德伦理、生命观念的影响，而自有一套独特的规则，要想在宇宙星辰中活下去，必须要遵守严谨的物理规则与科学法则。正如詹姆斯·冈恩在评价这篇作品时谈道：“我们必须学会法则，然后按法则办事。《冷酷的方程式》之中的法则就是太空边远地区的条件，就是人不能凭感情办事。"[1]所以这篇文章尽管篇幅短小，然而对于中国科幻创作有着深远的启发，不仅让后来的作家敢于展开想象的翅膀对人境之外进行更大胆的想象，更是昭示了逻辑、科技与理性的力量，这是与一直以来所流行的"人的文学"的价值观所截然不同的文学理念。科学与数据不再是科幻文本中人的故事的点缀，而是变成了另一种威力巨大的法则。《冷酷的方程式》很好地解决了科学与文学之间的关系，其是基于科学常识来进行推导的结果，所呈现的是绝对的理性世界。然而《偷渡客的爱情》象征着中国科幻小说发展另外的方向，那就是与纯文学和通俗文学领域接轨，在主题上书写人情和人性之美，在创作手法上大胆借鉴通俗文学，刻意迎合大众读者的阅读兴趣。一方面是通过跌宕起伏的情节、阴森可怖的场景来达到离奇、悬疑的叙事效果，刺激读者的猎奇心理；另一方面则是以

---

[1] （美）詹姆斯·冈恩、郭建中主编：《太阳舞：从海因莱恩到七十年代》，北京大学出版社，2008年版，第170页。

复杂的人伦关系、命运的悲剧来营造煽情的氛围，挑动读者的情感。

以覃白的《我借少女一双眼睛》为例，这篇小说作品以"我"的眼睛几度失明、复明为主线，讲述了发生在"我"身上凄美动人的爱情故事。"我"本是东方硅谷实验室的一位研究者，但是突然出现了幻视，能够预见未来，看到别人无法看到的细节。"我"本以为这是压力过大导致的，便去雪山上的度假村休息，在这里"我"遇见了美丽的女性研究员于渺兰，并靠着自己的一双"奇眼"与她一起避免了一场大型事故的发生，还和她成了一双爱侣。然而好景不长，渺兰开始躲避"我"，甚至和自己的上司拥抱在一起，"我"在愤怒之后陷入了永远的黑暗，不得不接受"人工视网膜移植"。护士小兰对"我"仔细照料，让"我"走出了颓丧的日子，再度获得了光明，但是没想到"我"的眼睛再度变成了"透视眼"。"我"可以看透一切，不管是爱人的躯体，还是学术上的问题，都不能逃脱我的"怪眼"。然而诅咒也接踵而来，同事们厌弃我，朋友们畏惧我，"我"失去了工作，只能戴着铅镜生活。直到有一天一些坏人绑走了已成为我妻子的小兰，威胁我用自己的眼睛为他们获取情报。虽然警察最终救出了小兰，但是她的伤势过于严重，在弥留之际她把她的眼睛留给了"我"，"我"再度成了一个普通人。这部作品以"眼睛"为主线，展现了"我"一波三折的命运，充满了传奇性。篇幅虽然不长，却融合了多种通俗文学元素，既有"我"、于渺兰、小兰三人之间的爱情悲剧，又有正义与邪恶的斗争，还有能够透视的超能力……这都使作品具有了更多的可读性。而王果的科幻小说《蓝星浪漫曲》，则是以惊世骇俗的人猿恋完成了对人类历史的重写。身上长有红毛的母猿人在被逐出部落之际遇到了外星人亚当，两人虽然智力悬殊，然而在这颗充满危险的星球之中互相慰藉，以至于产生了深厚的感情。当亚当的族人最终到来的时候，亚当已经为母猿人取名叫作夏娃，愿意永远留在这个星球上了。对外星人的想象在20世纪80年代并不鲜见，但是外星人多是独立于地球文明之外，作为地球文明的旁观者出现。他们或是以友善的形象出现，为地球文明留下丰富的文明遗产，如萧建亨《"金星人"之谜》中的"金星人"，或是以作恶者的面貌示人，觊觎地球文明，如王道勤的《海底五昼夜》中的外星人掳掠了各地的地球人。但是在这篇作品中，外星人通过身体的接触进入了地球文明的进程，这是对中国当代外星文明想象的一种颠覆。而这种想象之所以能够发生，是因为它建立在讴歌人欲与人情的基础之上，作者分明是以另一种方式书写人性。

《奇谈》杂志在一定程度上避开了科幻小说创作中科学与叙事融合的难题，突出了科幻小说中传奇与离奇的一面，添加了通俗文学的创作技巧，拓宽了杂志的读者与受众范围。对于杂志的生存来说，这无疑是一次大胆而成功的尝试，社长杨潇也承认办刊方针的改革是行之有效的："《奇谈》第一期开场锣鼓一响，就印发了十二万册，可谓旗开得胜。"①只是向通俗大众杂志靠拢并没有彻底解决杂志定位不明的问题，更损耗了杂志前期所积累起来的声望，有哗众取宠之嫌，以至于遭到了一批读者的抵制，陷入了新的窘境中，那就是杂志风格和质量遭遇质疑，而这事关杂志日后的发展方向。社长杨潇已经敏锐地意识到风格转变之中潜藏的风险："《奇谈》才'谈'了一两期，就发现此路不通，刊物定位不符合大众审美，一味追求奇特新颖、标新立异，有悖于我刊办刊宗旨，市场接受，但社会传统文化心理不接受。"②而《科学文艺》杂志作为当时唯一的科幻杂志，自然影响到了科幻小说的整体创作，科幻小说通俗化带来的好处前文已经提及，但是引起的问题也十分明显。一方面导致了科幻作品格调不高，呈现出低俗化和媚俗化的趋势；另一方面则是科学性的缺失，使科幻小说脱离了其本质。如前面所提到的《我借少女一双眼》这部作品，就加入了很多直白的性描写，如"她那件空花的睡裙确实很美，恰如其分地隐去了胴体上最富有魅力的部分。我仿佛看见了她柔软的小腹，细细的腰胯和丰满的胸脯……她羞涩地投入我的怀抱，吻着我的脖颈、脸颊和嘴唇，她那双纤细的小手在我背上轻轻地摩挲着，我感到有一股电流又麻又痒地通过全身"③。这种描写对于推动情节的发展、呈现科技美学以及阐明主题意蕴来说都是不必要的，这显然是为了迎合成人市民读者的阅读兴趣而硬加入作品之中的。还有一些作品虽然打着科幻小说的名号，但其实缺少认知性，可以看作披着科幻外衣的言情或侦探故事。如《"幽灵"追踪记》中，毛琦的外星人形象并没有深入人心，反而是慧芳、小倪和明（另一个女外星人）之间纠缠的恋爱关系更引人注意。

　　基于多种原因，《奇谈》在两年之后更名为《科幻世界》，这昭示着一种新的办刊方针，也预示着一种新的创作理念与方向，但是这并不证明中国科幻通俗化过程的停滞和失败。与通俗文类相结合，提升作品的趣味性，获得更多的读者，这将是中国科幻小说的发展方向，文学市场的形成已经是不争的事实，没有任何一种文类可以避免进入市场，更不能逃避读者的挑选。然而与美国科幻小说的发展历程不同，中国科幻小说的发展历程不是由通俗杂志过渡到畅销书时代，《科学文艺》就算更名为《奇谈》，也并不是典型的通俗文学杂志，科

---

① 杨枫编著：《中国科幻口述史》（第一卷），成都时代出版社，2022年版，第27页。
② 杨枫编著：《中国科幻口述史》（第一卷），成都时代出版社，2022年版，第28页。
③ 覃白：《我借少女一双眼》，《奇谈》1989年第1期，第75页。

幻小说一直是以一种带有知识性的精英文学的面貌出现的，就算在其发展过程中有过明显的通俗化倾向，也不足以改变其本质。因此，与其把《奇谈》看成是一段"接地气"的失败尝试，莫不如看成这是科幻小说创作领域的一种探索。

除了进行杂志风格与刊物宗旨的改革，《科学文艺》能够存活，能够为中国科幻保留下火种的原因还在于其开始"向外走"，尝试与外国科幻界取得沟通，为科幻小说的创作创新和理论发展汲取更多的养料。

尽管中国科幻小说受到了诸多外国科幻作品与理论的影响，但是其与外部科幻世界的联系主要是通过译介外国经典作品或者理论书籍进行的，中国科幻小说缺席了大部分具有世界性影响力的科幻活动和科幻奖项，而国内外科幻作者、团体、科幻迷之间的交流也是较少的。而到了1985年，《科学文艺》显然在有意识地改变中国科幻界这种封闭的状态，致力于扩大与外界的交流。这种交流主要集中在两方面：一方面是积极参与国外的科幻活动，在了解国内外最新科幻动态的基础上，扩大中国科幻文学的影响力；另一方面则是主动结识国外优秀的科幻研究者、作家，并且邀请他们参加中国的科幻文学活动。早在1987年，《科学文艺》杂志社代表团一行人就曾赴日参加日本第26届科幻大会[①]，与日本的科幻界取得了联系。而在1989年，时任《科学文艺》杂志社社长杨潇作为代表参加了1989年国际科幻协会年会（WSF Meeting，以下简称世界科幻年会），这是中国第一次派代表参加此类年会[②]，并在这次会议上争取到了举办1991年世界科幻年会的资格，这在中国科幻文学史上具有十分重要的意义。尽管世界科幻年会的影响力不如世界科幻大会（WSF Convention），但是这次年会仍旧起到了让世界认识中国科幻的目的，同时也在我国国内起到了为科幻小说"正名"的作用，为1997年中国国际科幻大会的召开奠定了基础。除了这种正式的活动之外，还有一些国外的科幻作家和研究者与《科学文艺》杂志取得了联系，参与到中国科幻活动中来。其中最为突出的代表是日本学者岩上治（林久之），他是日本"中国科幻研究会"成员，始终关注着中国科幻小说的发展。在中国语言学校任教期间，他与《科学文艺》编辑部取得了联系，参与了银河奖的评选，并且为《科学文艺》杂志撰写了一系列关于科幻文学的随笔文章。这些文章的内容大都通俗易懂，主要针对中国科幻小说存在的问题讲解一些基础科幻知识。如在《机器人》一文中，他对于科幻小说中常见的三种

---

① 《科学文艺》编辑部：《本刊简讯》，《科学文艺》1987年第5期，第24页。
② 《科学文艺》编辑部：《1989年世界科幻年会在圣马力诺举行》，《科学文艺》1989年第5期，第19页。

机器人类型（机器人[Robot]、仿制人[Android]、器官人[Cyborgs]）进行了讲解，并制作表格指出三者之间的差异（见表2）。之所以如此详细地对这一内容进行阐述，正是因为他发现中国的科幻小说中，在用语上还没有将这些概念明确区别开来，所以中国作品中所说的"机器人"，很多时候弄不清是指这三种概念中的哪一种。①

表2 《机器人》中对科幻小说中三种机器人类型的对比

	机器人	仿制人	器官人
材料	无机物质（金属，塑料等）	和人体基本相同	人体器官部分和机械部分各不相同
能源	需要能源补给	和人一样需要食物	视机械处于何种部位而异
行为	可以严格遵守"三原则"	不受"三原则"约束	同左
和人的近似程度	外表和生理反应上都难于和人近似	基本和人相同	视机械部分和人体器官部分比例各不相同
能力	可以具备人类所无法比拟的力气，但智力低下	基本和人相同	力气和机器人相同，智力和人类相同
生产	可以大量生产	制法不同，品种也不同	品种千差万别

可以说，岩上治在进行一种关于科幻创作的科普，他的文章跳出了中国科幻界长期争论的姓"科"还是姓"文"这种宏观的问题，转而关注一些具体的创作议题，从另一重角度解答了科幻小说中科学知识的问题。彼时，中国科幻研究处于停滞状态，相关的科幻创作问题也未曾得到关注，岩上治的文章尽管数量不多，但是在一定程度上填补了科幻研究上的空白，推动了中国科幻创作理论的发展，对后来的科幻作者起到了启蒙作用。更为重要的是，岩上治带动了中国科幻更多的向外走，《科学文艺》杂志社能够获得赴日参加科幻大会的机会，其就起到了较为重要的纽带作用，被誉为"中日SF交流的架桥人"②。除此之外，还有武田雅哉、美国科幻杂志《轨迹》时任主编查理·布朗、美国科幻作家弗兰德利克·波尔等人都与中国科幻界取得了联系。尽管这一时期中国科幻界与域外的联系并不是大规模、有组织的，但是这些联系却为日后中国科幻文学的再度复兴提供了支持。

总的来说，尽管在20世纪80年代中后期，中国科幻文学不复初期的辉煌，但是关于创作和理论的发展并没有完全停滞，《科学文艺》杂志在其中

---

① （日）林久之：《机器人》，谢廷庄译，《科学文艺》1988年第1期，第19页。
② 谭楷：《中日SF交流的架桥人》，《科学文艺》1987年第6期，第40页。

起到了巨大的作用。可以发现，它不仅是当时中国科幻文学唯一的发表和交流阵地，更是主导了一系列科幻文学的探索活动，尽管这类探索活动的规模并不大，也不是完全成功的，但是确乎为中国科幻小说的后续发展奠定了基础。

在中国科幻文学史上，20世纪七八十年代是一个特殊的年代，在近十年的时间里，科幻小说获得了极高的地位和极大的发展，却又几乎在一夕之间销声匿迹。缘何会出现这样的情况？这是研究中国科幻文学史所不能忽视的一个谜题。政治事件也许是导致这个结果出现的最直接的原因，但是绝对不应该将其视为唯一的原因。《科学文艺》的发展历程为解读这段历史提供了很多具体的材料，通过其所刊载的作品、编辑的手记、读者来信等，可以发现中国科幻文学迅速跃上文坛又退出舞台是有着多重原因的，其牵涉一直未曾解决的含混的概念问题、外来文学类型的本土化问题，以及至关重要的创作问题等。在这一时期，中国科幻文学呈现出一种较为驳杂的、受到多重文学观念影响的美学特质，而现实主义文学无疑是对科幻小说影响较深的一种文学类型。现实主义文学的创作精神和创作方法在给予科幻创作者以灵感和启示的同时，也在无形中削弱了科幻小说的想象力，在一定程度上造就了这一时期科幻小说独特的面貌。

第二节　中国科幻小说与现实主义

尽管现实主义概念来源于西方，但是对于"求真"和"写实"的追求却始终贯穿于中国文学史。当代科幻小说作为中国文学的一部分自然也受到了现实主义的影响，然而科幻小说作为一种带有强烈幻想色彩的文学类型，其对现实主义文学观念的吸收与呈现自有其特殊性。可以说，我国科幻小说接受现实主义文学观念的过程亦可以看作其本土化的过程。现实主义文学观念对科幻小说的影响经历了一个较长的过程。在20世纪70年代科幻小说复兴初期，现实主义特质显然不是评判科幻小说优劣的主要标准，但是随着"科文之争"愈演愈烈，科幻作品中的现实主义倾向越发明显。直到20世纪80年代后期，现实主义的影响才有了逐渐弱化的趋势。而现实主义文学思潮犹如一把双刃剑，一方面推动了科幻小说主题的深化与艺术表现力的提升，另一方面也在一定程度上束缚了想象力的展开，抹杀了科幻本身的特殊性。

一、从放飞幻想到反映现实：科幻现实主义观念的提出与生成

中国当代科幻小说有着较为明晰的现实主义特征，这与前文所提到的科幻小说概念含混不清的状况，以及自古有之的现实主义文学传统是分割不开的。1981年，郑文光更是正式提出了"科幻现实主义"的概念。尽管当时他并没有针对这个观念进行充分的阐释，但是这一观念的提出和围绕其所进行的创作实践，都说明现实主义文学观念已经融入和渗透进了中国科幻小说创作领域之内。值得探究的是科幻现实主义的合理性与生成过程，中国当代科幻小说中的现实主义因素自然无法忽视，但是提出明确的概念，从学理角度确认科幻小说与现实主义结合的合理性又有着不同的意义，这证明现实主义已经不再只是一种无意识的创作倾向，而是成了科幻小说进行创作与理论创新的重要资源。到底是什么因素促进了现实主义与科幻小说的融合？科幻现实主义观念的形成和提出又经历了怎样的过程？通过《科学文艺》所提供的线索，可以为其勾勒出一条较为清晰的理论变迁路径，并能在一定程度上追溯其背后的原因。

在科幻小说复兴的初期，其所蕴含的幻想性受到了重视，尽管有不少反映社会现实的科幻佳作诞生，但是否具有现实主义文学特征显然还不是评判科幻小说价值的重要标准。值得注意的是，这一时期对于幻想性的强调并不是有意识地进行的审美追求，而是出于培养创造性、推动生产力发展的实际需要。换言之，彼时对于科幻小说中幻想性的推崇，并非从其特质出发，而是尝试挖掘科幻小说对于培养想象力、创造性方面的特殊作用，甚至把科幻小说与解放思想、自由民主等更加宏大的议题结合起来，认为其有助于清除这一时期对于言论思想的禁锢。

科幻小说中所蕴含的幻想性被视为激发读者学习兴趣的法宝，也被看作推动科技创新的关键。在《科学文艺》杂志的发刊词中，马识途就强调："是的，科学需要幻想，但是幻想需要自由，自由需要民主。没有科学自由和科学民主，就不能激发出科学幻想来，只有从绽开的幻想的繁花中，才能结出丰硕的科学果实来。"[①]他在另一篇文章中，更加明确地表达了这种观念："科学不仅容许幻想，而且必须幻想。幻想是科学的翅膀。许多大科学家都从自己的切身体会中讲过了。科学文艺自然更是容许幻想，而且必须幻想，科学文艺插上幻想的翅膀，更能出神入化，奇采飞扬。"[②]这实际上呈现了当时科幻小说整体的

---

① 马识途：《祝科学与文艺的结合（代发刊词）》，《科学文艺》1979年第1期，第1页。
② 马识途：《解放思想，繁荣科学文艺创作》，《科学文艺》1980年第1期，第4页。

审美基调，那就是需要发挥想象力。而在1979年第一期《科学文艺》上的另一篇科幻理论文章《让幻想展开翅膀——科学文艺漫谈》中，作者张叙生直接提出："科学文艺应该充满幻想，科学幻想小说尤其应该充分发挥幻想。"①他认为："这种幻想，可以激发我们对未来的想象，可以启发科学上的新的发明创造。这种幻想，有的已经成为现实，有的将来逐步会成为现实。"②抱持和他一样观念的科幻研究者和作者并不在少数，饶忠华、林耀琛也提出："科学幻想小说是在当代科学成就的基础上对科学技术的发展所作出的创造性预见，并用幻想的形式描述人类利用这些未来的发现，去完成某些奇迹的小说。它的社会作用，主要在于启示读者的科学思考，鼓舞人们投身科学事业，勇敢地去探索和创造未来。"③而作为科幻读者的秦冰樵则更明确地说明："我认为，所谓科学幻想小说，应是把神话、科学论文、小说三者的某些特点结合在一起，从而完成'科学的启发'的任务。"④刘牧更是对幻想性作了更深的阐释，从科幻文学的推测性入手，从预测未来的角度指出了想象力的重要性："关于预见性。科学文艺作品有一个突出的特点，是与现代科学息息相关，并且充满着在现代科学基础上对未来的幻想。幻想是人类进行创造性劳动的'极其可贵的品质'（列宁语），它'概括了一切，推动着进步，并且是知识进化的泉源'（爱因斯坦语）。"⑤可以发现，当时的科幻研究者是把科幻小说中的幻想性与科技发展、人才培养结合了起来，认为充满想象力的科幻作品，一方面可以激发读者的创造性，使他们对科学产生兴趣，从而走上科学研究的道路，另一方面则是能够刺激科技创新，更好地解放生产力。此时对科幻小说中幻想性的讨论更多还是围绕实际功能而来的，所以科幻研究者们虽然针对幻想性发表了一系列看法，但是并没有就幻想性本身进行充分的阐释。幻想性的理论内核是什么？幻想性将会从创作层面给科幻创作带来什么？富有幻想性的作品应该具有什么样的特质？这些问题都未曾得到充分的展开，但是这并不意味着没有研究者对此进行思考。在《试论我国科学幻想小说的发展》这篇文章中，萧建亨直接指明："那么我们的出路在哪儿呢？出路就是继续大胆地解放思想，抛弃那些对科学幻想小说过分的、狭隘的实用主义态度，勇于实践，勇于探索，力求创作出既

---

① 张叙生：《让幻想展开翅膀——科学文艺漫谈》，《科学文艺》1979年第1期，第75页。
② 张叙生：《让幻想展开翅膀——科学文艺漫谈》，《科学文艺》1979年第1期，第75页。
③ 饶忠华、林耀琛：《把科学幻想小说的创作提高到一个新的水平——评1976年至1979年的科学幻想小说》，《科学文艺》1979年第3期，第71页。
④ 秦冰樵：《科学幻想小说应该以"科学启发"为主》，《科学文艺》1979年第2期，第94页。
⑤ 刘牧：《发展科学文艺的我见》，《科学文艺》1979年第3期，第75页。

能合乎世界潮流，又有我国自己的传统，自己的风格，在科学上和文学上都站得住的，无愧于我们这个时代的科学幻想小说作品来。这才是我们今天所面临着的真正应当花大力气去解决的问题。我们决不可仅仅停留在姓'文'姓'科'的争论上。"①作为一位有着丰富创作经验的科幻作家，萧建亨已经意识到了科幻与现实的矛盾，认为应该从想象力上下功夫，进行大胆的探索。张叙生也开始从科幻创作层面来思考幻想性的意义："所谓出新，是希望读到一些别具匠心的新作品，不仅有新颖的高瞻远瞩的科学幻想，而且有新颖的巧妙的艺术构思，要做到立意新，构思巧，布局奇。"②如果有充足的时间，中国科幻领域一定会对幻想性有更加深入的认识。然而在1981年前后，关于科幻小说的理论方向突然发生了转变，科幻小说中的现实主义因素得到了强调，科幻小说开始被明确要求关注现实。

在1982年《科学文艺》创办三周年的纪念刊物上，马识途在《科学文艺创作一议——为〈科学文艺〉创刊三周年而作》中明确提出了科幻小说应该关注现实，去写现实生活中出现的人和事。他针对当时科学文艺存在的创作问题提出了一连串的问题，并进行了肯定的答复："那么科学文艺是不是也应该是来源于生活呢？是不是也是人类征服自然的科学生活在作者头脑中反映的产物呢？我想应该是的。那么一个科学文艺作者是不是应该深入生活，深入到人类进行科学活动的领域里去观察、研究和分析呢？我想也应该是的。有人或者提出这样的问题：'我写的是科学幻想小说，写的是现实生活中并不存在的事物，怎么能说来源于生活？我到哪里去生活呢？'是的，你写的科学幻想小说也许有的是现实生活中尚未存在的，但是既然是科学的幻想，必定是人类征服自然的过程中有了这样的理想或幻想，而且是可以经过人类长时期的努力，得到实现的。"③同时，马识途在创作内容上继续进行延伸，进一步说明科幻小说应该创作什么，"我再想说一点，科学文艺是不是应该描绘那些为人类创造文明和幸福而英勇奋斗的科学家呢？是不是应该在科学小说中塑造起为我们祖国的'四化'建设而英勇献身的科技工作者，那些孜孜不倦追求生产上的革新创造、作出成绩的普通劳动者的形象呢？我以为也值得探讨。"④与其前期强调科幻作

---

① 萧建亨：《试论我国科学幻想小说的发展》，《科学文艺》1980年第4期，第66页。
② 张叙生：《情理之中，意料之外——科学幻想小说艺术构思浅谈》，《科学文艺》1980年第2期，第90页。
③ 马识途：《科学文艺创作一议——为〈科学文艺〉创刊三周年而作》，《科学文艺》1982年第3期，第4页。
④ 马识途：《科学文艺创作一议——为〈科学文艺〉创刊三周年而作》，《科学文艺》1982年第3期，第5页。

品的幻想性不同，这一时期，他明显开始关注科幻小说中的现实意义。而这种关于科幻理论的转向早已经开始了，在彭钟岷、彭辛岷所写的科幻理论文章《试论科学幻想小说的构思》中，他们提出了对叶永烈所说的"两种构思"的疑问，认为"目前一些按'两种构思'论创作出来的科学幻想小说，由于降低了要求，以表现科学幻想为目标，不能从美学、哲理的高度去深入探索，至于它的社会意义，则无暇顾及，更谈不上艰苦的发掘了。结果作品主题思想往往浅露，无非是一般人都知道的道理，甚至还没有普通读者能够讲出来的东西多。这样的作品自然不能使人思想震动，感情升华，或者留有余味，让读者领悟到一点新的意思"①。描摹现实已经取代了放飞想象，成了新的评价标准。

在叶永烈所写的《科幻小说的"革新家"——记美国著名科幻作家海因来因》中，他有意突出了这位美国科幻作家作品中的现实主义因素："在海因来因的科幻小说中描写的未来，具有很高的现实感。给人的印象就象熟练的新闻记者描写所见所闻的现实一样。他所描写的社会、事件和出场人物的一切，都具有恰到好处的实在性。他常常探索创作不同风格、样式的科幻小说，被人们誉为科幻小说的'革新家'。"②作为一篇传记类作品，这篇文章更多的是在描绘海因来因的生平及其留给作者的印象，因此这一对作品的评价虽然短小却极为突出，展现了一种以现实主义为中心的对科幻文学的评价标准。尽管不能否认海因莱因作品中确实包含着实在性，但是也许他作品中的"强力幻想"③更能够给读者留下深刻的印象。而在对华裔女作家韩素音的访谈中，科幻小说的现实性也一再被强调，"科幻小说就是要让人们对将来有准备，科幻作家要想到将来。科幻小说是科学革命时代关于将来的文学，是了不起的、大有前途的文学。科学是现实的，科学幻想也是为现实的，是为现实服务的。十五世纪国外有人写飞机，中国古代有嫦娥奔月的故事，这些神话不都变成现实了吗？"④而与科学文艺相关的征文比赛和会议主题也证实了这一点。在1982年由中国科普创作协会和《科普创作》编辑部联合主办的科学文艺征文启事就直接指明作品应该以现实主义题材为主，要求作品围绕以下方面创作：从科学的角度描绘赞颂祖国大好山河，宣传我国人民运用科学技术改造自然取得的伟大成就，阐

---

① 彭钟岷、彭新岷：《试论科学幻想小说的构思》，《科学文艺》1981年第3期，第75页。
② 叶永烈：《科幻小说的"革新家"——记美国著名科幻作家海因来因》，《科学文艺》1983年第2期，第57页。
③ （英）布赖恩·奥尔迪斯、（英）戴维·温格罗夫：《亿万年大狂欢：西方科幻文学史》，舒伟、孙法理等、孙丹丁译，安徽文艺出版社，2011年版，第417页。
④ 周孟璞、王孝达、谭楷、杨横：《韩素音谈科幻小说》，《科学文艺》1983年第2期，第29页。

述按照自然规律进行建设的重要意义和普及有关的科学技术知识,特别是农村需要的科技知识;促进农、林、牧、副、渔多种经营发展的科学技术知识;我国人民在科学技术上的革新和发明创造,特别是各条战线运用科学技术推动生产发展、取得显著经济效果的典型事例,最好既宣传科技成果及其有关的知识,又宣传先进人物的先进思想和先进事迹;国内外科学技术的新进展、新探索,以及科学发展中的重大课题,例如节约能源和开发新能源、天体演化、遗传工程等题材;针对当前我国社会中出现的迷信活动,进行破除迷信的无神论的宣传;有关人民身体健康、保护劳动力、讲究卫生、移风易俗的科学知识。①

这一征文启事中所提出的六点要求都是针对题材而言的,作品应该写已经有的科技成果和技术,力求保证其中所涉及的知识的真实性。而在四川省科普作协举办的年会上,现实主义再度作为一种创作标准被提了出来:"大家认为,我国的科学文艺必须走自己的道路,作品应当具有鲜明的民族风格;当前在创作上,要大力提倡写现实题材,使作品能体现时代精神,更好地为建设两个文明服务;要反对那种脱离现实、违反科学、追求离奇、粗制滥造的不良倾向。"②通过这一系列理论文章可以发现,彼时科幻创作领域内所提倡的"现实主义"更多的是针对科幻小说的内容进行调整和约束,偏向于追求知识的正确性和生活的真实性,与纯文学领域中的"现实主义"概念也有着一定的出入。这其实就导致了将"现实"的意涵混同于"科学"与"真实",进而又将"幻想"与"文艺性"乃至"社会思想""社会主题"彼此联系的问题。③可惜的是,对于科幻现实主义的讨论和阐释在1983年前后陷入了停滞,在外部因素的影响下,不仅科幻创作遭遇重创,中国科幻理论体系建构也遭到了阻碍。直到2010年前后,陈楸帆、韩松、吴岩等新生代、更新代科幻作家和研究者才再度提起这个概念,并对这一概念进行了更深入的阐述,从作品风格、创作题材等多个方面论述了科幻现实主义的内涵,使其再度成为中国科幻文学理论中的热点问题。

回望科幻现实主义概念生成和传播的过程,可以发现这背后实际上隐含着中国科幻文学理论建构的一个重要转向——由放飞幻想到重视现实。到底是什么因素在这一过程中起到了主导作用?当然不能忽视一定的历史原因,中国文

---

① 《科学文艺》编辑部:《科学文艺文员会和〈科普创作〉编辑部联合举办现实题材科学文艺征文》,《科学文艺》1982年第1期,第65页。
② 《科学文艺》编辑部:《四川省科普作协举行首届年会》,《科学文艺》1982年第2期,第10页。
③ 姜振宇:《贡献与误区:郑文光与"科幻现实主义"》,《中国现代文学研究丛刊》2017年第8期,第82页。

学史中源远流长的现实主义传统和苏联科幻文学理论的确都应该为这一转变负责，但是更为重要的原因可能是科幻小说概念含混的问题一直未曾得到解决，以及科幻小说未曾逃出"工具论"的桎梏。之所以得出这样的结论，主要基于这一时期对相关理论问题的研究所呈现出的特质。

首先，对于很多理论问题的讨论并没有展开，研究者们并不从文学研究的层面出发，以规范的学术语言和严谨的逻辑理路来对科幻小说创作中的理论问题进行探讨，更多的还是聚焦于科幻小说的功能。以科幻小说的幻想性为例，很少有研究者专注讨论幻想性本身对于科幻创作的意义，更没有从创作的角度来谈一谈科幻小说如何呈现出幻想性，也没有在了解中国科幻前期创作的基础上对中国科幻想象的呈现进行更多的整理，而是更多强调科幻小说中的幻想对于读者而言有何意义。对于科幻小说现实性的辨析也是同样的情况。虽然郑文光提出了"科幻现实主义"这个具有学理性的概念，但是如何在强调幻想的科幻小说中融入现实主义，现实主义对于科幻创作来说到底意味着什么等这些与科幻创作相关的理论问题都被悬置了，无法得到深入探讨。讨论更多地聚焦于科幻现实主义对于读者的意义，以及秉持现实主义原则的科幻文本将会对处理实际问题有何助益。当然，出现这样的情况可以视为中国科幻文学理论建构过程中的阶段性问题，但是其背后仍旧受到了工具论的影响，只不过彼时对于科幻小说的功能认知超越了单纯的科普功能这一点。

其次，通过对现实主义观念渗透、影响科幻创作的过程进行梳理，可以发现这种理论转向是与科幻文学姓"科"还是姓"文"这个大的议题相关的。"科文之争"的一个争论焦点其实是科幻小说中科学知识的真实性问题，这本质上源于科幻小说概念和性质上的模糊。一直以来，科幻小说被视为科普文学的一部分，但是其所具有的预言性和文学性与普通的科普小说又有着本质的区别。随着科幻作家创作经验的累积，以及中国科幻理论体系建构的推进，科幻小说与科普文学之间的矛盾开始显现和激化。然而在进一步厘清概念的过程中，这些关于分类和创作的问题是没有办法得到解决的。尽管这一时期，郑文光、童恩正、萧建亨等一批科幻作家已经注意到了科幻小说性质上的模糊性，开始有意识地进行中国科幻文学的理论探索，但是受到自身创作经验、理论背景的影响，他们也很难在短时期内推翻原有的成见，构建新的理论体系。这也导致他们当时在创作方法、题材选择上，也多以断言式的直觉判断为主，普遍缺乏深入的理论思考。[①]而对现实性的关注和讨论无疑是对"科文之争"的另

---

① 姜振宇：《贡献与误区：郑文光与"科幻现实主义"》，《中国现代文学研究丛刊》2017年第8期，第83页。

一种应对思路。科学界和科普界对科幻小说中科学的真实提出了极高的要求，在满足这种真实性的前提下，科幻小说的艺术魅力就要大打折扣。对于已经跳出了"科普功能论"的科幻作家来说，这是一种倒退，然而要完全抛弃科学性又是不可能的。因此，"写真实"的科幻现实主义概念的提出更像是对这一问题的逃避与悬置。尽管科幻现实主义并没有对科学知识的正确性做出明确的阐释，但是关注现实世界和已经存在的科技成果本身就是一种对真实性的追求。"真实性"这一概念本身的暧昧不明，实际上给予了科幻创作更大的自由度，其不仅囊括写真实的现实世界，也涵盖传递准确的科学知识。对现实的强调在一定程度上就是对幻想性的驱逐，减少天马行空的想象，自然而然就会增加对事实的书写，这也在一定程度上避开了对"姓科"还是"姓文"问题的正面回答，躲开了与科普界的直接交锋。

总的来说，从20世纪70年代末期至80年代初期，一批中国科幻小说作家和批评家已经展开了对科幻文学理论和创作规律的探索，而从对想象力的提倡到对现实性的聚焦，不得不说是科幻理论探索的一个转向。这个转向的促成有着诸多复杂的原因，既有中国文学史中现实主义传统的影响，又有科幻小说性质暧昧不清的推动。值得注意的是，批评标准的转变势必会带来科幻小说创作上的转型和转向。

二、从"幻想记"到"世情书"：现实主义影响下科幻创作的转型

在倡导现实主义的过程中，科幻小说创作有了进一步的转型，这种变化体现在多个方面。首先，从内容上来说，在关注现实世界这个大前提之下，科幻小说的题材广度和思想深度都有所提升；其次，从创作技巧而言，在摹写真实世界这个要求面前，科幻小说作家在人物形象塑造和情节铺排方面有了长足的进步。可以说，正是在关注现实、摹写人生的现实主义文学观念的号召下，中国科幻小说逐步走出了早期充满科技乐观主义的"幻想记"模式，而进入了描写人间百态的"世情书"阶段。

尽管科幻领域已经就"写现实"这个观点达成了一致，认为应该"打开联系现实的道路"[①]，但是关于如何把现实融入科幻想象之中，以及如何书写现实，人们并没有达成共识，更多的是凭借自身的写作经验和审美趣味在慢慢进行摸索。很多作品尽管可以放在现实主义这个大的框架之下，但是风格和主题有所不同，展示了不同的"现实"之面。一方面，一些科幻作家把"现实"直

---

① 刘兴诗：《打开联系现实的道路》，《光明日报》1981年2月6日。

接理解成现实生活和日常社会，把现实问题、日常生活、社会百态当作书写的对象，在针砭时弊的过程中，尝试以大胆想象来对现实进行改写；另一方面，有些作家延续了早期科幻小说的技术想象，既关注社会百态、人情冷暖，亦注重科学想象和技术发明，把科技想象更紧密地同现实结合了起来，让想象有了现实之根。

反映社会现实，批判不公现象，呈现多面人性，成了一批科幻小说的主要内容。与新中国成立初期专注于技术和器物想象的科幻作品不同，这一类型的科幻作品具有更强的"在地性"，更贴近读者的日常生活。《科学文艺》杂志上刊载了大量这样具有现实主义特质的科幻作品。

郑文光的《"白蚂蚁"和永动机》被视为是科幻现实主义的代表作。作者在文章开篇写道："要我写一篇科学幻想小说？这儿就是。不过这一篇不是瞻望未来，而是回顾过去。我要写的是四害横行、风雨如晦的年代里，一个真实的'科学幻想'故事……"[1]这奠定了这篇文章写实的基调。这篇作品以"我"，一个知识分子的视角出发，讲述了自己在特殊历史时期的传奇"科研"经历。"我"的同学娄信义本是一个不学无术、道德败坏的劳改犯，但是却改名成娄金蚁，摇身一变成了"中央首长的联络员"。[2]他没有过硬的专业知识，却时常乱扣"帽子"，蛮横地对待一批有道德、有才华的科学家与工人，并且罔顾科学现实，一意孤行要制造"永动机"，企图向"中央首长"邀功请赏。在制造永动机的过程中，他没有尝试去解决科学问题，而是试图蒙骗大众，浪费了大量的人力与物力。随着真正的春天到来，娄信义与他的"永动机"成了大大的笑话，永远淡出了历史的舞台。这篇作品尽管情节相对简单，但是较好地把知识普及与社会批判融合到了一起。作者通过制造"永动机"的荒诞过程呈现出了历史乱象，其所叙述的重点似乎已不再是技术与机器，而变成了对历史的述说，以及对知识分子所遭受到的不公的诘问，具有浓厚的"伤痕文学"的色彩。但是科学与知识并没有退出叙事过程，而是被赋予了更多的隐喻意义。科学知识因其客观性而变成了检验真理的标准，以及隔开好/坏两个阵营的分割线，把科学精神、知识储备融入世情的书写和人物的塑造之中。

在这里，作者采取了一种二元对立的逻辑，拥有知识与技术、反对制造"永动机"这种违背科学常识事物的人都被视作"好人"，如"我"、老徐师傅、余书记等人，他们不仅属于知识和能力上的精英阶层，而且占据着道德的高处。而坚持制造"永动机"、不具备科学常识的娄金蚁和小刘则被视为制造混

---

[1] 郑文光：《"白蚂蚁"与永动机》，《科学文艺》1979年第1期，第19页。
[2] 郑文光：《"白蚂蚁"与永动机》，《科学文艺》1979年第1期，第21页。

乱的帮凶，不仅被看作无能之人，而且在道德上带有永远的污点。在这部作品中，作者以科学的真实去揭露社会的现实，使写科学之真与述社会之实都成了"写真实"的一环，作者分明以知识完成了现实社会的建构。与金涛的《月光岛》相比，这篇作品显然具有更强的现实主义色彩，立足于科学知识和社会实际的基础之上，写出了一个符合历史情境的结局来。可以发现，在现实主义观念的影响下，作者有意识地与时代接轨，直面社会与人心的阴暗面，拓宽了科幻小说的书写题材，也使其更具有思想深度。

这样回顾历史创伤和反映社会现实的作品还有很多，如邱耀全、莫树清的《神秘的报案人》。这部作品加入了悬疑和侦探元素，有着更为明显的通俗文学的特征，但是其中仍然有对历史创伤的记忆与反思，这显然受到了伤痕文学的影响。在故事开头，作者便埋下了悬念，渲染了恐怖的气氛。在一次入室抢劫中，银行女性职员被残忍地杀害，但是苦于没有任何有用的线索，案件一时陷入僵局。这时，公安机关接到了一个"神秘人"的报案，报案人对嫌疑人的身份、所在地提供了极为精准的线索。虽然这个案件得到了侦破，却留下了更多的谜团：这个报案人到底是谁？为何他能够如此精准地预测罪犯的行为？可是当报案人何晋被找到后，谜团并没有消散，反而变得更多。这个"戴着黑边眼镜、平头、方脸庞、瘦长个子"[1]的工程师不仅拒绝承认自己是报案人，更对如何知晓案件的过程绝口不提。最后在女友的请求下，他才倾吐了自己的秘密。原来他具有特异功能，能够进行"透视"，在7岁左右就能够穿透遮挡物看到真相，所以他能够"看"到生活中无数的怪现象[2]。然而拥有这个能力并没有给他带来好处，反而使他陷入危险，被骂作"祸星"和"巫婆"，母亲也在一次次游行和辱骂之中永远地闭上了眼睛。特异功能成了何晋的原罪，致使其受到了不公的待遇，所以他才选择隐瞒身份。直至新时期，这种特殊的能力才得到重视和研究，而不再受到谩骂与侮辱。这部作品的幻想性更加突出，"特异功能"本就是颇有争议的主题，游走于迷信与科学的两极。作者不仅大胆描写了"透视"这种功能，更幻想以这种能力来进行案件的侦破。但是当这种想象与历史相联系时，其不再被视为一种无根的幻想，反而变成了一种现实隐喻。何晋面对自身超能力的无措与恐慌，以及对他人的不信任，都可以被解读出一种时代症候，何晋个体的痛苦其实反映了一个民族所遭受的创伤。可以发现，这些作品已经不止于对技术的想象和对光明的科技蓝图的描绘，而是力图呈现时代的特质，积极反映社会现实，向着主流文学潮流靠拢，不满足于写科

---

[1] 邱耀全、莫树清：《神秘的报案人》，《科学文艺》1980年第4期，第28页。
[2] 邱耀全、莫树清：《神秘的报案人》，《科学文艺》1980年第4期，第31页。

技之"物"、幻想之"城",而是尝试写现实之景、多面之人。但是,这类作品在知识传播上的作用被弱化了,比如饶忠华、林耀琛就认为"根本不考虑通过小说向读者普及科学知识"[1]的科幻小说在性质上是存疑的。而另一类"写现实"的科幻作品刚好可以视为对前一类科幻作品的补充。它关注的是现实世界中的国计民生问题,聚焦于"事"而不是"人",对于社会政治问题的批判弱了很多,但是带有更多的预言性和推测性,与早期以科技和器物想象为主的科幻小说更为相似。不同之处在于,它在进行技术想象的时候并未放弃对现实世界的观察,也因为有了更多对现实因素的考量,所以不再一味秉持科技乐观主义,有了对技术本身更多的反思。相对于技术理想型[2]科幻作品来说,这类作品对技术和未来的理解显然更复杂。

以尹尹所写的《第三次突破》为例,这部作品以病虫害的防治为主要线索,涉及生物技术、物理学、环境保护等多个方面的知识,讲述了专家赵明如何突破原有的技术,发明新的方法解决病虫害问题的故事。30年前,赵明作为一个青年研究员在美国实验室里研发出了有机氯农药"灭虫灵"。面对随之而来的巨额财富和巨大荣耀,他没有心动,而是选择回到中国,为祖国农业的发展贡献自己的力量。"灭虫灵"在病虫害的防治上起到了很大的作用,但是随着时间的推移,赵明发现这种农药对环境有着极大的危害。他从生物技术方面入手,希望"以虫防虫"[3],但是效果并不理想。受制于"培育天敌却投资大,而且中间宿主不好找,专食性很强"[4]等因素,大规模爆发的水稻螟虫灾害并不能被遏制,农户只能再度使用农药。赵明的研究陷入了僵局,但没想到一场音乐会帮助他重获灵感,他在音乐会中攀爬的蜘蛛身上找到了突破口,尝试把物理学中共振的知识融入灭虫害中,最终造出了"次声灭虫器",解决了困扰农民的水稻螟虫灾害。这篇作品较好地把科学想象和现实书写融合在了一起。

首先,作者基于现实情境展开了科技想象。我国是农业大国,"三农"问题一直是我国发展事项的重中之重。作者从粮食生产问题入手进行科学的想象,正是对重要现实问题的回应。而在展开科技想象的过程中,作者亦做到了考量现实、尊重事实。"次声灭虫器"的发明并不是一蹴而就的,而是经历了一个曲折的过程,理论的成功与失败都有着现实的依据,尽管这种现实依据并

---

[1] 饶忠华、林耀琛:《把科学幻想小说的创作提高到一个新的水平——评1976年至1979年的科学幻想小说》,《科学文艺》1979年第3期,第72页。
[2] 詹玲:《当代中国科幻小说的转型研究》,中国社会科学出版社,2022年版,第32页。
[3] 尹尹:《第三次突破》,《科学文艺》1981年第4期,第36页。
[4] 尹尹:《第三次突破》,《科学文艺》1981年第4期,第37页。

不一定是真实的，但在一定程度上符合事物发展规律和逻辑。所以，尽管都是专注于对科学的想象，这篇作品却与新中国成立初期充满科技乐观主义的作品有着一定的区别。学者詹玲指出，早期具有技术理想色彩的科幻小说充满了对高科技未来的物质景观的想象，但是通向未来的道路是不可见的。①换而言之，虽然"十七年"时期的科幻作品亦有基于现实问题对科技的精准想象，但是并不想真的介入现实，甚至在有意识地回避现实。到了20世纪80年代，科幻作家显然不想只挥手画就光明蓝图，而是尝试根据现实情况更精准地预测未来，乃至于真正地影响未来。与太空歌剧、赛博朋克类型的科幻作品相比，这样的科幻想象委实不够大胆和跳脱，有着太多现实的影子，然而这样的作品亦自有其价值。以中国现实为骨骼、本土想象为肌理，说不定也能造就出一个与西方科幻完全不一样的中国科幻世界来。

其次，这部作品的科幻想象没有被现实书写夺色。这部作品同样涉及很多对社会历史现实的书写，能够明显看出受到了时代风潮的影响。赵明的经历本身就充满文学思潮的烙印。他在美国取得成功却故土难回，这是对冷战话语的反映；他参与实验所在的毛店公社有着关于他特殊时期的回忆，从中能够觅得伤痕文学的痕迹，甚至这部作品的名字《第三次突破》都与伤痕文学的名作《第二次握手》有着千丝万缕的联系。但是，历史与当下没有遮盖未来，发挥更为关键作用的还是对科技和知识的想象。

这样的作品还有很多，如林树仁的《长江牧鱼记》、应其的《热泉》都是从现实的问题出发，在观照现实的同时，对现有的科学技术做了具有前瞻性的想象。以《热泉》为例，这部作品主要讲述地热能源的利用。位于秀云水库之下的活火山成了一种优秀的替代能源，经过改良之后的地热采集容器，使"自来热象自来水一样方便。只要轻轻拧开热管开关，球形的、板形的、锅形的、箱形的放热器瞬时就使壶水沸腾，茶锅飘香，室内暖和，全市居民都感到地球母亲有一颗何等灼热的心"②。自来热的利用首先与人们的生活息息相关，这种对于科技的想象是建立在普通民众生活的基础之上的。同时，作者在书写过程中也不避讳对复杂情况的书写和多面人性的描摹。科技的实现不再是一帆风顺的，而是需要付出血和生命的代价；实验室中也不再是无菌的人性殿堂，也有着谄媚的小人。尽管对于人性的揭露与描画远远比不上典型的现实主义作品，但是也确乎给科幻想象提供了一些现实的土壤。

---

① 詹玲：《当代中国科幻小说的转型研究》，中国社会科学出版社，2022年版，第36—37页。
② 应其：《热泉》，《科学文艺》1981年第2期，第75页。

当现实进入科幻想象之后，单一的、直线的叙事结构显然不能够满足对复杂情境的书写，科幻作家们有意识地在叙事结构、情节上进行创新，并且在人物塑造方面呈现出求新、求变的态势。首先，科幻作家们不再满足于一成不变的"问答式"结构，而尝试以网状结构来拓宽文本的深度与厚度。如陈振实的科幻作品《史前的礼物》，这篇作品的主题虽然与外星文明相关，然而同样浸润着现实主义色彩，有着对人性善恶的挖掘。这部作品已经不再简单地使用"游历式"结构，而是采用了"双线并置"结构，把探险经历和经济生活结合在了一起，在叙事时间上也有了一定的变化。作品的开头，外国探险家比尔和一帮记者一起出场了，他们因为一堆珍宝的诱惑而来到极寒的南极洲。然而，时间线索再度跳转，故事回到了一年前，比尔的车在一次探矿过程中遭遇了抛锚，三个中国人——张诚博士和他的两个研究生——赶到并救了他，由于他们也有勘探任务在身，便带着比尔一同出发。没想到他们在坍塌的地缝中遇到了外星人留下的宝藏，这是外星人赠予所有人类的礼物，机器人卡托看守着它们，等待着人类的到来。此时，危险突然发生，张诚博士选择牺牲自己，顶住了即将坍塌的石柱，而研究生谢敏也把生的希望让给了同伴黄坚，想让这个消息惠及更多的人。但是比尔在看到巨额财富之后起了贪婪之心，杀掉了黄坚，并在一年后再度返回，想要夺取宝物。

比尔作为这场灾难的亲历者，也是整个事件的讲述者，因此，比尔正在经历的当下与冒险发生的过去成了两条并置的叙事线索。尽管发现外星人的经过可以视为叙事主线，然而对"当下"的描述同样是不可或缺的。在冒险的过程中，张诚、谢敏、黄坚三人展现出了勇敢、坚毅、无私等诸多美好的品质，包括他们所寻找到的深埋于地下的外星庇护所都构成了一种类似于"乌托邦"的所在，这是由科幻想象搭建起来的人性"乌托邦"。而另一条叙事线索则成了诞生于现实恶土的"恶托邦"，比尔、弗兰克和一帮记者构成了这个世界的主体。他们信奉"金钱至上"，以阴险毒辣的诡计尝试侵吞整个人类种族的财产。双线并置的叙事结构使这篇小说变得更加丰满，也使小说的主题得到了拓展和深化。这篇作品的重点已经不是对外星文明的乐观想象，也不是为了缓解现代化焦虑所进行的逃避式断想，而旨在更深入地展现人性的善恶。虽然其中所包含的冷战情结容易促成正邪两方对立的关系模式，但是正邪双方的塑造却有一定的现实基础，也因此显得符合情理。叙事线索的并置也带来了叙事时间上的新意，故事不再按照线性的叙事时间进行，而是借助插叙、倒叙的手法，让时间线来回跳跃、变更，从而让叙事显得更加灵动。作者尽管添置了现实的背景，却没有让其束缚作品灵动的想象。

郑文光的小说《哲学家》也在叙事结构和技巧上有所创新。作为"科幻现实主义"的提出者,他对于科幻作品的文学性有着更为明确的构想和追求。他把与科技想象无关的"闲笔"运用到了作品之中,以议论、抒情放缓故事情节的推进。在作品开头,作者并不急着展开叙事,而是就"爱情"发表了自己的看法,有意识地使叙事节奏有所放缓。而随着"我"进入"哲学家"的屋子里,冒险才真正开始。屋子中央那堆"乱糟糟"的东西让"我"想起了关于过去惨痛的回忆,对回忆的叙述、对于历史的议论,都不停打断正常的叙事节奏,推迟与矿物质相关的真相。这也使这篇小说摆脱了科幻小说常常出现的因关注新兴科幻物品所带来的桎梏,变成了对爱情、生命、回忆等更深刻的人性议题的探索。其实很难说清楚这到底是出于描写现实的需要而进行的叙事策略的调整,还是科幻作家们由于叙事能力的提升而把现实作为可观瞻和书写的对象。但是毫无疑问,在"写现实"的号召之下,科幻作品的主题有了进一步的拓展,而叙事的方法和策略也出现了变化,作品的审美价值和文学性都有所提升。

  文学性的提升除了表现在叙事技巧日益成熟上,还表现在人物形象的立体塑造上。有研究者指出,在新时期初期的科幻作品中,作品中的人物形象呈扁平化特征。[1]其实这个问题在新中国成立后的科幻作品中非常常见。受制于对科幻文学的狭隘理解,很多科幻作家并没有塑造人物形象的意识。然而在这一时期,科幻作品中的人物形象复杂了很多。以科学家为例,这是中国科幻小说中最为常见的人物,在中国当代早期科幻小说中,他们通常被视为理智与知识的化身,具有爱国热情。但是他们往往沦为科幻作品中知识的讲授者,虽然"和蔼可亲、热情耐心,却不知高矮胖瘦,面目模糊,很多连名字都没有"[2]。而在20世纪80年代初期的科幻小说中,科学家的形象变得越发生动起来。除了对科学的热情之外,他们也有自己的喜怒哀乐和个性特征。

  万焕奎的科幻作品《探索的代价》中,年轻的科学家形象已经有了一定的变化。这位科学家身上当然有早期科幻作品中科学家的共性,例如对科学的热情,对真理的执着,对困难的无所畏惧,然而他的身上亦呈现出更多个性。作者有意在他的家庭和爱情生活上施加更多的笔墨,甚至让他的爱情与科学事业紧紧交织在一起,从而使其形象变得更加立体。在作者笔下,这个年轻的科学家不仅有着对科学事业的追求,也有着对妻子和家庭的无限爱意。虽然科学事业上的进步带给他莫大的享受,但是他并不排斥物质上的享受和爱情的甜蜜。

---

[1] 方舟:《新时期初期科幻小说特征及其问题反思》,《河北学刊》2019年第3期,第224页。

[2] 詹玲:《当代中国科幻小说的转型研究》,中国社会科学出版社,2022年版,第37页。

他在事业取得进展时会和妻子"今天一人喝一杯葡萄酒"①，共同分享自己成功的喜悦，也并不拒斥妻子塞进他嘴里的奶油巧克力。他不是一架无情的科学研究机器，而变成了一个有自己好恶的活生生的人，所以他对于科学的态度也要复杂得多。当妻子为了他的事业献出自己年轻的生命的时候，他也经历过动摇，对于积极探索科学的意义产生了怀疑，对自己的事业产生了深深的厌弃。虽然最终他肯定了这种牺牲，并且重新以乐观的态度面对科学事业，发出了"不，你不会怪我的。你没有怜惜自己，我也不会。攀登，一直奋斗到停止呼吸，这就是我们的使命。如果失败了，我们将被人遗忘，但我们留下的足迹却刻在路上。科学探求上失败的记录也是人类宝贵的财富。后来者将在我们滑坠的地方重新起步"②这般强者的声音，但是对科学残酷一面的思考已经在文本之中留下了痕迹，在一定程度上驱散了充斥于早期科幻作品中的技术乐观主义氛围。

而更值得探究的是，这个科学家形象充满了一种不可调和的矛盾性，作者的创作意图和文本本身之间产生了裂隙，以至于这个形象陷入了"立不住"的危机。作者一方面想把这个科学家塑造成一个温柔、体贴的丈夫，另一方面又试图让他把科学事业当成毕生的追求；一方面希望能够展示这位年轻科学家感性的一面，另一方面又试图让其呈现出理性倔强的一面。作者显然未曾想好应该如何调和这些性格上的对立面，所以出现了很多矛盾之处。科学家虽然对妻子充满了温情，然而并未在情感和行为上有任何实际的付出，他所研究的是可以让女性避孕的化学药物，却对妻子的生理情况处于茫然无知的状态。面对妻子让他早一点把实验成果向领导汇报的温柔劝解，他也置若罔闻，以赌气的状态来应对流言蜚语，以至于让实验陷入停滞，妻子不得不以身试药。作者显然想要跳出昔日"科学家"形象的窠臼，塑造一个有血有肉、更加真实的科学家形象，甚至不惜把科学家从"无菌"的实验室解放出来，刻意放置在人际关系更加复杂的基层科学组织之中。但是作者显然又想凸显其身上的科学精神，所以对科学之外的现实因素和情感过程作了简化处理，从而使人物的行为和性格出现了一种前后不连贯的现象。这样的形象虽然相较于早期的科学家形象已经有了一定的改变，但是仍未曾逃离科学家"伟光正"的框架。反而是作品中的妻子形象更加动人和细腻，她在学历上低于丈夫，无法参与到丈夫的实验中，却全身心地支持丈夫，甚至最后献出了生命。她把对丈夫的爱与对科学和真理的爱融为一体，显得尤为动人和真实。

---

① 万焕奎：《探索的代价》，《科学文艺》1982年第1期，第22页。
② 万焕奎：《探索的代价》，《科学文艺》1982年第1期，第20页。

尽管这个科学家的形象未曾完全摆脱当代早期科幻作品中的刻板印象，但确乎是有所改变的。科幻作家们在塑造科学家的时候，不再把其视为尖端科技的象征符号，而是把其放入现实环境、置于多元的人际网络之中，以此展现科学家们身上的个性与"人性"，以及对科学的不同理解。这一时期出现了很多颇具个性的科学家形象，如黄人俊《夜眼》中亦正亦邪的眼科专家梅思德，《海星》中胆大心细的"海星痴"温海星，朱玉琪《遗容上的微笑》中偏执却聪颖的契雷切尔教授，等等。

值得注意的还有，这个时期的科幻作品对女性科学家的描写明显增多，她们与传统的"老学究"式的科学家大相径庭。这些女性科学家往往具有靓丽的外表和极强的工作能力，性格活泼、勇敢心细。如林树仁《长江牧鱼记》中的年轻船长李宏，她"面目清秀、举止稳重大方"，还具有"健壮秀美的身材"[1]。在"我"这个随船记者的眼中，她近乎是一个完美的人。在日常的生活中，她温柔热情，心思细腻，把"我"照顾得无微不至；而在工作中，她不仅具有过硬的专业知识，而且具有极强的领导力。在面对紧急情况的时候，她沉着应对，受了重伤也不放弃，出色地完成了科研任务。而在应其的《热泉》中，工程师祁文君也具有出色的外貌，"紧身的运动衫裹着高高挺起的胸房，短短的头发齐到耳根。一双乌黑的大眼睛闪动着狡黠的光芒"[2]，更令人钦佩的是她严谨的工作态度和奉献精神。当湖底的采热树发生故障时，她不惧危险，靠近热源，直至最后爆炸发生，她仍心系任务。这样的女性科学家还有很多，如黄胜利《黄珊瑚》中的乔敏、里戈《"陆三角"秘密》中的艾丽……与传统的男性科学家相比，这些女性科学家有着更为鲜活的生命力，她们不仅在自己的专业领域里有着不俗的表现，而且在日常的生活中也极有魅力。她们身上的女性特质似乎中和掉了科学事业所带来的冷硬和严肃的色彩，因而与传统的科学家形象形成了差异。

值得关注的是，虽然与传统的科学家形象相比，女性科学家形象是一种创新，但是女性科学家个体间的差异并不大。换而言之，女性科学家的个性不甚突出，特别是在与同期的男性科学家形象进行对比时。这些女性科学家尽管从事不一样的研究，但是她们都有着相似的家庭模式或背景，以及相近的性格特征。以家庭模式和情感而言，通过对这些女性科学家形象进行集中分析可以发现，她们的科研经历中都有着男性的影子，或有在同一个领域深耕的父兄，或有共同进步的男性知己和伴侣。如《长江牧鱼记》中李宏的父亲就是与她在一

---

[1] 林树仁：《长江牧鱼记》，《科学文艺》1980年第4期，第12页。
[2] 应其：《热泉》，《科学文艺》1981年第2期，第72页。

艘船上工作的工程师，《黄珊瑚》中乔敏继承的正是父亲的遗志，在《热泉》中，祁文君虽然在工作中表现出了极强的专业性，但是最后整体供热系统的优化还是由地质工作者罗辉来完成的。与此形成对照的是，在对男性科学家的描写中，鲜少看到女性出现在他们的科研事业之中，妻子、母亲这样的角色往往被排除在他们的专业领域之外，更多的是提供一种情感的慰藉，衬托出他们在专业上的强势地位。如上文所提及的《探索的代价》，妻子与丈夫的文化水平就差距较大，只能以一种仰望的姿态去看待丈夫。而另一篇作品《海星》中，温海星的妻子也是一个哀戚的家庭主妇形象，她并没有获得进入丈夫科研世界的权利。而就性格特质来说，女性科学家身上的女性特质都得到了强调，不管她们出身于何种家庭，诞生于何种背景，都具有温柔细腻的情感，以及热情活泼的性格。科幻作家们似乎有意以女性科学家形象来打破对科学、科学工作者的刻板印象，但是又在无形之中陷入了性别的窠臼之中。因此，虽然这个时期出现了大量的女性科学家形象，却不能轻易地将这种现象视为科幻作家女性意识觉醒的征兆，它们更像是科幻作家们为了塑造更为丰富的科学家形象而做出的一种尝试。

总的来说，现实主义文学观念的涌入给20世纪80年代初期的科幻文学创作带来了不一样的生机和活力，在一定程度上催生了更为成熟的科幻作品。在"写现实"的文学观念的指引下，当代科幻小说的书写主题有了进一步的拓展，叙事技巧和语言也变得更加成熟，逐步脱离了早期儿童科幻小说的模式。然而，在向现实主义文学靠拢的过程中，当代科幻小说也在逐步失去自身的特质，对于世情、人性的书写正在逐渐替代对于未来科技的想象，对于摹写当下的兴趣逐渐超过了对未来的幻想，幻想性、新奇感、预言性等科幻小说独有的特质被现实感、启蒙性、人文性所取代。

三、无处安放的想象：现实主义带来的科幻创作误区

对现实的关注，对人性的摹写，都为科幻小说注入了更为深刻的人文思想内核，促使其与主流文学之间产生更紧密的联系，通过具有象征意义的符号对世情百态进行隐喻式的书写是科幻小说联通现实与想象的特殊手段。但是，扎根现实、描摹世情，亦为科幻小说创作带来了一系列问题，这些问题将对今后中国科幻文学的创作方向、艺术特质带来一些不利影响。本节将从中国科幻小说的科幻想象、科学观念这两个方面入手来进行探讨。

首先是现实主义文学理念对于科幻想象的束缚，对于现实世界具体问题的

执着在一定程度上阻碍了科幻想象力的展开。这一时期关于近未来的科幻想象非常多,而且大都与现实生活相关,很多作品往往在描写现实处境、人情冷暖的部分十分出彩,而在展开科技幻想时比较薄弱,缺乏细节。科幻小说的认知性和新奇性被消弭,与其他文类之间的界限被淡化。

科幻小说本应该是专注于研究一种奇特的新意的文学类型[1],它本就不是为了复刻经验世界而生的文类,其视野应该拓展到更为广阔的疆域,应该以想象去探索人类还未曾到达过的世界和极端的情境。虽然科幻想象不可能完全脱离现实的影响,但是自动放弃对未来的想象,甘愿囿于当下的情境之中,这不是应然的。而20世纪80年代初期的科幻小说显然在一定程度上放弃了对未来无人之境的探索,而专注于对我国当下社会的思考,所以这一时期的很多科幻作品中的科幻想象无法挣脱现实的桎梏,反映的往往是当时最迫切的人类需求,甚至连本该最具有幻想精神的宇宙探险、"第三类"接触都是与具体现实相勾连的,比如朱玉琪的《生者与死者》。

这部作品描述了一家三口的太空探险,但是叙事重心放在了孩子的教育问题上。在文章的开篇,作者便已经说明这是一篇"透过人与人之间的关系揭示生活中某种命运"[2]的作品,对人和人性的探讨以及对命运的思考这类充满人文哲思的议题才是作品的主题,相关的自然科学知识和宇宙想象显然已不是重点。天体物理学家叶韵和宇航员志刚在宇宙飞船中迎来了自己的孩子,但是新生命的诞生没有给他们带来喜悦,反而让他们更感凄凉,因为这艘宇宙飞船驶往的不是希望之地,而是可怕的未知。因为飞船动力系统的紊乱,这艘本该驶往祖国的飞船偏离了航道,救援的信号虽然已经发出,但是难以看到希望。在这样绝望的境地下,父亲志刚与母亲叶韵之间的教育理念发生了极大的冲突。父亲可怜孩子的处境,不愿意对其多加管束,只愿他身体健康,但是母亲认为,越是在这样的环境下,就越应该培养其健全的心智。在双方观念的冲突下,小男孩子平逐渐成长为一个身体健康、具有鲜明自我意识的人。在他的内心里,亲情和伦理观念薄弱。在面对危险的时候,他从自利的角度出发,让病重的父亲单独去修缮飞船,导致父亲殒命于宇宙中。宇宙探险是科幻小说中最为常见的题材,封闭狭小的飞船内部、无边无际的黑暗宇宙都与日常的生活环境大相径庭,给予了科幻作者更多的想象空间,让他们能够在极端环境中对科学、人性、宇宙作出更大胆的断想。但是在这部作品中,作者没有对充满不确

---

[1] (加)达科·苏恩文:《科幻小说变形记:科幻小说的诗学和文学类型史》,丁素萍、李靖民、李静滢译,安徽文艺出版社,2011年版,第4页。
[2] 朱玉琪:《生者与死者》,《科学文艺》1983年第3期,第37页。

定性的宇宙景观作更多的描述，也未对特殊情境之下的人类生存方式进行过多描写，而是回到这个家庭内部，就两种教育观念进行探讨。虽然故事背景充满科幻元素，但是三口之家的生活其实与我国普通的三口之家的生活并无太大区别，表面上维持着正常的生活节奏和伦理秩序。同时，作者运用了元叙事技法，看似让现实部分与想象部分有所区分，实际上是让现实更牢固地附着于科幻想象之上。作品的开篇便是"我"与编辑之间的对话，证明了这个故事的虚构性。虽然作者有意说明"我从生活中听到的一个真实故事"[1]，但是现实与想象的界限已经划分好了。而故事之中，周主编和"我"的对话，不仅打断了关于虚构想象的进程，让读者一再从无垠的宇宙回归现实，结尾更是对现实主题的再一次确认和召回：

"哎，父子之情——"周主编叹道："父母是保护孩子纯洁心灵的天然屏障。倘若差之毫厘，孩子便会失之千里啊。"

"这是多么简单而又深刻的道理啊！"

周主编的话引起了我强烈的共鸣，我不禁在心里为所有的父母祝福："为了孩子，切莫忘记自己神圣的职责。"[2]

毫无疑问，作者并不欲展现科幻想象之奇，而是借一种极端环境来完成对现代教育方式的批判。尽管这样的科幻作品具有极强的现实意义，但是也容易给读者带来审美上的疲劳，导致科幻小说本该具有的新奇性消失殆尽。同时，在这一时期，科幻创作群体对于现实主义精神和创作技巧的理解和学习并不全面，往往认为只要融入现实因素、反映现实问题就是具有现实主义精神的科幻作品了，并没有把一些现实主义创作技巧融入作品之中，以至于出现了现实情境书写与科幻想象脱节的情况：关于现实书写的部分细腻而真实，符合情理，但是科幻想象部分在一定程度上脱离了现实，或缺乏具体的细节，或违背了逻辑和伦理，显得与现实格格不入。

以刘继安的科幻作品《复活》为例，这部作品讲述了一个死而复生的谜案。基因工程学家沈奇突发心梗去世，没想到两个月后他竟然又回到了自己家中继续工作，而且不记得自己曾经死亡过。面对突然回来的丈夫，妻子张婷既惊喜又害怕，她急忙通知丈夫的两名助手魏雨和李云，希望一起找到这桩怪事背后的真相。随着更多信息被掌握，真相逐渐浮出水面，原来是研究基因工程

---

[1] 朱玉琪：《生者与死者》，《科学文艺》1983年第3期，第37页。

[2] 朱玉琪：《生者与死者》，《科学文艺》1983年第3期，第43页。

的谢超用自己的心脏换回了沈奇的生命。这部作品在开篇就设下悬念,中途的叙事几次走向转折,情节跌宕起伏,故事结构完整。起初,读者以为"死人复活"不过是一场阴谋,是敌对势力以机器人来冒充沈奇,没想到这竟是一个科学家为了追求真理而牺牲自己、复活沈奇。小说人物形象也较为鲜活立体,对人类情感的书写也格外真挚动人。谢超起初并不认同沈奇的意见,然而随着实验的深入,他认识到沈奇的研究的价值,最后不惜以自己的生命为代价来救活沈奇。一个精明能干、心胸开阔、具有牺牲精神和科研热情的科学家形象跃然纸上。

毫无疑问,这是一部具有文学性和趣味性的作品,然而这部作品在科技想象上却略显逊色。首先是在技术想象上缺乏细节,导致既难以实现科普目的,又难以带来真正源于知识和技术想象的新奇感。沈奇的最新理论不仅在"探索生命起源方面迈开了大胆的一步,而且对探索宇宙也有实际价值"[1],这种技术的先进性到底体现在什么地方?其相关的科技背景和基础是什么?作者却寥寥几笔带过,更多的是渲染这种技术所具有的惊人的功能和作用,从而为沈奇的复生埋下伏笔。作者在一定程度上放弃了对基因工程技术的科普和讲解,而是随意地把相关术语放入情节之中,用以达到陌生化的目的,引起读者的好奇心。所以当极为细致的现实情境与较为粗疏的科技想象被放置于一个文本之中时,读者会感到一种割裂感,以至于小说对于世情的书写,完全压倒了对技术的想象,呈现出想象上的贫乏和薄弱。

其次,这部作品只关注对技术的想象,而未曾对相关的科技伦理进行深入的思考,这其实在一定程度上阻碍了对科技内核和意义的探索。对科技的想象始终是从工具性和实用性出发的,未曾从道德伦理的角度考察一种新兴科技的价值与影响。基因工程对于了解人类自身、治疗和修复人类的病症与伤痛都有着极为重要的意义,然而它亦带来道德和伦理上的风险,在帮助我们治愈疾病、延长寿命的同时,可能带来"一些无法言说的人类品质的丧失,如天分、野心或绝对的多元性"[2]。在这部作品中,作者完全没有提及沈奇、谢超等人的研究可能带来的伦理困境,甚至谢超救助沈奇的过程就已经陷入多重伦理悖论之中。比如说,谢超把自己的心脏给了沈奇,这其实就涉及对人类生命价值判断、身心关系等问题。作者借用机器人之手取出谢超的心脏完成手术,一方面是出于实际操作的考量,另一方面也显然在有意避开对相关伦理问题的讨

---

[1] 刘继安:《复活》,《科学文艺》1981年第3期,第34页。
[2] (美)弗朗西斯·福山:《我们的后人类未来:生物技术革命的后果》,黄立志译,广西师范大学出版社,2017年版,第173页。

论。但是，机器人"杀人"违背了"阿西莫夫三定律"，这对人机关系也构成了一种诘问和挑战。作者显然无意去回应这种道德困境和伦理难题，转而以技术的完善来通达二者都存活下来的结局，放弃从人文的角度来对技术作更为深入的反思。对现实人伦关系的深入刻画和对技术伦理的粗浅讨论带来了一种无法调和的矛盾。可以看出，尽管这一时期科幻现实主义的观念已经提出，但是科幻小说创作者和研究者对于现实主义文学观念的认识还有待深入，他们更多的是从题材和内容出发，追求一种现实的批判性和人文思想上的深度，但是没有把现实主义创作手法运用到对于未来技术的想象中去，很多本该带给读者新奇感的科学发明和技术最终沦为一种具有象征意义的符号。在现实主义文学观念的影响下，中国科幻作品被绑缚于大地，失去了展望星空、构建未来的能力。

对现实的关注也导致科幻小说的科学性与知识性被削弱，换而言之，科幻小说的科普功能在被削弱，这也在一定程度上使科幻小说的特质被模糊、被消解。在很长一段时间里，传播科学知识、启迪民众智识都被视为科幻小说最重要的功能，甚至"科文之争"亦是对这种观念的回应。然而到了20世纪80年代初期，科幻小说好像有了从科普功能中"松绑"的可能。科幻作家们本身创作经验的累积、较为宽松的文学创作环境、国外科幻文学观念的影响，以及彼时中国文学的特殊地位都刺激着新的科幻创作理念的诞生和发展，特别是现实主义文学观念，它们促使中国科幻小说从科普工具论的阴影下走了出来。但是，这也带来了新的问题，那就是在科幻创作过程中对科学知识本身的忽视。这种忽视体现在"人"成了科幻小说创作的中心，而对技术问题的思考不再那么重要，这也导致这一时期的科幻小说作品在叙事视角上的窄化，对科学与技术的认识浮于表面。

以李亚平、吴国梁、李凤山的科幻作品《中秋夜归人》为例，这部作品涉及当时非常热门的克隆技术，然而作品最终的落脚点不是对这一技术的认知和思考，而变成了对人类情感的书写。在这篇作品中，生物物理学教授竺慕铮在一次国际飞行过程中，被反动势力绑架到了一个秘密基地，在这里他竟然看到了自己的女婿——优秀的宇航员裴宇。震惊之余，他才了解到这不是真正的裴宇，而是他的"复制体"。原来F国的科学家别尔林利用遗传工程技术克隆了一个裴宇，还把不同物种的基因嫁接到他身上，使其拥有了超声探测功能，并给他取名邱伯曼。反动势力之所以把竺慕铮教授掳来，正是想利用其所掌握的生物电技术，让这个复制体尽快拥有智慧。为了科学事业，也为了尽快搞清别尔林的阴谋，竺教授留了下来，并且尽心尽力教授这个"裴宇"，并为他改名"裴宙"。裴宙智力惊人，在他的帮助下，二人终于回到了祖国，见到了亲人。

这篇作品歌颂了中国知识分子忠贞、勇敢的美好品格，赞扬了他们富有牺牲精神的爱国主义情怀，以及所闪耀的人性光辉。然而作品没有对"人造人"以及相关的科学技术进行更深入的探索，直接把"人造人"看成了人类族群中的一员，毫无保留地接受了这一科技造物，以一种科技乐观主义去看待这项技术和后续产生的伦理问题，以对人性之善的肯定取代了对科技伦理的进一步思考。

"人造人"可以看作科幻文学史上最古老的母题，世界上第一篇科幻小说《弗兰根斯坦》就涉及这一问题，其间包含着对人类自身的指认，以及对人类权力的质询。怪物弗兰根斯坦对于自身的存在表现出了极大的困惑、无助，它无法正常融入人类社会，从而始终被孤独笼罩，它的遭遇具有极强的隐喻性和象征意义。但是，在《中秋夜归人》中，作为克隆体的裴宙毫无障碍地接受了自己的身份，自认为是中国人，并且迅速萌生了对祖国深厚的情感，呈现出了一种人类中心视野。作者从人类的情感出发，从一国公民的角度出发，迅速赋予人造人和人类一模一样的情感特质，而未曾考虑它独特的身世条件。换句话说，在这部作品中，技术沦为了展现爱国主义情怀、歌颂人情和人性之美的工具。在整个20世纪80年代，这样的作品还有很多，丛守武的《杜勒与爱丽丝》、胡小明《没有父母的人》等作品都涉及人造人、机器人等主题，但都是从人的角度出发，借它们去描摹人的社会、人的情感、人的需求，而很少从科技的角度出发去考察技术上的可行性，更没有从科技伦理角度出发尝试理解相关科技。换而言之，在以"人"为主的科幻作品中，科学知识沦为了一种背景。这在一定程度上造成了中国科幻作品在科学性上的薄弱，整体上技术细节丰富、科学理论扎实的硬科幻知识偏少。

总体来说，对现实主义文学观念的推崇对中国科幻小说的创作产生了一定的影响，其中最重要的影响是束缚了中国科幻小说的想象力。这一时期的中国科幻小说不仅在新的科幻主题上少了开拓精神，偏向于对近未来的想象和对当下社会现实的反映，而且在对未来科技细节的想象上表现较为平淡、缺少细节。一方面，很多科幻作品在科技构想和科学知识的运用上并不严谨，对于人情和社会的偏重使其忽略了对科学背景和科学知识的介绍和书写；另一方面，科幻小说中科技议题的书写呈现出一种局限性，很多科幻作品仍旧是以写人为主，从人类中心出发去考量技术的发展，缺少更为多元的叙事角度，对科技伦理相关问题考虑得并不深入。

"科幻现实主义"文学观念的提出既与中国文学推崇现实的文学传统有关，亦与彼时中国科幻小说的创新需求相关。现实主义文学观念的渗入为20世纪80年代科幻小说的创作带来了新的生机，不管是科幻创作的内容、思想深度还是科幻创作的艺术技巧，都有了一定的变化。中国科幻小说主动汲取现实主义养料，有意识地反映现实社会与人情人性。这一系列创作理念和方法的变革扩大了这一文类的社会影响力，增强了自身与主流文学之间的联系，然而也导致了其特质被消弭的问题，不管是在知识层面上，还是在想象维度上，其特殊性不再突出。

第三节 魏雅华：诡谲未来世界的温情缔造者

20世纪70年代末至80年代初被视为中国科幻小说的"黄金时代"，彼时整个中国科幻文学界可谓是星光熠熠，优秀的科幻作家与作品层出不穷，童恩正、郑文光、叶永烈等人都在这一时期大放异彩，而科幻作家魏雅华亦在这一时期崭露头角，他的《温柔之乡的梦》甫一发表就引发了大量的讨论。1983年之后，诸多科幻作家选择封笔，《科学文艺》上刊登的名家作品锐减。尽管魏雅华此时已向纯文学领域转型，但是并没有放弃科幻文学创作，他的科幻创作经历贯穿了整个20世纪80年代，并且在1986年获得了第一届中国科幻银河奖（作品《远方来客》）。而在这一过程中，他的科幻创作特质日益显现。

一直以来，魏雅华因其科幻作品中所具有的批判精神和现实主义特质受到瞩目，实际上他关于未来世界的想象同样极为出色。在创作初期，他便有意摆脱中国科幻作品中常见的科技乐观主义情绪，更多地关注科技所带来的负面效应，更难能可贵的是，他没有局限于对具体科技器物和技术优劣的讨论，而是预测技术为未来社会带来的影响。因此，他的作品既有对人伦、现实的考量，又有对科技、未来的思考，兼具了思想的深度与幻想的趣味。值得注意的是，尽管他对未来常常作出可怖的预测，实际上却饱含深切的人文关怀。他的作品虽然多有残酷、诡谲的末日场景，但是因为善于塑造心地善良、充满大爱的人物，所以并不显得阴森、可怖，反而更具有一种别样的温情，展现了人性的可贵。

一、奇诡的末日图景：别样的未来景观塑造

魏雅华被视为那个时代批判现实主义科幻作家的代表[①]，实际上，他对未

[①] 吴岩主编：《20世纪中国科幻小说史》，北京大学出版社，2022年版，第184页。

来社会的想象同样出色,而且因为把对现实的关切融入了想象中,其作品所塑造的科技场景遂变得尤为特别。首先,从科技美学的角度而言,魏雅华擅长描摹诡谲、阴森的科幻场景,有意识地呈现出科技黑暗、阴郁的一面,与"十七年"时期中国科幻小说中所盛行的光明的未来图景有着极大的差别,因而呈现出一种与众不同的科技美感。其次,从科技想象方面来说,魏雅华善于对未来展开全景式的想象,他并不执着于对一种技术物的精彩描绘,而是从一种具体现象入手,扩展到人际伦理、地球环境乃至人族命运等更为宏阔的层面。可以说,他所作出的科技想象虽然依赖于技术,但是并未局限于技术,而是上升到了人文层面,把科技与人文结合起来想象未来图景。

魏雅华具有出色的书写现实的能力,这反而导致他在科幻想象上的独特性被忽视了。他笔下带有反乌托邦色彩的未来寓言具有一种怪诞、奇崛的风格,并没有完全被现实束缚住手脚。在对未来的想象中,魏雅华并不避讳科技发展对人类社会带来的负面影响,再加之对人性的深入了解,他对人类的命运作出了更多大胆的判断。在他的笔下,科技并不必然引领人类走向光明,也可能使人类堕入更为可怖的地狱,因此他关于未来的想象有着"恶托邦"的色彩。魏雅华偏爱以可怖的、具有视觉冲击力的画面来完成对于末日景观的描写,而不是通过逻辑推理来完成对未来灾难的严谨预测。所以,他的作品的魅力更多源于其独特的美学风格,而不是科学知识所带来的新奇性。悲观、奇异的未来想象与诡谲、生动的灾难场景共同构成了一幅神秘的蓝图。

以他的作品《人鼠之战》为例,作者对生物科学所造成的"恶果"进行了推演,描绘了灾难发生后的满目疮痍。生物研究所的科研人员研制出了一种名为SMF激素的生物药品,这种试剂能够改善动物的肠道菌群,使肠道内分泌的酶减少。研究人员在老鼠身上做了实验,导致一种新型动物"虎鼠"的产生,它们异常凶猛,甚至能够与最凶狠的猫一战。新物种的诞生并非意味着新希望的孕育,反而有可能带来新的危机。由于"我"的妻子的疏忽,一只老鼠竟然跑出了笼子,而研究所领导的尸位素餐更是让危机不断发酵,以至于出现了老鼠吃人的事情,"虎鼠"肆虐之处成了人间炼狱:"李富贵家老少十三口人,在家九口,无一幸免。炕上、地上,被褥上血迹斑斑,尸骨亦被群鼠吃光,其状惨不忍睹……院中,两口肥猪,一只羊,十二只鸡,也被咬死吃掉,唯见遍地鸡毛,一只羊头骨,几只猪蹄爪而已。"①更有鼠群聚集与人缠斗的恐怖画面:"到处都是鼠群,街道象是变成了湍急的河流,鼠如潮涌,挨肩摩踵,头尾相衔,竟看不到边际在哪里。我拼命地冲,心想只要一倒下,这几万只饿鼠马上

---

① 魏雅华:《人鼠之战》,《科学文艺》1986年第6期,第52页。

就会把我啃得干干净净!直到我扑里扑通地跳下河去,鼠群才没有追上来。事后,我才知道,一家老小四口只剩下了几根白骨,我是唯一的幸存者……"①

这场灾难其实更多的是"人祸",作者亦借作品中人物郑直之口表达了对这种现象与这类人的批判:"我平生最恨那些麻木不仁、不学无术的人,因为……我、我吃尽了这些人的苦头。"②然而,不能否认的是,作者在科幻想象上同样出色,他对于"虎鼠"造成的后果进行了全景式的描写,既写到这类生物对社会安全所造成的威胁,亦写到其对生态环境的全面危害,最后更是预测了其对整个人类历史所带来的影响。之所以能作出如此宏阔的科幻想象,这是与魏雅华对社会和人心的深刻认识分不开的,魏雅华是把"中国人当下的种种思索跟科幻小说的创意形式进行了有效的融合"③。在这部作品中,想象与现实并没有分道扬镳,而是相辅相成的,正是基于对现实人性的悲观认知,作者作出了关于未来的惨烈想象,使这部作品多了一些阴森、诡谲之感。这种阴森、诡谲之感并不是靠悬疑的情节或神秘的发明营造出来的,而是与人性之恶相关,以至于这成了作品的底色。不得不承认的是,作者之所以能够作出精彩的科幻想象,不是源于他对科学和技术的了解,而是在于他对世情百态的敏感认知,所以一旦涉及具体的科技细节,作者的想象就显得没有那么出彩了。就如《人鼠之战》中"虎鼠"危机的最终解决方式就没能带给读者太多惊喜,仍旧是以猫灭鼠,在给猫注射了药剂之后,让其大显神通,而关于猫是否会变成另一个灾难这样的问题,作者并没有进行科学的论证,而是寥寥几句就略过了:"这个问题看来不大,理由有两点:一是鉴于猫长期与人共同生活的习性,它是亲人的,它在相当一段时期内,这种习性的惯性不会消失;二是猫的繁殖能力远不如鼠,消灭起来也就比较容易。就是与人反目,也不会成灾。"④在"虎鼠"之灾被描写得如此骇人的情况下,这样的解释显然是缺乏说服力和科学依据的。有研究者称这样的书写方式为"独属于科幻文类的社会现实思考方式"⑤,这样的评价是十分准确的。他的作品其实很好地解决了科幻现实主义作品常见的一种矛盾,就是书写现实和想象建构的关系。正如前文所提到的,在20世纪80年代,很多科幻作品为了反映现实,轻易地牺牲掉了科幻想象,以至于有些作品不再像科幻小说,而更类似于讽喻或者讽刺小说,处理好现实

---

① 魏雅华:《人鼠之战》,《科学文艺》1986年第6期,第53页。
② 魏雅华:《人鼠之战》,《科学文艺》1986年第6期,第55页。
③ 吴岩:《中国科幻文学沉思录——吴岩学术自选集》,接力出版社,2020年版,第99页。
④ 魏雅华:《人鼠之战》,《科学文艺》1986年第6期,第55页。
⑤ 吴岩主编:《20世纪中国科幻小说史》,北京大学出版社,2022年版,第184页。

和想象之间的关系变得极为棘手。在魏雅华的创作过程中，其对于现实的认知被内化成了一种风格，融入了他的虚构和幻想之中。可以说，现实激发了他的幻想，而幻想则更好地呈现了现实，二者不是呈现出一种彼此脱离的状态，而是在相互融合。因此，他的作品尽管具有强烈的现实批判性，但并不是对现实的照搬，反而因为加入了幻想元素而平添了几分荒诞的意味，有了一种魔幻现实主义的特质。

这种特质也体现在他的其他作品中，如他的另一部科幻小说《中子流轰击地球》。这部作品与他的经典代表作《温柔之乡的梦》《天窗》等都不同，它与现实生活保持了一定的距离，但是其中的未来想象所具有的"恶托邦"特质是没有变的，同样没变的还有想象与现实的关系，二者之间形成了一种特殊的平衡。作品的开头便提到一个陌生的星球，这个星球的文明程度要远远高于地球，星球上的人尽管与地球人有着相似的样貌，却长寿得多，动辄可以活到上千岁。这部以外星人为主角的科幻作品本可以轻松逃离地球（现实）的束缚，然而最终还是将视角从这群外星族裔转向了地球人身上。作者设定了一个所谓的"地球战略研讨会"，让这群从地球上走出去的种族来探讨人类的命运。想象再度和现实融合，只不过这个现实不是个体的生活日常，而是人类整体的命运。作品分为上篇和下篇，它们其实是对地球文明两种不同结局的构想。在上篇中，艾滋病成了解决人口、资源和环境问题的利器，病毒演变成一种可怕的瘟疫，为地球上的人类带来了数不清的伤痛。在人口锐减的情况下，地球文明遭受重创。作者以可怖的患病画面来构建未来的人间"炼狱"，"巨大的全息电影环形银幕上，一个肺充满了整个画面。那是一个肿大而充血的肺，红色、紫色、蓝色的血管蛛网般密布在肺泡上；肺泡上还可以看到一个一个红色的，或是青紫色的肿块；肺在艰难地呼吸着，整个大厅都可以听到那嘶嘶的嘘气声"①，这是作者基于彼时的现实所作出的对未来的预测。现实中，关于艾滋病摧毁人类的恐怖想象并没有成真，"鸡尾酒"疗法的发明和阻断药的出现虽然不足以消灭艾滋病病毒，但是在一定程度控制住了病毒的发展。虽然关于未来的预言出现了偏差，但是这篇作品仍旧在科幻想象上带给读者以震撼。艾滋病其实更像是隐喻，而不是真的指向实际的病毒，它可以是任何一种致命的病毒，或者是可怕的自然灾难，其所昭示的是人类族群的脆弱。作者把对现实的恐惧混入关于未来的想象之中，其实已经为整篇作品奠定了阴暗的基调。虽然在下篇，超导体材料的发明足以把地球带入一个新纪元，但是疾病肆虐与种族灭绝所带来的阴影是不可能被轻易消除掉的。这种对于全人类命运的宏大想象

---

① 魏雅华：《中子流轰击地球》，《科学文艺》1997年第5期，第27页。

虽然与个体的行为无涉，但是仍旧建立在现实基础之上。魏雅华没有抛弃现实去作毫无根据的想象，可他也未曾被现实牢牢缚于地面。不管是作品中所提到的来自外星族裔的干涉，还是科技智能新纪元的到来，都是他所构想的逃离现实的策略。

可以说，魏雅华的作品是对"科幻现实主义"的一种回应，虽然他未曾将对这个概念的理解呈现为完整的理论文章，但是确乎在写作的过程中对此作了积极的探索。在进行创作的过程中，他就已经明确要把书写现实放在更重要的地位，正如他自己所说："我偏要在科幻小说的创作中坚持真实可信，富于生活气息，可以追求文学美、科学美、幻想美。遵循生活自身的逻辑，寻找深刻的文学主题，开掘作品的思想深度，使科幻小说也像某些接触重大社会问题的社会小说一样，尖锐、深刻，具有强烈的震撼人心的艺术力量。"[①]这种观点与郑文光所提出的"科幻现实主义"概念不谋而合，郑文光也曾明确地提出："科幻小说也是小说，也是反映现实生活的小说，只不过它不是平面镜似的反映（其实自然主义才是平面镜似的反映，现实主义文学对生活的反映也是有夸张和变形的），而是一面折光镜，或是凹凸镜，采取讽刺的形式，它就是哈哈镜；采取严肃的形式，我们把它叫作科幻现实主义。"[②]虽然现实在其写作中占据了重要位置，但是魏雅华在写作过程中并没有为了书写现实而牺牲掉科幻想象，或者说他始终不曾放弃虚构和想象，这种想象在20世纪80年代中后期的科幻作品中显得更加难能可贵。以同时期的科幻作家叶永烈为例，在20世纪70年代末期，他的《小灵通漫游未来》广受好评，尽管这种游览式的叙事结构并不算新颖，但是其中对于未来的新奇想象还是吸引了大量读者。而后，他尝试进行惊险科幻小说创作，把悬疑的元素融入科幻作品中，把科技想象和侦探小说进行了结合，作品的娱乐性和趣味性明显增强。这些作品获得了读者的喜爱，却遭到了诸多批评，既有对其作品中科学性的质疑，又有对文学性和艺术性的诘问。在"清污运动"过程中，他遭受了巨大的冲击。自此之后，他一方面逐渐远离科幻文学领域，开始转向传记写作，另一方面则改变了科幻创作风格，注重对现实的书写，逐步忽略甚至放弃了科幻想象。以他的《五更寒梦》为例，这篇作品刊发在1986年第6期《科学文艺》杂志上。与其早期的作品相比，这篇作品不管是风格还是内容都大不相同，它讲述的是"我"因为冬天的寒冷而生出的诸多联想。上海冬日的寒冷让"我"这个北方人都无法适应，晚上辗转反侧不能入眠，正好碰到一个记者来访，让"我"写一篇文章，于是

---

① 魏雅华：《我与科幻小说》，《小说林》1982年第4期，第28页。
② 吴岩、江振宇主编：《中国科幻文论精选》，北京大学出版社，2021年版，第153页。

"我"开始进行"全方位的幻想"①,既想从地下借热量,又想着再造一个"小太阳",甚至想用一个"玻璃碗"来为全上海保温。这是合乎逻辑与科学事实的科学设想,但很难说它们是精彩的科幻想象,因为它们与现实结合得过于紧密了,作者在有意识地回避没有理论根据和科学依据的幻想。他在文中营造一种现实的情境,刻意划清现实和想象的界限,一旦有任何地方违背了现实便马上喊停,说出"别,别,别这么幻想了"②——这是一篇无法脱离现实的科幻小说。

除了带有诡谲、阴森色彩的科幻想象之外,魏雅华更为特殊的地方是其跳出了科普模式的束缚,不再局限于单一的技术想象,而是从人类命运、社会发展、道德伦理、生态平衡等多个方面入手,进行一种全景式的构想。当然,这种全景式的构想会存在挂一漏万、缺乏细节和深度的问题,但也为作品带来了一种史诗性色彩。

如在他的作品《天窗》中,魏雅华就描写了现象级的天象灾难。一个日渐增大的"黑洞"出现在天空的上方,这个"黑洞"引起了一系列关于人类的连锁反应。在"黑洞"出现初期,人们面对这种神秘的天象表现出好奇、恐慌的情绪:"人们潮水般地从住室、厂房、各种各样的建筑物中蜂涌出来,广场、院落、街道都拥满了人,恐怖地、胆颤心惊地在观察这可怕的天象。"③正常的生产、生活秩序已经被打破。而随着"黑洞"的不断扩大,其所带来的射线、光线的问题对人类的身体产生了巨大的损害,人类社会秩序进一步崩塌:"汽车艰难地在大街上行进,大呼小叫的人流堵塞了交通,部队和警察全都出动了,他们奉命维持秩序……"④宇宙终结、末日来临的阴影横亘于每个人的心头,甚至连最为理性和权威的政府部门也陷入了纷争之中,一派乱象。直至最后,在"疯姑娘"林黑燕的启发下,陈聪终于意识到这不是大自然的手笔,而是某大国的阴谋。他利用云雨挡住了这个状似"黑洞"的天窗,人们再度迎来了希望的曙光,他们"从屋里、地下室里、各种各样的建筑物里冲出来,欢呼着、拥抱着,互相问候、祝贺。他们脱掉了那浸透汗水的各种各样的防辐射罩衣,光着膀子,裸着胸膛,抚摸着身上暴露部位上长起的红斑,享受着雨水的亲吻……"⑤。可以发现,魏雅华已经逐步脱离了对具体技术的幻想,而是创造了一种极端环境,在这样的环境之中去观摩社会与人性。虽然他无法逃脱冷

---

① 叶永烈:《五更寒梦》,《科学文艺》1987年第6期,第36页。
② 叶永烈:《五更寒梦》,《科学文艺》1987年第6期,第36页。
③ 魏雅华:《天窗》,《科学文艺》1980年第4期,第48页。
④ 魏雅华:《天窗》,《科学文艺》1980年第4期,第49页。
⑤ 魏雅华:《天窗》,《科学文艺》1980年第4期,第53—54页。

战思想的影响，仍旧把这个灾难归因于敌对势力的阴谋，不曾着眼于人类种族的整体命运，也没有构建人类命运共同体的意识。但是，作者具有了一种更为宏阔的视野，在尝试写出科技时代的民族史诗。

而在另一篇作品《天火》中，魏雅华则是把一场气象灾难与外星生物联系在了一起，对人类文明进行了更深层次的思考。虽然作品的前半部分主要着力于描写"我"与妻子的传奇经历：在一场气象灾难中，"我"的妻子失踪了，所有人都认为她已经死了，而"我"在事故发生的现场找到了一块神秘的石头，把它带回了家。没想到"我"竟因此遇到了麻烦，一伙人以妻子的性命要挟"我"，让"我"交出黑色的石头。原来那块石头蕴藏着外星人的秘密。在公安机关和陈工程师的帮助下，我们夫妻最终得以团圆。而作品的后半部分，作者笔锋一转，开始转向更为宏大的文明议题。在文中，中国科学院作出了交还黑匣子的决定，没有把外星文明的成果据为己有，而是让这份珍贵的数据物归原主。最终，外星人在天空中留下了"感谢地球人"五个大字，离开了这片土地。"我"与妻子面对着燃烧的大字流下了激动的眼泪，并发出了"呵，燃烧吧，爱！你是孤寂的星球，浩淼的宇宙间一座美丽的大桥。那在无边无际的夜空中闪光的，是爱，燃烧的爱！"[①]。这个结局以及文末的抒情部分很容易使人产生误读，让人着重关注其中所蕴含的"爱的哲学"，而不是其中理性和逻辑的思考。实际上，其中更值得玩味的是作者对于技术文明发展的态度，以及对文明进程的思考。归还黑匣子，可以被理解为是人类族群在释放善意，奉行各种种族和平共处的观念，这不仅是对战胜欲望和理性的人类之爱的讴歌，更是对人类发展机会的一种放弃和让渡。要知道黑匣子"还包藏着无穷无尽的秘密，其中有那个不幸的航天器的遇难记录。还有一套巧妙而复杂的记录装置和呼号系统。……揭开这些秘密我们也许得整整花上一百年！"[②]。但是在作品中，作者有意舍弃掉了这个黑匣子，并没有利用它与外星人达成某种交易和联盟，这一情节除了展现出人类种族的美好品质之外，更重要的是呈现出对只注重科技发展这一观念的摒弃。相较于不顾经济和科技的实际情况，贸然追求技术的全面发展，作者更倾向于根据现实情况稳步发展自身文明，既不急于追逐先进文明与科技，也不完全臣服于更为先进的文明，这其实可以理解为一种文化自信。尽管这种观念传递得较为隐晦，却不能否认作者确乎是从本土文明的角度对科技发展作了思考。相较于常见的人类与外星人谋求和平共处的科幻作品来说，魏雅华这篇作品的叙事重点并不在于借助他者之眼来重新审视自身文

---

① 魏雅华：《天火》，《科学文艺》1988年第2期，第11页。
② 魏雅华：《天火》，《科学文艺》1988年第2期，第6页。

明，也不在于宣扬人性之善，而在于立足自身文化对现代文明进行深入的思考。

在科幻想象方面，魏雅华的作品既带有鲜明的时代特征，又有着鲜明的个体风格。他深受科幻现实主义观念的影响，把反映现实、塑造人物放在了一个非常重要的位置，他也没有放弃科幻想象的价值，而是在扎根现实的基础之上对未来进行预测。正是有了对现实的深刻认知和思考，其作品中的科幻想象多了一些凝重的、阴暗的色彩。作者以具有冲击性的画面，完成了对未来"恶托邦"的塑造。值得注意的是，尽管魏雅华摆脱了科技乐观主义的影响，对未来世界进行了消极的想象和预测，然而他的作品却并不阴郁，仍然充满着希望，这种希望不是来源于对技术发展的信心，也不是对科学知识所抱有的信仰，而是对"人"的信赖、对人性的欣赏。

二、无法放弃的启蒙立场："恶托邦"中的人性亮色

相较于同时期其他科幻作家来说，魏雅华更偏爱去书写未来世界中的"恶"，在他的笔下，不仅有骇人的天灾所带来的种族灭亡危机，也有巨鼠横行伤人、伤兽的场景。但是魏雅华缘何能够在作出关于未来的怪诞与悲观的想象的同时，使作品不沾染上阴郁、悲观的色彩？这样的叙事效果，主要源于作者善于塑造具有鲜明性格特质与美好品格的人，往往也是因为这些人的力挽狂澜，真正的悲剧才没有降临在人类族群的头上。换而言之，作者尝试以人性之美驱散现实的恶与未来的阴霾。若是与前文联系起来，就会发现其中所隐含的巨大悖论：正是因为作者对于现实具有清晰的认知，对人性有深刻的洞察，所以他才作出了关于"恶托邦"的预言，但是他又选择以人性之善去挽救人类所做之恶。那么魏雅华到底是希望在作品中完成对人性的批判，还是渴望从冰冷的科技世界中发现人性的闪光点？这种关于人性的近乎矛盾的认知如何在作品中达到平衡与统一？单从中国科幻文学的角度入手实际上很难解答魏雅华作品中的矛盾性，但如果联系到20世纪80年代所流行的启蒙文学思潮就可以理解其态度了。魏雅华显然也受到了这一思潮的影响，他秉持着启蒙立场对国民劣根性展开批判，所以他自然不能忽视人性之恶，同时他也无法忽略启蒙文学中所蕴含的人道主义精神，这一精神在其作品中最直观的体现便是他对于人性之善的挖掘与寻找。

首先，为了在宣扬人道主义精神的同时达到剖析人性的目的，魏雅华把悲剧性和人情美熔铸于一个主人公身上，这些人物往往身世坎坷，看遍了人性的

龃龉，但是仍旧选择保持自身的本色，因而显得更加难能可贵。同时，值得注意的是，尽管作者为这类形象赋予了很多美好的道德品质，但他们并不是"完人"，也有着自己的性格和身体上的某种缺陷。这非但没有折损他们的人格魅力，反而让他们的形象更加鲜活。

以《天窗》中的"疯姑娘"林黑燕为例，她的身上展现了人性善与恶的交锋。她的父亲是一位老天文学家，她自己在天文学上也展现出了惊人的天赋，但是没想到时代动乱中老天文学家家破人亡，黑燕受尽了凌辱和歧视。[①]最终，这位才华横溢的姑娘成了一个疯子。她在浩劫来临的日子里跳舞，面对惊慌的人群发出种种荒谬的言论。但是，就算在精神失常的时候，她也未曾忘记自己的专业知识，没有丢掉自己的善良。当人们四散逃难之后，只有她留下来照顾陈工程师生病的母亲，更为重要的是，尽管她遭受了不公的待遇，但是她没有因此背弃人类，在关键的时候与陈工程师共同破解谜题，使世界重回正轨。这篇作品中，尽管解决问题的是陈工程师，但是灵魂人物是林黑燕。她状似疯女，却展现出了极其惊人的学术天赋；她看似失智，却保有赤诚之心；她被欺辱，却仍旧帮助他人。

她身上的矛盾点反映出了作者所持有的启蒙文学观念。魏雅华从启蒙视角出发，审视着人性的幽微之处，坚持进行人性的批判，同时其所具有的人道主义精神又让他不至于对人类"判处死刑"。他让林黑燕扮演了拯救人类的关键角色，在解除人类危机之后，亦让这个曾经被人类族群伤害的他者有了归处。这种人道主义精神其实削弱了作品的批判精神，更是在一定程度上抹杀了科幻小说中本应该具有的理性精神。把林黑燕与刘慈欣《三体》中的叶文洁进行对比就可以看出来，同样经历过被抛弃和背叛的事情之后，叶文洁选择投靠了"三体人"，远离人类族群，但是林黑燕最终回到了人群之中。两位拥有相似经历的女性，却走向了不同的命运，这中间折射出了两位作者对于人类与科技不同的态度。在魏雅华笔下，"人"始终是书写的中心，人性之美与心灵之善是其一直歌咏的主题，而知识与技术不过是人类美好心灵的点缀，只有与美好的心灵相结合，科学与知识才能发挥其作用。但是刘慈欣显然更注重理性与技术，他所塑造的人物作出的往往是具有理性的选择，技术与知识构成了这些人的人格的组成部分。之所以会出现这些差别，除了代际的原因、创作趣味之外，更主要的因素是他们对"人"的文学塑造有不同的看法。科幻研究者宋明炜认为，刘慈欣的科幻时间具有两重意义：富有人文主义气息的理想精神与应

---

① 魏雅华：《天窗》，《科学文艺》1980年第4期，第54页。

对现实情境的理性姿态。①而魏雅华身上感性的人文情怀更加浓厚,理性与科学精神则相对弱化,所以他的作品中人道主义精神压倒了一切,成就了其独特的科幻文学风格。

在另一部作品《远方来客》中,魏雅华不仅塑造了一个个鲜活的具有惨痛经历、高尚品格的人物形象,还刻画了人与人之间细腻的情感连接,讴歌了美好的人性,这部作品获得了第一届中国科幻银河奖甲等奖,得到了读者的认可。"我"是一名中学女教师,本来拥有一个幸福的家庭,但是没想到天降横祸,"我"的丈夫和孩子先后离开了人世。在40岁这一年,"我"遇到一名植物学家,他"有一种真正的男子汉那种粗犷、豪放的美,且不说他那渊博的学识和不屈不挠的精神,就这一点来说,他是世界上最完美的男子之一"②。他本该拥有美好的爱情,但是他脸上和手上可怖的伤疤阻碍了他寻找爱人的过程。这些疤痕来源于一次可怖的经历,从海外带回来的植物碘柏几乎杀掉了他。虽然得以逃过劫难,但是他留下了满身的伤疤,未婚妻也离开了他。他并没有因此颓废,而是重新回到这株植物身边,进行深入的研究,最终研制出了治疗癌症的药物。可惜的是,科研上的成功无法弥补他生活上的孤独,面对他被毁掉的容颜,"小孩子们向我扔石头,女人们吓得四散奔逃,我变得性格孤僻忧郁,离群索居了。我没有了爱,只有孤独和阴忧伴随着我"③。直到两个不幸的灵魂相遇,才有了彼此治愈和救赎的可能。相较于魏雅华其他作品而言,不管是在科幻设定的新奇性,还是思想的深度上,这部作品都不够出彩,但是其对人性的书写和对人物形象的塑造,呈现出了一种人文关怀,在情感上显得极为诚挚、动人。在魏雅华的作品中着重描述"人"和"人性"的作品还有很多,如《人鼠之间》中的郑直、李倩,《中子流轰击地球》中的李博士等,他们身上都散发着人性的光辉。正是因为存在这样一群具有高尚人性和卓越才华的人,人类族群才可能走出死亡的阴霾。因此,魏雅华的作品尽管有着对于未来的消极想象,但是不至于显得阴森、可怖。

启蒙主义立场与人文主义传统的影响,都使魏雅华的作品在人物塑造和人性书写方面大放异彩,但是也带来了一些问题:一方面削弱了作品本身所具有的批判性和思想深度,很多本该深入思考的问题,如科技发展与人性异变的关系、人类对于自然的影响等,都没有得到进一步的解析与阐述,而是在对人性

---

① 宋明炜:《中国科幻新浪潮:历史·诗学·文本》,上海文艺出版社,2020年版,第29页。
② 魏雅华:《远方来客》,《科学文艺》1985年第2期,第3页。
③ 魏雅华:《远方来客》,《科学文艺》1985年第2期,第7页。

的讴歌和赞美中草草收尾；另一方面减弱了科幻小说中的科学性和科学精神，理性精神让位给人伦情感，科学知识成了故事情节中的点缀，游离于叙事之外。

其次，作者所具有的人文主义精神，使其习惯性地从人情、人性的角度思考问题，这在一定程度上限制了他从其他角度来思考科技和人类、人类与自然的关系。魏雅华从启蒙主义文学观念中汲取养料，同时在无形之中被其束缚，没有去构建更具想象力和流动性的人与物的关系。

在《远方来客》中，魏雅华已经开始思考人与植物之间的关系，他借植物学家之口，表现出对人类权威的疑虑："天哪！树的大枝小枝几乎都被砍光了，只剩下光秃秃的折断的主干，我抚摸着那残枝，难过地落了泪。真糊涂呵，难道说这就是那报复性的惩罚？可它是树，它不是人呵！它没有那能进行复杂思维的大脑，而只有谋求生存的特技。它有什么错呢？它和任何生物一样，有向大自然索取食物的权利，生的权利。有错的是我，是不了解它的脾性的人，又怎么能怪树呢？我的血白流了！"[1]植物学家虽然惨遭这棵植物的毒手，但是并没有只站在人的角度来对树木和自然横加报复和指责，反而肯定了其他生物生的权利，尊重不同的生命形态。这种观念本可以衍生出更加平等和有趣的人/物关系，但是对于人的文学的观念的坚守使魏雅华最终放弃了推进这种想象。文中的植物学家对这株植物充满了好奇："它究竟有没有神经？有没有思维？是动物还是植物？它那捕捉生物的机能，又从何而来？"[2]他为解答这些疑问耗尽了心血，最终却无法挣脱使用物、奴役物这种关系模式，把这株充满秘密的植物变成了一个为人所用的药材宝库。植物学家身上所具有的人/物平等的观念只是变成了佐证他光辉人性的证据。作品《人鼠之间》亦是如此，尽管其中呈现出了鲜明的生态意识，但是人类仍旧被放在了至高无上的地位，他们罔顾自然规律和科学伦理，大胆地利用药剂改变动物的脾性。虽然鼠患横行可以看作大自然给人类的惩罚，但是人类最终还是解决了问题，这是否也隐含着人类凌驾于自然万物之上的地位？

此外，对人伦情感的关注，使魏雅华的作品在一定程度上忽略了科技知识的真实性和逻辑推理的严谨性。在他的作品《天火》中，关于世情书写的部分是十分动人的，但是对科技原理的阐释和科幻想象薄弱了很多。也许是为了迎合大众读者的阅读趣味，魏雅华刻意构建了一个大团圆的结局，引入了外星人和反物质，让"我"的经历了球状闪电的妻子从灾难中活了下来，神奇地现身

---

[1] 魏雅华：《远方来客》，《科学文艺》1985年第2期，第6页。
[2] 魏雅华：《远方来客》，《科学文艺》1985年第2期，第6页。

于一个距事发地两千多公里的小城。而且文中对外星人的想象也趋于简单，只有天空的几行大字预示他们曾经来过，他们只是人类族群善良人性的见证者，作为他者对于人类珍贵的品质予以肯定。而在《天窗》中，引起人类恐慌的"黑洞"不过是一场人类的阴谋，是刻意制造的臭氧层漏洞，作者只用一场人工降雨就解决了这一问题。前期对恐怖场景的渲染，与后期问题的轻松解决形成了鲜明的对照，很容易给读者留下科幻设定不够严谨的印象。研究者詹玲曾说："作为唯一一种与自然科学学科有着密切关联的文学类型，科幻小说所承担的功能不应只在文学之内。"[①]而当魏雅华秉持着启蒙主义文学观念书写人性时，他其实在一定程度上消弭了科幻文学的特殊性。

---

① 詹玲：《当代中国科幻小说转型研究》，中国社会科学出版社，2020年版，第115页。

第二章
中国当代科幻文学的重启（1991—1993）

新中国成立以后，作为"舶来品"的科幻文学曾在我国获得过极大的发展，特别是在1978年之后，优秀的科幻作品层出不穷，如童恩正所写的《珊瑚岛上的死光》不仅被改编成了电影，更是获得1978年全国优秀短篇小说奖。可惜由于多种原因，曾经"红极一时"的科幻文学再度陷入沉寂，直到多年之后，中国科幻才渐渐走出低谷，其复兴的重要标志之一就是《科学文艺》杂志的更名。缘何中国科幻文学的发展要与一本科幻杂志的历程联系起来？而"重生"后的科幻文学又有了什么新的特点？中国的科幻作者、编辑与读者们是如何共同努力使中国科幻走出昔日阴霾的？

第一节 《科学文艺》的更名与中国科幻的"重生"

在经历过重重困境之后，《科学文艺》最终"活"了下来，但是它的发展并不顺利。为了适应市场环境，也为了促进中国科幻文学进一步发展，《科学文艺》不得不多次调整办刊理念和方针，并因此易名，从《科学文艺》更名为《奇谈》。但是此次更名并没有为杂志带来好远，反而因之引起了一些麻烦与误会。直到1991年，《奇谈》才最终更名为《科幻世界》，以刊登科幻小说为主要特色，并减少刊登其他文学体裁的作品。

《科学文艺》的更名意味着一本专业的科幻文学期刊的面世，这标志着科幻杂志走入新的发展阶段，也预示着中国科幻渐渐走出昔日的阴霾，即将迎来新生。

一、从通俗"奇谈"到科幻新"世界"

尽管《科幻世界》现如今已经取得了骄人的成绩,但是它的成长之路却非常坎坷和曲折。正如科幻作家郑文光所说:"《科幻世界》杂志,是新中国诞生最早,处境最艰,也是历尽了最多坎坷而没有消亡的一家科学文艺刊物,她的出生和成长凝结着众多有名无名者的献身和努力。"[1]它几经易名,直到1991年才正式改名为《科幻世界》,以新的面貌面向读者和科幻作者们,为中国科幻文学带来新的生机。

1979年,《科幻文艺》诞生,这是《科幻世界》的前身。借助当时"科学热"和"文学热"的东风,《科幻文艺》获得了巨大的成功,但是由于清污运动的影响、图书杂志市场的改革和杂志经营策略等等原因,曾经销量巨大的《科幻文艺》逐渐走入了困境。为了改变窘迫的经营状况,吸引更多读者,《科幻文艺》在1989年被更名为《奇谈》。直至1991年,《科幻世界》这一刊物名才最终得到确定。《科幻世界》在时任社长杨潇的带领下迅速走向新的方向,他们摒弃了以往的经营思路和理念,也改变了对科幻文学的认知,一方面专注于打造一个专业的科幻杂志,为科幻读者提供优质的科幻作品和专业的科幻知识,另一方面,在打响杂志知名度的同时,试图为科幻文学"正名"和"扬名",让科幻文学得到更多的关注。

明确刊物的性质、创办专业的科幻文学刊物,是《科幻世界》更名后主要的任务。为了达到这个目的,编辑们首先对刊物的栏目进行调整,对刊登的作品进行甄别,突出了其作为科幻文学刊物的特点,其次是注重培养专业的科幻作家,改变中国科幻文学创作的衰颓景象。从《科学文艺》到《奇谈》,再到《科幻世界》,杂志的几度更名源于办刊理念的多次转变,这也带来了杂志的宗旨和性质的多次调整。尽管该杂志与中国科幻文学始终有着紧密的联系,但是在诞生之初,它并非"纯"科幻文学刊物。《科学文艺》虽然刊登过不少经典的科幻文学作品,但是它的办刊宗旨是"以科学文艺的形式普及科学知识"[2],所以一切具有科普性质的文学体裁都被收纳了进来,如科学童话、报告文学、科学诗歌等,科幻小说只占了其中较低的比例。当《科学文艺》在1989年被更名为《奇谈》后,其定位更加模糊,尽管《奇谈》杂志的本意是"和科学有关

---

[1] 郑文光:《我的祝福》,《科幻世界》1993年第2期,第1页。
[2] 侯大伟、杨枫主编:《追梦人:四川科幻口述史》,四川人民出版社,2017年版,第11页。

的标新立异"①，也确实刊登了不少科幻文学作品，但是在当时因其略显怪诞的名字而遭到了很多误解，它和科幻文学的关系越发模糊了。直到1991年，《奇谈》正式更名为《科幻世界》，其作为科幻文学刊物的性质才真正确定下来。

新的名字确定之后，《科幻世界》的内容也随之发生了较大的变化，编辑们把刊载科幻小说作为刊物的主要特色②，同时突出科幻文学刊物所独有的科学性与幻想性。因此，他们不仅选登了大量优秀的中国当代科幻作品，如何夕③的《光恋》、韩松的《宇宙墓碑》等，还开办了《世界科幻》栏目，把一些优秀的国外科幻小说介绍到国内，艾萨克·阿西莫夫和阿瑟·克拉克的经典作品都曾经出现在《科幻世界》上，这些优秀的科幻作品一度成为我国科幻作家的重要养料，也为科幻爱好者们打开了新的阅读天地。若只是选登一些科幻文学作品，显然还不足以突出其专业性，《科幻世界》杂志还引进了外国科幻小说教程，为当时的科幻小说读者和作者提供科幻文学的专业知识。自1993年起，《科幻世界》杂志就开办了名为《外国SF教程》的专栏，专栏内容不仅有对科幻小说基本概念的阐释，还有针对科幻小说写作提出的建议。除此之外，《科幻世界》也选登了最前沿的科技新闻，以及对科学技术的思考，试图以科技简讯和科普文章的方式向读者普及科学知识。以李兆华所写的《〈山海经〉与古今异人》为例，作者在文中先介绍了《山海经》中的奇珍异兽，然后谈及大千世界中千奇百怪的动物，以期证明现实与幻想之间特殊的关系。而《假如》《星光点点》等专栏则为科幻作者和读者提供了一片发挥想象力的园地，读者和作者可以在这些专栏中分享自己的奇思妙想。

总而言之，改名后的《科幻世界》所刊登的内容都与科幻文学有关，以科幻文学为刊物的特色与重点，既注重科幻作品的质量，致力于为读者提供更多新奇、有趣的科幻作品，又注重表现科幻杂志本身的特性，使读者既能够接触最新的科学知识，又能够体会到幻想的乐趣。

除了在内容上下功夫之外，《科幻世界》也在专业科幻作者的培养上投入了心血。科幻作者群体对于中国科幻的发展至关重要，对于《科幻世界》这种科幻类杂志的生存也有很大的影响。要想办出一份高水平的科幻文学刊物，稳定而优质的稿源是必需的。缺乏专业的科幻作家，是中国科幻发展面临的由来

---

① 侯大伟、杨枫主编：《追梦人：四川科幻口述史》，四川人民出版社，2017年版，第11页。

② 侯大伟、杨枫主编：《追梦人：四川科幻口述史》，四川人民出版社，2017年版，第12页。

③ 何夕，原名何宏伟。

已久的问题。在新中国成立初期，不少科幻作家都是由科普作家或者儿童文学作家、编辑转变而来。如《失踪的哥哥》的作者叶至善就是一本青少年杂志的编辑，他本是为了响应当时国家提出的"向科学进军"[1]的号令才拿起笔创作科幻小说，因此这批作者对于科幻文学的热情是不足的。早在《科学文艺》创刊之时，一位老编辑李累就曾经指出："你们这个刊物最大的问题在于没有作者队伍。"[2]以至在1984—1986年间科幻文学受到冲击的艰难阶段，《科学文艺》在稿件上开始"闹饥荒"[3]，几乎无稿可用。为了打破这种窘境，《科幻世界》在专业作者的培养上投入了大量的精力，一方面利用科幻大奖赛来网罗和挖掘新的科幻文学作者，另一方面则是借助开办笔会的形式把更多的科幻作家组织起来。1986年，《科学文艺》就与天津的《智慧树》一起创办了中国科幻银河奖。但是受到当时环境的影响，这个奖项并没有引起过多的关注，在《智慧树》停刊之后，《科学文艺》不得不独自主办科幻银河奖，中途甚至停办了几年。直到1991年，《科幻世界》才再次举办第三届中国科幻银河奖征文。自此之后，中国科幻银河奖的评选进入常态化，任何刊载在《科幻世界》上的中国科幻作品都可以参与评选，一批优秀的科幻作者从这个大奖赛中脱颖而出，如王晋康、何夕、凌晨等。他们都在中国科幻银河奖中取得了不错的成绩，得到了读者的喜爱和科幻界的关注。王晋康正是凭借其处女作《亚当归来》获得1993年的中国科幻银河奖，从而被不少科幻读者所认识。除此之外，《科幻世界》还举办了"校园科幻大奖赛"，鼓励青少年去看科幻、写科幻，更新代科幻作家的代表人物陈楸帆就曾参加过校园科幻大奖赛，他的作品《诱饵》获得了编辑的一致好评。而另一位年轻的科幻作家张冉，也是通过参加校园科幻大奖赛而投入科幻创作中去的。各类科幻作品大奖赛不仅为科幻作家们搭建了展示自己的平台，更为编辑们提供了了解和挖掘新的优秀科幻作家的渠道，沉默已久的科幻文学界因为这些"新鲜血液"的注入而重新有了活力。

除此之外，组织笔会也是《科幻世界》杂志社培养和联系科幻作家的"法宝"。《科幻世界》延续了《科学文艺》举办笔会的传统，在最困难的时期也没有中断举办笔会。1993年，《科幻世界》还没有解决经营上的困境，但依然召开了都江堰笔会。在笔会上，作者和编辑不仅"一道聆听上帝的声音"[4]（这里的上帝指的是读者），还齐聚一堂共同畅聊对科幻文学的看法，直到"凌晨

---

[1] 张恩敏：《建国初的科技政策（1949—1956）》，《党史资料与研究》1986年第4期，第57—59页。

[2] 科幻世界编辑部：《科幻世界二十年》，《科幻世界》1999年第5期，第41页。

[3] 科幻世界编辑部：《科幻世界二十年》，《科幻世界》1999年第5期，第38页。

[4] 随明：《都江堰夜话》，《科幻世界》1993第9期，第1页。

三时,都江堰市一座深宅大院仍是灯火通明,人语喧哗"①。杨鹏、星河等科幻文学的新秀与《科幻世界》编辑谭楷、吉刚等人一起规划着中国科幻文学灿烂的明天。

这些举措使《科幻世界》摆脱了曾经的无稿可用的困境,更使中国科幻作家群体进一步壮大。稳定的作家团队,丰富的稿件来源,这一切都使创建一个专业的科幻杂志成为可能,也为中国科幻文学创造了重新起飞的条件。正如《科幻世界》杂志社第一任社长杨潇所说:"在经济困难的情况下,我们还组织了5次笔会,3次银河奖征文,丰富了稿源,扩大了队伍"②,甚至于一些"作者说《科幻世界》、银河奖是黄埔军校,培养了他们"③。通过一系列针对刊物内容和形式的调整,《科幻世界》作为科幻文学刊物的性质更加明晰,刊物质量也有了较大提升。但是这对于刊物本身和中国科幻的发展来说是远远不够的,为了打破中国科幻发展的僵局,还需要打响中国科幻的知名度。

尽管在20世纪90年代初期,科幻小说已经不再被视为"精神污染的重灾区"④,但是它仍然很难得到主流文学圈和大众读者的认可。1986年首届中国科幻银河奖颁奖典礼上,时任中国作协常务书记鲍昌就称:"目前中国科幻还是个不引人注目的'灰姑娘'。"⑤要让中国科幻文学真正走出低谷,只能"首先是为科幻正名,继而是为科幻扬名"⑥。

为了达到正名的目的,《科幻世界》刊登了一些中外作家和研究者的文章,想通过这些文章来阐明科幻文学的性质,证明其对人才培养和科技发展的意义。在1991年第2期《科幻世界》上,作家韶华就以一篇名为《科幻小说——兴乎?衰乎?》的文章来为科幻小说"打抱不平"。针对一直未曾解决的科幻小说到底是姓"科"还是姓"文"的问题,他提出"要允许它是多品种的:可以是'科学的',可以是'小说的',可以以传播科学知识为目的,也可以借写科学幻想来追求人生豹、艺术美为目的的"⑦。他更认为不要对科幻文学"上纲"

---

① 随明:《都江堰夜话》,《科幻世界》1993第9期,第1页。
② 《科幻世界》编辑部:《祝贺〈科幻世界〉100期(1979—1994)》,《科幻世界》1994年第9期,第2页。
③ 侯大伟、杨枫主编:《追梦人:四川科幻口述史》,四川人民出版社,2017年版,第31页。
④ 施同:《科幻作品中的精神污染也应清理》,《人民日报》1983年11月5日,第3版。
⑤ 科幻世界编辑部:《科幻世界二十年》,《科幻世界》1999年第5期,第39页。
⑥ 侯大伟、杨枫主编:《追梦人:四川科幻口述史》,四川人民出版社,2017年版,第15页。
⑦ 韶华:《科幻小说——兴乎?衰乎?》,《科幻世界》1991年第2期,第15页。

和"甩帽子"①，使科幻文学失去生命力。在《科幻世界》1993年改版之际，叶永烈、金涛、郑文光等老一辈科幻作家也利用杂志所提供的平台，为科幻文学发声。科幻作家郑文光认为，曾经笼罩科幻文学的阴霾已经散去，他看到"姓'科'姓'文'之争，早已得到了解决；极端化的'伪科学'指责，已随着时间而销声匿迹……"而"新的科幻之花正伴着滚滚春雷，在中国文化的沃土中竞相开放"②。中国科学院院士宋健则更是旗帜鲜明地提出："读真正的科幻作品不仅使读者增加科学知识，又得到文学享受，有所领悟，有所激励，有所追求。"③为科幻"正名"是个长期的过程，《科幻世界》杂志社的编辑们从未放弃过，他们借助一些有影响力的作家和科学家之口，向读者们传递关于科幻文学的正确认知和理念。

而为科幻"扬名"则显得难度更大，毕竟1983年"清污运动"之后，大量的科幻杂志停刊，其他文学类型的媒体与杂志则对科幻文学避之不及。尽管到了20世纪90年代初，科幻文学的处境已经有所好转，但是科幻文学更似"雷区"而非"香饽饽"，国内难有合适的机会为科幻文学"扬名"。《科幻世界》杂志社的编辑把目光投向了国外。1989年，时任社长杨潇单枪匹马前往意大利圣马力诺小镇参加世界科幻年会。在这个重要的会议上，她凭借着初生牛犊不怕虎的勇气和对科幻的一片热情，争取到了在中国召开1991年世界科幻年会的机会。1991年，世界科幻年会经历重重难关，最终在四川成都成功召开。除了100多名国内外知名科幻作家赴蓉参加这次科幻盛会外，国务院办公厅、国家科委等重要国家机构也派人前来参加，四川省政府在其中也发挥了较大的作用，更有一些著名杂志社和出版集团被吸引参会。在这次年会前后，四川、福建、安徽、湖南、湖北、山东、北京等地的十多家出版社还出版了多种科幻图书。④这次盛会不仅使《科幻世界》杂志社名声大噪，更使中国科幻得到极大的关注，中国科幻文学再度走入大众的视野。

《科学文艺》在更名为《科幻世界》之后，不仅致力于创办专业的科幻杂志，培养科幻作家，还努力提高杂志的知名度，向大众介绍和普及科幻文学概念，打破读者与纯文学界对于科幻文学旧的认知。可以说《科幻世界》杂志自身在努力生存下去的同时，也带来了中国当代科幻文学发展新的转机。

---

① 韶华：《科幻小说——兴乎？衰乎？》，《科幻世界》1991年第2期，第14页。
② 郑文光：《我的祝福》，《科幻世界》1993年第2期，第1页。
③ 宋健：《宋健论科幻》，《科幻世界》1993年第11期，第1页。
④ 科幻世界编辑部：《科幻世界二十年》，《科幻世界》1999年第5期，第38页。

二、中国当代科幻文学的新起点

1991年《科幻世界》杂志易名成功为长期处于低谷的中国科幻带来了一抹亮色,而能不能把这抹亮色看作中国科幻文学的新起点呢?答案当然是肯定的,因为《科幻世界》杂志不仅在经营上取得了成功,还改变了中国科幻文学的地位,同时又把对科幻文学新的理念和认知都带入到科幻文学界中,从而使科幻文学焕发出新的生机,走上了新的发展道路。

中国科幻文学所遭受到的偏见是影响其发展的重大阻碍,如果不能解决掉历史遗留问题,让科幻文学摆脱掉"三大精神污染源之一"[①]这项大帽子,那么中国科幻文学将始终处于阴影地带,无法名正言顺地被主流文学圈和大众读者所接受。正是在这一点上,《科幻世界》作出了巨大的贡献。前文已经提及的《科幻世界》为中国科幻"正名"和"扬名"的举措,在此不再赘述。以1991年世界科幻年会在成都召开为例,这场科幻文学盛会不仅使中国科幻文学走上了世界科幻舞台,还使中国科幻文学得到了中国官方的支持和认可。正如时任社长杨潇所说:"91WSF成都年会由四川省政府外事办公室和四川省科协主办,是很光鲜很正面的一个形象,对科幻的那种打压也慢慢偃旗息鼓。"[②]而编辑谭楷也认为,正是这次大会让国家高层看到了"我们在非常努力地搞科幻",是"实实在在为了国家,为了民族"。[③]在此次大会上,《人民文学》《当代》《十月》等主流文学杂志社也都给《科幻世界》发来了贺电,《人民文学》主编王扶更是亲自来到活动现场。这一切都从侧面证明了中国科幻文学的合法地位。当然,要提升中国科幻文学的地位并非一朝一夕的事情,但是1991年世界科幻年会的举办至少可以看作一个重要的信号,证明科幻文学不再是被打击和批判的对象,它不用再龟缩于阴影之中,科幻作者和读者们可以相对自由地去写科幻、读科幻了。

对科幻文学的新认知,是让中国科幻文学重新起航的重要因素。新中国成立后,由于受到苏联文学体系的影响,科幻文学被划归入了儿童文学阵营。同时在"泛工具论"的影响下,科幻文学直接被看作"普及科学知识"的工具。

---

① 侯大伟、杨枫主编:《追梦人:四川科幻口述史》,四川人民出版社,2017年版,第12页。

② 侯大伟、杨枫主编:《追梦人:四川科幻口述史》,四川人民出版社,2017年版,第23页。

③ 侯大伟、杨枫主编:《追梦人:四川科幻口述史》,四川人民出版社,2017年版,第61页。

不管是被归入儿童文学的麾下,还是被看作传播科学知识的工具,都对科幻文学的发展有着不利的影响,前者使科幻文学难以追求主题内涵上的突破,后者则容易使科幻文学失去想象力和趣味性。而杨潇、谭楷等《科幻世界》的编辑们在多年办刊之后,才有了对科幻文学不同以往的认知。他们抛开了对科幻文学的成见,一方面从适应市场的角度出发,认为应该为科幻文学"减负",科幻文学不应该完全沦为教诲读者和传播知识的工具,而应该展现有趣的一面以争取更多读者;另一方面,他们从阅读品位和专业知识的角度出发,认为科幻不应该被归为儿童文学一类,而应该充分表现自己的特性。杨潇、谭楷等人作为复兴科幻文学的先驱,他们的观念对中国科幻文学的发展产生了很大的影响。

一直以来,人们对科幻文学的讨论和关注都集中在其科学性上。早在科幻文学被引入我国之初,科幻文学就被寄予了"启民智"的厚望,鲁迅就认为阅读科幻小说能够获"一斑之智识,破遗传之迷信,改良思想,补助文明"[①]。而新中国成立后,对科幻小说科学性的强调甚至到了矫枉过正的地步,科幻文学只要稍稍背离科学常识就被认为是"灵魂出窍"[②]。在这样的氛围之下,中国科幻小说很难做到有趣,往往只是借助科幻的外壳来宣传某种科学技术和思想观念,因此科幻作品容易出现情节老套、语言乏味等情况。而《科幻世界》的编辑们此时不再过分强调科幻文学的教化作用,谭楷就直率地说:"你不管写科普文章,还是儿童文学,都要有趣"[③],"没趣就别谈什么教育人"[④]。他与杨潇都认为科幻文学"不是用科幻小说的形式来普及科学知识,它的任务不是这个"[⑤]。正是在这样的理念的主导下,《科幻世界》突出了科幻杂志的趣味性,每期刊载的内容中三分之一篇幅是科幻动漫和图画,三分之二是科幻小说。[⑥]正是基于这样的理念,编辑们对科幻作品持有一种更加宽容的态度,重

---

① 鲁迅:《〈月界旅行〉辨言》,《鲁迅全集·第10卷》,人民文学出版社,1981年版,第152页。
② 鲁兵:《灵魂出窍的文学》,《中国青年报》1979年8月14日,B4版。
③ 侯大伟、杨枫主编:《追梦人:四川科幻口述史》,四川人民出版社,2017年版,第54页。
④ 侯大伟、杨枫主编:《追梦人:四川科幻口述史》,四川人民出版社,2017年版,第54页。
⑤ 侯大伟、杨枫主编:《追梦人:四川科幻口述史》,四川人民出版社,2017年版,第48页。
⑥ 侯大伟、杨枫主编:《追梦人:四川科幻口述史》,四川人民出版社,2017年版,第26页。

点关注作品所展现出的创造性、想象力和趣味性，而不强求其在文学性和科学性上的突出。在1991年至1993年之间，《科幻世界》选登的很多科幻作品在技巧和语言上都不算完美，但是充满了想象力，有了明显的通俗文学的特征。以绿杨所写的"鲁文基推理科幻故事"为例，性格固执的老科学家鲁文基居住在地球外的一个空间站里，但总是有各种各样的"怪事"找上他的门。作者在科幻小说中加入了一些侦探文学的元素，善于制造悬念，并利用科学知识解开种种谜题。不管是在形式上还是结构上，这些作品都与新中国成立初期的科幻文学迥然不同。这种对科幻文学的新评价标准并非没有遭到一些读者的批评，一位读者曾向《科幻世界》表达过自己的不满："作品大多注重奇思妙想，对于小说中人物塑造以致语言、情绪和小说风格的创新无所成就。我们的科幻被幻想的重担压垮……"①但是《科幻世界》的编辑们并不打算放弃他们的主张，因为他们意识到，中国科幻文学已经被"工具论"束缚得太久，受到"科文之争"的影响太大，若再对科幻文学在科学性和文学性上提出过高的要求，只怕新的科幻萌芽又会被掐灭在襁褓之中。因此，面对读者对于新科幻观念的不认同，《科幻世界》的编辑们始终认为："中国科幻是在中国现实土地中长出来的。这是一块贫瘠的生荒地，陈旧的观念象盐碱一样浸泡着它，加上左的冰雹和偏见的棍子，几朵科幻的花能存活，一本科幻杂志能坚持下来，已很不容易。……对于现状，还希望宽容。"②注重科幻文学的趣味性，强调兼容并包，这给了科幻文学写作者更大的自由度，让这些写作者有了尝试更多主题和写法的可能性，为20世纪90年代后期中国科幻文学百花齐放的局面打下了基础。

除了强调科幻文学的趣味性以外，《科幻世界》的编辑们还认为科幻文学不应该完全归属于儿童文学阵营。毫无疑问，青少年儿童是科幻文学的重要读者群体，但是这并不意味着科幻文学是儿童文学的分支。然而由于苏联文学体系的影响，在很长一段时间内，科幻文学却被看作隶属于儿童文学的。当时甚至连一些著名的中国科幻作家也部分认同这样的观念，如叶永烈就认为："科学幻想小说主要是给少年儿童看的。少年儿童最喜欢幻想，也最善于幻想。科学幻想小说用饱蘸幻想的笔触，浓墨重笔，描绘出美好的未来，燃起小读者们变幻想为现实的强烈愿望，教育少年儿童努力学习，勇攀高峰，向着四个现代化进军。"③这样的认知导致了我国的科幻文学主题低幼化，严重束缚了科幻文

---

① 于国君：《我的不满》，《科幻世界》1993年第10期，第37页。
② 《科幻世界》编辑部：《我也不满》，《科幻世界》1993年第10期，第37页。
③ 叶永烈：《论科学幻想小说》，《中国科幻文论精选》，北京出版社，2021年版，第130页。

学在写作和题材上的进一步创新。而杨潇、谭楷等人在《科幻世界》办刊之初就明确表示："它不是儿童文学的分支，它是文学的分支，它就是一种文学。"①社长杨潇更是认为《科幻世界》"刊物办给年轻人看"②的，虽然为了适应读者的需求，《科幻世界》一度被调整为"初中文化程度的刊物"③，但是它的目标受众是成人而非儿童。现如今，科幻文学并非儿童文学这个观念已经成为科幻文学读者、作者和研究者的共识，但是在当时，这个观念却犹如惊雷一般，破除了对中国科幻文学的层层束缚。中国科幻文学终于不再被儿童文学的写作规则和价值理念所束缚，而有了更大的探索空间。

由此观之，《科幻世界》杂志之所以是中国科幻文学复苏的标志，被视为中国科幻文学的新起点，并不仅仅是因为它在经营上所获得的成功，而是源于这本杂志所传递出的对中国科幻文学新的认知。《科幻世界》的编辑们虽然并不都具有科幻文学的专业背景，但是凭借多年的办刊经验和对科幻文学的热爱，他们对科幻文学的发展提出了一些颇具新意的建议，从而带领中国科幻走出了低谷。不管是为提高中国科幻文学地位所作出的努力，还是尝试破除大众对中国科幻文学的偏见，都为中国科幻文学带来了生机。

第二节　从儿童文学阵营出逃的"异类"

《科幻世界》杂志易名成功，标志着中国科幻进入了新的发展阶段，它所传递的不同以往的科幻理念也改变着中国科幻文学的样貌。不管是对科幻文学趣味性的强调，还是对其身份和性质的"新解"，都让科幻文学逐渐摆脱掉"低幼"的面貌，展现出不同于儿童文学的特征。彼时的科幻文学作品，不再只有充满乐观精神的科技童话，而是开始关注现实社会中的种种矛盾；也不再只注重对新技术和机器的想象，而是看到了人性在科技社会中的异化；更重要的是，中国科幻文学不再只是对外国作品的简单模仿，而是希望利用本土的幻想资源形成独特的中国科幻美学。在新的科幻理念、市场环境和主流文学观念

---

① 侯大伟、杨枫主编：《追梦人：四川科幻口述史》，四川人民出版社，2017年版，第48页。
② 侯大伟、杨枫主编：《追梦人：四川科幻口述史》，四川人民出版社，2017年版，第25页。
③ 侯大伟、杨枫主编：《追梦人：四川科幻口述史》，四川人民出版社，2017年版，第26页。

的影响下，中国科幻文学既有了通俗文学的特征，愈加重视情节的刺激与精彩程度，又有对主流文学思潮的回应，开始尝试书写和表现人性的复杂。情节和主旨日渐复杂化的科幻文学显然不能再被简单地归入儿童文学的阵营，但是由于其所具有的多样性，它也无法被纳入通俗文学和严肃文学的范畴中，中国科幻文学犹如"异类"一般在各种文学类型之间摇摆。

一、从创造童话到揭露问题

新中国成立初期的科幻文学作品中往往充斥着一种技术乐观主义精神，科幻作家们勾勒出一幅幅光明的科技蓝图，相信科技会解决掉现实生活中的一切问题。1978年后，虽然有一些表现人性阴暗面的作品问世，如带有伤痕文学印记的《月光岛》、表达钱权污染人心的《腐蚀》等，但这不是当时科幻作品的主流，甚至这类作品也同样充满技术乐观主义精神，因为作品中科技最终还是以另一种方式对主人公进行了救赎。所以1991年前的科幻作品很少触及现实生活中的一地鸡毛，也极少反思技术本身所具有的问题，而是热衷于描绘没有烦恼的科技新世界，讲述结局喜人的科技童话。这些作品既不会看向灾难深重的过去，也不会注视不够完美的现在，而只会讴歌充满光明的未来。本该作为历史与现实之镜的科幻文学，却成了不接"地气"的科技赞歌。到了20世纪90年代初期，中国科幻文学不再沉迷于创建科技天堂，而是开始反思科技的局限性，以及观照现实社会中存在的问题。这一时期的科幻作家也许对各种科技议题的思考还不够深刻，但是他们已慢慢走出"童话世界"，以科幻文学为镜照亮现实。这一时期的科幻文学一方面关注现实社会问题，在想象出的极端条件下放大和观察现实社会中的困境，另一方面则是思考科学技术所具有的双面性，反思科技发展对人类未来生活可能造成的不利影响。

有研究者认为，新时期初期的科幻小说虽不乏浪漫的想象，但是骨子里隶属于现实主义[①]，实际上，这一时期的科幻小说对现实问题的关注和描述并不充分。新中国成立后的一些科幻作品虽然是依据现实问题来进行科幻想象，比如针对人们生活中的具体问题想象出某种科技产品，但是这并不意味着这一时期的科幻文学真正关注社会生活。它们尽管看起来与现实生活联系紧密，但是常常只关注天马行空的技术想象，类似加入科幻元素的现代"童话"。而到了20世纪90年代初期，科幻小说变得更能反映出社会的阴暗面，期望揭露和批

---

① 方舟：《新时期初期科幻小说特征及其问题反思》，《河北学刊》2019年第3期，第224页。

判现实社会生活中种种不公的行为和现象。

以韩建国所写的《二十分钟等于?》为例,两个年轻的工人都希望能够出人头地,其中"我"选择相信真才实学,于是通过一个神奇的学习机在二十分钟内学到了相当于大学四年的知识,而"我"的朋友王艾则认为文凭更为重要,便花了三千八百元买了一个假文凭。在今后的工作生活中,虽然"我"具有真正的知识,也发明出了新技术,为工厂带来了效益,可拥有假文凭的王艾却处处压了"我"一头,不仅成了厂里的中层干部,更是娶到了厂里最美丽的姑娘,分到了新房子。反观"我"的生活处境,却不尽如人意,不仅要继续在车间工作,还要与家人们一起挤在破旧的房屋中。在这部作品中,功能强大的学习机不再是重点,知识渊博的司马桥教授也不再是主角,而是通过两个年轻工人的际遇对比,揭露了当时社会上重视文凭而不重视真才实学这一本末倒置的行为。科技的进步可以带来知识的突飞猛进,但是不能解决社会的不公。在这种不良现象的背后,是科学正在走下神坛,科学万能的神话逐渐被打破。

而在《土星着陆》这篇作品中,人性的狭隘愚昧和自私自利被表现得淋漓尽致。在大型飞船天鹰号即将登上土星的大日子里,几位领导轮番上阵"骚扰"飞行指挥长冯鹰,只是为了在"喜讯"节目中公布自己儿子或女儿的婚事,而这"喜讯"节目不过是飞船上天之后,由飞船工作人员公布几对新人姓名的小游戏而已。当飞船遭遇危险,"喜讯"节目不得不取消时,几位领导人不但不嘉奖带领飞船成功脱险的冯鹰,反而大发脾气,革除了冯鹰的职务。影响着世界进程的科技大事还不如婚丧嫁娶等世俗小事。这篇作品在讽刺不学无术、以权谋私的官员的同时,更从侧面表明了科学所遭受的冷落。先不论身为科学家代表的冯鹰对一群官员的曲意逢迎之态,就连"喜讯"节目本身也是一个巨大的讽刺。当宇宙飞船翱翔于太空之际,它向地球传递的不是重要的数据资料,而是一些领导人子女婚丧嫁娶的信息,科学发展需要为世俗人情让路,曾经以科技万能为基础所建筑的"童话世界"在面对世俗世界中的蝇营狗苟时迅速坍塌。

这类作品还有嘲讽人们好逸恶劳、不思进取的《太空饲养场》,指出地球上假货盛行的《K先生的收获》,调侃生活中无处不在的广告的《各有高招》……这些作品虽然以未来世界为背景,描述的却是当下社会中的乱象。值得注意的是,尽管此时的科幻作品热衷于揭露社会上的丑恶现象,但是往往是从一种现象出发,表达对某种不公平现象的不满,但极少思考造成这种现象的背后原因,很难从对实际问题的不满上升到对社会制度、人性人情的深入辨析。

除了关注现实问题之外,这一时期的科幻小说也开始思考科技发展本身会带来的问题。比如，施晓宇所写的《可怕的噪音》就是在讨论未来世界中的噪声污染问题。随着科技的发展，一切物品都变得可以发声，不仅有有声书、有声报纸，还有能够提醒你"冰激凌制好了"的冰箱，更有会发出巨大声响的交通工具，人们的生活变得异常方便，却也变得格外吵闹。很多植物因为受不了这种超高分贝的噪声而纷纷枯萎，动物世界也失去了秩序变得紊乱，人们不得不放弃地球前往安静的未来星，否则就会面临耳朵萎缩的悲剧。在这篇作品中，作者对滥用科技的可怕后果进行了大胆的想象，人们为了自身舒适的生活，大量使用有声物品。随着使用有声物品的负面影响涌现，人们也没有试图从源头出发解决问题，反而制造出更多高科技产品来缓解矛盾，从而让噪声变得更加令人难以忍受。作品中的人物不得不抱怨道："在我们这里，时髦玩意太多了。"[1]在这里，科技的发展带来的不是美好的结果，科技发展的两面性开始被注意到。

而在李虎斌所写《拉尔星悲欢》中，科技的飞速发展几乎导致了一个星球的灭亡。拉尔星球面临着诸多问题，不仅要为粗制滥造的出口产品缴纳高额罚款，而且没有阻止黑蜂党人的横行，以致严重影响了社会治安，可以说是内忧外困。而来自虹风系的丹乌博士却声称可以改变拉尔星的局面，他把一种叫欧姆的晶体植入人的大脑后，人不仅能获得更多知识，而且思想道德水平也会提高。换句话说，欧姆可以让人变得十全十美。拉尔星的总统裘德吉为了迅速改变星球上的局面，勒令星球上的所有人都换上芯片。起初，拉尔星飞速发展，但偶然出现的一次危机让晶片都失效了。由于人类一直过于依赖晶片，大脑全都退化了，失去了晶片的拉尔星人近似于白痴，并且变得残暴异常，拉尔星陷入了更大的危机。这部作品不仅渲染了过度依赖科技所导致的可怕后果，还提及了科学技术可能存在的缺陷和漏洞。不管科技如何发展，科技产品总会有不完美之处，想以科技为手段一劳永逸地解决问题不啻痴人说梦。可是在早期的科幻作品中，对技术缺陷的想象是罕见的。《科幻世界》上刊登的科幻小说却不再避讳这一点，开始正视和讨论新兴科技出现问题的可能性，不再相信科技是有百利而无一害的，这实则也是在打破对科学的绝对信仰。不过也需要看到，虽然这一时期已经有了针对科技本身的思考，但是这种思考还有待深入。如《拉尔星悲欢》中，尽管造成星球退化的原因与科技的不可控性和不可靠性有着千丝万缕的联系，但是作者仍然借幸存者之口说出："科技的功勋永不能否定。"[2]

---

[1] 施晓宇：《可怕的噪音》，《科幻世界》1992年第3期，第13页。
[2] 李虎斌：《拉尔星悲欢》，《科幻世界》1992年第2期，第33页。

重读这一时期的中国科幻小说，会发现这些作品往往集中在对某种社会现象的批判上，而较少揭示促成这一社会现象的经济和社会原因，对于科技发展可能带来的恶果也缺乏深入的思考。但是，这一时期的科幻文学对中国科幻文学的发展仍有着极为重要的意义，因为它发出了批判性的声音。科幻作品之所以能够被读者喜欢，一个重要的因素便是"它的批判性"①，科幻会对"今天存在的现实进行批判和探讨"②。20世纪90年代初期的中国科幻终于迈出了这一步，这标志着人们正从"科学万能"这一禁区走出，科学是可以被讨论、被反思、被探讨的，这也在一定程度上解放了科幻文学的想象力。

二、从写"新人类"到诉"人间情"

20世纪90年代初期的科幻小说除了开始对现实问题和科技本身进行批判和反思外，也开始描写人类之间复杂的情感纠葛与个体的欲望和经验。新中国成立初期，也有不少科幻小说对人性的恶与善进行了描摹与刻画，但是写人间百态并非那个时期的中国科幻作家所擅长的。由于受到科学至上观念的影响，以及被归入儿童文学阵营，中国科幻文学在很长一段时间内都力求呈现出简单、和谐的人物关系，并且着迷于塑造智慧、理性的科技"新人类"。这些"新人类"经过科技的洗礼，能够冷静而理智地处理和面对生活中的诸多问题。科学知识武装了他们的头脑，也铸造了他们完美的品格和坚强的内心。他们似乎已经摆脱掉了人类的原始欲望，在最极端的环境下仍旧能够保持理智。他们是充满理想主义色彩的"完人"，他们几乎是道德高尚、富有智慧和勇气的建设者。③其中较为典型的是《飞向人马座》中的三位中学生，他们三人在阴差阳错之下进入了太空，远离了自己的家园，但是他们却没有惊慌和沮丧，反而在飞船上继续学习、工作。不管是学识还是心智，他们显然都已经超越了普通人。在这些"新人类"身上，科学精神代替了人类的欲望，宏大的理想遮蔽了个人的情感。在他们身上，技术理性比人类情感更加突出。而《科幻世界》刊登的作品却不再偏爱这样的"新人类"，反而时常描述人类身上的原始野性和

---

① （英）布赖恩·奥尔迪斯：《能再多点点吗?》，杨潇译，《科幻世界》1993年第1期，第31页。

② （英）布赖恩·奥尔迪斯：《能再多点点吗?》，杨潇译，《科幻世界》1993年第1期，第31页。

③ 张治、胡俊、冯臻：《现代性与中国科幻文学》，福建少年儿童出版社，2006年版，第105页。

喷薄而出的情感，"重启"后的中国科幻文学，更愿意在一波三折的情感故事中发掘人类未曾被科学规训的一面，也愿意在伟大的科学事业之中寻觅个体的声音。

20世纪90代初期，中国科幻作者越来越多地把人与人之间的悲欢离合搬演进科幻小说中，爱情成了该时期科幻小说中最为常见的主题。其实在1978年科幻文学短暂复兴的时期，中国科幻文学作品中就已经有不少爱情的元素，如《月光岛》中的孟薇与梅生的爱情悲剧，《命运夜总会》中耿定源与莫凤凰的相知相守等，但是爱情并非这一时期科幻作品的主体，个人感情往往沦为时代巨变中的配角。可在1991年之后，情节生动的科幻爱情故事受到了科幻作者们的青睐。在缠绵悱恻的爱情故事里，感情时常冲破理性的枷锁；在爱而不得的悲剧中，情感往往压倒了逻辑。

在谭力、覃白所写的《太空修道院》里，一幕幕爱情的悲喜剧就在交替上演着。美丽的心理学专家孟玛丽曾经有着光明的前途和美满的爱情，可没想到的是，作为宇航员的男友金勇背叛了她。伤心欲绝的孟玛丽不得不借助父亲的发明LM项目来抚慰自己。这个项目是用小粒子L来操纵管理人脑情感的化学物质M，它能使人忘记感情的伤痛，恢复平静。可是没想到前男友金勇在经历过失败的婚姻之后再度来追求玛丽，而此时金勇的好友费刚也已心悦玛丽许久，两位男士大打出手，酿成了金勇毁容、费刚坐牢的悲剧。心如死灰的孟玛丽带着LM仪器在远离地球的地方创建了一所修道院，收容一切对尘世失望的女子，要求她们保持绝对的理性与纯洁，远离感情的纷扰。但是一次事故却让两位在太空中漂流的勇士罗啸强和丹扬，被迫降落在了这个修道院中。尽管孟玛丽用尽了办法，爱情仍然在这批崇尚理性的女性身上萌芽了，信仰最为坚定的副管事施若秋被罗啸强扰乱了心神，纯洁无瑕的修女唐荷对两位男宇航员产生了莫名的情愫，曾经被背叛和伤害过的修女伊娜则与少年丹扬互相倾慕。孟玛丽眼看修女们的感情产生了波动，遂调大了LM仪器的功率，使伊娜对丹扬恶言相向，让这个心怀爱意却身受重伤的年轻人心碎而死。丹扬的死不仅唤醒了伊娜，也刺激了修道院中的其他女性，她们捣毁了桎梏她们情感的机器，重新获得了爱的能力，孟玛丽也在机器损坏后选择了死亡。这部作品获得了第三届中国科幻银河奖一等奖，其实它的科幻设定并不算太新颖，能够控制人类情感的机器早在郑文光所写的《命运夜总会》中就出现过。它之所以能够从众多科幻作品中脱颖而出，除了极富戏剧性的爱情故事之外，更重要的是它进一步探讨了情感与理智、欲望与理性的关系。毫无疑问，孟玛丽是绝对理性的代言人，在被爱情伤害之后，她过着"纯粹理性"[①]的生活。她在修道院里的生活犹如一潭死水，难以再泛起波澜。罗啸强和丹扬却带着对爱情的向往和无穷无尽的好奇心，他们渴望征服宇宙，更渴望得到爱与理解，他们分明是修道院生活的反面。LM仪器被损毁，孟玛丽死亡，这些除了代表一段纠缠了数十年的情感纠葛尘埃落定外，更代表着人类的情感最终打破了科技的桎梏。

而在另一篇科幻作品《太阳帆杯赛》中，情感也占据了主导地位。黎菁与顾堃本是一对情侣，可是顾堃抛弃了黎菁娶了别的女人。多年之后，他们在一次太阳帆比赛中再次相遇，黎菁怀着满腔的恨意渴望战胜顾堃。可是在比赛途中，顾堃的温柔、体贴融化了黎菁心中的仇恨。当顾堃的帆船撞上火星，将永远留在宇宙中时，黎菁放弃了获胜的机会转而去营救他。两个人冰释前嫌，一同回到了地球。在激动人心的比赛和翔实具体的技术细节之下，作品还在讨论情感和理智的关系。黎菁作为一个一心沉迷于工作的"铁女人"[②]，本该以最为理智和冷静的态度来面对比赛，一时的感情冲动并不适用于残酷的宇宙，但是她还是放弃了最优的选择，放弃了对顾堃长达十余年的仇恨，几乎以自己的生命为代价选择了救助自己昔日的恋人。她的做法折射出人性的高贵，也表现出了人类情感的强大力量，但是实际上违背了科学世界冷静、理智的准则，而这一准则恰恰是科学世界有别于现实世界的基础。与《太阳帆杯赛》同一题材的《太阳风帆》就展现出了这一内在准则的存在。《太阳风帆》是著名的英国硬科幻作家阿瑟·克拉克的作品，也是以太阳帆船比赛为背景。两篇作品的科学原理类似，都是以阳光为动力来驱动帆船在宇宙间航行。默顿作为一个帆船设计者和驾驶者成了《太阳风帆》的主角，他不为外界所左右，而是专注于自己的行程。可太阳磁暴使他功亏一篑，尽管内心对胜利有着极度的渴望，并对自己研发的狄安娜号抱有强烈的感情，但是他最终还是平静地放弃了帆船，等待救援。尽管他也"感到一种自童年以来从未尝到过的痛苦"[③]，但是理智的思考与精密的计算让他放弃了比赛，他的理性压过了原本的渴望，证明了在科学世界中"人不能凭感情办事"[④]。通过对比可以发现，中国的科幻作者并不欲向读者们塑造一个冰冷而危险的宇宙世界，而是渴望用人的情感祛除宇宙的恐怖与阴冷，希望用爱去改变科学世界中的逻辑。总而言之，在《科幻世界》上刊登的不少科幻爱情故事都是把爱情作为人类情感的象征符号，希望表明人

[①] 谭力、覃白：《太空修道院》，《科幻世界》1991年第1期，第6页。
[②] 颜耕、孟寰：《太阳帆杯赛》，《科幻世界》1991年第4期，第35页。
[③] （英）阿瑟·克拉克：《太阳风帆》，《科幻世界》1993年第9期，第18页。
[④] （美）詹姆斯·冈恩、郭建中主编：《太阳舞：从海因莱恩到七十年代》，北京大学出版社，2008年版，第170页。

类的情感是比科技世界中的理性更为重要的存在。

而个体也在科幻文学之中被不断地放大，个体的欲望与经验都在作品中得到了重视。彼时的科幻作品让重大的科学发明介入个体的生活，科技不再只关乎宇宙起伏、民族兴衰，也与个体生活中桩桩件件的小事息息相关。

科技的发展时常与国家发展、民族兴盛联系在一起，谋求民族复兴、国家强盛是近现代中国历史的主题，所以中国科幻作品大都是以建设国家、拯救民族为背景，就算是一些顺应人类需求而生的新发明和新科技，也不是单纯为个体服务的，而是被视为推进社会发展的重要举措。1991年之后，科幻文学在这一方面出现了转变，个体欲望在一定程度上得到深入刻画。比如，王晋康的作品《亚当回归》就对个体的欲望进行了大胆的言说。王亚当作为第一艘星际飞船的幸存者，他在200年后重新回到了地球。作为"人类英雄"，他是力量、智慧和坚强的象征，可是传奇的经历和科学的训练并没有磨灭他作为人最原始的欲望，裸泳的美女雪丽"唤起了亚当的饥渴，一股火焰从小腹处升起"①，这种欲望让他无法抵抗。尽管他明白雪丽的献身是第二智能人的阴谋，可是他依然"激动地把她抱起来，放到床上"②。尽管在这部作品中，对人类欲望的书写并非重点，但是作者直面了个体的欲望。他没有用科技手段或者道德教条对人的本能进行约束和批判，而是大大方方地承认与接受欲望的存在。这种对人类欲望的大胆书写不仅表明科幻文学确实脱离了儿童文学阵营，更表明科幻文学不再只是传播知识的工具。它被视为文学的一个分支，它所写的不仅仅是科技新世界，还可以有关人情和人性，所以对人类欲望的描写不应该缺席。这样的认知为科幻文学带来的最大好处便是人物塑造更加立体和生动。王亚当作为宇宙航行的幸存者，他不再以科学"硬汉"的形象出现，更不是一个时刻保持理智、精神道德上毫无瑕疵的"新人类"，他会因恐惧而变得软弱，会因饥渴而屈从于欲望，会因利益而暂时遗忘理想，但是这使他显得更加灵动。

科技与普通人的生活有了直接而紧密的联系，技术的进步不再只是为了解决生死存亡的大问题，也可以满足个人微小的愿望和琐碎的情感需求。如王小康的科幻作品《缘分》中，高科技产品犹如个人生活中的"后悔药"。研究中心主任工程师小刘研究出了名叫"时光修改仪"的产品，能够让人回到过去改变历史。可是这个重大的发明没有被用在探寻历史真相、改变历史进程上，而用于让"我"一个普通人改变自己的婚姻状况。"我"与大学时期的女友幽兰相爱并结合了，但是5年之后"我"对我们的婚姻生活不再满意，爱上了曾经

---

① 王晋康：《亚当回归》，《科幻世界》1993年第5期，第4页。
② 王晋康：《亚当回归》，《科幻世界》1993年第5期，第7页。

追求过自己的女同学雅莲。知道了"我"的苦闷之后,"我"的朋友让"我"利用时光修改仪重新选择了妻子与婚姻。这部作品里,科技不再神圣到让普通人无法触碰,而个人的愿望也不再和家国有关。尽管这部作品的科学色彩有些薄弱,更类似于幻想小说,但是确乎表明,中国科幻小说原本严肃的面孔已经松动了,科幻文学可以为普通人的微小愿望发声。

总的来说,不管是对人世间悲欢离合的描写,还是对个体欲望的重视,中国科幻文学都在变得越来越有"人情味"。为何会出现这样的转变?经济、社会背景的变化和主流文学的影响都在无形之中改变着中国科幻文学的样貌,让它一方面变得更加通俗化,另一方面则更加具有人道主义色彩。

首先,中国科幻文学虽然一直处于边缘地带,但是仍然接受着主流文学思潮的影响。20世纪80年代初期,关于文学中人性和人道主义问题的讨论[1]开始变得十分热烈,在社会与文坛上都曾产生巨大影响的伤痕文学作品就不同程度地涉及人性和人道主义问题。[2]尽管《科幻世界》易名已经是20世纪90年代初期的事情,但是具有巨大影响力的文学思潮还是不可避免地在科幻文学的写作中留下了印记。比如,曾让所有编辑都眼前一亮的科幻作家王晋康就是每天都看《人民文学》[3],他被视为科幻文学领域冉冉升起的新星。其实不管是对人类情感的重视还是对个体欲望的书写,都可以看作中国科幻文学在描写人性方面的尝试。这样的尝试显然使科幻文学涉及的主题更加深广,更有利于其整体水平的提高。

其次,市场经济的发展也在改变着中国科幻文学的形态,科幻文学需要适应社会主义市场经济环境。20世纪90年代初期,市场经济体制已经进入文化行业,文学刊物、出版社不能再过多地依靠国家补助,需要在文化经济[4]的大潮中自谋生路,《科幻世界》与其他文学杂志一样面临着生存的压力。所以时任社长杨潇提出:"必须先适应这个市场,然后再逐渐引导市场。"[5]为此,他们不得不调整刊物的风格以吸引读者。说教味道浓厚、科普性强的科幻小说是很难吸引读者的,而通俗化和感官化的作品更能取得读者的好感,深化人性描

---

[1] 於可训:《中国当代文学概论》(第3版),武汉大学出版社,2009年版,第120页。
[2] 於可训:《中国当代文学概论》(第3版),武汉大学出版社,2009年版,第149页。
[3] 侯大伟、杨枫主编:《追梦人:四川科幻口述史》,四川人民出版社,2017年版,第26页。
[4] 洪子诚:《中国当代文学史》,北京大学出版社,2010年版,第411页。
[5] 侯大伟、杨枫主编:《追梦人:四川科幻口述史》,四川人民出版社,2017年版,第26页。

写、凸显感情色彩①的文学作品更受读者的欢迎。《科幻世界》杂志副主编谭楷,曾经遍访国内著名刊物,他从这些刊物中看出了"套路",认为当时有名的杂志,如《读者》《知音》等,都是"瞄准一个人道主义,迎合了读者的心理"②。基于这种认知,《科幻世界》上刊登的作品中,以一波三折的爱情为主题的作品多了起来,叙述人类丰富情感世界的作品也多了起来,中国科幻文学正在摆脱昔日稚气的面孔。

可以发现,中国科幻文学在20世纪90年代初期已经有了通俗化的趋势,不过这并不意味着它放弃了对自身独特美学价值的探索,在主动适应市场、吸引读者的同时,中国科幻文学也在尝试走出一条特色化发展道路,持续提升文学性与审美价值。

三、从摒弃旧俗到"神话新解"

20世纪90年代初期,中国科幻文学可谓危机四伏。经过多年的蛰伏,它既需要打破沉寂,重获读者和文学界的关注,又需要从高水平的西方科幻作品中杀出重围,创造独属中国科幻文学的特色。为了达到这些目的,中国科幻文学选择了从中国传统文化中寻找灵感,打造独属于中国的幻想符号。科幻作家们一方面把科幻小说与中国的历史和神话故事相结合,或为历史谜题提出新解,或对古老的神话加以重新演绎,使传统中国文化与先进科学知识进行碰撞和交融;另一方面积极创造独属中国科幻文学的语言风格,形成中国科幻所特有的意境美和氛围美,逐渐抛弃掉西方科幻的用语习惯和叙事方式。

中国科幻文学其实一直面临着本土化和民族化的问题。作为舶来品,它很难在中国的文化土壤上扎根,因为它与传统中国小说有着截然不同的精神内涵和审美趣味,不仅读者阅读和理解科幻小说存在困难,而且创作者在创作方面也有着不小的挑战。他们往往无法从以往的阅读和写作中习得经验,只能借用西方科幻文学的话语体系。

新中国成立之后的一段时间,中国科幻作家在一定程度上缺乏从中国文化入手改变中国科幻"西方"面孔的自觉。这一方面是由于科幻文学被当作科普读物,在理论建设和审美价值上遭到了一定的忽视;另一方面是因为当时对科技的认知限制了创作者对科幻文学作进一步探索。彼时,科技被视为带领中国迈入强国之列的法宝,它与未来是紧密相连的,因此科幻小说被视为面向未来

---

① 於可训:《中国当代文学概论》(第3版),武汉大学出版社,2009年版,第216页。
② 侯大伟、杨枫主编:《追梦人:四川科幻口述史》,四川人民出版社,2017年版,第57页。

的预言，不应该"往后看"。当时，科幻作家童恩正就认为："当前，我国历史刚进入了一个崭新的时代。为了极大地提高中华民族的科学文化水平，为了实现四个现代化的宏伟规划，我们必须高举'五四'运动革命先驱的科学旗帜，用无产阶级的世界观代替小生产者落后的世界观，用积极进取代替因循保守，用客观真理代替愚昧迷信。"[1]而另一位科幻作家迟叔昌也提出"为什么不把脑子用于开创未来"[2]。这样的理念显然阻止了中国科幻文学去挖掘和利用中国传统文化中的幻想资源。这在一定程度上加重了中国科幻文学偏"西化"的问题，而《科幻世界》开始有意识地纠正这一问题。

1991年，杂志刊登了台湾学者吕应钟所写的《创造中国风格的科幻小说》。在文中，吕应钟发出了诘问："为何我国不发展自有风格的科幻小说，成为世界科幻潮流中的一股主流？难道要自卑地永远跟在西方科幻作家后面？"[3]他还提出了创作中国风格科幻小说的具体建议。1991—1993年，《科幻世界》杂志刊登了大量具有中国风格的科幻作品，其中最为常见的是把现代高科技与中国历史、神话传说结合起来，以现代的眼光重新打量扑朔迷离的历史，或者用新的科技奇迹来翻演流传千年的传说。古老的中国历史与神话为科幻文学增添了独属于中国的符号，使其有了不同于西方科幻的中国特色。在新旧、东西文化碰撞的过程中，中国科幻作家借助中国文化和古代历史，来进一步观照现代社会和科技世界。

科幻作品《长平血》便是以秦朝历史为背景，反思人性的异化。在作品中，历史系学生王雨牛得到一个机会回到过去查明长平之战的真相，他始终不明白秦军为何要坑杀四十万赵国士兵。他借助虚拟系统穿越到战场之上，成了赵国士兵阿贵，他与战友阿福、阿荣等人一起经历了饥饿、鞭打和虐待，结成了深厚的友谊。可是没想到在坑杀来临之时，为了保全自己，他出卖了自己的战友阿福，以战友的生命换来了自己的一线生机。当阿贵回到现实世界中重新成为王雨牛，他仍然痛苦不已。这不仅是因为他看到了残酷的历史真相，更是因为在那段历史中他扮演了不光彩的角色。在这部作品中，作者显然不欲炫耀可以带人重回历史的机器，也不想揭露历史的真相，尽管秦军将士犯下了滔天的罪恶，但是"我"所痛悔的依然是"我"自己的所作所为。残忍的战争其实不是作品批判的对象，而异化的人性才是作者所关注的。女助理祖母的故事则

---

[1] 童恩正：《谈谈我对科学文艺的认识》，载王泉根主编《现代中国科幻文学主潮》，重庆出版社，2011年版，第24页。

[2] 童恩正：《谈谈我对科学文艺的认识》，载王泉根主编《现代中国科幻文学主潮》，重庆出版社，2011年版，第26页。

[3] 吕应钟：《创造中国风格的科幻小说》，《科幻世界》1991年第5期，第31页。

更清晰地表达了这种意图。她的祖母抛弃了被打成右派的初恋对象，后面又告发了自己的丈夫，她的背叛与"我"懦弱的行为有什么不同呢？

在与历史相结合的科幻小说中，科技成了一种连接现实和未来的手段，说古只为了讽今。而在姜云生的另一部作品《一个戊戌老人的故事》中，述说历史同样是为了观照现实。一位已经死去了七八十年的人突然出现在繁华的大街上，一位前清大儒突然成了当代围棋高手……在重重疑团之下，掩盖的是一个报国无门的老者错位、悲哀的一生。作为谭嗣同老师的徐致靖本该随同戊戌六君子慷慨就义，可却被救了下来，在阴差阳错之际成了外星人的俘虏，多出了几十年的寿命。但是这几十年的寿命于他不是福报，却是诅咒。作品中的历史学家司马毫不客气地说："戊戌年间的徐致靖，也是个叱咤风云的人物。如果他和谭嗣同一起被杀，那么历史名字'戊戌六君子'就应该改为'戊戌七君子'。虽然他侥幸死里逃生，后半生却窝窝囊囊，现在他回头一看，方知还不如当年死去。"①这辛辣的评价使戊戌老人徐致靖变成了一个悲凉的符号，映射了时事的艰辛和人生的难测。因此，科幻作家们看似是在利用科幻文学为历史寻求新解，制造猎奇的效果，实际上是在以历史为媒更深入地去理解现实，更深刻地剖析人性。当厚重的中国历史进入本具有批判色彩的科幻文学之中，对于人性与社会的反思似乎就成了不可避免的趋势，而当中国科幻与轻灵绚烂的中国神话相遇又会碰撞出什么样的火花呢？

神话传说与科幻文学虽然都具有幻想色彩，但是两者有着本质的不同：前者不讲求逻辑，不关注物质现实，是在蒙昧时代产生的人类寓言；而后者讲究科学事实和理性精神，是在工业社会中想象出的科技神迹。前者肆意的想象似乎总带有一点迷信色彩，而后者则是以智慧和理性为底色。两者之间冒失的结合，往往会产生相反的效果，不是科幻消解了传说中的趣味性，就是神话遮蔽了科幻中的理性色彩。但是中国科幻作家为这两者的结合找到了一个关键点，那就是人性。在利用最新的科学技术为远古神迹创造新解的过程中，中国科幻作家并没有一味歌颂科技所发挥的启蒙作用，而是更执着于让人性之善感化冰冷的科技世界。如果说这个阶段的中国历史科幻小说是以历史为镜来展现人性之恶，那么中国神话科幻小说就是用神话传说为媒来突出人性之善。

以晶静所写的《女娲恋》为例，人类的始祖女娲变成了来自Y星的外星人阿丫，她本该与她的未婚夫一道为Y星人寻找移民之地，可是到达地球后，她却放弃了原有的意图。她不忍让远古时期的地球人类处于滔天的洪水与恐怖的

---

① 姜云生：《一个戊戌老人的故事》，《科幻世界》1991年第3期，第4页。

风雨中，于是不惜放弃回到Y星的机会"补"上了漏掉的天，又以仅存的能力"堵"上了决堤的河流，并最终与地球人伏羲结为夫妻，为人类社会繁衍后代。作为来自更高文明的外星人阿丫，不仅没有厌弃落后的地球，反而为充满质朴之美的地球文明所折服。她欣赏伏羲吹奏出的美妙音乐，认为高度文明的Y星音乐因"过于复杂的曲调，过多的器乐合奏和歇斯底里快速的节拍"而成为噪声[1]；她喜欢伏羲制造出来的五彩石项链，只因其"又圆润又玲珑，五光十色，绚烂夺目"[2]；她更是爱上了善良、勇敢、充满责任感的伏羲，甚至因此忘掉了冷酷、自私的Y星未婚夫阿K……女娲补天治水的过程尽管看起来是高等文明在施惠于低等文明，但是实际上是低等文明中透射出的人性光辉在弥补高等文明中所存在的缺憾。拥有绝对技术与知识优势的高等文明并没有真正地征服低等文明，而低等文明却以至纯至善的一面"感染了高等文明"。在另一部作品《持琴飞天》中，高等外星文明同样为地球文明中的真善美所折服。智星上的外星人被古琴的声音所吸引，于是派出了智能机器人3'去寻找发出美妙声音的乐器。智能机器人3'寄居在一个姓秦的私塾先生家中，他被他们一家人的善意深深地感动了，快乐地享受平静而安乐的地球生活。可是一次意外事故打乱了这个小家庭的节奏，秦先生不得不拿出自己爱如珍宝的琴让智能机器人3'带走，他无意中触发了智能机器人3'身上的开关，竟使这个机器人腾空而起，成了敦煌壁画中持琴而飞的男性书生的原型。当智能机器人3'回到智星，地球人对他的影响并未消失，他依然能够辨明忠奸善恶，最终权欲熏心的恶人得到了应有的惩罚，而善良的人获得了幸福。在这部作品中，以技术为主导的高等文明仍然被以感情为主的地球文明所吸引和影响，漠然的机器人因音乐之美有了对世界外物的好奇心，而冷漠的科学家也因人类之爱展开了笑颜。在高低文明的对抗中，爱与人性成了对抗科学与技术的"秘密武器"，看似缺乏文明之光照耀的地球，因为有了人与人之间的感情，便由科技的低地变成了人性的高地，社会的发展由一味追求科技进步而回归到重视人类的情感价值上。

　　如果说寻求中国传统文化与西方科幻文学的结合点已实属不易，那么形成独属于中国科幻的语言风格则更是难上加难。尽管在1991—1993年间有大量化用中国传统文化的科幻作品被刊登在《科幻世界》上，但是真正优秀的作品并不多。更多的作家在做着粗糙的拼接，在西方科幻的藤上强扭出了一个中国文化的"瓜"，以中国故事为背景的作品中有着西化的语言、西式的场景，这一切都在预示着科幻文学中国化的道路并不好走。若真的要让传统的幻想元素与

---

[1]　晶静：《女娲恋》，《科幻世界》1991年第3期，第23页。
[2]　晶静：《女娲恋》，《科幻世界》1991年第3期，第25页。

经典的科幻符号融合得天衣无缝，中国科幻小说还需要回溯中国幻想小说的传统，从传统幻想叙事中学习更多的经验，把独属于中国文学的语言美和氛围美融入科幻小说中。

在这方面做得比较好的作品是韩治国所写的《忆秦娥》。这部作品脱胎于纪昀的《阅微草堂笔记》，原本讲述的是绝顶聪明的才子申铁蟾被女妖所迷，最后呜呼殒命。但是科幻作家韩治国把索人性命的女妖变成了来自遥远星系的外星女郎，她们在具有高等生命的星球上进行试验，通过无性繁殖造出一位位引领风骚的能人异士。现如今，她们看到"目前东方大地的进步缓慢，已经落后于西方各种族，若不快些赶上，就会任人宰割"[1]，因此她们决定和"东方大地上的男子交合"[2]。原本弥漫着些许妖气的志怪传说被改写成了具有现代色彩的外星神话，而最为难能可贵的是，作者在改写过程中并没有损失掉原作的风味。他利用半文半白的语言，借用传统志怪小说中的叙事模式，赋予了这部作品神秘的气息和柔美浪漫的色彩。遨游于太空的宇宙飞船成了光亮无比的"仙槎"，充满高科技感的海底基地竟然成了"太虚幻境般"的"扶桑香界"，而来自高阶文明的外星女郎竟成了温柔可人的"秦娥"。本是高级文明对低级文明的启蒙，却变成了才子仙娥之间的风流佳话。含蓄的东方之美中和了科幻文学之中的冷硬色彩，而科幻文学中的理性色彩则提升了中国传统幻想小说的格局。

其实除了中国传统的神话资源能够为科幻文学带来不一样的色彩外，独具中国特色的现实元素也能够改变科幻文学的面貌。在另一部作品《织女恋》中，作者更加重视把乡土风情融入科幻文学作品中。来自W星的K与来自Z星的Y两个人在地球相遇，尽管两个星球是水火不容的对头，但是被困于地球的两人却互相爱慕，最终结为了夫妻。由于他们驯服了耕牛，发明了纺织术，遂被人们称为牛郎和织女。两人的乡村生活成了作品的亮点，牛郎不仅每天要挑水、砍柴，"还频频为织女送去美味的苞米饼、腌萝卜和咸鱼腊肉"[3]，而织女更是用当地的乡音称呼牛郎，时常请村人们来家里"喝米酒"，展现出了一派悠闲、温馨的农家生活图景。憨直的乡人、质朴的风俗和独特的风物都使这部科幻作品多了一些乡土气息和俗世烟火气。

在中国科幻重新起航之后，中国科幻作家们在科幻文学中国化这一议题上进行了很多尝试，不管是在科技背景下重新讲述历史故事与神话传说，还是在

---

[1] 韩治国：《忆秦娥》，《科幻世界》1993年第11期，第11页。
[2] 韩治国：《忆秦娥》，《科幻世界》1993年第11期，第11页。
[3] 晶静：《织女恋》，《科幻世界》1992年第3期，第19页。

语言、叙事上狠下功夫，尝试营造出不一样的意境，都可以看作对这一议题所作的有益探索。尽管这种探索并不都是成功的，却为中国科幻文学提供了诸多幻想资源，拓宽了写作主题。

综上所述，20世纪90年代初期的中国科幻文学有了许多先前科幻作品所没有的特点，它不仅展现了更强的批判意识，具有了明显的通俗文学特征，还在有意识地进行科幻文学中国化的探索。中国科幻文学已经在慢慢摆脱儿童文学的帽子，有了作为一种类型文学的自觉。可是由于中国科幻文学独特的历史，它呈现出一种断点式的发展模式，后一阶段往往与前一阶段中断数年，很难直接吸取到前一代科幻文学作品中的经验。所以，尽管在新时期初期，中国科幻文学已经取得了耀眼的成果，展示出了高超的创作水平，但是20世纪90年代初期的中国科幻文学无法接续其前期的辉煌，只能从头再来。这也导致了该时期的科幻文学创作虽然有了可喜的进步与变化，但是仍然有许多不足，中国科幻文学的重启之路其实并不好走。

第三节　韩松：勇于创新的"先锋者"

中国科幻文学的起步其实并不晚，但是其发展非常缓慢。这一方面是由于中国科幻文学多舛的命运，其发展进程时常由于历史、政治等原因被打断，常常需要另起炉灶、重新开始；另一方面则是由于人们一直以来对中国科幻文学存在认知上的误区，科幻文学自被引入我国就被视为启发明智、传播科学的工具，其艺术性与思想性并没有得到过多的关注。20世纪90年代初期，尽管《科幻世界》刊登了一些优秀的科幻文学作品，但是不管是与前期的中国科幻作品相比，还是与同时代的西方科幻作品相比，此时的中国科幻文学仍然有着不少问题，整体创作水平并不高。而韩松却在这个时期脱颖而出，其作品不仅以深刻的思想性和精湛的笔力被国内的科幻读者和研究者所关注，还以高出同时代科幻作家水平的作品展示了另类科幻文学的存在。

一、"晚熟"的中国科幻文学

中国科幻文学的"晚熟"体现在各个方面。20世纪90年代初期，已经发展了近百年的中国科幻不仅没有正常的刊载、出版、发售渠道，而且没有形成相应的文学理论体系,由科幻文学衍生出的"副产品"如科幻电影、电视剧更是凤毛麟角。没有健全的发售渠道,中国科幻文学自然难以形成气候,而创作上的不成熟是中国科幻文学难以跻身主流文学界和受到西方科幻圈青睐的真正原因。这种不成熟既表现在它作为类型小说的特点不突出,又表现在它的思想性和审美价值不够出色。换而言之,此时的中国科幻小说因缺乏科学精神,难以让真正的科幻爱好者满意,而它狭窄的视野和薄弱的叙事能力又难以使其得到普通读者的喜爱。不管以什么评价标准来看,中国科幻文学的表现都不尽如人意。尽管《科幻世界》的编辑以及一些科幻作者为改变中国科幻文学作出了巨大的努力,但是这种"晚熟"的局面仍持续了较长的时间。分析这一现象,并非为了对其进行批判,而是为中国科幻文学的发展提供借鉴。

  首先,中国科幻文学最突出的问题是缺少科学精神。科学精神包含两个不可分割的部分:其一是对"科学"这个词本身的理解,其二是对科学思维的运用。[①]对于中国科幻文学来说,科学精神的缺失不仅表现在作品科学性的欠缺上,还表现在其逻辑性的不足上。换句话说,在很多科幻文学作品中,科学知识与故事情节的融合不够紧密,科学技术往往沦为配角,不具有推动情节发展的作用,也无法用来沟通现实世界和幻想世界。

  以何夕所写的《光恋》为例,这部作品在逻辑性上存在着明显的不足。"我"(邓峰)本是一个研究超光速快子的专家,在一次试验飞行中被同伴吴明陷害,来到了一个奇怪的地方,而一个美丽的姑娘却引起了"我"的注意。她是因一次飞船事故流落到这个地方来的,她的父母都在这次事故中丧生了,她却侥幸活了下来。"我"被她的美貌、单纯、善良迷住了,但"我"无法和她靠近。在多次尝试后,"我"才发现原来她竟然是由反物质构成的,我们的接触就意味着灰飞烟灭。在这个事实的刺激下,"我"心灰意冷,拼命找到冲破这一困境的方法。历经多番尝试,"我"和她都冲破了这个牢笼,回到了各自的星球。"我"成了载誉归来的科学家,不仅使曾经伤害"我"的同伴受到了应有的惩罚,也有了情感的归宿。可惜好景不长,"我"发现了女友的阴谋,在失望和愤怒之际发生了事故,重新跌落谷底。最终,"我"选择了再度回到宇宙中的不毛之地,没想到在那里,"我"又遇到了那个美丽的姑娘,她放弃了外部繁华的世界,只为了等"我"。可惜灾难再度降临,我们选择牺牲自己,拯救了地球。作者何夕用优美的语言讲述了一个爱而不得的悲剧,也讲述了一个科学上的殉道者在社会之中遭遇的种种不公。小说情节一波三折、跌宕起

---

① 汪洁:《亿万年的孤独:地外文明探寻史话》,北京时代华文书局,2018年版,第236页。

伏，情节设定别出心裁、匠心独运，的确是较为优秀的文学作品，但是缺陷也是明显的。这部作品确实提到了快子、反物质等科学术语，也是在科学冒险的基础上展开故事情节的，但是没有真正做到逻辑自洽。这种逻辑自洽与使用的科学知识是否正确无关，而是要看作者能否依据作品中的科学设定来推动整个故事的发展。这要求作品中的科学知识与情节走向既不让读者感到突兀，也不让读者觉得生硬。正如达科·苏恩文所说："从物体、人物到某种程度上从这个间接构建起来的世界开始出现时的各种关系，都可以是奇异超凡的（从经验无法证实的意义上），只要它们具有逻辑性、富于哲理，并且相互之间是连贯一致的。"① 作者可以在科幻世界中进行天马行空的想象，但是要符合作者自己设立的规律。而在《光恋》中，这样的逻辑漏洞却有很多，比如对中子世界中少女形象的设定。文中，中子世界是一个"云的苍穹、云的大地、云的山川湖海"②，连水与食物都与地球不同，而在这个地方成长起来的外星少女却穿着素白的衣衫，能够毫无障碍地和来自另一个星球中的"我"交流。我们之间本来有着一面背景磁墙，无法触碰彼此，但是她却可以轻易地把食物扔给"我"。科幻作品中最基本的规律一经设定便无法更改，故事接下来的走向只能依循这一设定设置的轨迹。但是《光恋》的作者显然缺乏这一自觉意识，为了达到讴歌纯美人性、赞颂伟大爱情的目的，作者时常不顾逻辑而强行在现实世界与幻想世界中穿越，以至于不少读者尽管感动于"我"与少女之间纯洁的爱情故事，却依然觉得"创意不错，但明显不成熟"③。

这样的作品还有很多，如科幻作品《野人郝女》中，野人郝女是在蛮荒之地长大的，她并不了解人类社会的险恶。可是，她刚看见心地善良的教授时，就对他呵护有加，而面对恶人陈小明时，则警惕倍增。她的出现与作品中的核心科技反重力设施并无关系，更多的是为了衬托文明社会之中人心的险恶。这一时期的科幻作家倾向于把逻辑性让位给故事性，比起构建一个精妙的科学世界，他们更在意如何讲出一个曲折动人的故事。他们显然更重视科幻文学之中的幻想成分，渴望在世俗规则失效的科学幻境中直接抒发自己对爱的渴望、对善的追求、对恶的痛恨。为了达到这一目的，他们时常不顾科幻小说之中的逻辑而打破基本的规则。因此，在这一时期的科幻文学作品中，时常出现一种吊诡的情境，那就是本应该尊重科学规律与设定的科幻作者却在破坏着科学世界

---

① （加）达科恩·苏恩文：《科幻小说变形记：科幻小说的诗学和文学类型史》，丁素萍、李靖民、李静滢译，安徽文艺出版社，2011年版，第32页。

② 何夕：《光恋》，《科幻世界》1992年第3期，第6页。

③ https://tieba.baidu.com/p/9424762?red_tag=3402689092.

中的规则，这对于科幻作品的影响可以说是致命的。正如达科·苏恩文所说："虽然科幻小说的可信度并不取决于任何故事中的特定的科学依据，但是一个故事的整体虚构情景的意义完全取决于这一事实：'它所置换的，因而得到阐释的现实'只能在科学的或认知的视野内才是可阐释的。"[①]若科幻文学随意打破逻辑和现实，那么它将只能被视作披着科幻外衣的神话故事或都市传说。

其次，20世纪90年代初期的科幻文学在思想的深度和广度上有所欠缺。简而言之，这一时期的科幻文学主题过于单一和狭隘，更多的还是从现实生活中的问题出发，以人类本位来考虑问题，既看不到更为广阔的宇宙，也不曾对人类的生存处境有更深入的思考。

重新起航后的科幻文学有着较为明显的通俗化和社会化倾向，它不再毫不怀疑地秉持科技乐观主义，而是从现实语境出发，去观照当下社会中所存在的问题；它能够追逐主流文学潮流，去剖析复杂的人性，更能够以其他类型文学为参照系，去讲述复杂的人间戏剧。显然，中国科幻文学已经逐渐脱离了儿童文学的语境，在努力进入成年读者的视野。但是，这是远远不够的。

科幻文学最大的特点就是新奇性，新奇性甚至被视作科幻小说的必要条件[②]，这也就意味着它需要更多地去挖掘别的文学所没有涉及的区域，如广袤的宇宙、幽深的海洋和神秘的异族。科幻文学在题材的选择上本该有更大的自由度，它不应该只反映现实世界。可是在20世纪90年代初期的中国科幻文学作品中，很难看到对人类社会之外的世界的想象。这当然不是说这个时期的中国科幻文学里没有其他种族的影子，而是说其他种族更多的还是在人类社会内部运转，他们的生存际遇展现的还是人类社会的问题。

如在姜云生作品《万年孤寂》中，人类社会有了和外星文明的第一次接触，一对夫妻江雨菲和尹翠莲被作为人类的代表和来自星球"天国"的智慧种族见面。他们在与这个智慧种族接触时，不仅为这个种族的智慧和理解力所折服，也为外星文明带给他们的独特体验所惊讶。他们发现这个种族没有实体，如世间的风一般出现在地球上，无法被普通的地球仪器检测到。相较于处于智力发展初级阶段的人类，这些外星族群更早也更快地领悟到宇宙发展的趋势。不管是外星人与江雨菲夫妻接触的场景，还是对外星生物的想象，这部作品都做得非常出色，外星人不再是西方科幻大片中满身金属的怪物，也不再是大大

[①]（加）达科·苏恩文：《科幻小说变形记：科幻小说的诗学和文学类型史》，丁素萍、李靖民、李静滢译，安徽文艺出版社，2011年版，第106页。

[②]（加）达科·苏恩文：《科幻小说变形记：科幻小说的诗学和文学类型史》，丁素萍、李靖民、李静滢译，安徽文艺出版社，2011年版，第72页。

脑袋、小小身子的"异族",而是变成了一种思维流,他们总是在"思考、计算、规范、成就"①。可是在智识上进化到如此高阶的物种,却羡慕和赞美人类的生活,认为"你们,地球人,你们之间的爱,在你们充满生老病死的磨难,充满疾苦、贫困、灾害乃至战争的生活中,是那样的神圣、伟大,那样高不可攀"②。对高阶文明、宇宙形态、其他种族的想象最终又落回人类社会,又变为对人类情感的讴歌和赞颂。而面对外星人做出的地球人类"是孤独的,你们将永远孤独……"这种带有哲思的预言,作者无力和无意进行更深的思考,而是在江雨菲和尹翠莲两位爱人的牵手中得出了"也许,只有爱,才能战胜万年孤寂"③的结论。外星种族提出的孤独是相对整个人类种族而言的,这是一个智慧种族面对浩渺的宇宙从内心涌出的不安与彷徨,是人类整体都需要一起思考的难题,可是作者又把问题带回到人类社会的内部,希望用个体的温暖来瓦解整个人类族群所面对的未知的寒意。这部作品分明已经涉及星辰大海,已经触碰到关于人类族群的生存迷思,可是作者最终又绕回到现实生活与人类社会,依旧以地球人类的思维来观照整个宇宙景观,作品的主题无法得到进一步的升华。

而在另一篇作品《无际禅师之谜》中,外星人最终仍成了地球社会中的"工具人"。卡卡和卡茜是一对外星情侣,他们在来到地球旅游的时候产生了分歧。卡卡希望留在地球上去寻找使人类衰落的原因,而卡茜则希望在结束旅游之后回到故乡。在这种分歧之中,卡卡偷偷地跑下了飞机,借助无际禅师的名号,留在中国南岳寺庙,成了无际禅师的肉身菩萨,一个佛学奇迹和医学传奇。直到卡茜发现端倪再度回到地球上,一切才恢复原状。作品重点讲述的是人们为了找回"肉身菩萨"所作出的种种努力,大胆地把侦探小说和历史典故融入其中。而对外星人的处境与想法却着墨不多,尽管可以借这个蛰伏于世间万年的"他者"来进行对人类社会的反思,作者却把他们当作解答历史谜题的答案,关注点再次落在人类历史和人类族群身上。人类生活,特别是我国民众的社会生活,成了这一时期科幻文学的关注焦点,这也被一些研究者和读者视为中国科幻作品缺乏想象力的表现。

最后,文学性不足也是中国科幻文学复兴初期存在的一个问题。从客观角度来看,1991—1993年的科幻文学作品相较于新中国成立初期的科幻作品已经在艺术性和审美价值上有了较大的提升。很多作品已经摆脱了单一的"问答"

---

① 姜云生:《万年孤寂》,《科幻世界》1992年第5期,第13页。
② 姜云生:《万年孤寂》,《科幻世界》1992年第5期,第13页。
③ 姜云生:《万年孤寂》,《科幻世界》1992年第5期,第13页。

或"探险"模式,在人物形象的塑造上也力图创新,可是与同时期的主流文学作品和欧美科幻作品相比,中国科幻文学在写作上仍然存在着很大不足,如缺少情节冲突,人物塑造扁平化,语言偏口语化或西化。

以袁英培所写的《行星巴士》为例,这是一部以火星探险为主题的作品。在荒无人烟的火星上突然冒出了一座壮观、优雅的金字塔,进行火星勘探的队员们面对这个独特的建筑物一时手足无措,对未知的好奇推动着他们向金字塔内部前进。可是在探测队队长肖野冒险进入金字塔后,情况急转直下,金字塔突然关闭了,金字塔内外都陷入了焦灼中。肖野断开了与外界的联系,外界面对禁闭如堡垒般的金字塔也束手无策。最终,肖野在金字塔内部被另一智慧种族搭救,从火星跃到了月球,为他感到焦灼的队员也在接到他平安的消息后松了一口气。这部作品不管是对火星世界的描绘,还是对其他智慧种族的想象,都十分出色,因此这篇作品获得了1992年中国科幻银河奖三等奖。然而这部作品在叙事上还是存在一些问题,突然而至的结尾与不断延宕的戏剧高潮,都让整部作品流于平淡。肖野在金字塔内和火星人有了第一次亲密的接触,经受住了火星人给他的考验,神秘的外星文明的面纱即将揭开,可是在一瞬间,他竟然自金字塔来到了月球,所有的危机都被化解掉了,一场惊心动魄的火星探险瞬间归于平淡。在这部作品中,作者为火星人文明的出现作了大量铺垫,可惜在无限趋近戏剧冲突的中心时,整个历险戛然而止。作者在前期营造出的紧张感和刺激感在无尽的延宕中消失殆尽,整部作品也因一个过于仓促的结尾而显得有些乏味。

《科幻世界》早期刊登的作品中,这样的例子还有很多,它们隐藏着无数的亮点,却受缚于作者的笔力而没有办法展现出作品的全部魅力。如刘肇贵所写的《将军的香手帕》,作者在人物塑造上大下功夫,却在一定程度上扰乱了叙事的主线与节奏。作品中,一个德高望重的将军莅临小城参观,而他的敌人也在此设下圈套,"我"与Q博士共同担负起了保护将军的重任。面对敌人派出的毒蚊子,Q博士利用智谋保护了将军的安全。作品中Q博士的幽默、风趣、机智颠覆了以往中国科幻小说中不苟言笑的科学家形象,可是科学事实与叙事逻辑却被弱化了。作者在Q博士借用将军手帕的桥段上花了大量笔墨,却不肯描述Q博士如何在令人神不知鬼不觉的情况下救出将军的,一些烦琐的细节被不断放大,而一些刺激精彩的危急时刻却被一笔带过,显得主次不突出、重点不分明。

这一时期科幻作品文学性上的不足是否要归咎于科幻文学写作者和编辑呢?显然,这样做是非常不公平的。首先是因为科幻文学长期以来遭受着各方面的偏见,比如前文多次提到科幻文学在很长一段时间内被视为科普工具和儿童文学，很多科幻文学作者都是由科普作者和儿童文学编辑转变过来的，他们并没有刻意去追求科幻文学作品中的文学性，也很少运用过多的文学技巧，更多的是以明白晓畅的语言和简单明了的结构来讲述科幻故事。当然，一些科幻作家在很大程度上改变了这种局面和偏见，如童恩正、郑文光、叶永烈等人就在有意识地探索科幻文学的写作技巧。可惜的是，历史留给他们探索的时间实在是太少了。其次，20世纪90年代初期科幻文学所面临的困顿局面，也让作者和编辑无暇顾及科幻文学的文学性。在这段时期，不仅科幻读者锐减，科幻作者也大量减少。自1983年至1991年，中国科幻文学的发展十分艰难，很多科幻作家离开了这个领域。童恩正远赴美国，郑文光身体抱恙，叶永烈被迫悬笔……《科幻世界》重摇科幻大旗时，正是国内科幻作者群体青黄不接的时期，很多新人作者涌出，他们缺乏写作经验，也缺乏向前辈学习的机会。他们的作品显然不如前辈作家那么精彩，但是这并不意味着这些作品就是失败的，它们是中国科幻摆脱黑暗的福音，虽不够完美却预示着希望。正如《科幻世界》编辑们在面对读者不满时所回应的那般："我们认为，中国科幻处于萌芽期，难免幼稚朴拙。对'国产'科幻一是要扶持、二是要有耐心，在评价它时是否宽容一些。"[①]

综上所述，20世纪90年代初期的科幻作品存在着缺乏科幻文学精神、思想深度和广度不够以及文学性不足等问题，但是不能因为这些问题而否定这一段科幻文学史的意义。这批科幻作品打破了中国科幻文学界自"清污运动"之后的沉寂，并不断颠覆文学界和大众读者对科幻文学的既有认知。可是这些问题是无法被忽略的，有些问题直到今天仍然存在，有些问题则在日后成了科幻文学发展过程中的争论焦点。这些问题的存在，既显示着中国科幻的复兴之路并不好走，又表明中国科幻文学有着极大的进步空间。

由此观之，中国科幻文学是"晚熟"的，当主流文学已经在一次次文学潮流中脱胎换骨，当西方的科幻文学作品已经能够与最优秀的经典文学作品比肩时，中国科幻文学创作中还有一些最基本的问题未曾得到解决。在中国科幻文学还处于蹒跚学步的这一时段，韩松出现了，他的作品有着同时期的科幻作品所不能比拟的成熟，这种成熟不仅表现在其作品的思想深度上和题材的广度上，还表现在他的作品所具有的鲜明的个人风格上。

---

① 老柯：《新版本·半年絮语》，《科幻世界》1993年第6期，第32页。

二、宇宙之思与言语之魅：韩松作品中的"先锋性"

韩松是在中国科幻文学处于低谷时冒出的新秀，他从1985年开始创作科幻小说，直到现在依旧活跃在科幻文学界，并创作了"驱魔三部曲""轨道三部曲"等一系列个人风格强烈的作品，获得了很多研究者和读者的关注。相较于韩松近些年所创作的结构奇异、文笔纯熟的作品来说，他早期的作品显得有些稚嫩和单薄，彼时的他尚未形成自己的风格和语言特点，也还不曾明晰自身的写作目的和创作方向，但是这掩盖不了其作品内在的异质性与思想性。在我国大部分科幻文学作品还在讲着小情小爱的时候，他已经开始参悟起人类的生死轮回和宇宙中的奥秘；当很多科幻作家还停留在对社会现象的观察时，他已经开始剖析社会生活的本质和人性之中的恶意；当不少科幻作家还停留在对西方科幻作品的模仿上时，他已经在进行语言上、叙事上的试验和创新。这并不是说韩松早期的科幻作品没有瑕疵，而是说他的作品所展现出的新奇性、思想性以及语言风格都远远超过了同时期的作品。在一众讴歌人性、寻求真爱的中国科幻作品中，以阴冷的画面、奇崛的想象和深刻的思想见长的韩松作品看起来是如此的格格不入，但又如此的充满吸引力。只是科幻圈和读者并没有那么快就接纳韩松作品的魅力，"晚熟"的中国科幻迎来了"早熟"的韩松。

在创作初期，韩松已经开始有意识地拓宽科幻小说的题材，他的作品所关注的不再仅仅是现实社会中的实际问题，也不再局限于对人类日常生活的想象，而是着眼于人类生命的起源、心灵的归属和生死观念等问题。他不曾关注那么多具体的问题，也不再执迷于叙述一个流畅的故事，而是更着迷于对一些形而上问题的思考。

在他的作品《青春的跌宕》之中，韩松对一种未来的社会形态进行了想象。这篇作品在1987年被刊载在《科学文艺》上，可以看作中国科幻文学复兴路程中的一点星火。故事发生在未来世界中，人们没有了壮年和老年，只有青年，每个年过12岁的孩子都会被带去打针，让他们永葆青春。而"我"与同事明知晓了背后的真相，偷偷加入了反青春同盟，致力于让所有人都回归到自然的生老病死状态。可惜的是，我们的努力最终被挫败了。"我"被捕入狱，见到了我们整个社会中唯一的首领，也在大牢中变得垂垂老矣。"我"与同盟中的其他人一起得到了我们为之奋斗的东西——壮年与老年，但是我们并不因此快乐，反而生出了更多的欲望与嫌隙。在这部作品中，韩松想象出了一个高度集权的社会，在这个没有老人的社会中，人人都获得了梦寐以求的青春，都可以做着不老的美梦，可是这个社会里却处处透露出一种诡异和压抑的气氛。不管是"我"与同事明之间的暗号,还是中途失败的反青春联盟,都在言说着一种虚假的朝气和自由。韩松不再执着于对具体科学技术的想象,而是利用社会学、人类学等"软科学"建立一个令人胆寒的未来之城。彼时,不管是韩松作品中对未来世界悲观而绝望的心态,还是他对具体社会形态的构想,在中国科幻文学作品中都是罕见的。尽管在1991年中国科幻重启之后,科技乐观主义早已经不再大行其道,但是对于未来悲剧的想象更多集中在个人身上,科技的悲剧更多地被归咎于命运的使然或科技的滥用。没有人敢预言人类未来的惨景,好像无人敢对整个人类种族进行诅咒,可是韩松却把笔触伸到了这个角落,而且他把造成这个社会的科技原因撇得一干二净,专注于寻找造成畸形社会的文化上的原因。就如《青春的跌宕》中,韩松没有把这个统治者塑造为十恶不赦的坏蛋,也没有把他描绘成具有超强能力的"科学怪人",他只是一个"嘴里牙齿全无"的老人,他甚至没有惩罚炸毁了药剂的"我",反而让"我"与我的同志们相聚。他有何能耐造就和维持这个畸形的社会?难道是因为那使人不老的药剂吗?答案当然是否定的,科学和老人都不该被看成是这个集权社会的罪魁祸首,真正让这个"青春"社会长存的是既得利益者的缄默,是上位者的野心。在文章的最后,曾经妄图推翻这个"青年世界"的明与同盟会的大胡子会长听到能够继任的消息时,"眼中潜伏着一股杀气,一种和老年人迟钝眼光不相称的东西"①。

而在另一部作品《超越现实》中,韩松又把文化冲击这一议题纳入创作中。当地球人和外星人相遇会出现什么情况?已经有不少西方科幻作家给出了他们的答案,中国科幻作家也作出了他们的猜想,他们或是预言穷凶极恶的外星人将以各种方式占领地球,或是让兼具智慧与善意的外星人与地球人和平共处,可往往是科技产品而不是文化思想帮助外星人达到了目的。如《太空饲养场》中,外星人就是通过优渥的现代生活让地球人成了他们的养料;而在《黑洞》中,人们也是争相使用天鹅星的产品而染上了重病。韩松却独辟蹊径地把关注点放到了文化上,他巧妙地以地球新闻署为切入点,描写了地球文明在外星文明冲击下逐渐失落的过程。地球与弥星人取得了联系,迫不及待地放弃了本土的文化,去学习弥星人的一切。而"我"作为地球新闻署的一位官员,在担心惹恼弥星人的前提下毫不犹豫地关掉了一家具有地球本土色彩的报社。但弥星人和之前突然而至一样,也突然间离去了,留下我们继续寻找新的外星族群。值得注意的是,韩松在作品中并未明言外星文明的强势,而是把地球人的文化自卑心理描写得淋漓尽致。地球文化的失落并不是因为外星文明的强大,

---

① 韩松:《青春的跌宕》,《科学文艺》1987年第6期,第45页。

而是源自地球人的自我阉割。在面对"先进了几千年"①的弥星人时，地球人瞬间失去了对自己文化的信心，心甘情愿地成了外星文明的追随者，甚至为了让外星人满意而成了他们的鹰犬和爪牙，小心翼翼地闻嗅着对外星人不利的讯息。"我"就是这样一个文化与精神上的奴颜婢膝者，"我"能够因为弥星人的虚情假意，而"心中升起一阵暖意，跟着便是一种无比的卑微感"。而在断送一家本土报社的前途时，"我"只不过产生了"一个新闻从业人员对同行和新闻本身的一线怜悯"②。在这篇作品中，韩松利用外星文明与地球文明的关系指涉人们实际面临的文化困境，在对"我"辛辣的描写与讽刺中分明可以窥见作者对本土文化失落的焦虑与担忧。从文化层面上思考外来文明的意义，这是同时期的科幻文学作品几乎从未涉及的，不得不说韩松以独具的慧眼看到了旁人所没有看到的东西。他不曾寻找更多新奇的科幻符号塞入故事中，而是从社会学、传播学等"软科学"中寻找创作灵感。

韩松作品的多义性与丰富性也是在同时期科幻文学作品中很难看到的，这与他思考问题的角度和深度都有着莫大的关系。科幻文学作品往往都具有极强的隐喻性，推论与类比是科幻写作的传统，重要的科幻小说文本总是被当作一种类比来阅读，它处于一个模糊的象征和一个有明确指向的寓言之间的某个地方。③可是，若要把《科幻世界》早期刊登的作品当作语义丰富的寓言来阅读，去寻找其背后的深意，结果只怕会让人失望。因为此时很多科幻作者还是科幻文学的初涉者，对于如何把现实生活中的事物转变为幻想世界中的符号，他们还缺乏一定的经验，要么过于浅白，要么过于牵强，而韩松在这方面做得很出色。

以他的作品《宇宙墓碑》为例，这部作品刊登在1992年的《科幻世界》上。这部作品由"上""下"两部分组成，上部是以一个贪恋墓碑文化的地球人口吻所写，而下部则是借一个建造宇宙墓碑的造墓者言事。两个相隔数百年的地球人因为宇宙墓碑而联系了起来，两者的叙述互为注解，共同编织出一段宇宙墓碑的兴衰史，而这段兴衰史显现着人类对宇宙的探索史和开发史。宇宙墓碑成了一个含义丰富的符号，若是一层层探究其中的深意，便可发现作者在这个意象中倾注了对生死和宇宙的无尽思考。它虽静默如斯，但充满了矛盾性。

---

① 韩松：《超越现实》，《科学文艺》1988年第1期，第41页。
② 韩松：《超越现实》，《科学文艺》1988年第1期，第41页。
③ （加）达科·苏恩文：《科幻小说变形记：科幻小说的诗学和文学类型史》，丁素萍、李靖民、李静滢译，安徽文艺出版社，2011年版，第85页。

首先，它既讲述着死亡的恐怖，又传递着死亡的美感。散落于宇宙中的每一块墓碑，都在讲述一个悲伤的故事，散发着死亡的讯息，以至于大人们都"变了脸色"，而"我"的女友阿羽在观赏墓碑之后也患上了怪病。人类对墓碑天然的排斥和畏惧，分明是对死亡的忧虑和害怕，墓碑无形之中成了每个人生命终点的预言。可是墓碑这一死亡使者却又是美的，"我"在第一次看到的时候就被深深震撼了，"大大小小的方碑犹如雨后春笋一般笔出，有着同一的黑色调子，焕发出寒意，与火红色的大地映衬，着实奇异非常"①，死亡分明借着墓碑传递出一种肃静之美。在无限趋近生命的终点时，人类不应该惧怕，因为生命之美将以另一种形式传递下来。

其次，它既标记生命的伟大，又诉说人类的猥琐。每一个墓碑都是勇者的纪念碑，在人类飞向太空的初期，是这些先行者用自己的生命造出了宇宙间的坦途，他们的牺牲是人类进步历程之中留下的血的脚印。可是人们先是惧怕这些墓碑，因为它们提示着人类的渺小与脆弱，又在若干年后趋之若鹜。这些生者不是为了纪念与感恩，而是为了分得关于生死秘密的一杯羹。墓碑既成了人性的丰碑，又成了人类罪恶的照妖镜。最终，宇宙墓碑从人类群体的意义中跳脱出来，上升到了宇宙层次。它在无意之中成了宇宙残忍的罪证，可是又证明了宇宙的博大和仁慈。正是宇宙的深不可测，让无数人坠入真正的黑暗之中，甚至连尸骨都捞不回来，只能以一座衣冠冢宣告他曾经来过。可是墓群的消失又似乎在宣告宇宙的伟大与仁慈，这个浩瀚的宇宙从来不应该是人类的盘中之物，它以一己之力神秘地抹平了人类来过的痕迹，也抹平了人类的伤痕。正如曾经的造墓人说的那般："这个好心的老宇宙，它其实要让我们跟他妥帖地走在一起、睡在一块，天真的人自卑的人哪里肯相信！"②到此，作者分明又造出了一个意义的闭环，对宇宙的思考再度延伸和回落到了人类的命运上，看似是从人类群体之外回到了社群之内，但是无形之中对人类的命运提出了更深刻的诘问。在如此浩大的宇宙前，个体的死亡和生存又有什么意义？人类又何须再为死亡和生存而挂怀？作品从对生死之美的赞颂到对人类命运的整体否定，似乎透出了一些虚无主义的味道，可是作者以一座存在于天鹅座的墓碑结尾，似乎又给人类存在的意义作了乐观的注解，就算宇宙浩瀚到能够吞噬人类所有的痕迹，但是人类始终不曾放弃创造价值的努力，被抛弃于宇宙一隅的人类犹如西西弗斯般承受着周而复始的痛苦，却从来不肯停下来，悲观的味道又因之冲散。这部作品不同于以往的中国科幻小说，韩松规避了对科技的炫耀，逃开了

---

① 韩松：《宇宙墓碑》，《科幻世界》1992年第5期，第68页。
② 韩松：《宇宙墓碑》，《科幻世界》1992年第5期，第78页。

世俗的社会,而不断地去探索宇宙的谜题、生死的奥秘。很多科幻作品都因为和社会现实联系得太近,而在历史发展过程中变得"过时"了,很难再引起读者的共鸣,但是韩松的《宇宙墓碑》始终被很多读者所喜爱。这篇作品的出现标志着一种新的科幻文学形态出现在中国科幻圈中,它不是科技爱好者的产物,而是文化精英的创作,它预示着中国科幻文学将有着与西方科幻文学不一样的特质。而在另一篇于1998年所发表的作品《天道》中,韩松也展示了对哲学和宇宙性质的思考,他以一艘从地球出发的宇宙飞船的命运为主线,讲述人类为了信仰所付出的代价。这部作品同样也用丰富的意象展现了人类生命的脆弱与宇宙的浩瀚,可以看出其与《宇宙墓碑》思想上的相似性。

韩松语言上的独特性和他所营造的阴冷的气氛,使他的作品极具有辨识度。他显然是在有意规避西方科幻文学的叙述语言和习惯的影响,他的语言显得冷静和克制,很少用富有情绪的词句,而偏爱客观的描述。尽管此时他的风格还不似以后那般阴郁和鬼魅,但是已经具有一种阴冷的气质,这种阴冷一方面源于他在语言上的克制,另一方面则是由于他从不避讳对残忍场景的描写。

在韩松的作品《天道》中,可以很清楚地领会他的语言风格。当宇航员进入一阵浓雾感染上疾病时,韩松对他们惨死的场景进行了细致的描写:"附在他脊柱两旁的肉正在大块脱落,象什么东西腐烂了,又象被烈火烤化的奶油,滴落在甲板上。"[1]韩松以奶油来比喻病人腐化的皮肉,用一种异常精准和冷静的语言描述死亡的场景,语言上的克制与场景上的惨烈形成了鲜明的对比,以至于让人产生了一种作者毫无怜悯之心,甚至在享受死亡的错觉。当这艘宇宙飞船经历过重重的灾难再度回到地球时,它竟然被当作神器来膜拜。而这个死亡的容器又再次孕育出新的死亡,那就是教徒的死亡。当朝圣的教徒死在沙漠上时,作者仍旧没有回避这种死亡的场景,只见"老人痛苦地站在小尸体旁,心想:现在可以告诉你神器是什么样子了。那东西真黑,还烧塌了一边,座舱里有人的骨头,一点都不好看"[2]。这段描述所传递的残忍与冷酷除了来自场面本身外,更来自事件本身。多年前的亡灵仍旧在索命,以遗迹的方式,以宗教的名义,一个个鲜活的生命竟然消逝在一个谎言中,科幻作品竟然有了森森的鬼气。而在《宇宙墓碑》中,韩松更是用最绚烂的笔触去描绘残酷的画面。在A星上,三位宇航员因为核辐射死亡,可是他们的葬礼却十分美,刚刚堆造的坟墓在"这颗行星特有的蓝雾中新鲜透明,深沉持重"[3],而现场在不断播

---

[1] 韩松:《天道》,《科幻世界》1988年第3期,第3页。
[2] 韩松:《天道》,《科幻世界》1988年第3期,第7页。
[3] 韩松:《宇宙墓碑》,《科幻世界》1992年第5期,第74页。

放着"怪异而富有异星的陌生感"①的乐曲,"努力想表达出一种雄壮","后来则肯定有飞行器隆隆地飞临头顶,盘旋良久,掷出铂花。行星的重力场微弱,铂花在天空中飘荡,经久不散,令人回肠荡气"。②本该是一场令人悲伤的葬礼,韩松却写出了一种怪异的美感,正常的悲哀情绪被韩松克制的语气冲散了,以至于读者只能冷眼旁观这个悲剧。在韩松的早期作品中,这样的段落还有很多,此时他的语言还未曾变得晦涩,大体上还是明白晓畅的,可是已经能够看出他在有意识地追求自己的行文风格了。他偏爱以不带感情色彩的词句写出最具有视觉冲击力的场景,甚至不惜把不相关的词语排列在一起,这既造成了语言陌生化的效果,又不同于其他科幻文学刻意地套用科学词汇。

韩松作品的横空出世,其实宣告着另一种科幻写作模式的诞生。获得武汉大学新闻学硕士学位,又在新华社任职的韩松有着与以往的中国科幻作家显然不同的知识结构和背景。自新中国成立之后,并非没有知识分子投入科幻文学的写作中,但是以理工科学者为多,他们有着更加全面的科学知识,对哲学、生命等形而上的问题没有那么敏感,韩松却有所不同。他对"软科学"知识,如传播学、社会学和心理学方面的东西更加敏感。不止一位科幻研究者和作家把他当作中国科幻界的"异类",资深的科幻研究者吴岩说:"他跟其他所有人都不一样。"③而另一位科幻研究者董仁威也认为韩松是一个"奇人"④。

韩松完全可以被看作中国科幻写作的先锋者,但是他与这一时期的科幻创作主流是格格不入的,所以尽管他的作品被刊发,受到了《科幻世界》杂志编辑的关注,却并不被理解。1991年,当他在成都的世界科幻年会会场上第一次见到杨潇、谭楷等人的时候,他所得到的不是表扬。编辑"对他耳提面命,认为他最近的创作路子不对头,写得怪头怪脑的,色彩也很阴暗"⑤,甚至把他的很多作品,包括《宇宙墓碑》都退还给了他。幸好当时台湾科幻作家吕应钟慧眼识珠,把这篇作品发表在了《幻象》杂志上,才不致使珍珠蒙尘。这其实已经预示了韩松这种带有先锋性的、从人文精英立场出发的科幻写作在当时并不太被认可,韩松毫无疑问是个开先河者,可是他能否成为一个力挽狂澜者呢?

---

① 韩松:《宇宙墓碑》,《科幻世界》1992年第5期,第74页。
② 韩松:《宇宙墓碑》,《科幻世界》1992年第5期,第74页。
③ 小姬:《宇宙观察者韩松》,《科幻世界》2009年第3期,第71页。
④ 董仁威:《穿越2012:中国科幻名家评传》,人民邮电出版社,2012年版,第138页。
⑤ 董仁威:《穿越2012:中国科幻名家评传》,人民邮电出版社,2012年版,第141页。

第三章
中国科幻文学的"青春期"(1994—1998)

    1991—1993年,可以看作《科幻世界》和中国科幻文学的萌芽期。在新的政治、文化、经济环境下,身处科幻界的人们都在小心翼翼地尝试和探索,在耐心等待着科幻文学的全面复苏。功夫不负有心人,在接下来的几年里,中国科幻文学尽管未曾完全改变自身所处的边缘地位,但是迎来了一个迅猛发展的新阶段。1994—1998年,可以看作中国科幻文学的"青春期",因为一批具有科学精神和素养的"新人"进入了科幻文学的创作圈中,为科幻文学的创作带来了无尽的生机与活力。

    1993年《科幻世界》进行改版,销量开始逐年攀升。1995年,它的刊物印数翻了一番[①],《科幻世界》终于摆脱了以往惨淡经营的窘境。这不仅意味着这一科幻文学刊物在中国杂志市场上站稳了脚跟,更意味着中国科幻文学"活"了下来。逐渐壮大的《科幻世界》再次改变经营策略,努力提高刊物的水准和品质,使之更加符合成人读者的品位。一批接受过高等教育、具有较高科学素养的年轻作者加入中国科幻文学界,他们的作品展现出与以往的科幻文学截然不同的特质,因而得到了读者的喜爱。日渐增多的科幻文学作者和读者通过《科幻世界》杂志聚集到了一起,一个稳定的"科幻圈"逐渐形成。尽管不能说这个"科幻圈"和主流文学界全无交流,但是圈内人和主流文学界以及其他类型文学群体之间还是有些疏离。中国科幻文学因之有了形成独特审美标准和创作理念的可能,涌现出了许多的新特质。

    一些专业人才加入创作阵营后,他们所掌握的科学知识和所拥有的科学精神也随之融入了科幻文学作品之中,中国科幻文学作品中的科学色彩变得更加

---

① 《科幻世界》编辑部:《花絮》,《科幻世界》1995第12期,第42页。

突出。这批新出现的科幻作家为中国科幻文学界带来了与以往不同的朝气，使这一时期的科幻作品散发着昂扬的气息，充满了灵动的想象。这一时期的科幻作者尽管对最前沿的科技知识极为敏感，也有着丰富的创造力，却并不刻意追求思想上的深度，无意对人性和命运等主流文学所偏爱的话题进行更深入的思考。科幻作家王晋康擅长把哲学与伦理之思融入作品中，为彼时的中国科幻带来了不一样的风景。

第一节 《科幻世界》的"精英化"

20世纪90年代，中国主流文学大潮中出现了"去精英化"现象，可是以《科幻世界》杂志社社长杨潇为首的中国科幻界人士却迫切希望走上"精英化"的道路。当然，主流文学和中国科幻文学所追求的"精英化"有着不同的含义。在主流文学中，精英化更多的是指通过反思"文革"时期的民粹主义思潮、反智主义，确立精英知识分子和精英文学的主导地位[1]；而在科幻文学中，精英化则是指通过提升和增强科幻文学作品中的科学精神和逻辑理性，使其摆脱昔日低幼的一面，更加符合具有良好阅读品位和鉴赏力的成年读者的需求，从而被主流文学界和研究界认真对待。为了达到这一目的，《科幻世界》杂志社有意识地从国内各大高校寻找和培养有潜力的年轻科幻创作者，同时主动扩充编辑队伍，把一些在主流文学编辑社表现亮眼的人才吸收到杂志社中。中国科幻文学的作者群体因之有了一次"大换血"，具有不同专业背景、接受过高等教育的大学生们进入了中国科幻界，这对于中国科幻文学来说有着深远的意义。

逐渐成形的专业科幻作家群体，日渐增加的科幻读者，以及中国科幻文学所处的边缘地带，都在推动中国"科幻圈"的形成。拥有自己的作家队伍和拥趸的中国科幻文学，虽然仍然会受到主流文学和其他类型文学的影响，但是不用再亦步亦趋地紧跟主流文学界了。

---

[1] 陶东风：《从精英化到去精英化——新时期文学三十年扫描》，《首度师范大学学报（社会科学版）》2014年第1期，第81页。

一、天之骄子"加盟"科幻世界

在《科幻世界》改名之初,杨潇就认定"刊物办给年轻人看,但至少应该是高中大学文化程度"[①],可是经过调研之后才发现"主要读者对象其实就是初中文化水平"[②]。为了应对市场和经营压力,杂志社不得不调整刊物内容,增加了科幻漫画栏目,减少了科幻作品的数量,而且刊登的科幻作品有极为明显的通俗文学特征,以使"文化程度降到初中水平"[③]。之后《科幻世界》杂志订阅量快速上升,证明了这种通俗化策略的正确性,但是这没有让杂志社的编辑们满意,他们不愿意《科幻世界》仅仅只取得商业上的成功,止步于对更高目标的探索。在《科幻世界》的经营逐步稳定之后,杂志社迫不及待地希望摆脱掉低幼的面貌,吸引更多成人读者,坚持走"精英化"或者叫作"成人化"的路线。1996年,《科幻世界》杂志把"动漫等画作挪到《画刊》里去,《科幻世界》整本基本都刊登面向成人的科幻小说,还推出有科幻创意的高科技科普文章"[④],"把刊物读者水平又提到高中生和大学生"[⑤]。《科幻世界》追求"精英化"最直接的后果和最直观的表现,就是大量接受过完善的科学教育、具有较高科学素养的大学生成了《科幻世界》的作者和读者,加盟到中国科幻文学界来。

接受过高等教育的大学生进入中国科幻界,这对于中国科幻文学和《科幻世界》来说有着重要的意义。其重要意义主要体现在两个方面:一方面,就《科幻世界》的发展而言,大量具有较高科学素养的大学生进入科幻创作领域,不仅使杂志社摆脱了曾经的无稿可用的窘况,更是提升了整个杂志的文学水平;另一方面,对于中国科幻文学来说,高校学子的加入无疑起到了为科幻文

---

① 侯大伟、杨枫主编:《追梦人:四川科幻口述史》,四川人民出版社,2017年版,第25页。
② 侯大伟、杨枫主编:《追梦人:四川科幻口述史》,四川人民出版社,2017年版,第25页。
③ 侯大伟、杨枫主编:《追梦人:四川科幻口述史》,四川人民出版社,2017年版,第26页。
④ 侯大伟、杨枫主编:《追梦人:四川科幻口述史》,四川人民出版社,2017年版,第27页。
⑤ 侯大伟、杨枫主编:《追梦人:四川科幻口述史》,四川人民出版社,2017年版,第27页。

学"正名"的作用。经历了长期对科幻文学的批斗后,中国科幻文学一度被视为"伪科学",或者被看作科普工具和儿童读本,在文学界和大众读者心目中,它的地位并不高。但是当被视为"天之骄子"的大学生成为科幻文学的作者和读者后,科幻文学在无形中被镀了一层"金"。这从侧面证明了科幻文学不仅不是对人有害的"伪科学",而且是富有知识性、趣味性的文学类型,这有利于改变普通读者对中国科幻文学的印象。

为何这群年轻的大学生会被科幻文学这一小众文学类型所吸引?一方面是因为有一些科幻文学前辈们的培养和引导,另一方面是因为科幻文学体裁能够给予创作者更大的自由度和创作空间。

首先,老一辈的科幻工作者以《科幻世界》为平台,不断地寻找和引导有潜力的科幻新人。他们一方面开设专门的栏目为科幻新秀提供更多的机会,让年轻一代科幻作者感受到科幻文学独有的魅力,另一方面则积极联络年轻的作者,以自身的热情感染和引领他们。

《科幻世界》始终致力于培养科幻作家群体。杂志社即使是在改名之初经济极其困难的情况下,也仍然坚持召开笔会,举办中国科幻银河奖,为科幻创作者提供一个互相交流的平台。到了1994年,当《科幻世界》的经营状况逐步改善,经营理念也愈发清晰时,编辑杨潇、谭楷等人更是卖力地投入"造山运动"[①]中,给予新的青年作者更多被看见和被关注的机会。1994年,《科幻世界》杂志开办了名为《每期一星》的栏目。这个栏目会刊登具有代表性的新人新作,并配上作者的相关信息和对其作品的简介。这个栏目成了读者了解中国科幻新人作家的一个重要窗口,也成了年轻的科幻作家们亮相的重要舞台。尽管登上"每日一星"栏目的并不都是来自校园的新锐科幻作者,可是拥有亮眼学历和不俗作品的作者确实在这个栏目中频频亮相,孔斌、星河、何夕、杨鹏等来自名校的年轻科幻作者们都曾经在这个栏目中"露过脸",成了《科幻世界》和科幻文学的"金字招牌"。除此之外,《科幻世界》还特意做了两期"96科幻文艺奖征文(清华大学专辑)"和"96科幻文艺奖征文(大学生专辑)",以期向读者们更加全面、系统地介绍当时的大学生科幻作家们。这批年轻的科幻作家被读者和编辑们所重视和喜爱,当然是因为他们在科幻创作上所取得的成绩,但是也可以看出《科幻世界》对他们的偏爱,以及对这些新人们高学历、高素养背景的强调。《科幻世界》杂志编辑部毫不讳言对这些年轻科幻作家的期待:"大时代的弯弓,正期待着年轻的膂力……而最了解新科技知识,又具有'年轻的膂力'的作者群,肯定'潜藏'在理工科大学生中"[②],"希望

[①] 覃白:《为中国科幻的造山运动祝福》,《科幻世界》1994年第2期,第1页。
[②] 牛编辑:《为清华大学专辑欢呼》,《科幻世界》1996年第4期,第1页。

更多的理工科学生——写科幻——把你的憧憬、你的设想、你的梦，包括你的悲欢、你的追求，用科幻小说的形式写下来，不仅为理工科校园增一分欢乐，也为中国科幻园地增一分春色"。[1]

举办科技盛会和座谈笔会，是《科幻世界》培养科幻作者和扩大中国科幻影响的一项重要举措。当进入新的发展阶段时，杂志社仍然延续了开办笔会和举办盛会的传统。在这些大大小小的科幻会议上，老一辈科幻作者对科幻的热情和经验传递到了年轻科幻作者一辈身上，有意无意之间成了这批年轻作家在创作上或生活中的导师，影响着他们的创作和人生。当时还年轻的科幻作家凌晨就为前辈晶静所折服。甫一见面，凌晨就被"戴着大串的项链和极宽的手镯，衣服配合着也很民族风，娴静而成熟"[2]的科幻女作家晶静深深吸引，以至于"很多年来，敲打键盘疲惫的时候，凝视虚空的时候，1997年成都的晶静便会浮现在我面前……指引着两岁的'凌晨'，起程踏上那条通往人类遥远未来的心灵之路"[3]。1997年在北京举办的中国国际科幻大会更是让很多年轻的科幻作家留下了深刻的印象。相较于1991年在成都举办的世界科幻年会，这次活动得到了政府更多的支持，规模空前盛大。当时还十分年轻的科幻作家和评论军郑军就是在这次盛会上遇到了自己事业上的两个偶像，一个是香港的科普作家李伟才，另一个则是在科幻研究和创作上已经小有成就的吴岩。在他看来，"榜样的力量果然无穷，而那次大会就让我找到了两个事业上的榜样"[4]。科幻盛会和笔会给了年轻的科幻作家们一个向前辈们学习的机会，也给了编辑去了解作者的机会。

《科幻世界》编辑部为何要如此重视初出茅庐的新人作者呢？

一方面，中国科幻文学创作中所存在的问题表明中国科幻界需要新鲜的"血液"。1991—1993年期间，尽管中国科幻文学的创作已经有了长足的进步，但是其中存在的问题十分明显，这些问题并不是单纯靠作者的天赋、阅历或写作经验就能解决的。科幻文学作为一种特殊的文类，对于作者的科学素养和知识结构有着极高的要求，因为科幻文学的读者一般知识水平较高，所以对作品的要求也较高（要求作者尽量不出错）[5]。如果作者本身缺乏科学常识和基础的科学训练，那么是极难写出逻辑严密、富有想象力的高质量科幻作品的。当然这并不意味着未接受过高等教育的人就无法写出好的科幻小说，中外也有不

---

[1] 牛编辑：《为清华大学专辑欢呼》，《科幻世界》1996年第4期，第1页。
[2] 凌晨：《我与科幻世界》，载于《科幻世界·30周年特别纪念》，2009年，第53页。
[3] 凌晨：《我与科幻世界》，载于《科幻世界·30周年特别纪念》，2009年，第53页。
[4] 郑军：《遥想当年科幻会》，载于《科幻世界·30周年特别纪念》，2009年，第52页。
[5] 岩上治：《科学家和科学知识》，《科幻世界》1998年第11期，第1页。

少有名的科幻作家并没有高学历，比如科幻巨头阿瑟·克拉克就未曾接受过大学教育。可是这样的科幻作家必定是少数，他们要么是对科幻文学有着无尽的热爱，通过自学弥补了知识上的短板与缺陷，要么就是不世出的天才，以幻想和写作上的天赋达到了创作的巅峰。而对于需要尽快打开局面的中国科幻文学来说，把时间花在等待天才的出现上是不可想象的，只能从最快捷的途径出发，让更多的具有丰富的科学知识的人进入科幻文学的写作领域，这才有可能从整体上改变中国科幻文学的面貌。因此，出于对科幻文学发展的考量，《科幻世界》编辑们不得不从本身具有较高文化和科学素养的高校学子入手，招徕和培养新一代科幻作者。

另一方面，杨潇、谭楷等老一辈科幻界人士对科幻文学的认知，以及他们的办刊经历，让他们对科幻作家的学历背景格外重视。首先，杨潇、谭楷等科幻文学编辑们赋予了科幻文学重大的意义，认为这种文类对于中国科学的发展具有重要的作用，这就意味着在他们看来，中国科幻作品的水准必须与其作用是相配的。所以，尽管杨潇、谭楷等人认可科幻文学具有趣味性，但是并不认同科幻文学是单纯的通俗文学读本，他们对科幻文学作品可以达到的艺术水平和思想价值有着更高的期待，他们希望科幻文学得到更加严肃和认真的对待，能够如西方科幻文学一样有一批成年的读者。其次，曾经的失败尝试也让他们意识到中国科幻文学的创作水准与格调都应该得到进一步的提升。1993年《科幻世界》的改版并不是杂志社第一次为了经济利益而进行通俗化的尝试。1988年，《科学文艺》杂志社为了吸引更多读者的注意就更名为《奇谈》，这一改名受到了"各界的责难"以至于"常被质疑，使人苦于辩诬，难以辩解"[1]。这一失败的经历也让他们"不敢单纯追求发行量"[2]，不敢让中国科幻文学继续在通俗化的道路上前进，因为这可能意味着中国科幻文学永远摆脱不了被轻视和被忽视的命运。基于此，作为中国科幻文学复兴的领路人和探路者，杨潇、谭楷等人觉得有必要培养更多接受过完备知识训练的科幻作家。因此，当"一大批才思敏捷的新作者从大学校园崛起"时，《科幻世界》杂志社骄傲地宣称"中国科幻正进入伟大的喜马拉雅造山运动时期"，从年轻作者"青春的笑容、飞扬的文采，人们看到了中国科幻的灿烂前景"。[3]

其次，中国科幻文学领域所展现出的极高的自由度也在吸引广大的高校学

---

[1] 侯大伟、杨枫主编：《追梦人：四川科幻口述史》，四川人民出版社，2017年版，第14页。

[2] 侯大伟、杨枫主编：《追梦人：四川科幻口述史》，四川人民出版社，2017年版，第14页。

[3] 覃白：《为中国科幻的造山运动祝福》，《科幻世界》1994年第2期，第1页。

子。科幻文学所具有的幻想特质为年轻作者们提供了极大的发挥空间，而彼时中国科幻文学的发展现状也给了年轻作者一个加入科幻界的机会。

  与其他文学类型相比，科幻文学在写作题材和故事情节上给予了作者更大的自由度，由于它所面向的是未知的未来和异域，所以它不需要还原社会现实，也不需要为事件的真实性负责。在科幻世界中，作者不需要被社会现实绑缚，可以随意挥洒自己的想象力。当然，科幻文学是基于科学而生出的幻想，可是这里的科幻文学中的科学所指的并不是严格的科学定理，而是严谨的科学设定和细致的科学推理。换言之，作者并不需要保证所有的科学设想都是绝对正确的，而是可以在不违背基本事实的基础上随意发挥。对于渴望自由、幻想未来的青年学子们来说，还有什么类型文学比科幻文学更适合来放飞理想和青春呢？一位年轻的科幻作家柳文扬曾热情地宣告："想一想，不正是因为还有无数未曾发现的自由天地可以容纳幻想，我们每天才能轻松愉快地进入睡梦中吗？"[1]科幻作家潘海天曾直言："我爱科幻小说首先在于它的海阔天空，不受拘束。也许是现实世界中我们受到的束缚太多了，以至于希望在小说中到一块属于自己的世界，纵然这世界的结局是寂寞、死亡和毁灭。"[2]对未知的无限憧憬和对自由的无限渴望，都可以借助科幻文学来表达和言说。因此，科幻文成了一块超越世俗的飞地，让年轻的学子们能够从现实的烦恼中暂时逃脱出来。还未曾或者刚刚踏出校园的学子们对现实生活中的困难与压迫尤为敏感，可是也最感无力。经济尚且不能独立，社会地位还未曾稳固，他们只能被环境所左右，被现实所束缚。而科学幻想给予了他们逃离现实的可能性，让他们能够从支离破碎的现实之中抽身而出，从漫天星空和奇妙科技中获得些许安慰。

  被沉重的历史和"子不语怪力乱神"这些禁令压得喘不过气的学子孔斌，通过科幻发现了生活的另一重境遇。他坦言："科幻世界是美丽的梦，虽然缥缈，却比冷漠的现实更使我感到亲切。科幻世界里有星星为我点灯，迷失的孩子，在这里找到了通向宇宙的道路。"[3]而来到芬兰东部小城约恩苏攻读数学博士学位的科幻作家赵如汉，更是用科幻来抵御冰冷的现实，他说："芬兰的冬天黑暗、严寒、孤寂，能在这类似异星的环境中生存，科幻之功不可没。"[4]而在北京一所艺术院校攻读硕士学位的凌远更是大胆地宣称："即便现实没有奇

---

[1] 柳文扬：《作者小传》，《科幻世界》1994年第7期，第2页。
[2] 小姬：《大角，快跑》，《科幻世界》2009年第4期，第59页。
[3] 孔斌：《作者小传》，《科幻世界》1994年第5期，第2页。
[4] 赵如汉：《作者小传》，《科幻世界》1995年第7期，第3页。

迹，幻想亦当有力回天。"①当现实让年轻学子们感到失望的时候，科幻文学因其独特的幻想性治愈了他们的心灵。

当时中国科幻文学的发展状况也使这批年轻的学子在科幻创作上享有更大的自由度。20世纪90年代，中国科幻文学正等待重生，这对于年轻学子们来说，既是挑战又是机遇。当中国科幻文学被流放到主流文学界之外，年轻的科幻作家们缺少了进入大众视野的机会，但是可以逃离主流，探索未曾被被人触碰过的创作主题。彼时，中国科幻理论研究一片空白，崭露头角的科幻新锐们难以获得系统的写作培训和专业的科幻知识，却可以甩开从前对中国科幻认知的镣铐；当老一批的科幻作家们纷纷退出科幻界，科幻界的后起之秀不得不面对导师与偶像留下的空位置，顺利获得填补中国科幻文学空缺的机会。因此，年轻的学子们大胆进行着尝试，一大批青春气息十足、作品风格各异的作家登上了创作舞台②，使中国科幻文学显示出了勃勃生机。而以《科幻世界》杂志社为中心形成的中国科幻创作、编辑和研究团队，则保护和鼓励了青年作者们的积极性，从而催生出了更多优秀的作品。如科幻女作家赵海虹，是在高考结束后抱着试一试的心态把自己的作品投递到《科幻世界》，没想到竟然获得了1996年的"光亚杯"校园科幻故事大赛一等奖，这个奖项成了她与科幻结缘的契机。她曾经写道："我一直挺怀念这个小小的奖，虽然奖金只有一百块，但给我的鼓励却是无法用金钱衡量的。"③另一位科幻作家杨鹏也有相似的经历，他把自己的一篇科幻习作寄给了《奇谈》，本以为"会像大多数作家那样，将经历无数次退稿的惨痛体验之后，才有可能使自己的名字和作品化作铅字，赫然印在杂志上，让许多认识和不认识的人们捧在手里阅读。"④可是，没想到两个月后，作品被刊出了，随后更是获得了第二届中国科幻银河奖。在他看来，这"无疑是极大的鼓励"⑤，这也让杨鹏最终走上了科幻文学创作之路，逐渐成长为一个成熟的科幻作家。可以说，当时中国科幻文学界所展现出的自由和松弛的特点与《科幻世界》有着莫大的关系，杂志社的编辑们，作为中国科幻文学复兴的领路人，积极鼓励着年轻作家自由探索的热情，也给予了他们更多的探索和发挥空间。

综上所述，《科幻世界》所作出的一系列提升杂志品位的尝试，使大量高

---

① 凌远：《这一刻用尽一生》，《科幻世界》1998年第9期，第5页。
② 吴岩：《中国科幻小说极简史》，载于吴岩、三丰主编《拟人算法：2019中国科幻年选》，北京理工大学出版社，2019年版，第103页。
③ 小姬：《"希腊女神"赵海虹》，《科幻世界》2009年第5期，第56页。
④ 杨鹏：《致科幻世界编者的公开信》，《科幻世界》1997年第8期，第13页。
⑤ 杨鹏：《致科幻世界编者的公开信》，《科幻世界》1997年第8期，第13页。

校学子加入科幻写作中,天之骄子们的加入对中国科幻文学有着极其重大的意义,既在一定程度上提高了科幻文学的地位,一扫中国科幻文学衰颓的阴霾,让中国科幻文学界呈现出欣欣向荣的态势。随着大量年轻科幻作者的加入,中国科幻创作队伍建立起来,中国科幻文学作品的创作水准也在不断提高,以至于科幻爱好者的数量不断增加,中国科幻文学队伍不断壮大,科幻圈的形成变得指日可待。

二、科幻圈的形成

随着中国科幻创作团队的建立和科幻读者人数的增多,中国科幻队伍逐渐扩大,一个以科幻文学爱好者为核心的科幻圈逐步成型。来自全国各地的科幻迷们以《科幻世界》为桥梁,开始联合起来,形成了一个有一定凝聚力的群体。中国科幻圈相较于国外的科幻迷俱乐部有着自己的特点,它的商业性质较为淡薄,而科幻迷之间的感情联系更紧密,同时它又与主流文学圈有着一定的联系。科幻圈的出现,表明中国科幻文学已经站稳了脚跟,有了一定的读者基础,也在预示着科幻文学将在一定程度上背离或者脱离主流文学界,走出一条独属于自己的道路。

我国科幻圈与美国的科幻粉丝群和粉丝俱乐部是相似的,它们都是由科幻迷组成,并且以一系列互动媒介(比如科幻俱乐部、科幻大会、科幻同人杂志等)作为群体的特征。[①]在这里需要特别注意的是科幻迷这个概念,并非所有的科幻读者都可以称为科幻迷,科幻迷除了阅读科幻作品以外,还积极主动并习惯性地收集科幻、写作科幻、研究科幻并且参与科幻迷活动。[②]我国科幻圈的情况显然要更复杂一点,在建立过程中,中国科幻文学的商业化程度还不高,读者的数量和影响力也不能和美国科幻界相比,所以它并不是完全由科幻迷自发组建而来的,而是在以《科幻世界》为首的半官方力量的推动下逐步建立的,不完全是科幻商业市场和科幻迷之间的联系[③],更类似于一个较为独立的文学场域。在这里,科幻编者、读者和作者可以就科幻文学交换意见。因此,我国的科幻圈具有自身的特点:一方面,它具有很强的凝聚力和理想主义色彩,其核心成员的友谊往往从科幻文学延伸到现实生活中;另一方面,它也显示出一定的矛盾性,尽管科幻迷们希望科幻文学能够获得更多独立发展的空

---

① 三三丰:《如果科幻迷不再买杂志了》,《科幻世界》2011年第3期,第82页。
② 三三丰:《如果科幻迷不再买杂志了》,《科幻世界》2011年第3期,第82页。
③ 三三丰:《如果科幻迷不再买杂志了》,《科幻世界》2011年第3期,第82页。

间,但是中国科幻文学的发展实际显示它不可能完全独立于主流文学圈之外。所以此时的中国科幻圈既显示出一定的封闭性和排他性,也显示出对主流文学界的依附性。

首先,在早期的科幻圈中,商业化色彩并不浓厚,更多的是理想主义色彩和"人情味"。因为科幻文学的读者、编者和作者对命途多舛的中国科幻文学抱有相同的热情,以及使科幻文学"活下去"的信念,所以在他们之间多了一种惺惺相惜的情感,很多资深科幻迷之间形成了深厚的友谊。

从科幻圈的建立过程中,就可以看出我国科幻文学圈的这一特质。1983年,当科幻文学遭受重创,科幻创作者和编辑陷入缄默之后,一直深爱着科幻文学的姚海军通过手写信件与居于祖国各地的科幻迷和科幻作家取得联系,甚至还通过写信认识了一些海外的科幻爱好者。1986年,他创建了科幻爱好者协会,这其实已经可以看作我国科幻圈的雏形,同时他还编辑了属于科幻爱好者的《星云》杂志。[①]这份杂志从编辑到发行都由当时还在林场工作的姚海军一人承担,所以形式较为简陋,时常陷入困难的境地,甚至连杂志的邮费都凑不齐,需要其他科幻迷的资助。可是就是这样一份杂志,把散落于各地的科幻爱好者们联系了起来。郑军曾经说:"《星云》成了沟通中国科幻界作者、编辑、研究者、读者之间的最重要渠道,形成了一种凝聚力,也间接促进了中国科幻圈的形成。"[②]在那段科幻文学的晦暗岁月中,姚海军以自己的信念和热情编织出名为《星云》的纽带,让中国科幻迷在暗夜之中得到了鼓励,重燃起对中国科幻的信心,这其实已经决定了早期中国科幻圈的感情基调和基本性质。它显然不是一个有利可图的商机,也不完全是一个供科幻文学粉丝自娱自乐的俱乐部,而更似一个科幻迷们"抱团取暖"的小团体,一个留存中国科幻文学火种的希望之地。正如姚海军自己所说:"几年来置身科幻世界,深感这个世界的温暖。每当我收到科幻迷朋友们那一封封热情洋溢的来信,得知他们取得新的成绩时,我的心中都增添一份信心和力量,我们深信中国科幻必将迎来繁荣的明天。"[③]

当《科幻世界》杂志易名之后,一个以杂志社为中心的科幻文学圈慢慢形成。这个科幻圈与姚海军早年建立的科幻俱乐部有重合的部分,但是也有着与

[①] 董仁威:《穿越2012:中国科幻名家评传》,人民邮电出版社,2012年版,第252页。
[②] 董仁威:《穿越2012:中国科幻名家评传》,北京人民邮电出版社,2012年版,第253页。
[③] 姚海军:《科幻迷俱乐部》,《科幻世界》1993年第3期,第37页。

之不同的特点。相比于姚海军的"单打独斗",《科幻世界》的影响力显然要大很多,其发展科幻圈的意义与目的也更加复杂,但是它所建立的科幻圈与姚海军所带领的科幻俱乐部在氛围和特点上并没有太大的不同。《科幻世界》一直较为重视读者的意见,在1993年建立了《科幻迷俱乐部》栏目,让众多科幻读者能够在栏目上发表对中国科幻文学和《科幻世界》的意见。1995年,《科幻世界》正式成立科幻迷俱乐部,到了1998年,科幻迷俱乐部的会员已经达到7000多人。[①]这个数量与其20多万的订阅量相比似乎不值一提,但是若和姚海军所建立的科幻团队规模相比就可以明白其体量了。《星云》杂志作为姚海军所领导的科幻迷俱乐部的会刊,自1986年建立至2004年停刊,十余年间每期发行量最多的时候近千余份[②],这表明该俱乐部中活跃的科幻迷不超过千人。而《科幻世界》杂志所成立的科幻迷俱乐部在3年间便有了近万名成员,从这些数据上可以看出该群体发展之快,规模之大。虽然这种对比显然是不太公平的,但是可以由此看出《科幻世界》在发展科幻会员上下了极大的功夫,他们通过举办大型的科幻活动、进校园举办科幻讲座等方式不断扩大科幻文学和杂志的影响力。这既是为了中国科幻文学的发展着想,又是出于刊物生存的需要。

不过这是否意味着由《科幻世界》牵头建立的科幻圈过分注重商业利益呢?答案其实是否定的。身处科幻圈中的编者与作者、读者与作者等之间的交流仍然是以对中国科幻文学的关注和热爱为基础的。以编辑和作者之间的交流为例,彼时的编辑面对羽翼尚未丰满的年轻科幻作家们,更多的是爱护和关心,未曾以他们在商业上的价值和科幻文学上的潜力来对他们定性。当时还年轻的科幻女作家凌晨就提到,《科幻世界》的编辑谭楷不仅到了北京"豪爽待客",更在"发了我处女作的那期《科幻世界》上慷慨赠言,希望我能坚持创作"[③],非常耐心地给予鼓励。而科幻作者们也并不以稿费和待遇来衡量科幻创作是否值得。20世纪90年代初期,《科幻世界》还未曾完全摆脱生存上的困境,囊中羞涩的编辑谭楷来到北京宴请一大帮青年科幻作家,"可能人数太多,谭老师不断下意识地摸自己的口袋,直到结账之后还有些剩余他才放下心来"[④]。这种尴尬和窘迫的局面并没有"吓"退这些年轻的科幻作家,让他们担心自己的"钱"途,反而是"打开了编辑与作家之间的心灵之门,此后,青

---

① 《科幻世界》编辑部:《科幻迷俱乐部》,《科幻世界》1998年第10期,第50页。
② 董仁威:《穿越2012:中国科幻名家评传》,人民邮电出版社,2012年版,第253页。
③ 凌晨:《我与科幻世界》,载于《科幻世界·30周年特别纪念》,2009年,第54页。
④ 吴岩:《30年,与〈科幻世界〉相遇的13个瞬间》,载于《科幻世界·30周年特别纪念》,2009年,第49页。

年作者们新作频出"①，事件的亲历者吴岩说："该永远牢记，友谊从来不是建立在金钱的基础上的！"②科幻迷之间的交往也让人动容，星河、杨鹏、严蓬等北京的科幻迷们自己组成了科幻小组，他们协助科学文艺委员会举办科幻讲座，为《科普创作辞典》撰写科幻词条，在报刊开辟科幻文学版面，参加科学杂志笔会并"承包"科幻文学系列内容。③尽管他们只能在没有暖气、奇冷无比的小屋中聚会，可是对"科幻那份执着的热情"④带给了他们温暖。1998年，姚海军进入《科幻世界》杂志社，承担科幻迷的管理工作，这意味着，由姚海军独立创办的科幻文学俱乐部与由杂志社牵头建立的俱乐部开始融合，一个整体性的科幻圈正在形成。

可以看出，不管是科幻迷还是科幻作者与编辑，都是以发展中国科幻文学为己任，以自己的微薄之力促进着中国科幻文学的发展。在中国科幻文学复兴初期，面对着艰苦的环境，这批具有理想主义精神的科幻迷笑称自己在进行"傻瓜的事业"⑤。在"炮制庸俗小说或做书生意可以大捞其钱"⑥的时候，他们却"坚持在贫瘠的土地上栽种科幻之花"⑦。

在科幻圈建立初期，科幻迷们其实已经朦朦胧胧地感受到科幻文学的边缘地位，开始直面科幻文学的特殊之处，谋求科幻文学独立的发展空间。但是，他们又没有做好和主流文学"分手"的准备，仍然期望获得主流文学界的认同，仍旧在一定程度上向主流文学界靠拢。

在美国，科幻文学领域与主流文学领域是保持一定距离的。美国科幻的问题不单单有文学领域中的基本力学法则，还有着文学场外的商业场的力学原则，所以，其中科幻与主流之间的疆界是分明的。⑧这种疆界的分明当然不是指科幻文学圈与主流文学界之间完全不通信息，也不是指科幻文学与主流文学绝不产生任何交集，而更多的是指科幻文学具有相对独立的价值评价体系，科幻作者们并不在乎是否得到主流文学界的认可，他们更关心的是自己的著作能

---

① 吴岩：《30年，与〈科幻世界〉相遇的13个瞬间》，载于《科幻世界·30周年特别纪念》，2009年，第49页。
② 吴岩：《30年，与〈科幻世界〉相遇的13个瞬间》，载于《科幻世界·30周年特别纪念》，2009年，第49页。
③ 星河：《我们都是科幻迷》，《科幻世界》1993年第1期，第22页。
④ 星河：《我们都是科幻迷》，《科幻世界》1993年第1期，第22页。
⑤ 牛编辑：《傻瓜的事业》，《科幻世界》1995年第4期，第1页。
⑥ 牛编辑：《傻瓜的事业》，《科幻世界》1995年第4期，第1页。
⑦ 牛编辑：《傻瓜的事业》，《科幻世界》1995年第4期，第1页。
⑧ 吴岩：《科幻文学论纲》，重庆出版社，2011年版，第49页。

否获得商业上的成功和科幻迷们的喜爱,科幻界与主流文学界显然有着完全不一样的话语模式和评价标准。而在中国科幻圈中,情况是不一样的。由于科幻文学独特的性质和其曾经遭遇过的误解,科幻迷们已经意识到中国科幻文学与纯文学之间的差别,它需要摆脱政治、文化和主流文学领域的干扰,从科幻本身的特性出发,形成一个与主流文学迥然不同的评价标准。

科幻迷郑军就曾撰文说明科幻文学应该保持自身的特性,不再迎合主流文学界对它的认知。他反驳科幻文学"科普论",认为"科幻小说有其自身的内在的发展规律,并不简单地等同于科学技术的探索、研究"[1]。他还意识到应该突出科幻文学本身的通俗和商业属性,呼吁"我们中国科幻作家最需要考虑的只是:抓住读者,抓住尽可能多的读者"[2],他更是反对把科幻文学硬塞入儿童文学的范畴内,为"中国科幻作品较普遍存在儿童化、幼稚化的倾向"[3]感到忧虑。尽管郑军针对中国科幻文学提出的观念并不都是正确的,但是这些意见证明中国科幻迷们已经认识到科幻文学的特性,开始反思以往主流文学界在对科幻文学的认知上所存在的误区,在为科幻文学的发展谋求相对独立和不受干扰的空间。连《科幻世界》的社长杨潇也意识到"文以载道"这种纯文学传统对于科幻文学的伤害,认为"我们SF界对社会有一种严肃的责任感,关注环境,关注人类自身,关注科技发展对社会对人类的影响。主题往往沉重,笔调不免凝重,氛围时时灰暗"[4],从而提出了"但在我们的科幻里,能否也给轻松娱乐的SF留一席之地呢?"[5]追求科幻文学的娱乐性,尝试回避过于沉重的主题,这种理念已经不仅是在反思科幻文学具体的创作问题了,而是在展示与强调作品意义和深度的纯文学界的疏离。可是,彼时中国科幻文学的羽翼并未丰满,它还需要借助主流文学界来扩大影响力,而中国的文化政治环境也在一定程度上决定了科幻圈是不可能脱离主流文学界独自发展的。在中国科幻圈已经形成的前提下,中国科幻文学仍旧渴望在主流文学界中获得一席之地,获得被大众读者正视的机会。因此科幻文学圈对主流文学界仍旧表现出趋之若鹜之态,这主要体现在科幻圈对于纯文学领域人才的重视上。在1994—1998年间,《科幻世界》从纯文学领域吸收进来大量人才,如《四川文学》主编陈进就一直担任《科幻世界》的文学顾问,而长期担任《科幻世界》杂志编辑的田子进原来则是在《青年作家》这一纯文学杂志期刊工作。1997年,已经在纯文

---

[1] 郑军:《关于科幻创作的断想》,《科幻世界》1997年第12期,第56页。
[2] 郑军:《关于科幻创作的断想》,《科幻世界》1997年第12期,第56页。
[3] 郑军:《关于科幻创作的断想》,《科幻世界》1997年第12期,第56页。
[4] 杨潇:《青岛初识高薇嘉》,《科幻世界》1998年第12期,第42页。
[5] 杨潇:《青岛初识高薇嘉》,《科幻世界》1998年第12期,第42页。

学界崭露头角的作家阿来也被招入了《科幻世界》杂志社，并在1998年成了策划总监，开设了自己的科技科普专栏。尽管这些来自纯文学领域的编辑们对于科幻文学本身可能并没有很深的认识和了解，但是他们在《科幻世界》中被委以重任。阿来自己曾说："当年，一个偶然的机缘，我进入《科幻世界》杂志工作。那时，对科学，我是十足的门外汉；对科幻，甚至于一切类型文学也都是门外汉。"①而《科幻世界》为何要大量吸纳这些来自纯文学领域的"门外汉"呢？除了欣赏和需要他们在纯文学领域表现出来的出众的才华外，更多的是希望他们搭建起一座沟通科幻文学和主流文学界之间的桥梁，更快地让中国科幻文学了解主流文学的审美趣味和评价标准。

在这类思想的主导之下，却有一批对科幻文学有着更深的理解和思考的科幻迷在《科幻世界》中遇冷了。为科幻迷领头人物的郑军和姚海军进入《科幻世界》后，一直在做着主持科幻迷俱乐部的边缘性工作，没有进入实质性的编辑岗位，最后郑军离开了《科幻世界》杂志社。这其实已经从侧面证明，中国科幻圈还是在受主流文学的影响，不可能完全成为只为科幻文学而生的飞地。除此之外，科幻文学圈显然还在寻求与主流文学界进行"跨界合作"的可能。中国科幻银河奖的颁发应该是科幻圈内部的一桩大事，但是在1998年举办的中国科幻银河奖颁发典礼上，到场的不仅有一些科幻作家和科幻迷，还有一批在主流文学界和学术界具有影响力的人员参加，如历史学家顾晓鸣，复旦大学教授陈思和、《萌芽》杂志主编赵长天、上海科协副主席钱雪元、中国科普作协副秘书长等人。邀请他们出席这一科幻盛会，作为主办方的《科幻世界》杂志显然不仅仅是想让他们从不同角度来评价科幻文学创作上的得失，更多的是想借助这些专家、学者和其他领域作者的力量来扩大中国科幻文学的影响力。而在王晋康作品研讨会上，除了一些科幻作家外，一些主流媒体的编辑们也出现在了这个会议上，如《人民文学》副主编王扶、《地火》杂志副主编古耜等。可以发现，科幻文学圈并不愿意让科幻文学的发展囿于科幻圈之内，而是希望让更多的科幻作者能够被主流媒体、主流文学界所接受，让更多的读者、研究者了解科幻文学的动向，以期改变科幻文学的边缘地位。只是这种努力是否起到了作用，起了什么样的作用还值得商榷。

科幻圈的出现到底会对中国科幻文学造成什么影响呢？首先，科幻圈的出现为中国科幻文学带来了生机与活力。不仅有很多科幻明日之星来自科幻圈，很多科幻研究的学者和评论家也出自圈内。如星河、柳文扬、杨鹏等人都是科幻迷，并最终都成了科幻作家。而姚海军作为曾经科幻迷的"头"，在

---

① 阿来：《大雨中那唯一的涓滴》，陕西师范大学出版社，2017年版，第1页。

进入《科幻世界》后挖掘和培养出了一批科幻新人,在科幻圈中早已经小有名气的吴岩更是在科幻研究中取得了成功,把科幻文学带入了学术殿堂。

其次,科幻圈的形成有利于独特的中国科幻观念的形成。尽管中国科幻圈和主流文学界有着千丝万缕的联系,但是仍不能否认,其在一定程度上为中国科幻文学的发展提供了相对独立的空间,更多熟悉科幻文学作品和理论的作者和读者能够在科幻活动中进行对话,从而共同促进中国科幻文学的发展。

综上所述,在1994—1998年间,《科幻世界》有着明显的"精英化"倾向,它不断提高刊登的科幻作品的质量,向成人读者市场进军,同时大量具有良好科学素养和深厚人文精神的学子进入科幻文学界,这既是《科幻世界》杂志"精英化"后的表现,也是其"精英化"所带来的结果。这批年轻作者的加入一定程度上促成了科幻圈的形成,为中国科幻文学带来了不一样的活力。

第二节 "科学控"写就的"青春"科幻

新的科幻作家群体的出现,以及科幻圈的形成,都在改变中国科幻文学的面貌。这批科幻作者拥有与老一辈科幻作家们截然不同的生活经历和教育背景,对科幻文学有着不同的理解和认知。这一时期的科幻作家虽然并非都来自大学校园,但是他们都具有极强的科学精神,强调作品中的逻辑性,重视科幻作品中闪现出的智性色彩。不过,这并不意味着他们都是技术中心主义者,他们也并非都擅长写作"干货"极多的硬科幻作品。他们不是唯技术论的"技术控",而是崇尚科学精神的"科学控"。他们不再把科幻文学作品作为主流文学的附属品,不再把人物形象塑造和情感的抒发放在首位,而是重视寻找新的科幻构思和科幻题材,不仅带领读者领略最先进的科学技术,还尝试从不同的角度阐释科学和技术。科技发展所展示的巨大潜力和他们对未来的美好憧憬,让这批科幻作家选择性地忽略了平庸而无味的现实,更愿意在自己的作品中用炫目的技术细节来吸引更多读者的目光,而不愿用过分灰暗的笔调来对无趣的现实世界作详细的描述,也无意对烦琐的人际关系和道德伦理进行更深入的思考。

当然,对科学世界的热爱并不意味着这些科幻作家不重视对人类情感和欲望的表达,他们的作品同样也透露出对美好爱情的向往,对人世间真善美的欣赏。但也许是因为这些初出茅庐的高校科幻作家们还处在"少年不识愁滋味"的阶段,又或许是因为在知识的加持下,他们对美好的未来有着极大的信心,这一时期的科幻作品中鲜少看见种种情爱悲剧，就算无法给读者一个大团圆的结局，也尝试以绚烂的过程弥补结果带来的巨大遗憾。

这些"科学控"使中国科幻文学进入了"青春期"，这一时期的科幻文学作品处处闪现着科学与理性之光，时时展现着昂扬和积极的情绪，不仅使中国科幻文学摆脱掉了复兴初期科学性薄弱的缺点，更为其增添了无穷的趣味。可惜的是，这一时期的科幻文学作品较为关注对科学技术的想象，而缺少对未来科技社会的人伦关系、人类心理的探索。而喜欢在科幻作品中展现人伦道德之思、具有极强民族意识的王晋康则成为这个时代的"异类"。

一、炫酷超前的科幻新章

在1991—1993年中国科幻文学逐步复兴的时期，出现了许多优秀的科幻文学作品，但是大多都是幻想性更加突出的"软"科幻作品，科学性薄弱成了这些作品中较为常见的问题。重视科学精神和关注科学事实的新一代科幻作家们在一定程度上改变了这个现象。这批科幻作者并非都具有自然科学的教育背景，但是比前代科幻作者们更强调科学逻辑和科学精神；他们虽然并非都是科技领域的专家，但是能够接触到最前沿的科技资讯；他们虽然并非都是技术控，却能感悟科学和技术之美。专业的知识和素养让他们在设定科技背景的时候如鱼得水，对前沿科技资讯的高度敏感使他们在想象未来科技时如虎添翼。他们已经无意再以无据的科幻"白日梦"来博人眼球，也无意于以粗糙的未来机器救人于水火，而是更愿意写出炫酷的技术细节震惊世人，渴望以精妙的逻辑征服读者。他们以对新兴技术的大胆想象开启了中国科幻的新篇章，他们以对科技之美的精细描绘打开了中国科幻的新纪元，他们充当了大众读者在科技上的启蒙者，不仅带领读者见识到了最前沿的科学技术，更让读者领略到了科技之美。

这些科幻作家重视新颖的科幻构思，尤其喜爱把现实中最新的科技运用到自己的作品之中。虽然他们的作品对科技资讯的吸收可能并不准确，但确实把最前沿的科技词汇和概念传递给了读者，激发了读者对科技和科幻的无穷兴趣。

尽管把科幻文学看作关于未来科技的"预言"这个观点是不完全正确的，但是任何人都不能否认科幻作品与先进科技之间的联系。快速发展的科技为科幻文学的创作提供了创作的"养料"，而科幻文学则起到帮助读者理解科技的作用。在传播新的科学理念和技术方面，以星河、王晋康等人为首的新一代科幻作家比20世纪90年代初期的科幻作家做得要好。早期科幻作家由于受到"科文之争"的影响，在对新技术的想象上十分保守，要求尽量做到准确与真实。如在科幻文学复兴初期大放异彩的绿杨，就认为自己的"作品风格比较拘谨……反对科幻作品神怪化，不渲染孤胆英雄式人物"[①]。此外，受限于创作者的知识背景和实际情况，并非所有科幻作家都能对最新的科技讯息了如指掌。而在更为自由、资讯更为发达的社会中成长起来的科幻作家们显然没有那么多禁忌，在高等学府中接受过教育的他们也会关注到当下最流行的科技议题，因此他们在有意无意之间以其作品对读者进行着科技的启蒙。

以互联网为例，截至2020年6月，我国已经有9.4亿网民[②]，电子计算机和移动终端设备早已走入大多数中国家庭，遍布每个行业。但是，在20世纪90年代，互联网、电脑对于大多数中国人来说还是十分陌生的。1987年，一封北京发往德国的电邮向世界宣告了中国"入网"的消息。可是直到1994年，中国才最终实现与国际互联网的第一条TCP/IP全功能链接。[③]1995年，电信局虽然已经向社会提供互联网接入服务[④]，可是由于昂贵的电子设备和上网费用，互联网离真正走入平常百姓家仍然有一段距离。直到2001年，也只有3.8%的居民对"Internet"（网络）这一科学术语有所了解。[⑤]而在1996年，《科幻世界》上却刊发了星河所写的《决斗在网络》。这部作品大胆地对网络世界进行了想象，是中国第一部与互联网有关的科幻作品，甚至被认为是中国赛博朋克小说的开山之作。[⑥]在这部作品中，星河以一对少男少女的爱情故事为主线，把抽象的网络世界以具象的方式呈现在了读者面前。作品中的主人公，即来自心理学系的"我"，是个电脑高手，对网络世界有着无穷的好奇心。在一次"闲逛"中，"我"发现了一个名为QIANGE@04.BNU.CN的邮箱。通过这个邮箱，"我"阅读了主人的日记，并对这个"女生"芳心暗许。可惜半路杀出了一个程咬金，一个来自数学系的"男生"也发现了这个邮箱，并因邮箱中的日记对其主人萌生了爱意。为了捍卫爱情，"我"与"他"相约在虚拟世界进行

---

① 绿杨：《空中袭击者》，《科幻世界》1994年第6期，第14页。
② 中国互联网络信息中心：《中国互联网络发展状况统计报告》，http://www.199it.com/archives/1128499.html。
③ 长安剑：《中国互联网三十年，三个表情！》，https://www.sohu.com/a/208362276_115376。
④ 长安剑：《中国互联网三十年，三个表情！》，https://www.sohu.com/a/208362276_115376。
⑤ 王晶莹、张跃、孟红艳、任福军：《中国公民科学素养调查纵向比较》，《科技导报》2013年第33期。
⑥ 高亚斌、王卫英：《试论科幻作家星河及其赛博朋克世界》，《河北科技大学学报（社会科学版）》2014年第2期。

决斗。可是随着战斗进入白热化,"我"才发现"他"竟然是个女生,我们之间的决斗不过是一场美丽的误会。在这个故事之中,网络世界具有明显的工具性质,它所具有的开放性、自由性和刺激性等特性促成了这个甜蜜的校园爱情故事。但是星河并没有像以往的科幻文学作品一样只对其进行干瘪的介绍,而是努力把扁平的二维网络拓宽成立体的三维世界,他避开枯燥无味的专业介绍和晦涩难懂的专业名词,把日常生活中的经验移入虚拟世界中,让读者对网络有了直观体会。如他把全校的公共网络比喻成"主干道"[1],而信息门户和邮箱等则隐藏在"备用分支道"[2]上,弥漫在网络上的病毒则成了"一团团乌云"[3],难以攻克的密码其实不过是一把"钥匙"。网络世界中的行动也被具象化了,攻破邮箱犹如打开现实世界中的一道门,在邮箱被破解的那一刻"我仿佛听到钥匙打开门锁的悦耳嗒嗒声";"我"与神秘人的"斗法"不过是在"信息高速公路上设卡子"[4]和在"乡间小道上盯个梢"。由0和1组成的数字网络世界转瞬之间就变成了生动形象的现实世界,星河利用精准的比喻向读者传递在这神奇的网络世界徜徉的奇特感觉。这种描写显然已经足够生动和具体,可是星河却还嫌不够,他让意识进入互联网络更近距离地观察这个世界。此时的作者已经不只是在传递上网带给人的客观感受,而是想要揭示他心目中网络世界和网络交流的本质。当"我"与对手都抛弃了本体,以意识的形式在网络世界纠缠的时候,我们之间已经没有了恨,只有诉不尽的衷肠与道不尽的暧昧,从而达到了灵魂的高度统一。透过意识互相拯救和纠缠的画面,可以窥见作者星河对虚拟世界无限的好感和对虚拟交往无穷的信心。只有在这个世界之中,人类才能抛却偏见,达到真正的统一。这部作品没有涉及网络的黑暗面,也不曾对网络上的道德伦理进行更深入的思考,但是对于"创作的时候还没有真正上网"[5]的星河来说,能够想象出一个如此炫酷超前的网络世界已经难能可贵了。

精彩刺激的"决斗"场面、神秘莫测的网络世界,都让科幻迷们对这部作品产生了深刻的印象,正如星河自己介绍这部作品时所说:"这是我对网络科幻的一种尝试,创作的时候还没有真正上网,可据说它为读者怀念了很久,很

---

[1] 星河:《决斗在网络》,《科幻世界》1996年第3期,第2页。
[2] 星河:《决斗在网络》,《科幻世界》1996年第3期,第2页。
[3] 星河:《决斗在网络》,《科幻世界》1996年第3期,第4页。
[4] 星河:《决斗在网络》,《科幻世界》1996年第3期,第5页。
[5] 星河:《决斗不止是在网络》,载于《科幻世界·30周年特别纪念》,2009年,第232页。

多早期网民都记得它。"①之所以能够让这么多读者印象深刻,除了因为其本身是一部优秀的科幻作品之外,更是由于它所涉及的最新科学领域和所开辟出的科幻题材。星河随后又创作了不少与网络相关的科幻作品,如《带心灵去约会》《大脑舞台》等,但是他认为其"样式和内涵都没有超过《决斗在网络》"②。很多科幻迷把星河的作品视为自己的网络启蒙读物。有读者利用这些作品"搞清楚了电脑名词"③,而有些读者则直言星河营造的网络世界"是我没见过互联网之前对网络的第一印象"④。在星河之后,《科幻世界》杂志刊发了大量与网络世界相关的作品,如杨平的《MUD——黑客事件》、陈岚的《猫捉老鼠的游戏》、宋宜昌和刘继安的《网络帝国》、宋释的《双重人生》等。这些作品都借助跌宕起伏的故事情节创造出了精彩纷呈的网络世界。

除了互联网这一技术外,克隆技术也是新一代科幻作家们笔下的热门话题。1997年,国内外媒体报道了克隆羊多莉的存在,随后,克隆技术这一话题在我国掀起了热潮。早在1996年,我国的科幻作家潘海天就已经创作出了与克隆这一议题相关的作品。他所写的《克隆之城》获得了1996年中国科幻银河奖三等奖。在潘海天所创造的克隆之城中,克隆人被当作士兵、奴隶,他们的驯顺和能干造就了一个强大的帝国,但是他们完全没有选择自己生命的自由。"我"作为这个克隆帝国的继承人,本应该继承父亲的遗志,继续这个克隆帝国的辉煌,但是具有反抗精神的克隆女孩珍妮点燃了"我"心中的爱火,也让"我"开始反思这个建立在他人意志之上的帝国的合法性。最终,"我"选择解散帝国,让克隆人得到自由。作者没有在克隆技术上作过多的描述,而是把关注点集中在对克隆人身份的思考上。作品中,对于詹姆斯·奥古斯这个克隆之城的创立者而言,这些来自实验室里的克隆人就应该低人一等,因为他们不是独一无二的个体,而是利用科技批量生产的,他们是根据需要被"定制"的。可是迫切希望改变命运的克隆女孩珍妮和克隆叛军们并不这样想,他们渴望自由和平等。克隆人身份的暧昧性和不道德性由此产生,他们具有人类的精神和意志,却无法被传统的人类社会所接纳,只能与创造自己的"上帝"展开最激

---

① 星河:《决斗不止是在网络》,载于《科幻世界·30周年特别纪念》,2009年,第232页。

② 星河:《决斗不止是在网络》,载于《科幻世界·30周年特别纪念》,2009年,第232页。

③ 见豆瓣平台《网络游戏联军》图书页面网友评论,https://book.douban.com/subject/2003841/。

④ 见豆瓣平台《网络游戏联军》图书页面网友评论,https://book.douban.com/subject/2003841/。

烈的搏斗，试图来确认自己存在的合法性。而当人类面对这一科学的神迹，又将如何自处？是承认他们为人的资格，还是把他们视作工具？若克隆这个潘多拉的魔盒真的打开，人类将面临的是难解的道德和伦理困境。当彼时的新闻媒体还在梳理克隆技术的发展历程的时候，潘海天已经先一步考虑到了克隆技术所涉及的科学伦理问题。在1997年第二期《科幻世界》上，刘维佳也发表了名为《时空捕手》的作品。该作品把时间旅行与克隆技术结合了起来，对克隆技术可能带来的道德危机和认同困境进行了想象和思考。

根据这些作品可以发现，这一时期的科幻作家绝对不只是做最新科技的"传声筒"，在作品中随意加入一些新鲜的科学名词，而是尝试带领读者们对科学问题进行更深入的思考。虽然他们不认为科幻文学隶属于科普文学，但是他们的作品确实起到了科普的作用。一位科幻迷在1994年前后接触到了《科幻世界》，他承认："通过《科幻世界》，我知道了'机器人三定律'、'薛定谔的猫'等科幻专有名词，还知道了克隆、基因、网络、人机交互等新的科幻题材。"①

除了以新颖的科学"热词"来向读者进行科学概念和知识的启蒙之外，这个时期的科幻作家们还通过对科学和科技的诗意阐释，传递和展现科学与技术之美。这不仅改变了科幻文学的面貌，也在改变大众读者对于科技的认知。

对技术之美的阐述与书写，在新中国成立之后的科幻文学作品中其实并不常见。大部分科幻作品往往单刀直入地对科学现象进行介绍，这类介绍因为涉及难解的科学名词和高深的科学原理，所以常常与叙述情节脱节，与科幻小说本身所营造的意境不符，难以带给读者好的阅读体验，更不要说具有审美价值和趣味性了。可以说，在很长一段时间里，科学技术之中所蕴藏的美感并没有被太多的科幻作家所重视，更没有被他们所表达。这既与科技本身的特性相关，又与早期科幻作家的创作目的相关。科学技术一直是以其实用性而被大众所认知的，与绘画、音乐等艺术形式有着极大的不同，挖掘科学技术中蕴含的美感，看起来不仅没有必要，而且具有写作上的难度。而早期的科幻作家一方面深受科幻"科普论"的束缚，在创作中主要突出科技的实用性，传递有用的科学知识，自然无暇顾及对科学之美的发掘。此外，作者若要传递科学之美，首先必定要能够感悟科学中美的一面，这要求科幻作家具有极其丰富的科学知识，对科技有着天然的兴趣。而这对于当时很多临时"转行"的文学编辑和科普作家来说，要求未免有些太高了。但是对于身为"科学控"的新一代科幻作家来说，他们在培养科学兴趣和发现科学之美上有着得天独厚的优势。首先，

---

① 司建升：《我的科幻三部曲》，载于《科幻世界·30周年特别纪念》，2009年，第297页。

他们在很早的时候就已经形成了对科幻文学的兴趣,并通过科幻作品体会到了科学与技术所独有的魅力。如科幻作家柳文扬就曾说:"未知领域是我们真正的快乐源泉。无论太空、海洋,还是看不见的原子内部世界,都在热切地对我们说着一个字:'来'!"[1]而以科幻文学而不是以课堂知识为载体了解科学知识,实际上使他们在一定程度上形成了对科技的感性认知。其次,社会文化的变迁也给他们提供了极为便利的条件。20世纪80年代后,世界科学技术发展迅速,科学技术领域的新产品层出不穷。[2]而在20世纪90年代,得益于改革开放政策,我国也搭上了这班科技发展的顺风车,新一代的科幻作家们更容易吮吸到科学的甘露,感受到浓郁的科技氛围,这都有利于他们超越实用的角度去理解科学和技术。

在科幻作家自己能够深刻感受技术之美的前提下,他们又如何把这种美感传递给读者呢?一个最重要的方式和手段就是把科学技术与音乐、美术等可以直观地带给大众审美体验的艺术形式联系起来。换句话说,就是以音乐、绘画或者文学等方式来呈现科技,调动普通读者已有的审美经验。王晋康在他的作品《生命之歌》中就把人类的DNA序列想象成一首歌曲。在这部作品中,研究生物学的老教授孔昭仁希望破解人类的生命之谜,想要从生物学的角度来解答人类为何具有生存欲望,找到人之所以为人的答案。而人类的DNA排列则为他提供了重要的线索。孔昭仁从生物DNA的排序规律中发现了其与乐谱的相似性,当他终于从数千种生物的基因之中找到这一科学难题的答案之后,他不是以公式和论文来公布他的结果,而是以音乐来阐述这一生物学上的谜题之解。科学不再是佶屈聱牙的理论名词,不再是晦涩难懂的理论,而是一曲美妙的音乐,这首生命之歌"时而高亢明亮,时而萦回低诉,时而沉郁苍凉,它显现了黑暗中的微光,混沌中的有序。它倾诉着对生的渴望,对死亡的恐惧;对成功的执著追求,对失败的坦然承受"[3]。当复杂的科学事实被转化成极度感性的乐曲时,对人类智识具有极高要求的科学理论也变成了可以靠感觉去品鉴和欣赏的艺术形式。在两种形式转变的过程中,普通的读者对科技之美的感受变为可能。并非所有读者都阅读过高深的科学理论著作,但是很多读者都听过音乐;并非所有的读者都能理解科学背后的深刻意义,但是都能凭借自己的感受对美妙的音乐作出反应。读者能够将对音

---

[1] 柳文扬:《作者自述》,《科幻世界》1994年第7期,第2页。
[2] 艾志强、张正兴:《邓小平科技思想的发展历程探析》,《辽宁工业大学学报(社会科学版)》2014年第5期,第41—43页。
[3] 王晋康:《生命之歌》,《科幻世界》1995年第10期,第21页。

乐之美的感悟延伸到对科技之美的理解上,一位读者就曾针对这部作品作过如下的评价:"我最喜欢王晋康的《生命之歌》,读毕掩卷,全身心仿佛沉浸在'生命之歌'那永恒的旋律中,似乎那袅袅余音仍萦绕在耳畔,它激起了我最深沉最美好的情感,感谢王先生的美文!"[1]这位读者显然就是在借用对音乐的审美来理解和感受科学的魅力。

除此之外,这种由科学到音乐的转变更为读者提供了一个看待科学的不同角度:科学不仅有实际的功能,还具有审美的价值;科技不仅具有冷硬的一面,也具有极其感性的一面。在由雷良锜创作的科幻小说《神曲》中,中微子辐射图变成了一曲曼妙的小提琴曲,传达出外星文明的善意。在这部作品中,"我"作为一名年轻的研究员,正在帮助学术界泰斗黎沫教授进行太阳中微子辐射理论的验证,但是我们花大力气制造的机器却无法记录到符合理论的数据,这显然是一次失败的试验。"我"从废弃的试验记录中,发现"那条曲线很美"[2],尽管这段记录被其他学者认为毫无意义,但是"我"不肯放弃,忍不住用波谱分析仪重新处理了材料,并把这段看上去很和谐的试验记录发送给了自己的未婚妻,她是一个小提琴手。没想到这团毫无规律的数值竟然被谱写成了乐曲。人们被这段乐曲"带入了梦幻般的仙境",在乐曲营造的仙境中,他们看到了"一片静谧的森林,树荫翁郁,琼英缤纷,百鸟和鸣,麋鹿嬉戏",还看到了"一个缥缈的精灵,宛如敦煌壁画中持琴的'飞天'。只见她莲步轻移,仙袂翩飞,在林间翩翩起舞……"[3]来自宇宙的文明信号通过音乐被直观地演绎为"天外飞仙"的图景,作者不仅让科学与艺术进行了结合,更让科学与中国神话进行了融合,外星文明的代表不再是飞碟与其他高科技产品,而是盘旋在敦煌墙壁上的"飞天",神秘的外星信号与古老的民族幻想融合在了一起,能够带给读者更加直观的审美体验。

可以发现,这一阶段的科幻作家没有直接表现科技的魅力,而是借助别的艺术形式来展现科技之中所具有的美感,这与后一阶段以刘慈欣为代表的技术控们的作品有着较大的不同,后者时常通过描绘机械时代宏大的场面和让人震撼的机器力量来展现科技中蕴含的力与美,并不需要读者再借助其他的审美经验来体验科技的美妙之处。

1994—1998年期间的科幻作品未曾如此直接地表现科技的美感,常常难以直击科技之美的内核,不过这并不意味着这些科幻作品在展现科技之美上毫无

---

[1] 陈郁:《智慧绿茵场》,《科幻世界》1995年第12期,第32页。
[2] 雷良锜:《神曲》,《科幻世界》1996年第1期,第20页。
[3] 雷良锜:《神曲》,《科幻世界》1996年第1期,第20页。

价值。这些作品打破了曾经人们对科技的偏见，引领读者去注意科技在实用性之外的特点。这对科幻文学的影响同样是巨大的，科幻作者们描述科技之美的背后，是他们在寻找新的语言和方式来阐释科技。这一时期的科幻作者们不愿意再以科普式的语言来讲述他们的科学构想，也不再执着于表现真实的技术细节，而是希望在合理想象的范畴之内改变科学冷硬的面貌，尽可能引起读者的共鸣。

综上所述，这一时期的科幻作家大都是科幻迷出身，接受过正规的科学教育，不管对科学本身还是对科幻小说都有着更深入的理解。他们较为重视新颖的科幻构思，关注时代前沿的科技资讯，所以他们往往能够捕捉到时代的技术热点，能够以别出心裁的方式来诠释科学技术。他们的作品中时常有对最新科技的想象，有对最尖端科技的思考，也有对技术之美的挖掘，这批科幻作家在无形之中扮演着读者在科技知识和科技之美方面的"启蒙者"。这一时期的科幻作品在科学性和幻想性上都有了突出的发展，但是与现实世界却有着明显的疏离感，这与1991—1993年的科幻作品形成了鲜明的对比。

二、远离现实的科学巧思

在《科幻世界》杂志改名初期，其所刊登的科幻作品大多与现实世界有极为紧密的联系，这些科幻作品要么反映了现实社会中存在的问题，要么表现了普通民众最普遍的诉求。但是在1994—1998年期间，我国科幻作品的内容和精神内核都出现了转变，不再执着于对现实世界的复刻，也不再热衷于批判现实生活中的阴暗面，而是对刻画出一个与现实世界迥然不同的科学世界充满了兴趣。这个科幻世界不再完全以人类为本位与中心，而是以整个宇宙和其他族群为书写对象；这个世界不再只有能够解决人们实际困难的科学产品和科学技术，也有了对玄之又玄的宇宙哲学和人生哲理的探索；这个世界里不再只有现实世界的满地鸡毛和平庸苍白，而是成了充满游戏、武侠元素的乐园。这一时期的科幻作家们正在抛开现实世界的束缚，利用自己的想象不断探索和发掘新的主题，并以新的角度看待旧的科幻议题。不过，这并不意味着他们无视现实世界的规则，或者完全对社会现实避而不谈，而是指他们在创作中不再一味关注客观现实，不再仅仅把科幻作为手段去讨论现实世界中存在的问题。这一阶段的科幻作家更愿意以轻灵的想象、缜密的逻辑和丰富的知识去构建一个独立于现实之外的科技世界，在这个世界中尽情挥洒他们的奇思妙想，因此，他们的作品也显得不那么"接地气"。

首先，这一时期的科幻作品逐渐摆脱人类中心视角，开始有了与人类族群毫无相似点的外星种族出现，更关键的是，曾经占据中国科幻史巨大篇幅的国家发展、民族崛起等议题此时变得相对少见，反而是一些思考宇宙未来、种族共存的主题更为常见。

对外星族群的想象贯穿着整个科幻文学史，中国科幻也不能免俗，可是中国科幻文学作品在对外来种族的想象上总显得有些乏善可陈。在金涛的《月光岛》中，来自天狼星的外星族群与地球人没有什么太大的区别，他们可以在人类世界生活几十年而不被发现。而在《织女恋》《女娲恋》等20世纪90年代初期的科幻作品中，这些外星人虽然来自距离地球十分遥远的星系，可是在外形、心理上与地球人也没太大的差别，不仅帮助人类发展科技，还与人类心意相通。可是在1994—1998年间，我国科幻作家们似乎已经看腻了与人类相似的外星人，不再愿意以人类为蓝本来创造其他外星种群，他们也不再对具体的社会问题和事务感兴趣，而是更愿意在天马行空的想象中谈论和探索人类族群的归处。

以星河的作品《同是天涯沦落人》为例，这部作品讲述了人类与其他外星种群相互协作共同进行太空旅行的历史。这部作品的情节极其简单，既没有力量强大的反派对手，也没有险象环生的宇宙历险，连主题都显得有些过于平淡，不过是流落异乡的"俘虏"们渴望回到故乡。但是这部作品与其他关于宇宙冒险的科幻作品显得极为不同，其亮点不仅在于作者创造出了极具特色的外星"人"，更在于它展示出了人类族群在对待外来文明时采取的平等态度。"我"作为人类的一员，在一艘空旷的飞船上遇到了两个外星人。这两个外星人，一个是有着"一身粗陋的绿皮"①和爪子的"智慧生物"，一个是犹如璀璨宝石的"智慧体"②。他们两个拥有与人类完全不同的能力，"绿皮"能够飞快地学习任何语言，而"水晶"则能够读懂宇宙中的所有文字，但是他们都没有地球人所具有的推理、分析能力，可以说很难看出他们与人类的相似点。"我"并没有因为他们怪异的容貌而惊慌失措，也没有因为他们能力上的缺陷而显得自傲，而是以一种平等、宽容的态度来接纳这两个同样倒霉的外星旅伴。在寻找归路的途中，我们三人通力合作。"我"利用人类的推理能力弄清了事情的真相，"水晶"负责与飞船的控制系统沟通，而"绿皮"则用相应的语言进行操作和指挥，最终合力控制了飞船。在这部作品中，作者摒弃了以往的低阶文明感动、感化科技更加发达的高阶文明的模式，而是让各种文明和谐共处、共

---

① 星河：《同是天涯沦落人》，《科幻世界》1995年第4期，第18页。
② 星河：《同是天涯沦落人》，《科幻世界》1995年第4期，第18页。

同协作。这种与外星文明不同的互动模式，意味着我国科幻作家对宇宙和地球文明认知观念的转变。

外星高阶文明在技术上启蒙和帮助地球低阶文明，地球低阶文明则凭借其所蕴含的人性之美来感化高阶文明，这是上一阶段中国科幻作品时常出现的"套路"。这种与地外文明的相处模式看似包含着科幻作家对地球科技不够发达的自卑，实则显示出一种对自身文明的自负。这种看似自卑实则自负的矛盾态度，是科幻作家以人类文明为中心产生的态度，他们以人类文明立场来观量外来文明，在承认外来文明科技发展更为出色的同时，依然认为自身文明更具有优越性，这种认知导致这一时期的科幻作品中几乎所有的外星种族都围绕着人类文明而转动。如在《女娲恋》中，明明掌握着先进生产力的女娲却为伏羲所吸引，愿意放弃相伴多年的男友，心甘情愿地为地球文明炼石补天、开枝散叶。尽管这种矛盾的心态和以人类文明为中心的思考方式还会存在很多年，可是从星河的作品《同是天涯沦落人》中已经可以看出其改变。在这部作品中，"我"、"绿皮"与水晶之间没有明显的高低阶文明之分，而是各有所长、各有所短，"我"既"为人类的本能感到骄傲"①，又为"地球的科学感到惭愧"②。同时，作者营造了一个相对平等和自由的环境，特意设置了一艘无主的飞船，三个种群谁也不是飞船的主宰，都是需要逃脱险境归家的"人"。"我"与"绿皮"、"水晶"尽管在能力上有差异，但是在诉求和心态上都惊人的一致，都渴望回到自己的星球，见到自己的亲朋好友。在这里，人类种族不再是特殊的，而是宇宙中千千万万个智慧文明中的一种，既不是脆弱到需要格外照顾的低等生物，也没有强大到成为统领其他族群文明的宇宙霸主。甚至在使用飞船分别归家的顺序上，"我"作为自然生命更短的人类也未曾占到任何便宜，在"以保护最多的生命为原则"③的前提下，"水晶"先到了家，而"我"与"绿皮"只能继续在茫茫宇宙中穿行。作者显然在努力脱离人类中心视角，从整个宇宙文明的角度观照人类文明，把人类文明还原为整个宇宙文明中普通的一分子。他把"人"的特殊性和人类的需要降到了最低，以一种客观的心态来看待外来文明和人类文明。曾经出现在中国科幻作家身上的民族现代性焦虑④虽然并未完全散去，但是在星河这位新一代科幻作家身上已经没有明显的痕迹。

除了星河的这部作品之外，李涛在他的作品《半条虫子》中也创造了长得

---

① 星河：《同是天涯沦落人》，《科幻世界》1995年第4期，第19页。
② 星河：《同是天涯沦落人》，《科幻世界》1995年第4期，第19页。
③ 星河：《同是天涯沦落人》，《科幻世界》1995年第4期，第19页。
④ 詹玲：《民族传统与科学现代的融合——论20世纪后二十年中国神话、历史科幻题材创作》，《南方文坛》2017年第4期，第73页。

像虫子一样的外星人,这些外星生物生活在负立方体空间。他们能够通过舍弃记忆来获取新生。对于人类来说,找到与自己心灵相通的另一半宛若新生,但是对于他们而言,与自己的爱人结合却意味着死亡。面对如此怪异的生物,作为老师的阿可与默风没有因为他们奇特的形体而惊讶,反而安慰道:"你在我们眼里是虫子,人类在你们眼里也是虫子。这没什么不公平的。"①二人也没有因外星人不死的神话对它们敬若神明,反而质疑这条"虫子"所作出的选择。这些描写都证明作者不再从人类的价值立场出发去评价与自己完全不同的文明形态。当然,并非所有涉及外星族群形象的科幻作品都有这种心态的转变,如作品《星兽》中虽然出现了长着蓝色的独眼,一只尖锐的犀牛角,浑身都是蓝色鳞甲,还有一只大尾巴的星兽,但是整部作品仍然没有脱离以人为中心的思想。在作品的最后,这只珍贵的怪兽竟然深深迷恋人类美女,甚至不惜被杀死,里面隐含着异星文化对人类文化的迷恋和崇拜。

其次,这一阶段的科幻作品中有了更多与宇宙真相、生命哲学相关的内容,单纯以具有实用性的新科技和新技术为主题的作品数量在减少。这实际上也是中国科幻文学与现实生活、社会日渐疏离的表现。其中较为优秀的作品有韩松的《没有答案的航程》,这是一部与星际旅行有关的作品。星际航行是典型的科幻题材,可是作家韩松显然不想走前人走过的老路,他没有把外星人、飞船和宇宙等传统的科幻元素放入作品之中,而是把飞船变成了密室,与读者一起探究那幽微的人性。在一艘神秘的飞船中,生物突然从船舱中醒了过来,但是它记忆全失,不仅忘记了与航程有关的一切,更连自己是谁都统统忘干净了。还好它遇到了与它形貌相似的同伴,尽管同伴的状况和它一样糟糕,好歹在绝境中有了依靠。可是随着时间的流逝,航行的真相变得越来越扑朔迷离,食物与水在不断减少的时候,无望、恐惧、孤独等情绪把飞船变成了修罗场,把同伴变成了地狱。在丧失了对自身、空间和时间的认知后,有着人类皮囊的它硬生生地蜕变成了野兽,并在惊惧中杀死了同伴,最终吞吃了同伴的尸首。尽管有不少科幻作品是以飞船失事为背景来探索人性幽暗之处,但是韩松的作品在这方面做得尤为彻底。他在作品一开始就让飞船上的成员直接忘记所有,变成了最原始的动物,以"它"而不是"他"来指代船员。昔日的文明犹如破晓前的微光,似乎已经照亮它们的神志,将要迎来名为真相和救赎的黎明,可是倏忽之间,文明之光再度散去,它们又跌入了蒙昧之中。它们不断同蒙昧挣扎又不断失败,最终让自己彻底堕入兽的境地之中去啃噬人类的尸骨。此时,作者似乎已经不只是在探寻人性的幽微之处了,而是在解构所谓的人性。什么

---

① 李涛:《半条虫子》,《科幻世界》1996年第5期,第22页。

是人性？人性根本就不是人类生来就有的善良的本性，而是被道德、文明和良好物质培养出来的一种后天能力。真正可以称为人性的只有最为原始的生的欲望，是科技和知识赋予了人类所谓的"人性"。在这段谜一般的航程中，作者韩松显然不想要创作传统意义上精彩刺激的旅程，也不试图造出夺人眼球的航天技术，而专注于讨论人的问题，如人到底是什么，人性的具体内容是什么……这虽然与整个人类的生存发展息息相关，但显然不是日常生活中普通民众会思考的问题。这些问题离现实生活实在是太过于遥远了，可是韩松却把这些问题连带着思考这些问题的过程都向读者"和盘端出"了，这不能不看作中国科幻文学超脱于现实世界的一个迹象。

当然，韩松的作品能否代表这个时间段中国科幻文学的转变仍是一个值得商榷的问题，毕竟他是一个个人风格如此强烈的作家，早在1992年就已经写出了《宇宙墓碑》这样充满哲思的作品。可若是考量《宇宙墓碑》《没有答案的航程》这两部作品的发表过程，那便可以断定，这部作品绝对可以作为中国科幻文学风格转变的有力佐证。他的《宇宙墓碑》在当时虽然被《科幻世界》发表，但是又遭遇了退稿与批评，是在台湾《幻象》杂志力捧之后才被重新刊出的，这证明在当时这种以哲思为主的作品并不为科幻界所接受。可《没有答案的航程》是作为被特别推荐的"每期一星"的作品出现在《科幻世界》上的。两部作品不同的经历已经证明中国科幻文学界风格与面貌的转变。

而在杨平的作品《为了凋谢的花》中，对生命真谛的拷问通过男女主角之口得以完成。这部作品也是与孤独的宇宙航行有关，但是不复韩松作品中的恐怖和悬疑，而是多了一层凄婉的色彩，显得多了几分温情。作品中的男主人公曾经是一个机构的研究人员，在地球与火星之间的局势紧张之时，他与同事们奉命研究"重生液"，他成了这种药品的第一个试验者。陡然变化的局势让他登上了一艘没有航向的宇宙飞船，而神奇的药品让他比普通人多出了数十年的生命。在浩渺无垠的太空中，当他孤独地围绕木星而转的时候，作为科研工作人员，他思考的不是与科学有关的命题，而是自己的人生和宇宙。他明白"'重生'的伟大之处，它的价值不在于让你有充足的时间与精力研究科学。不，不在此处，它最重要的作用是使你认清自己"[1]。他分门别类地整理自己的记忆，并在小行星坠落于木星这一瞬间，由对自己的认识上升到对整个人类和宇宙的认知，确立了自身或者整个人类在宇宙中的地位。在男主人公深情而温柔的回忆中，一个残忍的现实被叙述出来：人类误以为自己能够借助科学来

---

[1] 杨平：《为了凋谢的花》，《科幻世界》1996年第11期，第6页。

逆天改命，实际上自己只不过是浩渺宇宙中的一粒细沙，不如张开被数据、试验所遮蔽的双眼，去感悟大千世界中所蕴藏的性灵之美。科学的进步不会带给人永恒的幸福，但是认清自身、感悟宇宙可以给人带来最真切、美好的体验。这部作品由对外部世界的探索转向了对人内心的探索，它省略了很多对男主人公外在环境的描写，专注于阐述主人公内心的变化。现实世界被隔绝在宇宙之外，剩下的只有由人类内心传来的声音。

除了这两部作品，刘维佳的《黑月亮升起来》、倪晓明的《冬之神》等作品也是在远离现实的科幻之境中对人性、生命和死亡等议题进行了思考，但是这并不意味着这一时期的科幻作品都是严肃和哲理化的，更多的科幻作品是把游戏、侦探等通俗文学元素吸收进来，展现出一个个惊心动魄、妙趣横生的科幻"游乐园"。

早在1991年科幻文学"重出江湖"的时候，这一文学类型就已经出现了通俗化的倾向。可能是由于当时科幻作家群体对科幻文学的认知有限，对科幻文学写作的探索还不够深入，这一时期的科幻作品常常出现通俗文学元素与科幻文学的科学性相冲突的情况：作者为了写出动人心弦的故事而忽略了逻辑性与科学原理。1994—1998年，中国科幻文学发展到了新的阶段，情况出现了变化，通俗文学元素与经典的科幻符号在这一阶段有了更好的融合，带有通俗文学特征且科学性与幻想性突出的科幻作品开始大量出现，只不过这些充满惊险与刺激的宇宙战争、未来探险与日常生活的距离却是越来越远了。

在这一阶段，很多科幻作家都创作出了情节跌宕起伏、场面精彩刺激的科幻作品，其中的佼佼者是科幻作者周宇坤，他的作品文笔流畅、人物鲜明、情节新颖，不管是科学性还是幻想性都十分突出。以周宇坤的作品《侠客之行》为例，星际战争、中国武侠等多种元素杂糅在了一起，颇有好莱坞科幻大片的风格。在这部作品中，地球人与艾玛星人为了争夺一个资源丰富的星球布鲁斯塔而大打出手，来自中国的萧若秋与来自美洲大陆的奎斯在这个星际战场上相遇。尽管两个人都是为地球联盟效力的，但是两者的身体条件、战争理念、战术策略都不相同，以至于他们虽然在战场上并肩作战，可并不是互相扶持的战友与朋友。在地球人与外星人的战争结束之后，他们两人之间的战争终于爆发了。星际战争是科幻文学偏爱的主题，因为它所能涵盖的元素实在是太多了，新型的技术、人性的多面、外星文明的多样……都可以被融入这个特殊的背景，而且精彩的打斗场面、残酷的生存法则、绝处逢生的英雄等都刺激着读者的肾上腺素，让他们激动不已、欲罢不能。可因此星际战争也难以出新，因为已有太多珠玉在前，后来的作者要想写出新意谈何容易？而周宇坤却另辟蹊径地把中国武侠精神融入作品中，在大写各种炫目的武器与打斗场景之时，让中国的侠义精神贯穿始终。

具有"少校级国际军衔"[①]的萧若秋能够熟练运用各种先进的武器，是现代化军事院校"世纪罗盘"中的佼佼者。他是一个货真价实的熟稔星际作战法则和规律的未来军人，但是他的身上却能够看到古代游侠的风范。首先从他的作战方式来看，虽然军队使用的武器"太空侠客"十分先进，配有光子炮、光子矢等有极大威力、耗能也极大的远距离攻击设备，可是他却更喜欢用光子剑来与敌人一决高下。他"进入模拟舱，便舞动起光子剑来。他步履矫健，身如飞燕，顷刻间，他周身就被笼罩在一片炫目的光华之中"[②]。在充斥着高科技武器、强调效率与杀伤力的星际战场上，"精通中华武术里的剑术"的萧若秋显然是一个异类，他在战斗中不仅渴望胜利，还注重攻击的艺术性，不仅看重结果更在意获胜的姿态。这与喜欢一味狂轰滥炸的美洲军人奎斯有着极大的区别，中国通俗武侠小说之中令人赞叹的武术精髓在现代战争之中有了另一种被演绎的可能。

从萧若秋对敌人、战争的态度上，可以看到他身上的侠之风范。尽管战争为他带来了荣誉，让他拥有了极高的地位，可是他极度厌恶战争中的杀戮与混乱，千方百计地希望减少伤亡。尽管艾玛人星残害了数以千计的地球人，可是当他看到遗落于战场上的艾玛星孤儿，他不曾动过报仇的愿望，而是搏上自己的性命送幼童回家。萧若秋尽管在战场上游刃有余，但是他并不是一台没有感情的战争机器，我们反而能从他身上看到金庸笔下的少侠杨过、令狐冲等人的影子——虽被人辜负却常存仁慈之心，虽力有不逮却从不临阵脱逃。萧若秋救艾玛星人的孤儿，既似杨过抚养尚在襁褓之中的郭襄，又如令狐冲出手救助仪琳。作者分明是尝试在高度发达的现代科技场域中重新阐释已有数千年历史的中国侠义精神。在西方科幻大片的框架下，在未来文化的语境中，这部作品有着一个古老中国的精神内核。武侠和科幻这两种类型文学，在这部作品中相辅相成，达到了一个融洽和谐的状态。科幻文学中势不可当的求新求变之态，为已经出生千年的武侠小说注入了新的血液，而内蕴深厚的侠之精神则为关注未来的科幻文体提供了一种深耕于历史的精神注解。因此，整部作品不仅在战争场景的描写上不落窠臼，情节富有变化、跌宕起伏，而且把武侠精神注入未来战场中，令读者耳目一新。

而电子游戏元素的加入让中国科幻文学有了更丰富的创作主题，同时也促使科幻作家去探索新的叙事节奏和叙事模式。游戏元素在这一时期的科幻文学

---

① 周宇坤：《侠客之行》，《科幻世界》1997年第6期，第25页。
② 周宇坤：《侠客之行》，《科幻世界》1997年第6期，第25页。

作品中通常有两副"面孔"。一种是现实世界中成熟的游戏被以各种各样的方式挪用到科幻文学中,作者借用闯关和冒险的模式来铺陈情节、叙述故事,从而使作品显得更加流畅。星河所写的《决斗在网络》便是以网络游戏DOOM为基础的,读者在阅读的过程中认为"文中的游戏明眼人一看便知"[1]。而另一种则是作者借用网络游戏的一些基本特性和概念,以此为蓝本创造出一个虚拟世界,其实作品的写作重点已经与游戏无关了。

以杨平的作品《MUD——黑客事件》为例,作者在这里创造了两个世界:一个是MUD游戏所把控的虚拟世界,另一个是现实世界。用户可以通过传感头盔连入MUD虚拟世界,在这里享受现实世界中没有的高科技产品,并且能够随意施展个性装饰自己的底盘,还能够以各种各样的身份进行冒险。但是在一群黑客的入侵之下,MUD世界却全盘崩溃了,曾经在这个世界中呼风唤雨的"大神"们瞬间丢失了他们的能力,"我"作为一个资深的MUD迷变得格外焦躁不安,可是"我"也因此发现了一个更加迷人的现实世界。作者的意图显然不是想要讲解这个名为MUD的游戏,读者没有看到作为游戏玩家的"我"如何在这个虚拟世界中冒险闯关,只能从作品的一些片段中推测出这个世界的运行规则。虚拟与现实世界的尖锐对立才是作者想要表现的重点,而珍惜现实生活、避免沉溺于虚拟世界才是作者未曾明说但贯穿全文的中心思想。但是,作者未曾想到的是,他的写作目的在文本之中遭到了无情的解构:他拼命把人拉回的现实世界并不诱人,反而是那个匆匆一瞥的虚拟世界蕴藏着无限的乐趣。"灰色的天空,灰色的楼群"[2]所构成的"没有一丝波澜"[3]的现实世界怎么可能比得上游戏中卖"各级世界地址表、语言转译器、飞行器"[4]的鲜花广场?而能够"一边盘成一个圈,器官在半透明的皮肤内蠕动"[5]的游戏玩家显然也比在真实世界中住在脏乱环境里、戴着奇怪头盔的真人更加可爱。在多彩的游戏和苍白的现实的对比中,作者要求人们亲近现实的劝诫看起来格外苍白。而柳文扬与电子游戏相关的作品《断章:漫游杀手》中也存在着与《MUD——黑客事件》一样的矛盾,只不过柳文扬的作品比后者少了一些训诫的意味,而多了一些黑色幽默。这些借用游戏概念和特性的作品似乎都是在抨击虚拟世界的脆弱与荒谬,试图警告读者不要过分亲近这个虚假的电子"伊甸园",但是他们笔下略显粗糙和晦暗的现实世界实在是不

---

[1] 郝赋因:《读者论坛》,《科幻世界》1996年第5期,第43页。
[2] 杨平:《MUD——黑客事件》,《科幻世界》1998年第5期,第15页。
[3] 杨平:《MUD——黑客事件》,《科幻世界》1998年第5期,第15页。
[4] 杨平:《MUD——黑客事件》,《科幻世界》1998年第5期,第9页。
[5] 杨平:《MUD——黑客事件》,《科幻世界》1998年第5期,第12页。

能和他们所创造出的异彩纷呈的虚拟世界相比。他们想要让读者和他们一起认同、亲近现实世界，却不料在他们的作品中，他们自己与读者一道背弃和远离了这个无趣、平淡的现实。

综上所述，逃避、远离现实世界成了这一时期中国科幻作品共同的特征，不管是以从人类世界中跳脱出来的方式远离现实，还是通过思考形而上的哲学议题回避对世俗事务的讨论，抑或把注意力放在未来战场和虚拟世界中忘却真实的烦忧，中国科幻作家们都在以自己独特的方式来"避世"。对于主流文学来说，这种倾向是难以接受和不可想象的，但是对于中国科幻文学的发展来说，这却是一种"福音"，它昭示着中国科幻文学脱离了大地的束缚，逐渐飞向幻想的天空，标志着曾经加诸中国科幻文学身上的枷锁正在逐渐脱落，更预示着自由、轻松的文化和政治空气在孕育着一批能够做梦、敢于做梦的人。他们借助自己所掌握的知识做着最胆大的梦，不惧大声宣告自己拥有爱的勇气和权利。但对科学世界的迷恋和对未来冒险的向往并没有让这批科幻作者忽视对细腻情感的描写和对纯美爱情的向往，只是与1991—1993年初期的科幻作品相比，他们笔下的爱情故事有了显著的不同。

三、热情洋溢的科幻爱情

爱情是文学永恒的主题，也是科幻作家不曾忽视的题材。在当代科幻文学复兴初期，关于爱情的科幻文学作品就占据了相当大的比重。1994—1998年间，尽管关于爱情的科幻作品在总量上不一定比前一阶段多，但是在创作上却十分独特，集中体现了这一时期科幻文学作品的特色，体现了这一阶段作者在创作心态上的总体变化。这一时期与爱情相关的科幻作品有两个主要的特点：首先是爱情与科学的关系发生了变化，二者融合得更加紧密，爱情与科学不再呈现对立的态势，科幻作者也很少为了讲述爱情故事而放弃科学逻辑；其次是爱情科幻小说的整体风格出现了较大的变化，相比前一阶段少了一些风格沉郁的爱情悲剧，而多了一些明快热烈的爱情喜剧。

这一时期的科幻作家在努力协调爱情元素与科幻故事的关系，一方面让主人公的爱情故事能够依据理智的逻辑萌芽、发展，另一方面在爱情故事中更加用心地设定科技背景，为故事提供坚实的科学基础。这一阶段的科幻作家没有为了展开情感故事而一味牺牲掉作品中的智性成分，也没有为了表现科技的炫酷而抛弃真挚的情感，而是努力做到兼顾而不偏废。

以凌晨的《信使》为例，这部作品是一部书信体小说，是女孩叶子为自己身在前线的男友李国安所写的信。她回忆了与男友从相识到分别的点点滴滴，一个青春妙龄女子在面对自己的初恋时的欣赏、爱恋跃然纸上，其中不乏热烈而直白的表白，也有深重而忧伤的思念。而就在这缠绵悱恻的爱的宣言中，由科技发展带来的残酷现实也投下了浓重的阴影。被喧闹的叫声充斥的撞车场是交通技术飞速发展后遗留下来的畸形产物，被隔绝于信息世界之外的吉德尔是科技政府特意留下的藏污纳垢之所，甚至李国安也未曾洗脱利用爱侣的嫌疑。当"我"这个不谙世事的年轻女子距离未来战场越来越近，越来越多的时代烙印以伤疤的形式印在"我"的身心上，这段看起来纯洁美好的恋情也走向了凋零和灭亡。当这段爱情由最初的一见钟情走到最后的生死相随时，未来世界的不公、残酷、恐怖也愈来愈清晰地展现在读者面前。情感故事与科幻背景共同展开，使这个凄美的爱情故事成了这个残酷的未来社会的一个注脚，这由废墟和战场组成的科技世界又成了这一爱情悲剧的始作俑者。作者没有强行将爱情和科技进行剥离，更没有让两者形成对峙之态，这部作品已经不再执着于去探寻感情与科技孰轻孰重的问题，也不再把情感作为解决科技世界问题的灵丹妙药，而是在讨论如果当科技的发展真的超越了人类的预期，当残酷的现实遮蔽了希望的微光的时候，人类到底该怎么办。答案当然就蕴藏在这段爱情故事中，人们应该为了正义去战斗，就像叶子的男友李国安一般从温柔乡中去往前线；人们应该以爱为圭臬去献身，就像叶子一样退去柔弱的外衣为正义的一方送去至关重要的情报。情感的无私与伟大仍旧是作者所歌颂的重点，可是作者已经不把科技放在情感的对立面了，这相较于上一阶段的科幻文学作品来说是很重要的改变。尽管作品提及了残酷的现实，作品讲述的也是一出不折不扣的爱情悲剧，但是整体并不沉郁，而是自有一股热烈与悲壮的情感在其中。

在另一部作品《风吹百合与旗帆》之中，作者干脆把情感故事进程与科幻主线分离开来，直至故事的结局，两条线才最终合并在了一起。一个中国小伙子旗帆在一次出游途中救下了一位名为阿多斯的美国青年。青年被人追杀，最后因重伤而亡，而旗帆则拿着他的遗物交给了其朋友与未婚妻。阿多斯的遗物传递了一个重要的信息，一个恶人阿道夫策划了一个大阴谋。而旗帆在看到阿多斯的未婚妻百合之后就被这个美丽而智慧的女性深深吸引了。于是，他一边力图挫败阿道夫的阴谋，一边陪在百合身边抚平她内心的创伤。当他对百合的爱到达了顶点时，他对阿道夫的恨也达到了顶峰。最后，他只身前往帝国大厦破坏了阿道夫所安置的炸弹，而百合也在危急的关头突然出现，成了他的精神助力。高潮迭起的科技冒险与甜蜜温柔的爱情故事双线并行，这部作品显然有几分好莱坞科幻大片的痕迹，超级英雄在单枪匹马成功拯救世界后还能抱得美人归。但是在结尾处，作者却打破了这种科幻作品中常见的套路，百合在救助旗帆之后拒绝了他的求婚，选择一个人独自前往世界各地游玩，这个看似不完满的结局实则展现了作者的爱情观。在作者看来，爱情应该是"望眼欲穿的企盼"[①]"如梦如醉的感情"[②]，而不应该只是"同生共死的一种信念""一种相互的慰藉"[③]。在这部作品中，对情感的描写虽然不如科技部分那么精彩，但是也没有沦为其附庸，作者在这两个部分都努力突出自己的态度，展现了自己的理念。

这一阶段的科幻爱情故事的另一个特点便是一扫前一阶段的哀婉情绪，变得格外热情和单纯，有着青春校园小说的风格，对纯美的爱情与青春大加赞美。

在20世纪90年代初期科幻文学再度进入大众读者视野内时，恋人之间的悲欢离合、爱恨情仇成了最常被书写的对象，这在一定程度上是受到了主流文学思潮的影响，而且这一贴近现实生活的题材相对而言更容易驾驭。这些科幻爱情小说之中渗透着浓厚的人道主义气息，带有对人类悲剧的同情，呼喊着获得爱的权利和自由。在纯文学作品中，禁锢人性的制度、封建落后的思想和动荡难料的环境成了恋人之间的天堑，而在科幻作品中，世俗困难披上玄妙的外衣继续对人与人之间的情感进行戕害。在这样的作品中，科学与技术往往被妖魔化成不近人情的绝对理性，成为横亘在人与人之间最大的阻碍，以至于身处恋情中的人常常在感性与理性之间苦苦挣扎，不得不作出艰难的抉择。如《太空修道院》中本来对男性和外来世界怀有炽热感情的修女们，却为了绝对的纯洁和理性而借助高科技对自己的情感进行阉割。在何夕的《光恋》中，科学家邓峰对生活在异域的美丽少女充满怜爱，可是却从科学与理智的角度出发拒绝了她。爱情中的犹豫、挣扎与畏惧充斥着前一阶段的科幻爱情作品中，以至于就算是爱情喜剧也有着不甘的舍弃和无奈的牺牲，因此这一时期的科幻爱情作品整体呈现出一种沉郁、哀婉的情调。可是在后一阶段，科幻爱情作品中充满了热烈的情感，充满了一往无前的勇气。

以柳文扬的作品《闪光的生命》为例，这部作品清晰地表达了作者关于爱与生命的观念。研究复制机的刘洋在毕业之际遇见了一个充满魅力的女孩雷冰，他尽管对这个女孩充满好感，却始终不敢鼓起勇气去告白。在单相思中，他的试验也一步步地有了结果。他从最初能够复制物品进展到能够复制动物，但是所有复制出来的活物都只能存活半小时。有一天，他突发奇想，制造出了

---

① 史愿：《风吹百合与旗帆》，《科幻世界》1996年第4期，第18页。
② 史愿：《风吹百合与旗帆》，《科幻世界》1996年第4期，第18页。
③ 史愿：《风吹百合与旗帆》，《科幻世界》1996年第4期，第18页。

一个和他一模一样的复制人,没想到这个复制人用仅有的半小时去向雷冰表白,向这个女孩给予了自己一生的爱。复制人刘洋与"原版"刘洋其实完全可以看作一个人的两面,他们虽然有着一样的样貌、同样的情感,但是因为生命起源与生命长度的不同,对世界、爱情抱有完全不一样的认知。复制人刘洋以感性认识世界,对爱情抱有绝对的热情与信仰,在他短暂的生命中,他毫无保留地去拥抱爱人,去享受爱情,他是为爱而生的人;真正的刘洋却更偏向理性,虽然他也深爱着雷冰,但是对现实的重重顾虑阻止了他去大胆地诉说自己的爱意。他是被现实所左右的人,在无数次对爱的演练中错过了暗恋的人。两者有着不同的生命观,前者追求生如夏花之绚烂,后者则向往秋叶之静美。尽管都没有错,但是作者显然更加欣赏复制人刘洋,更赞同他所秉持的理念:抓紧生命中的每一个机会大胆地、纯粹地去爱。在这部作品中,作者尽管没有完全放弃前一阶段科幻爱情小说中经常出现的模式——以理性精神来解决和考量爱情问题,但对这种理念与模式进行了反思和批判。柳文扬以及同时期崛起的其他科幻作家追求的显然是真诚地表达自身的情感,尽管他们也重视科学和理性,却不赞同让理性的计算与考量介入纯洁的爱情。他们的身上都闪耀着理想主义的光辉,追求纯粹而真诚的情感,刻意与现实保持着一定的距离。

《闪光的生命》反映的正是这一时期科幻作家的理念与观点,虽然在科学构想上不算新颖,逻辑理路也不算精妙,但是令星河、韩松等科幻作家印象深刻。星河就曾经说道:"文扬所有的小说里,他最喜欢的就是《闪光的生命》,所以不论到哪里讲课,他总要提到这篇小说。"[①]韩松亦为这篇小说写有如下感言:"在人类的种种情感中,爱情的想象空间最大,但实现的机会也最为渺茫。在现实社会中,与许多轰轰烈烈或平平凡凡的事情一样,爱是由爱之外的因素控制着的,爱便太过奢侈起来,即便是得来不易的短暂挚爱,也没有太多空间去珍惜。"[②]韩松、星河等人对这篇文章的推崇并不局限于其科幻构思上,更多集中在作品所表现的情感上。

在裴晓庆《下雪的故事》中,一位男青年甘愿冒天下之大不韪,只为了给自己心爱的女孩送上一个特殊的礼物。在未来的世界中,因为实施了天气管制计划,各地总是四季如春,人们再也看不到各个季节的特殊景观了。而27岁的男青年陈青却违反了气象局的规定,弄灭了半个城市的灯,造出了一场雪。尽管事情败露后他面临严重的指控,可他并不后悔,在警察来临之际,他仍然在与美丽的女孩共赏美丽的雪景。这个贫穷的青年不屑于用珍贵的钻石来求爱,

---

① 小姬:《柳公子,柳公子,请留步》,《科幻世界》2009年第7期,第32页。
② 小姬:《柳公子,柳公子,请留步》,《科幻世界》2009年第7期,第32页。

却愿意利用自己的智慧为所爱的人创造最美的记忆，金钱与物质这些现实世界中珍贵的物品被弃置一边，纯粹的感情与精神享受被视为真正的珍宝。作者在强调无畏追求爱情这一理念的时候，也在某种程度上把爱情和科学共同当作对抗无聊现实的武器。那场扰乱整个城市的雪景，不只是为了爱情而绽放的奇特景观，更是青年陈青反抗庸碌的一种行动。千篇一律的季节景观掩盖了时令的美，对物质条件的重视窒息了爱情，而陈青以一场雪打破了城市景观与感情进程中的双重沉闷，作者显然意欲以这个不受世俗观念束缚的小伙子来表达自己反抗平庸、逃离现实的"野心"。

如果说前一阶段的科幻爱情故事还在呼唤爱的权利，还在为是否拥抱爱情而犹豫不决，那么这一阶段的科幻作家群体不仅坚信自己有获得爱情的权利，更敢于抛去一切，大胆追求爱情。可以发现，1994—1998年间的科幻爱情小说在情感上更加纯粹，在想象上也更加大胆，虽然这一时期的科幻作家相较于前期的科幻作家更重视开拓新的科幻题材，注重科学事实与精神，但是其创作理念却极度浪漫化，正如《科幻世界》编辑吉刚所说："裴晓庆和他的一帮北京'铁哥们'，是科幻小说中的'浪漫派'，他们歌唱生命，歌唱爱情，还时不时地搞一点'恶作剧'。"①

综上所述，这一时期的科幻爱情小说具有明显的特征。一方面，科幻爱情作品中的情感与科技元素不再处于对立面，两者得到了很好的结合。科幻作家已经能够以更多元的角度看待情感与理智的关系，愿意去更深入地探索科学精神的本质，他们笔下的科学技术与科学精神不再是前代科幻作家笔下的绝对理性和冷静克制，而是饱含情感的智慧。科技的发展不再是湮灭情感的元凶，而情感成了促进科学进步的原动力，两者的关系已经发生了本质上的变化。另一方面，这一时期的科幻作品表现出了对现实的疏离，不仅在题材与内容上与现实生活越来越远，而且在精神内涵上也与现实主义精神相去甚远。科幻作家们在有意识地避开现实之中的鸡零狗碎与蝇营狗苟，全身心地相信美好的爱情与光明的未来。尽管并非全部作品都是以积极乐观的情绪作为底色的，然而大部分作品中都萦绕着浪漫主义和理想主义的气息。

1994—1998年是中国科幻文学一个较为特殊的发展阶段。长久以来，中国科幻文学始终与社会现实紧密结合在一起。由于科幻文学自身特性的模糊，其在进入我国之初，我国科幻作家、理论研究者就试图从中找到与现实主义结合

---

① 吉刚：《下雪的故事·主持人的话》，《科幻世界》1995年第11期，第4页。

的可能。早在1981年，郑文光就提出了"科幻现实主义"[①]。而在1994—1998年这一阶段，中国科幻文学却短暂地脱离了现实语境，不仅在题材与内容上更加偏爱与现实生活无关的议题，注重挖掘新的科幻构思，而且在精神内涵上也更偏向浪漫主义。不管是对科学精神的重视，还是对空灵的幻想图景的构造，抑或对纯粹爱情的歌颂与追求，这一时期的中国科幻文学在这些方面都与现实生活保持了一定距离。这种现象的出现，一方面与科幻圈的形成有着很大关系，科幻圈的形成让科幻文学作者和读者群体能够构建独属于这一类型文学的美学原则和创作方法，不用太过于在意主流文学界对于科幻文学的看法，因此在纯文学领域具有重要意义的现实主义创作理念对中国科幻文学创作的影响不似以前那么大。另一方面，这批新涌现的科幻作家的心境与中国科幻文学的发展阶段相互作用。尽管这批科幻作家并不一定都是来自高校的年轻学子，但是具有旺盛的想象力和创作力的年轻作者在当时占据了中国科幻文学界的半壁江山。初出茅庐的他们还未曾被社会磨灭掉象牙塔赋予他们的理想主义精神，岁月还没折损他们青春的激情，他们此时的精神特质造就了这一时期科幻文学作品脱离现实语境、关注科学新域的特色。这些充满激情的科幻篇章，这些出人意料的科学构想，虽然在写作笔法上不够成熟，对科学伦理的思考也难免浅陋，但是在中国科幻文学史上却留下了特殊且重要的一笔。这些作品宣告着中国科幻文学界逐渐与主流文学界分离的事实，展示着中国科幻文学为挣脱现实主义束缚所作的努力，一定程度上从思想上祛除了阻碍中国科幻文学大胆幻想的枷锁。这一时期的中国科幻文学迅速脱离了昔日缺乏逻辑、情节简单的"低幼"面貌，向着设定新颖、想象新奇的方向转变。而当中国科幻文学呈现出一种轻灵、热情与现实脱节的特点时，王晋康却以其对人伦道德的思考，对民族、历史的忧思引起了读者的注意，这位年届四十才迈入科幻大门的"黑马"成了该时期中国科幻界引人注目的"异类"。

第三节 王晋康：时代的"异类"

1994—1998年，中国科幻文学作品中充满着青春的热情与天马行空的想象，走上了与主流文学截然不同的发展道路，不仅刻意远离当下现实的种种窘

[①] 郑文光：《在文学创作座谈会上关于科幻小说的发言》，载于中国科普创作委员会编《科幻小说创作参考资料》，1982年5月总第4期。

境,更无意去关注复杂、琐碎的人文道德。这一时期的科幻作品尽管也会有悲剧性的结尾,但是总体来说显得轻灵与欢快。而王晋康及其作品却成了这个时期中国科幻文学中不折不扣的"异类"。不管是王晋康本人的写作经历,还是他的作品,都与彼时大放异彩的高校年轻科幻作家们以及他们的作品有着极大的不同。他的作品虽然也具有很强的科学性,但是在哲理思考上表现得更加突出。其作品有着极强的民族意识,对中国历史、文化有着深切的关注和思考。同时,他的作品也表现出对人性哲理、道德人伦等人文议题的超乎寻常的兴趣。这些都造就了王晋康作品独一无二的魅力。

一、深沉的人伦道德之思

王晋康进入科幻创作领域具有一定的偶然性。他最初对科幻小说并没有特殊的兴趣,可是自己的儿子是个小科幻迷。为了给儿子讲出好故事,他开始尝试口头创作一些科幻小故事。最后在儿子的鼓励下,他把受到儿子喜欢、自己也比较满意的科幻故事写了下来,并寄给了《科幻世界》,没想到这篇名为《亚当回归》的处女作得到了编辑们的一致好评,并获得了1993年的中国科幻银河奖一等奖。从此,他在科幻写作上一发不可收拾,不仅在《科幻世界》上发表了多篇优秀的科幻作品,而且多次斩获中国科幻银河奖。

与以星河、柳文扬等为代表的60后、70后年轻作家相比,王晋康的经历复杂很多,因此他的作品主题、写作手法与年轻作家们有着很大不同。生于1948年的王晋康,下过乡、当过知青,直到1978年才得以考入西安交通大学,当年轻一辈的科幻作家还在校园中徜徉,享受美好青春、歌咏爱情和未来时,王晋康已经早早尝到了生活的苦涩。尽管他在1994—1998年期间也写过追求爱情与青春的篇章,但是他更愿意去探讨一些关于人类生存、人性幽暗等更深刻和严肃的话题。他曾说道:"(19)66年高中毕业适逢'文化大革命',(19)68年下乡,经历了三年知青生活。多半由于这一段经历,使我以后的所有文字中都透出一抹苍凉。"[①]他的作品不仅展现了科技精英对前沿科技的高度敏感,也展现了人文精英对人文议题的关注。在他的作品中,王晋康对人类的道德品质提出了极高的要求,把道德性视为人类存在的根本,他着力于表现高尚的心灵是如何在荆棘遍布的科幻丛林中闯出一番天地的。同时,他的作品中也充满着忧患意识,对高速发展的科技保持着十足的警惕,谨防科技的无限制发展腐蚀人类的心灵。

---

① 王晋康:《作家小传》,《科幻世界》1994年第2期,第3页。

首先，王晋康把表现人类心灵之美置于表现科技玄妙之上，他善于发现道德与技术之间的冲突，并在二者的冲突中强调人所具有的坚强意志力和主观能动性。"人"，而非科学，是其表现的重点。

以其作品《魔鬼梦幻》为例，这部作品主要表现了道德与欲望、科学之间复杂的关系。黑姆与司马平都是天才生物研究员，不过前者是个毫无道德观念的"撒旦"，后者却是一个严格恪守道德的"圣徒"。当司马平因为车祸而丧失研究能力时，黑姆却带着他的双向梦幻机登场了，这个机器能够激发人类最深层的欲念，让人体验到感官上极致的快乐。没有人愿意让自己的欲念赤裸裸地袒露在他人面前，而司马平却勇敢地进行了尝试。在机器所创造的幻境中，他一再识破黑姆的诡计，不仅抵御了诺贝尔奖的诱惑，更恪守着对婚姻的忠诚。在整部作品中，作者显然无意渲染技术的神奇，他所创造的科学幻境与同期的科幻作品比起来并不算特别出彩，但是他在作品中有着严肃的思考，思考着道德在人类生活中的重要地位和作用，尝试厘清道德、欲望、科学三者的关系。作者已然认识到欲望的存在，但是不认为人类会被欲望所裹挟和控制，而是认为人类可以通过加强自身修养真正战胜欲望。他借司马平之口表达了自己对欲望的看法："人类与其他动物不同，可以用理智约束自己的欲望。只要某种欲望不利于人类的生活，人类就会造出一种道德观来约束它，比如社会对乱伦、纵欲、吸毒的羞耻感就是一种强大的约束。"[1]而科学在道德与欲望之中扮演着什么样的角色呢？从表象上来看，作者显然把科学看作一种中立的工具，科技本身不具有道德属性，它在不具备道德观念的黑姆手中可以成为激发人类欲念的工具，对于克服了邪恶欲念的司马平来说它则是助其恢复智力的天降福音。可若深入挖掘就会发现，作者显然也为科学贴上了道德的标签，就算黑姆在科学上取得了巨大的成功，他也仍然无法得到他人的爱戴，不仅他的同事对他避之不及，女神尹雪也对他不冷不热。反观司马平，虽然他已经丧失了做科研的能力，却仍旧为人所牵挂，并在最后反败为胜，恢复了智力——看似不受道德约束的科学领域同样也为道德高尚者大开绿灯。由此观之，作者赋予了道德极高的地位，他的写作重点不在于写出科学与道德之间的暧昧，而是借科学展现天人交战的场景，这显然不符合经典科幻文学的写作标准，但是暗合中国文学"文以载道"的传统。

这种人类以理智和道德战胜欲望的桥段，其实并非经典科幻作品中常见的桥段，毕竟科学的伦理中立性[2]原则已经被广泛接受，"零道德"宇宙才更加符

---

[1] 王晋康：《魔鬼梦幻》，《科幻世界》1994年第9期，第9页。
[2] （英）C.P.斯诺：《两种文化》，陈克艰译，上海技术出版社，2003年版，第207页。

合科幻界所信奉的创作原理。而以天理灭人欲，用社会道德规范约束个体的情节，更容易从儒家文化中找到根源，这在纯文学作品中常有表现。换言之，王晋康把主流文学与科幻文学进行了融合，把最古老的道德观念植入了最先进的技术想象中，这形成了一种奇异的反差效果：未来的世界虽然奇异，却仍然遵行着沿袭千年的道德理念。这使读者在体味新奇感的同时，又能找到熟悉的文化坐标，不必担心迷失在光怪陆离的未来世界中。

在他的另一部作品《太空雕像》中，主人公所具有的道德感同样构成了他们身上的主要魅力。李太炎与玛格丽特本是一对平凡的夫妻，可是他们在听闻太空垃圾威胁人类安全之后，决定以清扫太空垃圾为自己毕生的事业。他们用自己的家财建造了太空清扫车，并且承受爱侣分离之苦将近40年。李太炎独自在寂寥的太空中收捡垃圾，而玛格丽特老太太则独守地球为伴侣的衣食操心。在他们的生命进入尾声的时候，一位衣食无忧的富家千金徐放被他们感动，利用自己的财富无私地帮助他们，甚至在玛格丽特死后，以李太炎妻子的身份继续陪伴李太炎，并为这两个无私奉献的老人雕刻宇宙的丰碑。虽然这部作品没有《魔鬼梦幻》一般直接表现对崇高道德的推崇，但是作者仍然掩藏不住对这些具有无私、坚韧等美好品格的人的赞美。放弃世俗的幸福，无怨无悔地为全人类谋求福祉，甘愿忍受世人的嘲笑与不解，在荒凉的星球上扎根，不管是李太炎夫妇也好，还是徐放也好，他们追求的已经不是世俗的成功，而是道德精神上的完满。作者把这种道德上的追求视为"中国社会中的'宗教'"[①]，并认为"那是延续了五千年，弥漫无形的中国人的人文思想和伦理观念"[②]。通过对比阅读王晋康两部作品可以发现，它们尽管在情节架构、科学设定上都不相同，但是有着相同的叙事模式和主题内容，它们都表达着对道德伦理的重视与思考，都把前沿科技和传统道德融为一体，只不过两部作品所表现的道德内涵并不一致。这使王晋康的作品有着非常浓厚的劝诫意味，似乎事事都在告诫读者不能用科技来做坏事，应该时时恪守道德，甚至连他笔下看起来超越世俗之外的天才科学家胡狼，也是因不尊重现实社会的伦理规律而魂飞魄散于机器之中，还好王晋康作品中跌宕起伏的情节和出人意料的科学构思冲淡了其中训诫的味道。

其次，王晋康对于高速发展的科学始终抱有一颗警惕之心，对科技给人类社会带来的变化、对人类心灵和身体造成的影响抱有顾虑，不过这种顾虑看似是对科技的反思，更多的还是对人类社会的忧虑，害怕科技的发展冲破人类的

---

① 王晋康：《太空雕像》，《科幻世界》1998年第4期，第10页。
② 王晋康：《太空雕像》，《科幻世界》1998年第4期，第10页。

道德底线，破坏人类的现行秩序，激发人类最原始的恶。

在当代科幻文学蓬勃发展的时期，很多科幻作家都对科技的快速发展可能造成人类社会的变革有所想象，如前文提到的柳文扬的《断章：漫游杀手》和杨平的《MUD——黑客事件》就关注到虚拟现实可能带来的危害，袁英培的作品《丘比特的谬误》也讲述了一场滥用无性繁殖技术造成的伦理困境，江渐离的《道格拉斯5000型》则表达着人工智能不加遏制的发展会给人类带来灾难……但是对科技发展进行反思并不是这一时期科幻界的主流，年轻的校园科幻作家们着迷于科技与知识的力量，他们对科技带来的道德冲击这个议题并未特别深究，至少在这一时期的作品中没有办法清晰地看出他们对科技冲击人类道德的畏惧和忧虑，他们的作品即使涉及科技发展的恶果，也更多地针对人类的现实生活和个体的精神状况，光怪陆离的科技产品和炽烈火热的情感掩盖了作品中的警示意味。而王晋康却表现出对科技发展恶果的持续关注和深入思考，他不惜以血淋淋的惨剧来唤醒人类对科技的敬畏之心，以此警告人类不要逾越道德的边界。

他的作品《豹》就讲述了一个因基因移植造成的惊人惨剧。谢双利博士以推动人类的进化和发展为由，对自己的儿子实施基因嵌套技术，把人与兽的基因混合在一起，让儿子既具有人类的特性，又具有兽的优势。在失败多次后，他终于培养出了"儿子"谢豹飞，这个融合了飞人刘易斯和猎豹基因的"新人类"在奥运会田径赛场上大放异彩，不仅得到了国内外体育界的重视，还被一直喜爱田径的美丽姑娘田歌喜欢上了。在情场与名利场上双双得意的谢豹飞却并没有迎来美好的新生活，在他与恋人相处的过程中，豹的嗜血基因使他不受理性的控制，做出了强暴和杀害恋人的举动。最终，他也为自己的恶行付出了生命的代价，而始作俑者谢双利博士也被遭受了牢狱之灾。可是，这场关于基因的灾难似乎并不会停止。在这部作品中，作者通过让两个年轻鲜活的生命陨落来展现基因技术带来的可怕后果，作品所传递出来的并不完全是关于技术本身的焦虑，更是对这项技术将会导致人类道德崩塌的忧虑。当文中的记者费新吾初步确定谢豹飞体内含有豹的基因时，他的第一反应是把这种基因的嵌套等同于"人兽杂交"[①]。如果说基因技术尚且属于道德红线之内的中性词，那么人兽杂交则是完全与人类社会道德相违背的乱伦行为，这项技术改变的将不仅是人类的物质形态，也将改变人类的精神本质，它所造成的灾难不再是世界被拥有异能的"怪物"所占领，而是人类丧失礼义廉耻之心，被欲望和兽性所控制，人类将不再是人类。而法庭上辩护律师的一席话更证明了作者对"人将不

---

① 王晋康：《豹》，《科幻世界》1998年第7期，第4页。

人"的恐惧，辩护律师说道："不，人类必须守住这条防线，半步也不能后退，那就是：只要体内嵌有哪怕是极微量的异种基因，这人就应视同非人！"[①]可以看出，作者并非醉心于从技术层面来讨论基因技术的影响，而是着迷于从道德伦理角度来看基因技术的后果。作者看似在批判基因技术的滥用，实际上是在质问和担忧科技的道德底线在何处。与其说他对基因技术抱有警惕之心，不如说他是对人兽混杂的结果存有畏惧之情，所以他看似在讨论技术，实际上关注的还是人。

而在《星期日病毒》中，作者更清晰地表达出对技术损毁人类道德边界的不满。师儒与海伦两人驾驶参商号来到反E星，他们期望见到真正的智慧生物，没想到却见到了一群迷迷糊糊的"袋鼠"在与当地的人工智能交流。师儒他们后来才知道，原来生活在这个星球上的利希人滥用了一种名为"星期日回归"的病毒，在这种病毒的左右下，利希人失去了道德的约束，忘却了自身的责任和生存意义，只关注身心上的快感。虽然作者没有正面描写利希人未来的生活，而是安排师儒与海伦两人匆忙返回，但是对于一个只知享乐安逸、丧失生命活力的民族，其未来并不难想象。到底是什么造成了这个民族的悲剧？是人工智能吗？文中的人工智能机器人保姆公不仅幽默、风趣，能够与来自地球的客人们愉快地对话，还对自己的主人忠心耿耿，人工智能与人类争锋的悲剧还未曾在这片土地上演，人工智能显然不是造成这个种族堕落的主要原因。是"星期日回归"的病毒造成了这可怕的局面吗？也不完全是，对于出生伊始就能够在体内装入防毒软件的利希人来说，解决这些由中学生制造的病毒并不算难。而师儒的一句话才是这个民族堕落的正解："他们迈过了那道界限。"[②]这道界限到底是什么？是合理娱乐与正常生活的界限，毕竟这个星球上的每一天都只有纯粹的娱乐；是机器与人类的界限，虽然人工智能机器人保姆公毫无野心，但是它显然已经掌握了这个智慧群体的生存命脉；但更是人类与野兽的界限，这个群体早已经与没有智识的野兽无异了。在极度的娱乐面前，他们放弃了为人的尊严，可以不顾及后代和尊严，赤身裸体与异性交媾。在慵懒舒适的生活面前，他们沦为被饲养的兽群，以吃喝为主要任务，在浑浑噩噩中度日。

在这部作品中，高科技展现出了其无害的一面，但是作者仍旧创造出了一出关于种族没落的悲剧。可以发现作者恐惧的根本不是某项技术本身，而是技术带给人类社会的改变。这是否意味着作者对科技存在根深蒂固的不信任和疑

---

① 王晋康：《豹》，《科幻世界》1998年第7期，第13页。
② 王晋康：《星期日病毒》，《科幻世界》1995年第5期，第17页。

虑？答案也是否定的。王晋康对科学之美的描绘和他的作品中涌现的科学巧思，都证明了他对科技的巨大兴趣，他对科技发展的悲观态度更多来自对人性的悲观认识。只不过与韩松相比，王晋康在揭露人性的黑暗面方面弱了许多，他更多的是在科技造就的畸形环境中语焉不详地批评人性中早已经萌芽的贪婪、懒惰与自私，只是在对具有高尚道德的人的崇敬面前显露出对道德卑劣者的不满。

综上所述，王晋康执着于对人类道德和科技发展的思考，他热衷于讨论科技对人类精神产生的影响，他始终在寻找关于人类生存的答案。与这一时期远离现实、饱含哲思的作品相比，他的作品其实是更贴近于现实的。他的作品中不断涌现的科学巧思和缜密的逻辑迷惑了很多人，让读者与评论家都误以为他是一个传统的科幻作家，善于使用科幻元素和科学妙想来创作一个个好故事，但是实际上他的创作核心并非在这里，他关心的更多是人而不是科技，他所秉持的创作理念更多来自严肃文学，他所坚持的价值判断标准也大都来源于传统文化。尽管他常认为自己写作这种哲理性作品"是扬长避短"[1]，但是这实际上是源于他自身对中国主流文学天然的亲近。而他与主流文学的联系，不仅表现在他的作品中所表达的对人类道德困境的思考，还表现在其作品中所展现的浓厚的民族意识。

二、浓厚的民族意识

当20世纪90年代初期中国科幻文学萌生复兴之态时，这些科幻作品就展现出了较为鲜明的民族特色，很多科幻作品中都有"中西结合"的印记，中国神话和历史元素都被大胆地用到科幻创作中。而到了20世纪90年代中期，这股曾经弥漫于中国科幻文学界的"中国热"和"民族热"却消失了。这一方面是由科幻文学本身的特性造成的。以塑造"种族形象"[2]和"世界形象"[3]见长的科幻文学，在讲述单一民族故事和特定地域风景方面其实并没有什么特别的优势，若不能找到合适的切入角度，将只会让本就以浩瀚星空为尺度的科幻文学丧失吸引力。另一方面的原因是中国科幻文学的创作者渴望进入世界科幻舞台。在当时，西方科幻读者与作者在科幻领域无疑拥有绝对的话语权，对西方经典科幻作品的模仿和对国际科幻读者品位的重视，都让中国科幻作家在一定

---

[1] 姚海军：《王晋康访谈》，《科幻世界》2002年第5期，第38页。
[2] 刘慈欣：《刘慈欣谈科幻》，湖北科学技术出版社，2013年版，第50页。
[3] 刘慈欣：《刘慈欣谈科幻》，湖北科学技术出版社，2013年版，第50页。

程度上忽视了对民族性的挖掘和表达。而王晋康却与这一潮流相反，他的作品中流露出浓厚的民族意识，他不仅继续探索中国文化融入科幻文学的可能性，在中国的历史中反复寻找其与现代科学精神相契合之处，而且对本民族的文化和品格充满了自信，不吝表现中国文明中的种种优越之处和本国人民所具有的优秀品质。

王晋康把对人性、哲学的思考与国家、民族的历史结合了起来，从中国文化、中国历史之中寻找叙事的闪光点，并把这些来源于历史和文化中的哲学之思融入自己的作品中，从而找到了不一样的叙事逻辑和核心观念。

以其作品《生死平衡》为例，王晋康把中医药学融入了自己的作品。来自平衡医学世家的皇甫林因一次偶然的机会来到信奉伊斯兰教的C国，他利用自己的药剂治好了C国首相之子法赫米的过敏症，还邂逅了美丽而骄纵的艾米娜。他在C国进行了一系列爱的冒险，处处展现出平衡医疗的神奇之处。可是C国的邻国L国却用阴谋搅乱了皇甫林和C国民众的生活，肆虐的天花让这个曾经生机勃勃的国家奄奄一息，一切现代医学手段都失效了，而皇甫林带着他的药品再度力挽狂澜，拯救C国人民于水火之中，最终让C国民众从病毒的魔爪之中逃出来。在这部作品中，作者并没有简单地把中医药元素随意纳入作品中进行拼接，更没有借用西方的科技理论来为中医药的原理作阐释，而是把中医药的原理和其所蕴含的中国文化融入作品中。因此，这里看似是中国传统医学与现代医学的对立，实际上是中国古典智慧与西方现代科学之间的交锋，为医学甚至是科学的发展提供了一种不一样的思路。皇甫林所提出的平衡医学观念看似神乎其神，其实不过是强调利用各种中草药激发病人本身的免疫力，从而来对抗病毒。这种理论乍看之下并不符合精密的现代医学理论，甚至在一定程度上违背了现代医学甚至科学的逻辑。而作者提出这种看似毫无科学依据与逻辑的言论，绝非要刻意违背科幻文学所蕴含的科学性，而是期望从文化、哲学这些"软科学"的角度特别是中国传统文化角度来解答科技发展所带来的问题。当科技发展日益迅速，学科之间的分类愈加细化，研究程序也越加烦琐时，科学家与科技工作者反而丧失了从全盘控制与处理问题的能力，只能紧盯一个细节，同时这也导致部分科学家丧失接纳、认知其他文化与智慧的能力，以至于科学的发展向死胡同靠近了一步。

在《生死平衡》中，经过专业医疗训练的庚教授等人从始至终无法接受皇甫林的平衡医学。在面对突然袭来的疫情时，他们虽然有着丰富的学识，也仍然需要较长的时间才能拿出疫苗。而当病毒稍稍变异，他们的疫苗便丧失了用处，这要求疫苗研发的速度比病毒变异的速度更快。平衡医学是科技发展的另一个维度，科技可以超越烦琐的细节向着更加简单、明晰的方向前进，能够指明整个学科逻辑与方向的科学理论才是值得发展和传承的。不管这一发展方向是否符合现代科技的规律，是否能够指导现代科学实现转型，但这至少是一种值得尝试的新思路。这种以"大道至简"思想为基础的科技发展方向和理路，可以看作对西方科技理论体系的一种补充。如果说前一阶段的科幻作家是在用中国传说和神话之"体"来盛放西方科幻之"魂"，那么这一阶段的王晋康就是在用中国文化之"根"来补缀科技文明之基。前者是在形式和内容上展现中国的特色，后者是从内里改变西方科幻的底色。而在王晋康的另一部作品《星期日病毒》中，中华民族的传统品格再次成为拯救科技新世界的法宝，作者希冀利用中国文化的精髓来解决现代科技发展带来的人文之困。中国宇航员师儒与利希人一样感染了星期日病毒，但是他并未因此放纵自己的欲望，反而从极大的诱惑之中挣脱出来。他对于欲望的克制、对于人类道德的坚守，都是儒家伦理在现代人身上的一种表现。克己复礼、慎独自律等中国传统道德准则虽常被诟病为人性枷锁，但也可以是防止社会崩溃的安全之绳。

王晋康的民族意识还表现在他对于本民族和国家的热爱上，他不仅在以中国历史、故事为背景的作品中努力展现中国文化优秀与卓越的一面，甚至在不同的情境和故事背景中也着力挖掘中国人民身上的美好品质。

以其作品《天火》为例，这部作品讲述了一个物理学天才的悲剧。林天声因其"右派"之子的身份在"文革"中遭到迫害，无法潜心求学，但是他凭借自身的悟性，参透了物质微结构空间畸变的难题，实现了穿墙而过的技术，但最后仍然惨死在民众手上。毫无疑问，这部作品有着伤痕文学的影子，但是若只是把这部作品理解为伤痕文学在科幻文学中激起的波澜，那未免有点简单化了。如果把它与同类题材作品比较一下，就可以发现其特殊性。对时代的伤痛进行追忆和控诉其实很多科幻作品中都有，金涛的《月光岛》是其中较有名的篇章，而刘慈欣的《三体》则是在甫一开篇就设置了这一时代背景，同一时期的作品还有李学武的《梦境》等。可以发现，这几篇作品都不遗余力地表现了时代带给人们的伤痛。在《月光岛》中，孟薇失去了父母流落到荒岛上，可就算这样也不能逃离政治上的阴影，最终只能被迫远离地球去往天狼星；而在《梦境》中，关于时代的记忆则变成了破碎的梦魇，永远附着于一个年轻女孩的身上，让她一遍遍去回顾自己凄楚的人生；而在刘慈欣的《三体》中，时代的经历是造成人性异化的罪魁祸首，让曾经拥有光明人生的叶文洁一次次遭遇背叛与打击，以至于最后做出了报复人类的举动。在这些作品中，主人公悲惨的命运都与时代悲剧有所关联，他们作为政治上的弱者得不到任何襄助，只能在无望中借助技术或者他者来完成对自我的救赎或是对人类的复仇。

可是在王晋康的《天火》中，情况显然不是这样的。林天声的悲剧虽然与时代有关，但是两者的关联具有很强的偶然性，那个杀害他的民兵并不是因其身份而刻意为之，这一场杀害只是无心之过，林天声的死更多的是命运的偶然。尽管林天声的身世十分凄惨，但是他的生命中始终有知己不离不弃的相伴，一个是赞赏、惊叹其天才的"我"，另一个则是深爱他的乡下姑娘向秀兰。前者在林天声的研究上为其指路，后者则在情感上温暖了他。也就是说，王晋康刻意模糊和减弱了时代的伤痕，整部作品的重点并不是诉说时代的伤痛，也并非反省民众的疯狂，更多的是想让人看到，就算在秩序崩塌的时刻，理性与智识仍然会闪耀着光芒；是让人看到"朝闻道，夕死可矣"[①]的中国知识分子在现代科学体系中是如何求索真知的。王晋康无意去开展社会批判，他希望让读者看到，即使在艰难的时代，科学精神也未曾背离这个国家、这个民族，他不断地在强调民族精神之中所蕴含的希望。这种对中华民族文化的自信和骄傲几乎贯穿在他所有的作品中，比如在《生死平衡》中，他借C国领袖之口赞扬了中国和中国人民，认为中国有两笔最丰厚的历史遗产："广阔的国土和一个吃苦耐劳、人数众多、向心力极强的民族。"[②]

如果去深入阅读王晋康的科幻作品，甚至可以发现，王晋康作品中浓厚的民族意识甚至会影响到科幻所强调的宏大视野。王晋康这一时期的作品中，品格高尚、智力超群的"英雄"角色几乎全是中国人，如《生死平衡》中的皇甫林、《豹》中的田廷豹、《太空雕像》中的李太炎……而一般不够光彩的角色则都具有西方血统，如《星期日病毒》中私生活混乱的海伦、《三色世界》中残忍狭隘的索雷尔……这种角色设置似乎显示王晋康并未以客观公正的角度来看待中西方文化，但是这里也没必要朝着政治正确的方向去作解读。对民族文化的过分重视或许在一定程度上限制了其作品的深度，导致其尽管在剖析人性、医治人心，却始终无法直达人类心灵的病灶，有一种隔靴搔痒的不足。此外，他的作品中对未来家庭关系、社会架构的想象稍显落后和守旧，对现代女性形象的塑造也趋于保守。

综上所述，强烈的民族意识让王晋康的作品相较于同时期的其他科幻作品，具有更加鲜明的民族底蕴，他不满足于借助传统神话和传说中的桥段和人物来突显作品的民族性，而是尝试撷取传统文化与哲学思想之中的精华来为西方现代科技的发展提供新的思路，不仅试图让中西方文化得到交流沟通，更试图打破人文学科与科学技术之间的壁垒。

王晋康的作品中时时能看到对人类道德伦理的思索，而且这种思索常常是

[①] 孔子：《论语》，中华书局，2006年版，第35页。
[②] 王晋康：《生死平衡（上）》，《科幻世界》1997年第4期，第12页。

从中华文化出发的。换而言之,王晋康虽然已经能够熟练运用类型文学的笔法来创造科幻作品,但是他的作品的深层主题与中国主流文学的主题惊人地一致。在奇异的外星历险、形体各异的外星种族背后,王晋康想要谈论的还是人类本身,想要诉说的还是自己的民族和家园。他的经历已经决定他不可能如彼时年轻的校园科幻作家一样驾着想象的翅膀漫无边际地在科幻之园里翱翔,所以他只能成为构建"科幻世界的大地"[①]的人。正如吴岩所说,王晋康与国内的其他所有作家都不一样,他并不是在科幻作品中泡大的,因此他才能有属于自己的东西,他表达的文化就是他自己的文化。[②]他在无意之间成了时代的"异类",为中国科幻读者带来了不一样的阅读体验,也暗示着中国科幻文学的发展趋势。在1994—1998年间,当中国科幻文学试图借助逐渐形成的作家团队和粉丝团体来逃避主流文学的影响的时候,王晋康这位在当时科幻文学界风头正劲的科幻作家却与纯文学在"暗通款曲",这不能不说充满了隐喻性,暗示着中国科幻文学与纯文学领域割裂不开的联系。而在下一个时代,这种联系会催生出中国科幻文学更多的可能性。

[①] 小姬:《为我打开另一扇门的那个老王》,《科幻世界》2009年第2期,第31页。
[②] 小姬:《为我打开另一扇门的那个老王》,《科幻世界》2009年第2期,第31页。

第四章
百花齐放的中国科幻文学（1999—2009）

中国科幻文学在走过艰难的复苏期和蓬勃的发展期后，终于进入了一个相对繁荣的时期。这一时期，《科幻世界》杂志发展迅速，不仅发行量迅速上升，其在幻想文学界的影响力也持续增强。整个科幻文学显示出一派欣欣向荣的气象，大量科幻文学杂志面世，国外科幻作品的译介、国内科幻作品的出版也逐渐步入正轨。而一大批新生的科幻作家和具有高水平的科幻作品的出现，更让中国科幻文学的未来充满了光明。

1999—2009年这十年间，中国科幻文学表现出极强的包容性，《科幻世界》就刊登了许多风格各异、题材多样的科幻作品。"技术控"作家刘慈欣的出现重现了"黄金时期"科幻作品的风采，而陈楸帆、飞氘、夏笳等更新代科幻作家的崭露头角则折射出中国科幻文学的多面性，在前一阶段表现亮眼的科幻作家也在持续发力，何夕、柳文扬、星河仍旧在不断带给读者惊喜。尽管对于研究者和普通读者来说，这一时期的中国科幻文学仍旧是"一支寂寞的伏兵"[①]，但是中国科幻文学内部其实早已一改从前萧瑟的模样，展现出一派喜人的新气象，不断有科幻作者带着新作闯入读者的视野中，他们对科幻写作的探索，为科幻文学带来了新的可能。

[①] 宋明炜：《中国科幻新浪潮：历史·诗学·文本》，上海文艺出版社，2020年版，第5页。

第一节　蓬勃发展的《科幻世界》与中国科幻

1999—2009年对于中国科幻文学和《科幻世界》来说都是非常重要的十年。在这十年中，中国科幻文学与《科幻世界》都进入了飞速发展的时期。《科幻世界》杂志不复初改名时的窘迫，在杂志经营和科幻作者培养上都取得了很好的进展，并提出了更加包容和开明的科幻理念。中国科幻文学也摆脱了曾经的污名，展现出商业上和文学创作上的光明前景。可惜的是，中国科幻文学所处的边缘地位在这一阶段还没有得到本质上的提升。

一、高考作文题"撞车"事件

在1999—2009年，《科幻世界》杂志的销量连年增长，这既是因为杂志社抓住了难得的机遇，也是由于杂志社人员在共同努力。1998年，《科幻世界》杂志的单期发行量约为23万份，而到了2000年，每期杂志的发行量突然攀升到了40万册左右。[1]《科幻世界》是如何在短短时间内实现销量跃升的呢？这与1999年的高考作文题"撞车"事件有着重要的关系。1999年7月的《科幻世界》上刊登了阿来所写的名为《长生不老的梦想》，这篇文章讨论了长生不老和进行记忆移植的可能，而同期的科幻作品《心歌魅影》同样也是以人类记忆移植为主题的。令人颇感意外的是，这个论题竟然与一星期之后的高考作文题"撞车"了，而成都商报则以《高考作文题早已外泄？》为题对这一事件进行了报道，随后引起各家媒体的跟踪报道，甚至连中央电视台也闻讯赶来，想一探究竟。《科幻世界》一夜成名，开始被诸多家长和学子所关注，以至于其单期发行量猛涨了10万册[2]，杂志社的编辑在看待这一作文题"撞车"事件时，认为是"命运之神赠送给杂志社一份意象不到的厚礼"[3]。作为一个偶然事件，作文题"撞车"事件的影响力是有限的，而《科幻世界》杂志社却抓住了这次机遇，不断地突出科幻文学对素质教育的重要意义，增加了语文素养方面的内容，力图吸引更多青少年读者。例如，杂志创办了名为《科学美文》的栏目，

---

[1] 覃白：《1999，高考作文冲击波》，《科幻世界·30周年特别纪念》，2009年，第23页。
[2] 覃白：《1999，高考作文冲击波》，《科幻世界·30周年特别纪念》，2009年，第23页。
[3] 覃白：《1999，高考作文冲击波》，《科幻世界·30周年特别纪念》，2009年，第23页。

"坚持用文学方式传播科学知识,倡导科学精神"①。尽管"这个栏目差点成了最不受欢迎的栏目"②,但是没有被取消掉,主要是因为这种以文学作品传递科学之美的做法"受到了越来越多的青少年读者的欢迎"③。在这一时期,科幻文学的教育意义得到了重视。前一阶段,中国科幻文学千方百计要摆脱科普论的影响,而在这一阶段,科幻文学在教育上的意义却不断被主动提及。此时已经升任杂志社主编的阿来不断强调《科幻世界》在青少年教育中所起到的重要作用,他认为:"今天青少年成长中所面临的素质教育问题,我以为最关键之处就是培养把不同学科融会贯通的能力。怎样使未来的科学工作者具有人文素养,使将来的人文学者具有科学素养,这是当前教育需要解决的一个大问题。办刊物的人,特别是办青少年刊物的人,负有社会教育的责任。"④而在1999年,时任社长杨潇则更明确地表示:"在变应试教育为素质教育的今天,素质教育的一个重要的核心是培养学生的想象力和创新精神,而阅读科幻作品,正是激发青少年创新能力的最佳途径。"⑤这一系列策略使《科幻世界》牢牢把握住了青少年市场,为中国科幻文学的发展培养了更多"生力军",并且陆续获得了国内多项期刊大奖,如1999年获评全国百种重点社科期刊,2006年荣获"四川出版·期刊奖"一等奖,等等。在近十年的发展过程中,《科幻世界》不仅有了稳定的读者群体,更得到了出版界的全面认可。

在高考作文题"撞车"事件的影响下,《科幻世界》受到了全国媒体的关注,从一个名不见经传的科幻文学刊物变成了备受瞩目的教育杂志。不仅在短时期内订阅量迅速上升,还带来了新的发展理路,使杂志社的经营更加成熟。在杂志的经营上,《科幻世界》抓住时机增设了多个子刊物,而科幻"视野工程"的创立为《科幻世界》带来了新的盈利增长点,同时为中国科幻文学的转型打下了基础。而在科幻文学的创作上,《科幻世界》也持续提出新的理念,鼓励科幻作者进行创新,以更大的包容度去接纳新的作者和新的作品,为科幻文学迎接即将到来的繁荣准备了条件。

高考作文题"撞车"事件让《科幻世界》看到了青少年市场的巨大潜力,《科幻世界》开始更加重视科幻文学在科学教育和素质培养上的作用。在栏目的设置、作品的刊载上,《科幻世界》有意识地关注青少年读者群体。但是,《科幻世界》杂志并不想放弃成人读者,而是有意作了目标读者的细分,通过

---

① 米一:《科学美文·开栏文》,《科幻世界》2000年第7期,第55页。
② 阿来:《满城纷说艺术与科学·赏析》,《科幻世界》2001年第9期,第70页。
③ 米一:《科学美文·开栏文》,《科幻世界》2000年第7期,第55页。
④ 阿来:《名桥谈往·赏析》,《科幻世界》2001年第10期,第35页。
⑤ 姚海军、杨枫:《科幻世界三十年》,《科幻世界·30周年特别纪念》,2009年,第7页。

开设子刊来满足不同年龄段读者的需求。它始终紧跟时代的脚步,以精准的定位来吸引更多读者。

2000年,奇幻文学风靡一时,大有撼动科幻文学地位之势,很多科幻读者、作者面对这股"奇幻风"如临大敌,生怕这种毫无科学依据的幻想类作品挤占科幻文学的市场,对科幻文学的发展带来不利影响。此时,《科幻世界》杂志社率先作出反应,它没有把奇幻、玄幻等幻想类文学拒之门外,反而提出要打破国内目前幻想文学界里泾渭分明的现状,将科幻、奇幻、架空历史等类型统一在幻想文学的旗帜下[①],不仅刊登了一些具有奇幻风格的作品,还在2005年创办了《飞·奇幻世界》,专门为奇幻文学提供了一席之地,吸引了更多对奇幻文学感兴趣的读者。在这一时期,《科幻世界》杂志社还创办了以发表科学资讯为主的《惊奇档案》,以及专门刊发国外优秀科幻小说的《科幻世界·幻想小说译文版》。《科幻世界》杂志社在保持《科幻世界》这一主刊的高质量、高水准的同时,突出每种子刊的特点,尝试满足不同读者的兴趣爱好,以吸纳更多的读者。

当整体经营呈现蒸蒸日上之态时,《科幻世界》杂志社开始有余力开展其他商业活动。2002年,《科幻世界》编辑姚海军提出以科幻图书出版为主的"视野工程"计划,希望能够"系统引进国外经典科幻小说,着力开发原创资源,尽早确立《科幻世界》在图书出版领域的优势地位"[②]。尽管遭遇了不少挫折,"视野工程"仍旧获得了不小的成功,为中国科幻向"畅销书"时代迈进奠定了基础,也为《科幻世界》的转型立下了汗马功劳。"视野工程"的重大意义将在科幻文学发展的下一个十年充分显现出来。在正确的经营方针的指导下,《科幻世界》杂志社实力大增,2007年在成都举行的国际科幻·奇幻大会就显示出《科幻世界》杂志社的号召力和影响力。1991年和1997年的两届国际科幻盛会能够成功开办,更多的是依靠政府的力量,而2007年的国际科幻·奇幻大会则主要是《科幻世界》杂志社和科幻迷们在组织。这次大会上邀请了更多的著名科幻作者,"现场讲座之多,远超1997年"[③]。

《科幻世界》杂志社在经营策略发生变化、经营状况得到根本改善之后,也开始相应调整办刊风格和理念,展现出了更加多元和包容的一面,并且努力

[①] 《科幻世界》编辑部:《2004科幻世界笔会专辑》,《科幻世界》2004年第10期,第74页。

[②] 姚海军:《"视野工程"及其背后的故事》,《科幻世界·30周年特别纪念》,2009年,第62页。

[③] 赵海虹:《回忆·两届国际科幻大会》,《科幻世界·30周年特别纪念》,2009年,第64页。

求新求变，以期更符合年轻读者的阅读需求。

　　因为既要适应青少年的阅读品位，又需要兼顾成年读者的阅读需求，《科幻世界》杂志社必须表现出很大的包容性，其所刊载的作品既有科学性强的硬科幻作品，也有一些难以被定义的游走在科幻和奇幻文学边缘的作品。以刘慈欣与夏笳为例，他们两人都是《科幻世界》培养出来的新人作者，但是他们分明代表着科幻写作的两个极端。1999年，刘慈欣的作品《鲸歌》甫一发表，就受到了科幻文学界的关注。他对天地的恢宏想象和对技术细节的精准把握，都使这部作品惊艳了编辑和读者，可以说，他的作品填补了中国科幻文学史上硬科幻的空白。同年，《科幻世界》杂志还刊发了他的《宇宙坍缩》《带上她的眼睛》等作品，这助力了作为科幻文学新人的刘慈欣一举夺得1999年中国科幻银河奖一等奖。而在2006年，《科幻世界》开始连载《三体》，掀起了第一轮"三体热"。拿出近7期的版面来连载刘慈欣的作品，这对于《科幻世界》来说史无前例的，从中可以看出杂志社对刘慈欣这位风格独特的作者的重视与欣赏。

　　而"稀饭科幻"的创始人夏笳尽管与刘慈欣的风格完全不同，但同样是《科幻世界》杂志社的"宠儿"。相对于刘慈欣风格"冷硬"的作品来说，夏笳的作品显得轻灵和柔婉了不少，她的作品中鲜少涉及技术细节，往往由一个意象或一处妙想延伸开去，具有强烈的个人风格。她的作品属性较为模糊，曾经引发过读者们的激烈争论，但是她饱受争议的处女作《关妖精的瓶子》仍旧获得了中国科幻银河奖，与这部作品同时获奖的还有刘慈欣的《镜子》。两部风格迥异的作品同时获得中国科幻银河奖，这可以很好地体现出中国科幻文学界的包容性。《镜子》崇尚理性和技术，强调逻辑，具有深远的现实意义，是典型的传统科幻文学作品，而《关妖精的瓶子》则融合了童话、科学、神话于一体，是带有强烈奇幻色彩的科幻篇章。前者是对正统科幻文学的坚守，后者则对各种文学类型进行了融合。《科幻世界》不再执着于对科幻文学作严格的定义，而是尝试不断拓宽科幻文学的边界，把更多元素吸纳到科幻作品中，正如其所说的："我们的科幻需要纯正的作品强化本原，也同样需要青春活力。这种活力增加了未来的光彩。"①为此，《科幻世界》专门开设了名为《模糊地带》的专栏，用于刊登难以被定义的科幻作品。这种开放的态度有利于中国科幻作家进一步探索和创新科幻文学创作，一批风格各异的科幻作家在这种宽松的氛围中成长起来，如擅长把魔幻元素融入科幻创作中的科幻作者七月、作品充满无厘头幽默的飞氘、文字具有纯文学特点的陈楸帆等。

　　《科幻世界》所秉持的开放态度不仅体现在接纳不同风格的科幻作品方面，

---

① 银河奖评委会：《关于2004年度银河奖》，《科幻世界》2005年第5期，第6页。

还体现在发现新的科幻文学形式方面,如对网络科幻文学的关注。《科幻世界》在2001年开设了名为《幻想在线》的新栏目,用于刊发优秀的网络科幻文学作品,更好呈现这类作品相较于传统媒体上刊载的科幻小说的异质性。《科幻世界》杂志社认为:"直接就把文章写在纸上的写手,很容易想到编辑审视的目光,也很容易想到文学教程中关于小说文体的甲乙丙丁,也特别容易联想科幻小说的科学性,于是,不知不觉间便拘谨起来,严肃起来。但是,网络上的东西,就是有一股自说自话,说出来痛快,找一个地方一贴,爱看你跟帖,不爱看拉倒的不管不顾的劲头,所以,这些文字便容易写得轻松、有趣,幻想在其中闪烁出诱人的水妖一样的光芒!"[1]尽管从其刊发的作品中很难看出网络科幻文学作品与传统的科幻文学作品之间的差别,但是杂志社的确从网络世界中发现了一批优秀的科幻写手和研究者,如科幻作者北星和科幻评论家三丰。对网络科幻文学的关注也引起了《科幻世界》这一传统媒介形式与网络这一新兴媒介形式之间的"触电"。2000年后,《科幻世界》建立了自己的科幻论坛,为诸多对科幻文学感兴趣的网友提供了创作与点评科幻的园地。尽管相对于"清韵天马行空""大江东去"等科幻论坛来说,《科幻世界》的科幻论坛的热度不算高,但是因为有实体杂志作为依托,其仍然具有很强的生命力与较大的影响力。《科幻世界》杂志社的这些举措在无形之中激发和保持了自身的活力,使其永远紧跟潮流,而这也影响了中国科幻文学界整体的风气。

在1999—2009这十年间,《科幻世界》杂志社把握机遇,把追求商业上的成功和促进科幻文学的发展结合了起来,既通过精准定位读者群体大幅提升了杂志订阅量,又通过发行多种子刊寻找到新的盈利模式,从而增强了自身的整体实力。《科幻世界》杂志社还发现和培养了大批科幻作者,其对科幻作品风格的包容,促进了中国科幻文学的进一步发展。作为中国科幻文学的"大本营",《科幻世界》的这些举措既推动了中国科幻文学的整体发展,又反映了其良好的发展势头。

二、兼容并包的文学理念

这一时期,稳定宽松的社会环境、飞速发展的科学技术、持续涌现的科幻作者,这些因素都为中国科幻文学的发展提供了良好的条件。一方面,中国科幻文学的根基逐渐牢固,不管是科幻杂志的发行,还是科幻图书的出版,都渐成规模,同时科幻文学的理论研究也取得了一定突破;另一方面,中国科幻创

---

[1] 《科幻世界》编辑部:《幻想在线·开栏语》,《科幻世界》2001年第9期,第17页。

作领域有了较大的发展，科幻新人持续涌现，一大批优秀的科幻作品来到读者面前。渐成雏形的科幻产业链和日渐成熟的科幻文学理论在预示着中国科幻文学光明的未来，中国科幻文学已不需要在前一时期的阴影笼罩下踽踽独行。而中国科幻文学的繁荣与《科幻世界》是分不开的，尽管此时的《科幻世界》不再是我国唯一的科幻文学杂志，但是它仍旧是科幻文学界的"领头羊"，杂志所传递出的对中国科幻文学的认知极大地影响着中国科幻文学的发展。

前一时期，由于"清污运动"的影响，大量科幻杂志停刊。到了1991年，《科幻世界》成了我国硕果仅存的科幻文学杂志。而从1999年开始，科幻文学杂志犹如雨后春笋般涌出，《科幻时空》创刊，《科幻海洋》复刊，《科幻迷》《科幻画报》《世界科幻博览》《幻想1+1》等科幻文学刊物纷纷来到市场上与读者见面[1]，为中国科幻作者提供了畅通的作品发表平台，《科幻世界》拥有了更多"同盟军"。尽管这些刊物的经营并非一帆风顺，有些科幻文学刊物甚至在经营一段时间后不得不停刊，但是这些科幻文学刊物的出现证明中国科幻文学的影响力在逐渐增强，尽管还没有迎来如1979年之后那段时期的小高潮，但是不能否认中国科幻文学正在走上良性发展的道路，它正在从昔日受到的重创中全方位复苏过来。

这一时期，科幻作品的出版成了科幻文学发展的亮点。前文已经提到过《科幻世界》的"视野工程"对中国科幻作品出版、外国科幻作品引进的重要意义。钱莉芳的《天意》、刘慈欣的《三体》等科幻畅销书都是"视野工程"的功劳，而《安德的游戏》《星船伞兵》等脍炙人口的国外经典作品也被引进国内，为科幻爱好者们提供了更多阅读选择。除了"视野工程"之外，各个大型出版社也开始为科幻作品的出版大开绿灯。福建少年儿童出版社在1999年推出由叶永烈主编的六卷本《中国科幻小说世纪回眸》，作家出版社在2003年推出刘慈欣的《超新星纪元》与王晋康的《类人》，福建人民出版社在2007年出版了王晋康的代表作之一《蚁生》……此时，中国科幻文学虽然还未迈入"畅销书"时代，很多科幻作品的销量尚未达到畅销书的标准，但是科幻作品从发表无门到被市场接纳，已经昭示了中国科幻文学正在快速发展的事实。

科幻文学理论的发展也同样可以看作这一时期中国科幻文学逐渐繁荣的标志。与中国科幻文学创作相比，中国科幻文学理论的发展处于一种明显滞后的状态。从科幻文学被引入国内之日起，科幻文学理论的发展就呈现出极其不平衡的状态：关于中国科幻文学的意义、性质、概念的研究文章较多，而关注科

---

[1] 杨枫、姚海军：《〈科幻世界〉与中国科幻30年大事记》，《科幻世界·30周年特别纪念》，2009年，第30—31页。

幻小说的发展规律、写作手法、审美标准的作品较少；以单一篇章来探讨科幻文学具体问题的文章较多，而整体梳理科幻文学理论框架的书籍几乎没有。甚至到了1978年，中国科幻文学发展迎来高峰时，科幻文学理论的发展仍旧是缓慢的。虽然有很多科幻作家，如郑文光、童恩正等，就科幻文学的发展提出了自己的真知灼见，但是这些文章多是在讲述他们在写作科幻小说时的直观感受，缺乏理论深度。随之而来的"清污运动"更没有给予科幻作者和研究者太多时间去钻研科幻文学理论。1991年之后，尽管科幻文学在创作上呈现出蓬勃发展之势，但是理论研究方面似乎没有太大的进展。不仅关注科幻文学的研究者较少，而且关于科幻文学的理论观点也没有得到什么更新。从1999年开始，关于中国科幻文学的理论研究终于开始有了一些进展。2002年，北京师范大学首次在泛华人地区招收科幻文学方向的研究生[1]，随后"科幻文学理论和学科体系建设"这一课题获得了国家社会科学基金资助。2004年，科幻文学被首次写入中国文学史中，李平、陈林群编写的《20世纪中国文学》就提到20世纪中国科幻文学的相关情况，这说明科幻文学在被逐步纳入学术研究的范畴内，其学术价值得到了认可。而2006年由吴岩主编的《科幻新概念理论丛书》可以看作这一时期中国科幻文学研究的主要成果，这套丛书不仅收录了一些从晚清到当代的著名科幻文学论文，更把台湾、香港地区科幻研究者的一些研究成果编订成册，介绍了港台地区科幻文学的基本情况。虽然这套丛书并不是对中国科幻文学的全面分析和研究，但是它观点新颖、理论性强，某些篇章还颠覆了既往的中国科幻文学理论。如在为《现代性与中国科幻文学》这本书所写的序言中，吴岩就认为鲁迅对于科幻文学的阐释是一种"误读"，而且这种误读还有着十足的刻意性与功利性[2]，这实际上有利于从根本上破除对读者科幻文学的成见。除了吴岩之外，哈佛大学教授王德威、北京大学教授陈平原等人也对中国科幻文学进行了较深入的研究。虽然他们的研究通常只针对科幻小说中的某一特性，但是他们对科幻小说的解读方式和研究角度确实使人耳目一新。不过这些在学术上取得的进步与成绩都不能掩盖科幻文学所处的边缘地位，依据中国知网的数据，2000—2008年之间，关于科幻文学的研究文章年均发文量不足60篇。[3]

不管是科幻文学出版产业的飞速发展，还是科幻理论体系的逐渐成熟，都

---

[1] 杨枫、姚海军：《〈科幻世界〉与中国科幻30年大事记》，《科幻世界·30周年特别纪念》，2009年，第30—31页。

[2] 吴岩：《现代性与中国科幻文学·序言》，福建少年儿童出版社，2006年版，第3页。

[3] 陈玲、李维：《基于文献计量的科幻产业领域战略坐标分析》，《齐齐哈尔大学学报（哲学社会科学版）》2020年第11期，第25—31、36页。

刺激着科幻文学创作的快速发展。科幻文学创作的繁荣最直接的体现就是此时中国科幻文学界呈现出的多样性，这种多样性既是指科幻文学作品风格的多样性，也是指科幻小说题材、类型的多样性。

这一时期，刘慈欣的作品得到了众多科幻读者的关注和喜爱，他的作品充满了对技术的崇拜、对真理的尊重，气势宏大磅礴，很有几分美国黄金时代科幻作品的影子，是这一时期硬科幻的代表。但是这一作品类型也并非占据着科幻文学的统治地位，具有纯文学和其他类型小说特征的科幻文学作品同样拥有一定数量的读者。以韩松的作品为例，这个自科幻小说复兴之初就活跃在科幻文学界的作家，其作品风格就与典型的科幻文学作品风格相去甚远，我们反而能够从中找到几分中国先锋文学的影子。如果说他在1991—1998年期间的作品还具有清晰可辨的情节，那么进入这一时期，他的作品就显得更加诡异奇崛，充满了难解的意象。以他的《红色海洋》为例，这部作品是对近未来的想象，人类从陆地进入海洋生活，异化成了另外一种生物，似乎重新坠入蒙昧之中，海洋世界显得异常凶险而迷人。这部作品中充斥着血淋淋的场景、灰蒙蒙的底色，非线性的叙述让读者难以厘清头绪，但是刺激的历险又拨动着读者的神经，这是一个理智与疯狂、愚昧与文明并存的诡异世界。在看似支离破碎的情节中，难掩的是作者作为启蒙者的立场，只是作者已经远非前一代的"科学控"那般要在技术与科学上启迪读者，而是要以这变了形的真相展示出人类种族或将面临的异化困境。尽管很难把这部作品当作科幻作品来看，可是彼时的中国科幻文学界表现出了对这部作品的包容，读者们和编辑们将其看作科幻文学的创新尝试，对它表达出欣赏之情。彼时，吴岩就毫不吝惜自己的赞美："《红色海洋》将不但被列为最近20年内中国最优秀的科幻文学作品之一，也将被列为最近20年最优秀的主流文学作品之一。"①除了韩松的作品之外，其他的科幻作品中也或多或少地展现出主流文学的影响，如陈楸帆在作品《坟》中，就牺牲掉了类型文学较为看重的情节，着力营造一个让人毛骨悚然的世界：人人带着一个残缺的大脑以破碎的视角观察着周遭万物，为了观看到正常的环境，竟要以生命为代价。这部作品对所谓的"正常"的讽刺显而易见，却又对异化的人类抱着一丝怜悯之心。

不得不感叹，这十年是个神奇的时期，带有"黄金时代"风格的科幻作品与带有"新浪潮"痕迹的科幻作品竟然都出现在这个时期。同时，这个时期的科幻作家并不囿于一种风格、一种叙事模式，而是不断在进行新的尝试。擅长

---

① 吴岩：《红色海洋·序》，载于韩松《红色海洋》，江苏凤凰文艺出版社，2018年版，第3页。

写恢宏大气的硬科幻作品的刘慈欣,也写出过唯美动人的《诗云》;而科幻小将长铗的作品中既有刺激动人的公路冒险,又有荡气回肠的前朝历史;擅长写男女之间真挚爱情的何夕也在突破自己,写出了以空间折叠为主题的《六道众生》与以转基因技术为主题的《田园》。除了风格的多变之外,科幻题材也在日渐拓宽,出现了很多新的议题,盗墓科技、平行空间、人工智能等都成了科幻小说的常规主题。而相同的科幻题材也有了不同的写作和表达方式,如时间的可塑性本是科幻世界中常见的主题,在前两个阶段中就有不少科幻作品涉及这一点,但往往是写主人公回到过去或者进入未来,实际上并没有打破关于时间的认知框架,而是始终相信时间是呈线性发展的。而在夏笳的作品《永夏之梦》中,一个能在时空中不断穿梭的女子夏获和一个永生者姜烈山却相遇了,这个能够在时间长河中不断跳跃的女子自带着一种轻灵与不安的气息,她是线性时间中的错误,每一次跳跃都预示着时间的另一重走向与一个有序世界的缺口,而永生者却成了时间长河中的磐石,守护着千百年来的历史。夏笳提出了时间运行的另一种可能,在时间看似不可抗拒地向前滚滚流动的时候,总会有别样发展的可能性。两个人分明是两种不同的时间认知观念的代表,一旦打乱线性时间的节奏,一种新的思想、新的生存态度就会随之产生,这在以前的中国科幻文学作品中还不曾涉及。夏笳这篇作品虽然论述还不够深刻,对很多问题也不曾深入讨论,但是确实展示出一种新的认知和可能。这样的例子还有很多,后文将会具体谈及一些。可以确定的是,在这一时期,传统的科幻作品将与加入诸多新元素的非传统科幻作品展开交锋,中国科幻文学虽然还显得有些势单力薄,但是充满了创造力与活力,它与前一个时期展现的勃勃生机不一样。前一个时期的活力是大量青年作家涌入科幻文学界激发出来的,而这一时期的活力是由无限奔涌的创造力带来的。科幻新人与成熟的科幻作家共同发力,使不同风格、题材的作品出现在科幻文学界里,让人惊叹于中国科幻文学所展现的无限潜力。

不管是科幻产业链的初步形成,还是科幻文学创作和理论的繁荣,都与《科幻世界》有着千丝万缕的联系。作为我国老牌的科幻文学杂志,《科幻世界》所拥有的不仅是响亮的名声,还有丰富的作家资源,在科幻文学界有着强大的号召力。尽管这一时期科幻文学已经不用惧怕消亡的危险了,但是此时的科幻文学对于主流文学界而言仍然是一支"寂寞的伏兵"[①],与其他受众群体庞大的流行文学相比也是没有存在感的"小透明",中国科幻文学的发展更多

---

① 宋明炜:《中国科幻新浪潮:历史·诗学·文本》,上海文艺出版社,2020年版,第5页。

是依赖业已形成的科幻圈,很难被"圈外"的研究者、读者所感知。而《科幻世界》的编辑与其培养的作者实际上构成了这一科幻圈的核心部分。

仔细对比可以发现,彼时科幻文学界发生的大事件都与《科幻世界》有着密切的关系。如日后获得雨果奖的《三体》就是由《科幻世界》担纲出版的,其作者刘慈欣也是被《科幻世界》培养和挖掘的。夏笳、陈楸帆、飞氘、长铗等一批新生代科幻作家的作品也是最先刊登在《科幻世界》上的。科幻文学界表现出的兼容并包也与《科幻世界》秉持的办刊理念有着莫大的关系。一直以来,中国科幻迷对于硬科幻文学的热情和呼声都非常高,《科幻世界》在尽量满足这些读者要求的前提之下,并没有放弃对其他类型的科幻作品的支持,它始终在打破科幻文学固有的边界,鼓励把更多元素融入科幻作品中。正如《科幻世界》编辑姚海军所说:"科幻一直被视为一个开放的系统,可以包容人类,乃至宇宙洪荒,因为,科幻小说注定应该是多样性的,科幻的概念也注定是不断进化的,狭隘粗暴地对待某一类作品和作家,才是对科幻真正的亵渎与扼杀。……中国科幻最终应该形成一个完整的生态系统,里面伟岸的青松、秀丽的杨柳、不起眼的芨芨草……不同物种相互依存、相互映衬,只有这样,才可能使不同欣赏口味的人从中找到没,找到乐趣,获得心灵上的满足。"[1]正是因为有这样一种理念,这个时期才滋生出一批难以被定义但是构思新颖的科幻文学作品,也造就了夏笳的"稀饭科幻"与王晋康的"核心科幻"共存的场面,鼓励着更多科幻作家进行创新。

《科幻世界》的办刊理念和对科幻文学的态度,与时任社长阿来有着密切的关系。作为一位纯文学作家,阿来对科幻文学的了解可能无法与其他作为科幻迷的编辑们比,但是他对科幻文学的认知不被已有的观念所束缚,能够以局外人的清醒看清中国科幻文学存在的问题,也能够从整体上来把握科幻文学的发展方向,而不因个人对某类作品的好恶而有所偏废。他鼓励科幻作者走出科幻圈,去吸收纯文学、奇幻文学等其他类型文学中的优秀之处。他曾经表达过对畅销书作家村上春树的欣赏,认为他的作品中有着一种"大自由",能够"想写实就写实,想幻想就幻想"[2]。这种欣赏实际上就是在一定程度上透露出他对中国科幻文学的看法,不管是他提出的"大幻想"的构想[3],还是他所设立的名为《模糊地带》的栏目,都展示着他不惧打破科幻边界的态度。作为一个在纯文学领域大有建树的作家,阿来本身就对中国文学的规律和潮流有着清

---

[1] 姚海军:《科幻,有容乃大》,《科幻世界》2007年第10期,第1页。
[2] 阿来:《主持人的话》,《科幻世界》2005年第4期,第36页。
[3] 《科幻世界》编辑部:《2004科幻世界笔会专辑》,《科幻世界》2004年10期,第74页。

晰的认知，他一直坚持"文学本质就是通过特殊的事物来反映普遍的情感和价值观"①。比如在评价《尘埃落定》这部极具有民族风情的作品时，阿来认为："就我本意来说，我不是要人将其看成一个虚构的遥远传奇，一个叙述奇异故事的精致文本……我的本意是提供一个有现实意义的样本，文化的样本，世俗政治的样本。"②所以，阿来认为，同为小众文学的科幻文学应该为了保持自身活力而多向其他文类学习。科幻文学与主流文学是有一定距离的，只有与其他类型文学接轨，吸取更多外来文学资源的养料，才能够真正生长起来，要在保持自身特性的时候，坚持写作的普适性，坚持与主流文学、主流社会进行交流。阿来所秉持的科幻理念一定程度上催生了科幻文学创作的创新，但也在一定程度上影响了传统科幻文学的发展，科幻作品中的幻想元素得到重视，而科学成分却有所削弱。在阿来担任社长的那些年，读者关于科幻文学作品属性的争论始终未曾停止过。也许正因为如此，阿来在科幻文学史上的地位并未得到太多重视。

综上所述，尽管《科幻世界》已经不再是中国科幻界唯一的杂志，但是它的影响力未曾减弱，在这一时期始终占据着科幻圈的核心地位，左右着中国科幻文学的走向。《科幻世界》所采取的包容与开明的态度，催生了科幻文学百花齐放的局面。而在风格如此多变的科幻文学界中，到底是什么类型的科幻文学作品最为读者所喜爱，并最终占据主导地位呢？

第二节 坚守与融合

这一时期，中国科幻文学表现出极强的包容性，充满了生机和活力，不断有新人加入科幻创作中来，也不断有新科幻作品诞生。而面对宽松的创作环境，科幻作者中出现了两种迥然不同的创作理念与风格。一种要求坚守科幻文学的创作传统，更多地体现科学的巧思，而不必在文学性上过于下功夫。其中表现最亮眼的就是刘慈欣，他掀起了一阵科幻创作的"复古风"。当然他所复的不是中国科幻文学的"古"，而是重现了美国黄金时代科幻作品的风采，这

---

① 易文翔、阿来：《写作：忠实于内心的表达——阿来访谈录》，《小说评论》2004年第S期。
② 阿来：《文学对生活的影响力——为伦敦书展所作的演讲稿》，《厦门文学》2012年第10期，第12页。

类作品包含较多的技术细节,科学构思新颖,大部分都可以归入硬科幻类型。而另一类科幻作家认为不应该拘泥于科幻文学的边界,不再执着于寻找新奇的科幻构思,而是注重讲述故事的方式与语言,他们的作品与传统的科幻文学作品形成了较大的区别。不管是具有传统科幻小说风貌的硬科幻作品,还是尝试与其他文学"联姻"的新科幻小说,它们都展现了这一时期中国科幻文学较高的创作水准。

一、气势磅礴的核心科幻

2010年左右,科幻作家王晋康提出了"核心科幻"的概念,这类科幻作品有着突出的科幻特质,很容易与其他文学类型区别开来[1]。尽管核心科幻在定义上与硬科幻这一概念有所重合,但是彼此之间仍然有明显的区别。与硬科幻强调科学色彩和突出科学知识不同,核心科幻更注重保持科幻文学作品本身的特色,要求以科幻独有的手法去表现科学精神、展示科学之美。这一概念的提出与科幻传统的延续有着密切的关系。当科幻作家为了在创作上求新求变而不断跨越科幻文学的边界时,典型的或者传统的科幻领域必定面临冲击,核心科幻正是对这一冲击的回应。当中国科幻文学的特征呈现出越来越模糊的态势时,强调保持科幻文学本身的特性,显然有着重要的意义。

虽然核心科幻这一概念是在2010年前后提出的,但是在1999—2009年这一阶段,却有大量符合核心科幻定义的作品产生。这类作品是科幻作家坚守传统科幻理念的产物,它们有着明显的科幻文学特征,往往出现令人目眩神迷的科技图景,并以科学准则来代替道德准绳,同时大都表现出对科技的欣赏与崇拜。长期以来作为中国科幻文学主角的"人"以及人的社会逐渐淡出了,科学与技术终于在这一阶段成了被描写和书写的主要对象。若放在世界科幻文学史上来看,这些带有强烈技术崇拜色彩的科幻文学作品其实是向古典科幻文学复归的结果,但是对于中国科幻文学来说,它们是绝对的创新之作。这些科幻作品热衷于展示科技的强大力量,往往有着较为宏大的主题与架构。它们时常以真实的技术细节、严谨的科学设定和雄浑壮阔的气势来造就动人心弦的人类与民族史诗。

这一时期,不少科幻作家跳出了书写人类社会这一阵地,不再执迷于表现"人间事",而是更痴迷于展现科技的美感,这一派科幻作家中最具有代表性的便是刘慈欣。他深受美国黄金时代的科幻作家的影响,对技术繁复、气势恢

---

[1] 王晋康:《漫谈核心科幻》,《科普研究》2011年第3期,第70—72页。

宏、语言简练的古典主义科幻文学作品充满热情。毫无疑问，他的创作反映出了他对科幻文学的理解和偏好。他的作品《三体》可以视为核心科幻的代表作，从中可以看到强烈的"复古"倾向。2006年，《三体》在《科幻世界》上连载，这部作品是整个"三体"科幻系列的第一部，地球人与三体人的对抗还未真正展开，但是已经能够显现出作者精妙的科技构想和独特的背景设定。当叶文洁与三体人联系之后，三体人并没有马上降临地球，但是他们的技术文明已经透露出足够的震慑力，而地球上的科学家们最先感受到三体文明的压迫感。研究纳米材料的汪淼就是被威胁和被震撼的科学家中的一员。起初，他只是从自己所拍摄的照片上看到闪烁的倒计时，而后，倒计时来到了他的眼前，在他的眼前不断跳动，直至最后，整个宇宙都开始为他闪烁起来。尽管汪淼并未受到这一倒计时的实际伤害，但是，他的精神与信念已经被完全颠覆了。因为这一倒计时的实现方式已经超越了人类科学的范畴，在给人以压迫和困惑之外，还营造出一种诡异的美感。当三体人下达了最后的时间通牒之后，汪淼"看到了天空的红光背景在微微闪动，整个太空成一个整体在同步闪烁，仿佛整个宇宙只是一盏风中的孤灯。站在这闪烁的苍穹下，汪淼突然感到宇宙是这么小，小得仅将他一人禁锢于其中。宇宙是一个狭小的心脏或子宫，这弥漫的红光是充满于其中的半透明的血液，他悬浮于血液中，红光的闪烁周期是不规则的，像是这心脏或子宫不规则地脉动，他从中感受到了一个以人类的智慧永远无法理解的怪异、变态的巨大存在"①。科技的魅力与暴力都清晰地展现在读者面前。

　　高等文明以另一种方式展现出对低等文明的压制，科技的威力不再体现于坚船利炮方面，也不一定以暴力的形式来展现，而是通过打破既定准则来施展。当一个文明赖以生存和发展的客观物质条件被消解之后，它其实已经丧失了与敌人斗争的必要，因为这意味着二者科技力量的差距太大了。刘慈欣从不引人注意的细节入手，展示了三体人高超的技术水平，颠覆了读者对技术力量表现形式的认知。他对科技细节的准确把握使作品具有强烈的现实感，不管是散布于照片上的如"细蛇"一般的幽灵数字，还是通过3K眼镜观测到的闪烁宇宙，它们都增强了小说的可信度。刘慈欣使幻想与现实紧密地结合在了一起，但是他并不像其他科幻作家一样，用消弭现实感的方式来融合幻想与现实，而是通过增强真实感的方式使幻想与现实达到统一。如果说闪烁的倒计时只是稍稍展示了一下科技的可怕威力，那么古筝行动则足以使人充分领会科技中的暴力色彩。用"飞刃"材料所制造出的纳米线编织出了一把死亡之琴，把

---

① 刘慈欣：《三体（三）》，《科幻世界》2006年第7期，第19页。

巨大的"审判者"号变成了"四十多片薄片"[①]。"上部的薄片前冲速度最快，与下面的逐级错开来，这艘巨轮像一叠被向前推开的扑克牌，这四十多个巨大的薄片滑动时相互摩擦，发出一阵尖利的怪音，像无数只巨指在划玻璃……那些薄片看上去像布片般柔软，很快变形，形成了一堆复杂的形状，让人无法想象它曾是一艘巨轮。"[②]而船上的人也如同巨轮一般支离破碎。这本是屠杀的现场，但是不见任何血腥与暴力的痕迹，科技创造了另一个兵不血刃的神话。在《三体》中，如此这般展现科技的力量与魅力的细节还有很多。难能可贵的是，作者并没有为了展示科技的奇妙而巨细靡遗地叙述科技细节，所有科技细节的铺陈都是为了情节而服务。这部作品始终遵守着因果关系，逻辑环环相扣。就如那段只有汪淼能够看见的倒计时，其存在就不仅显示出三体人的科技实力，而且还暗示了汪淼这一角色的重要作用。而汪淼所研究的"飞刃"最后真的发挥了巨大作用，又再次证明了三体人对于整个人类世界的控制力。

　　刘慈欣的《三体》实际上是从科技的维度重新评估了地球文明，把人类从已经取得的科技成就中唤醒过来，正视地球文明所处的发展阶段。同时，他不断强调科技的力量，指出能够让人类文明延续下去的绝非运气，而是人类自身的科技进步。王晋康认为核心科幻具有以下三个明显的特点：拥有宏大、深邃的科学体系，具有科学精神与科学理性，充分运用科幻独有的手法。[③]刘慈欣的《三体》就符合这些特点。除了《三体》之外，刘慈欣的《流浪地球》《微纪元》《地球大炮》等都是在技术想象上颇具特色的作品。而拉拉的《永不消逝的电波》、罗隆翔的《在他乡》同样彰显了科技所蕴含的力与美。

　　在这一阶段，科幻文学作品对科学原则和客观规律的强调超越了对道德和人性的讨论，这些原则和规律成了故事演变与发展的核心。在这些科幻文学作品中，科学原则和客观规律是需要始终遵循的，个体的情感不再是影响人类整体命运的关键因素，理智的推演和逻辑的发展取代情感的起伏，成为故事展开的主要动力。换句话说，在这一阶段，很多科幻文学作品不再把人，以及人类社会中的道德规则和情感原则奉为圭臬，而更重视逻辑与理性。

　　强调人类情感的价值，重视人性的力量，在科幻文学复兴之后的一段时期曾是其重要主题，这一主题具有重要的历史意义，它展示了刚刚走出特殊历史时期的人民的情感诉求。但是随着时间的推移，对人性和人情的过分重视在一定程度上戕害了科幻文学作品的科学性。1994—1998年期间，一些科幻作家和

---

① 刘慈欣：《三体》，《科幻世界》2006年第11期，第20页。
② 刘慈欣：《三体》，《科幻世界》2006年第11期，第20页。
③ 王晋康：《漫谈核心科幻》，《科普研究》2011年第3期，第70—72页。

研究者已经在有意识地纠正这一倾向，但是长期受主流文学影响的科幻文学，以及对科幻文学认知的落后，使对人性和人情的关注在中国科幻领域长期占据着重要位置。如提出核心科幻概念的王晋康，这一时期虽然已经认识到科学精神和科学理性①在科幻创作中的重要性，但是没有跳出讨论现代社会伦理的"舒适圈"，无法摆脱人情的束缚，以绝对理性的目光来思考和创作。但是，在这一阶段的部分科幻篇章中，科技的力量超越了人性，科学法则与规律成为人类行为的主要依据，道德与伦理被抛掷到了一边。以星河的《潮啸如枪》来说，这部作品叙述了一个部落将要覆灭时的故事。大潮的来临让一个部落以及部落文明面临着覆灭的危险，在这危急时刻，部落长率先抛掉文明的面纱，不再顾及道德，而是带领部落成员最大限度地追求生存的可能，保存下了人类文明的种子。在可以救命但有限的氧气面罩前，他拒绝行使相对公平的抽签办法，"当仁不让地顺手抄起一个营养面罩，随后扭头就走"②；他怀疑人类之间的互帮互助，在缺氧的掩体中，他严令禁止有营养面罩的人帮助他人。可这并不意味着这个部落长就是一个阴险恶毒的小人，他只是整个部落中一个明白生存法则高于一切的人。他所做的一切都不过是让人类族群能够活下来，他在绝对的灾难面前对人类旧有的观念作着最深刻的质疑。民主、互助这些伴随美好人性所演化出的品德在灾难面前毫无用处，只有遵守生存的法则，人类部落才有希望迎接明日的朝阳。这里已经不能用好坏与善恶来评价部落长，他应该被看作一个了解和遵循生存规律的人。在这部作品中，星河无意对人性的恶进行批判，而是在尝试探讨当危机真的来临时，人类有必要遵循那些关于人性善恶的规则吗。作者在这部作品中鲜明地表现出对善恶标准与人伦道德的怀疑，正如部落长看到部落成员在摇摇欲坠的平台上还互相拉扯时发出的诘问："可是在一个极端恶劣的环境下，又怎么能够做到全体一致呢，难道就不需要保留下文明的火种吗？"③这部作品已经不再讨论人性之中的龃龉，而是说明在极端环境之下人类应该遵循实际的情况与最基本的生存法则，应该在具体的情况中灵活地看待人类社会的规则。只是在这部作品中，对基本生存法则的贯彻并不彻底，在科学规律和人类情感之间，作者仍然表现出一种左右为难的态度。在那位代表着理智与科学的部落长身上，读者还是能够看到"为情所困"的痕迹。他已经预测到，在危急时刻人类会互相拉扯造成可怕的悲剧，也已经接触到这个悲剧的内核：人类因所承受的感情束缚无法遵从客观规律是造成悲剧的主要

---

① 王晋康：《我所理解的核心科幻》，《科幻世界》2010年第10期，第68页。

② 星河：《潮啸如枪》，《科幻世界》1999年第2期，第12页。

③ 星河：《潮啸如枪》，《科幻世界》1999年第2期，第14页。

原因。因此,"也许必须放弃所谓的互助原则,恢复到最原始的本能状态"?①部落长已经无限趋近科技世界的真相,可是长期以来的道德观念仍旧束缚着他,让他"不敢继续想下去"②。乃至到了最后,他明白在掩体中若是人人都传递使用营养面罩,一定会引起更多的混乱,这不符合生存的法则,可是他仍旧把自己的面罩给了身边的"眼镜"。这种情感与理智上的矛盾,说明作者星河已经清晰地意识到客观规律和科学定理的存在,这些看似无情的基本设定才是科幻世界乃至科技世界得以成立的基础,只有奉行这些原则与设定,以科学和理智为本的科幻世界才有存在下去的必要,可是他却无法完全抛弃掉情感的因素,尽管坚信在危急时刻践行最基本的法则是对的,但是他无法抵挡对人性纯美的书写。

  而刘慈欣的作品则表现出对客观规则和科技定理的绝对遵循,他在一定程度上拒绝承认人类情感与文明中所包含的情感因素的价值,他几乎不再讨论人类道德所具有的意义。正如他自己所说:"不,我对人不感兴趣。"③这在他的每部作品中几乎都有体现。在作品《吞食者》中,刘慈欣更是将对生存法则的和科学规律的尊重贯彻到底。作为强者一方的吞食国根本不在意人类社会的情感,面对人类的苦苦哀求,作为吞食国使者的大牙不仅没有感觉到任何歉意,而且明确提出:"我们以后有很长的时间相处,有很多事要谈,但不要再从道德的角度谈了,在宇宙中,那东西没意义。"④这个庞大的帝国只有生存下去的欲望,生存法则代替了情感与道德成了左右他们行为的唯一律令,甚至在行文最后,士兵们的复归与牺牲也未曾唤起他的同情,只是让他感受到深深的不理解。正如他所说:"自己生存是以征服和消灭别人为基础的,这是这个宇宙中生命和文明生存的铁的法则,谁要首先不遵从它而自省起来,就必死无疑。"⑤这段话不仅可以看作对吞食国文明内核的注解,更可以看作对刘慈欣创作理念的注解。刘慈欣最看重的是自己作品中散发出的科学与理性的气质。这种气质来源于对未来世界的精准描绘与想象,来源于对理性与科学规律的绝对信任。一直以来,我国文学界始终把"文学即人学"⑥作为重要的评判标准,科幻文学也概莫能外。翻看一下早期的科幻作品就可以发现,人性、人情始终是中国科幻文学作品无法回避的主题。而刘慈欣却第一次尝试抛开对人的关注,用心

---

① 星河:《潮啸如枪》,《科幻世界》1999年第2期,第14页。
② 星河:《潮啸如枪》,《科幻世界》1999年第2期,第14页。
③ 董仁威:《穿越2012:中国科幻名家评传》,人民邮电出版社,2012年版,第129页。
④ 刘慈欣:《吞食者》,《科幻世界》2002年第11期,第21页。
⑤ 刘慈欣:《吞食者》,《科幻世界》2002年第11期,第28页。
⑥ 郑乃藏、唐再兴主编:《文学理论词册》,光明日报出版社,1989年版,第3页。

去创造一个充满技术之美与智慧之魅的科幻世界，这对于整个中国科幻文学界甚至中国文学界来说都是史无前例的。他的作品中蕴含着技术的壮观、科学的宏大、逻辑的严谨，正如吴岩所说："大刘回归了西方科幻的本质属性，他把科幻最迷人的侧面——科学的美感、科学过程中的那种惊心动魄、科学带来的美好或惊惧的未来——通过逼真的、视觉化的细节展现出来。这就是古典主义科幻的魅力。"[①]刘慈欣尽管是中国科幻的"新"人，却重现了一个旧时代，那个在整个科幻文学史上最辉煌的黄金时代。这不得不说是一个奇迹，而这个奇迹又不能不归功于刘慈欣所处的独特环境。

相对封闭的工作和生活环境使刘慈欣与时代稍微脱节，他不像陈楸帆、夏笳等作家一样生活在繁华的大都市，几乎时时刻刻感受着流行文化的冲击；他也没有如星河、柳文扬等人在创作之初就处在科幻圈的中心位置，能够接触到多种多样的科幻文学观念。更多的时候，他面对的是对他的创作毫不知情的工友，是娘子关水电站中的日常生活，这反而提供给他沉淀和思考的空间，让他续写了古典科幻文学的传奇。尽管他的作品掀起了众多科幻作家与读者对典型的、传统的科幻文学作品的兴趣，也刺激和引导着很多科幻作者尝试去写作这种类型的科幻作品，如科幻作家宝树就是因为对刘慈欣的《三体》感兴趣转而创作其后传《三体X》从而在科幻界成名的，但是这种传统的科幻文学风格本质上是与这个时代读者的阅读品位和文化风气不相符的。虽然刘慈欣独特的创作天赋可以使他的作品大放异彩，但是其他科幻作家的同类型作品可能就很难如此受欢迎了。所以刘慈欣与他的具有古典科幻特征的作品尽管得到了读者的喜爱与业界的认可，但是并没有带来传统科幻文学的全面复归，融合了纯文学、其他类型文学和流行文化的科幻作品才是彼时真正占据科幻文学市场的主流。这些作品文学性更强而科学性稍弱，与传统科幻文学作品迥然不同。关于它们的争论从来不曾间断过，它们展现了中国科幻文学的另一种可能。

二、剑走偏锋的新科幻

尽管刘慈欣具有古典科幻特征的作品在这个时期有着巨大的影响力，成了中国科幻文学史上难以逾越的高峰，但是这并不意味着整个中国科幻文学界只有这一种声音，也不是所有中国科幻作家都擅长写作技术细节翔实、科幻构思新颖的作品。彼时还有另一种科幻创作的新路径，即通过吸取其他文学类型的长处，拓宽科幻文学的题材，并探索新的写作方法。《科幻世界》基于多种原

---

① 小姬：《如果·刘慈欣》，《科幻世界》2009年第9期，第68页。

因，对不同类型的科幻作品采取包容的态度，这鼓励了科幻作家们自发地打破创作上的桎梏，纷纷与其他幻想文学"结盟"，创造出了一批具有奇幻、魔幻甚至玄幻色彩的科幻作品。纯文学也成了不少科幻作家汲取养料的地方，其相对多样的创作方法和成熟的创作理论都刺激着中国科幻文学的进一步发展。

1999—2009年是中国科幻文学迅速发展的十年，也是其他类型幻想文学"丰收"的十年，特别是奇幻文学，隐隐有盖过科幻文学风头之势。面对"来势汹汹"的奇幻文学大潮，有一些科幻作者如临大敌，认为奇幻文学挤占了科幻文学的市场，但是更多的科幻作者，以及《科幻世界》，却表现出对奇幻文学、魔幻文学等幻想文学的包容。这既是基于对市场的考虑，也是出于写作创新的考虑。一些科幻作家大胆地把奇幻、魔幻元素挪过来"用"，由此产生了一批想象奇崛、意象丰富的作品。

以潘海天的《大角，快跑》为例，在这部作品中，科幻文学与奇幻元素产生了绝佳的化学反应。作品中既没有炫目的科技产品，也没有惊心动魄的宇宙灾难，只有一个小男孩奔跑的身影。生活在木叶城中的大角本来是一个普普通通的瘦弱小男孩，但是瘟疫的流行让他不得不担负起为母亲找药的任务。"一份水银，两份赫梯人的黑磁铁，一份罂粟碎末，三颗老皱了皮的鹰嘴豆，七颗卡特森林里的金花浆果——最后你还需要一百份的好运气"①，母亲的重病和这份看起来十分怪异的药方催促着这个小男孩向不同的城市奔跑。一路上，他来到以劳动为乐的蒸汽城，遇到了以打鱼和海上航行为生的赫梯人，碰见了飞行在空中的库克人，还进入了恐怖森林戏弄了一只困惑的大猫，最终与草原上的强盗黑鹰部落打了个照面，感受到了失而复得的悲欢。在这部作品中，不仅看不到现代科技的痕迹，而且很难以现代科学知识去理解大角所处的那个世界。整个故事发生在一个架空的世界中，显然这更符合奇幻文学的定义，因为架空世界是奇幻小说最重要的特点。②这部作品夺得了2001年的中国科幻银河奖，这个奖项显然是对这部作品科幻属性的确认，也印证了这个时期中国科幻文学表现出的包容性。与传统的科幻作品相比，这部作品虽然未曾展现新颖的科技构思，但是在语言使用和意境想象上十分出色。作者不仅塑造了一群性格各异、习俗独特的异族人，而且构建了与他们的身体习性和生活习惯相适应的城市，每个城市都有不同的特色，有着独具魅力的一面。每一个城市与每一个民族都代表着一种价值观，随着大角奔忙的脚步，一幅浮世绘徐徐展开，看似

---

① 潘海天：《大角，快跑》，《科幻世界》2001年第12期，第13页。
② 陈晓明、彭超：《想象的变异与解放——奇幻、玄幻与魔幻之辨》，《探索与争鸣》2017年第3期，第29—36页。

与现实世界相去甚远的异族们,实则都能在当代社会中找到与之对应的人群。可是做这样的解读显然没有意义,作者的意图绝对不是描摹现实,而是寻找一个终极问题的奥义,这个问题就是"你们为什么快乐"①。具有不同理念与生存哲学的人都在对这个问题作出自己的解答,或是劳动带给他们快乐,或是对自由的向往使他们幸福,或是对钱财的悭吝使他们满足……在光怪陆离的答案之中,蕴藏的是作者对不同思想观念的体察与包容。而大角对这个哲学问题的关注与求索完全可以看作求真、求是的科学精神的另一重表现,其中展现了作者对于科幻文学别样的理解:科幻文学不一定要到处都是飞船、外星人等符号,也可以是对科学精神的表达与科幻氛围的营造,科幻文学作品可以是写科技社会中的种种冒险,也可以是在无边的幻想世界中轻灵地跳舞。作者潘海天认为,幻想既不分软科幻和硬科幻,也不分科幻和奇幻,它们之间的界限是模糊的。②这种理念使他在这个时代里如鱼得水,在同时期的作家中,他的探索显得尤为大胆。他不再费心为自己的作品找到科学与技术的支点,而是醉心于气氛的营造与幻象的塑造,在科幻与奇幻这两种不同的类型文学中找到平衡点。比如在《饿塔》中,他虽然讲述了一个有关星际殖民的故事,但是在那座星球上发生的一切不啻神迹,当饥饿摧毁了人们的神经让他们同类相食的时候,自救的武器竟然掌握在人类自己的手里,坚持思考就能催生出食物和他们想要的一切东西,可惜人类最终杀死了知道真相的人。这构成了一个可悲的悖论:人类因对生存的渴望而毁掉了生存的唯一希望。而在《猴王哈努曼》中,他塑造了一个具有异能的"神猴"哈努曼,他是所有贫困孩子的希望。

除了把奇幻文学与科幻文学结合之外,还有一些科幻作家把玄幻文学等类型文学中的要素融入科幻作品中。如拉拉所写的《春日泽·云梦山·仲昆》就有着明显的玄幻和青春言情小说的色彩。这部作品是从偃师造人这个古代传说翻演而来,只是在这部作品里,偃师不再是一个卑躬屈膝的匠人,而是一个天才的少年发明家,来自贵族世家的姜无宁则成了真正的主角。这个本该是赞颂古代科技精巧的传说演变成了讲述少年成长与讨论人心幽暗的小说。当被两个哥哥的权势压得抬不起头来的姜无宁在湖边遇到了眼神清澈的偃师之后,他们的人生就不可避免地纠缠在了一起。姜无宁的坦荡、率真与偃师的冷静、智慧相得益彰,尽管两个人地位悬殊,但是他们却成了莫逆之交。可惜,权势、自尊、爱情等因素都为他们的友谊投下了阴影。当自尊不断受到挑战,而自己所爱的流梳公主也钟情于偃师之后,姜无宁的心态失去了平衡。他自导自演了一

---

① 潘海天:《大角,快跑》,《科幻世界》2001年第12期,第12页。
② 小姬:《大角,快跑!大角,快跑!》,《科幻世界》2009年第4期,第58页。

场阴谋，想借偃师所造的假人"仲昆"之手除去自己的哥哥和偃师，没有想到他自己却成为这场阴谋的牺牲品，被反将一军后失去了一切。作品不再聚焦于偃师造人这个科技上的奇迹，而是用心刻画了一个少年的成长历程。甚至在写到造人的过程时，作者也未曾展示切实可依的科学原理，反而是用浪漫的想象串联起整个过程。驱动这个人偶的动力来自蹦跳的白兔、一群小松鼠，而这个木头人之所以能够翩翩起舞、懂得鉴赏音乐，则要追溯到一只会唱歌的鸟儿，而一颗鲜活的人心就可以让它获得去用武力杀人的本领。这个机械人获得力量的方式近乎魔法，很难对它进行科学的解释。不过这并不意味着这些作品背离科幻写作的本质，虽然这部作品没有直接描写科技产品的细节，但是不仅做到了逻辑自洽，更关键的是还依从情境塑造了一种科技感。对于身在周朝的偃师、姜无宁等人来说，超出他们理解范围的科技难道不正如魔法一般吗？所以这些近似于玄幻的科技内容，如果放置于历史背景之下，其实并不违和。

当奇幻文学、玄幻文学等类型文学混入科幻文学中，看起来科幻文学的科学性在一定程度上遭到了破坏，实际上这为展现科技样态、诠释科学精神提供了更丰富的维度。在科技发达的当代社会，科技自然是与高科技产品联系在一起的，但是若是在远古社会、莽荒时代，能够带给人们极大便利的科技不就是仙法吗？科学精神一定就是在现代科学家身上所表现出的理性与理智吗？为何不能是闪耀于一个少年身上的对自然、对世界浓厚的好奇心呢？其他类型的幻想文学给予了科幻文学跳出窠臼的可能，使中国科幻作家能够从更多的角度来看待科学和塑造人物。

除此之外，这些幻想文学也在如何利用传统幻想资源上给了中国科幻文学丰富的启示。早在当代科幻文学复兴之初，科幻作家就把创造中国风格的科幻小说[①]提上了日程，并在这方面作了大量尝试，但是古代神话与现代科技之间很难彼此契合，以至于出现了一批套用远古传说的故事梗概对科技社会进行描摹的作品，很难说这种对古代幻想资源的利用是成功的。而奇幻文学，特别是玄幻文学，在发掘和使用传统幻想元素方面则要成功得多，这与它们的发展历程有着很大的关系。很多奇幻、玄幻文学作品都利用了传统文化资源来构建具有"中国风"特色的神异世界，如萧鼎的《诛仙》中就有着道家文化的踪影。这些奇幻与玄幻文学作品对中国传统的大胆借用为中国科幻文学的发展提供了难得的范本。以罗隆翔的《山海间》为例，中国神话传说中的诸多神怪竟然都变成了一颗邈远星球上具有高智能的种族：带领人类补天、泽被后世的地母女娲竟然成了爱写诗歌的爱美女孩，而在中国传说中多次现

---

① 吕应钟：《创造中国风格的科幻小说》，《科幻世界》1991年第5期，第31页。

身、被冠以妖名的九尾狐却是一名环境保护主义者，能够腾云驾雾、长期作为中华图腾的至尊神龙竟是能够利用脑电波交流的智慧生物……虽然这是一个文明社会，但它也是一个不折不扣的神魔世界，作者虽借用了这些神怪的形态，却没有套用已经被人熟知的故事模板，而是让这些远古神兽都拥有高等智慧生物的思想与模式，在现代文明中再造了一个神话。作者让辽远的传奇世界与现代的科技社会交织在一处，把世人所熟知的形象从惯常的神话背景中剥离出来，放在与其形象格格不入的当代社会中，让截然不同的两种元素产生碰撞。奇幻文学与玄幻文学看似不受科技与逻辑的约束，可能对科幻文学的科学性造成冲击，但是也为科幻作家们提供了理解和看待科幻文学的另类方式，并为其理解与运用中国传统幻想资源提供了启示。正如科幻作家刘慈欣所说："奇幻文学的历史渊源更加久远，它与人类历史文化的联系也更加紧密，这些正是年轻的科幻文学所欠缺的。如何更好地融合博大精深的历史和文化，仍是科幻文学面临的重要课题，在这方面，科幻可以从奇幻文学那里得到很多的启示和营养。"[1]

除了从幻想文学中借取资源外，这一时期的科幻文学受纯文学的影响也日渐增多。中国科幻文学与纯文学之间的关系极为复杂，纯文学界对科幻文学的狭隘认知曾让科幻作者吃尽了苦头，科幻文学的特性也使科幻文学界始终在一定程度上保持着与主流文学界的疏离，但是彼时中国科幻文学的状况和中国文坛的制度都决定了中国科幻文学不可能完全背离纯文学。在新的时期，中国科幻文学界其实已经在对待主流文学的态度上达成了某种共识，那就是中国科幻文学的发展离不开主流文学。正如科幻作家何夕所说："如果科幻小说'自绝'于主流文学，这对主流文学不会造成什么影响，而最终受到损害的只是科幻自身。"[2]王晋康也认同科幻文学应该与主流文学保持联系，认为"科幻当然要同主流文学互相渗透，但不是去取媚主流文学"[3]，既要"征服主流文学，也从主流文学汲取营养"[4]。就连始终主张与主流文学划清界限的刘慈欣也为"主流文学家们那种对文学表现手法的探索和创新的勇气"[5]所折服。向纯文学学习写作的技巧与方法，努力提高科幻文学的创作水准，成为一种势在必行的发展方案。

这一时期的科幻作家虽然在题材探索方面已经与主流文学相去甚远，但

---

[1] 刘慈欣：《刘慈欣谈科幻》，湖北科学技术出版社，2014年版，第57页。
[2] 何夕、姚海军：《何夕访谈》，《科幻世界》2002年第3期，第35页。
[3] 王晋康、姚海军：《王晋康访谈》，《科幻世界》2002年第5期，第38页。
[4] 王晋康、姚海军：《王晋康访谈》，《科幻世界》2002年第5期，第38页。
[5] 刘慈欣：《刘慈欣谈科幻》，湖北科学技术出版社，2014年版，第54页。

是在写作技巧和语言上无疑还是能够达到主流文学标准的。如何夕的《伤心者》这部作品，不管是在语言上还是在题材上，都和早期中国科幻文学大相径庭。它所关注的不再是故事情节，而是用心塑造一个具有探索和求知精神的学者。作为一个在数学上颇有天赋的C大才子，何夕本可以在计算机刚刚兴起的20世纪90年代赚得盆满钵满，可是对微连续理论的痴迷让他根本无暇他顾。在所有人都想着出国镀金、赚钱捞金的时候，何夕却坚持做一个时代的逆行者。他不肯为了所爱的姑娘妥协，也不为恩师的劝导所动，更不为高薪厚禄折腰，只为了完成一个"简单又优美"①的理论。当他牺牲掉自己的尊严与幸福，将自己的理论付诸出版后，承认与尊重并没有随即到来，而昔日恋人的背叛成了压死骆驼的最后一根稻草，天才何夕疯掉了。可是150年后，何夕的著作因一次意外而被人看见，竟然引起了数学与科学界的轩然大波，这部被视为无用之物的书只不过是超越了它所属的时代而已。他成了未来世界中的大智者，却成了自己时代中的伤心者。这部作品中没有炫酷的高科技产品，也没有玄妙的理论背景，更难以说有令人心动的科幻构思，有的只是对一个孤独者甚至可以说是失败者生命轨迹的白描，但是打动了无数读者的心。

这部作品最突出的特点是攻克了科幻文学长期以来在塑造人物方面的弱项，不仅成功塑造了一个为了科学理想而奋不顾身的何夕，也塑造了一个对儿子无限信任和支持的母亲夏群芳。虽然整部作品都只是在述说一桩桩小事——一碗泼掉的粉丝汤、一块手帕、一张照片……但是传递出了一种悲壮的理想主义情怀，呼唤着业已失落的人文精神。精准的细节描写为作品添色了不少，如母亲夏群芳在窗口反复观看儿子学习的场景，以及母亲等待儿子归家时的忐忑与不安……这些场景与细节都使这对备受折磨的母子形象更加立体。相较于何夕早期作品中不加克制的抒情语言，这部作品的语言凝练和内敛了很多，作者更多的是进行场景的刻画，而不是抒发情感，这显然是刻意控制和多番修改的结果。何夕有意识地"用纯小说语言叙述了一个标准的科幻故事"②，认为"主流文学能够接受魔幻主义的原因之一便是语言的相通"③，所以"科幻小说既然打着'小说'的标记，就有义务在语言上与纯小说相通"④。这种写作上的自觉让1999年后复出的何夕在写作方面更上了一层楼。尽管与刘慈欣、王晋

---

① 何夕：《伤心者》，《科幻世界》2003年第1期，第14页。
② 何夕、姚海军：《何夕访谈》，《科幻世界》2002年第3期，第35页。
③ 何夕、姚海军：《何夕访谈》，《科幻世界》2002年第3期，第35页。
④ 何夕、姚海军：《何夕访谈》，《科幻世界》2002年第3期，第35页。

康等人相比,他的科幻设定不够新颖,但是他的语言却十分精彩。

柳文扬的《去告诉她们》也是中国科幻作家向纯文学学习并努力创新的重要表现。科幻文学作为一种通俗文学,很少在写作技巧上下功夫。纵观世界科幻史中的名著,鲜有仅凭令人眼花缭乱的写作技巧就站住脚的。[①]可是在《去告诉她们》这部作品中,柳文扬并不囿于科幻文学常用的写作技巧和叙述顺序,而是采用倒叙、插叙等多种叙述方法,从多个侧面描写了一个太空惨案。在作品的开头,老木和"我"就出现在一个妇人的家中,为她通报了她丈夫的死讯。通过我们之间的对话,这看起来不过是一次意外所造成的死亡,但是"我"与老木两人狼狈而痛苦的状态则表明死亡背后的真相并没有那么简单。在我们努力粉饰太平的背后,竟然是一个极为残酷的故事,那些来自世界各地、在宇宙中失去生命的年轻人不是因为无法避免的意外而亡,而是因为自相残杀而死:被寂寞与孤独逼得发疯的人们在争斗中愤而杀死了自己昔日的朋友。在层层的反转中,一个充斥着血腥与暴力的宇宙世界展现在读者面前,与广告上那个光鲜亮丽的太空城形成了鲜明的对比。看起来,整个故事是在揭示宇宙残酷的真相,讲述的是人类征服太空的悲壮历史,可是一个若隐若现的"局里"却让作品的内涵更深了一层,原来这并不是纯粹的天灾而是人祸,看上去是冷酷的宇宙夺取了那么多鲜活的生命,其实是官僚制度在其中作祟。柳文扬没有直接描写那些可怖的死亡场景,而是通过对这些死难者亲属的描写一步步勾勒出事件的真相,其中还穿插着对死亡、生命、爱情的思考。在短小的篇幅中放入诸多内容,多条叙事线索并行不乱,不管在技巧上还是语言上都十分出色。相比于柳文扬的《一日囚》《闪光的生命》等在科学构思上更为出色的篇章来说,喜爱《去告诉她们》这部作品的读者并不多,但是这部作品在叙事和语言上具有特殊的意味,不仅在表现科幻主题上特别出色,而且在写作技巧和方法上别出心裁。

在1999—2009年这十年中,中国科幻文学不仅与其他类型文学、纯文学的关系紧密,还从各种流行文化中寻求灵感,这些踊跃尝试带来了整个科幻文学的繁荣。这些作品尽管与传统科幻作品相去甚远,但是同样精彩,它们代表着中国科幻文学新的可能与科幻写作新的方向。

综上所述,在这个充满包容精神的十年中,中国科幻文学界不再似前两个阶段一般有着统一的特点,而是有了多种不同风格和多种新的理念。既有坚守科学内核、风格"复古"的史诗级科幻作品,也有不断从其他文学类型汲取养分、语言与写作技巧纯熟的新科幻作品。科幻研究书籍《亿万年大狂欢:西方

---

① 《科幻世界》编辑部:《校园科幻·点评》,《科幻世界》2002年第1期,第83页。

科幻小说史》中说道:"当两种类型的作家——打破传统者和偶像崇拜者——相互对峙、互怀敌意时,在科幻小说领域里往往就出现了繁荣的局面。"[1]尽管彼时中国科幻作家并没有达到相互对峙和互怀敌意的地步,但是"打破传统者"与"偶像崇拜者"都已经出现了,并且都在各自擅长的领域中勤奋创作着,他们确实为中国科幻文学带来了繁荣,打开了科幻文学的新局面。

第三节 刘慈欣:融通者与坚守者

尽管在这一时期,科幻文学新秀不断涌现,但是刘慈欣仍然是最耀眼的那一个。他的作品不仅讲究科技与逻辑,展现出别具一格的科技之美,而且还具有趣味性和现实感,把科技与现实结合了起来。在他的作品中,既能够看出他对科幻文学的无限热爱,也能够看到他对中国文学传统的皈依。其实,不管是他对科幻文学的认知,还是他创作的科幻文学作品,都展现着一种矛盾性。作为一个"科幻迷",刘慈欣提出科幻文学应该有与纯文学迥然不同的创作方法和理念,有意地要把科幻文学与主流文学区别开来,让科幻文学回归通俗文学的本质,而不再被原有的理念所束缚。但是,科幻文学所处的特殊地位、他所接受的教育以及中国文学的强大传统,都让他在写作过程中不自觉地透露出一种精英意识。他既是一个传统科幻文学的坚守者,又是沟通科学与文学之美的融通者。

一、充满启蒙精神的"伪通俗"文本

也许是因为一直以来中国通俗文学所受到的不公正待遇,也许是因为科幻文学界渴望得到主流文学界的接纳,在很长一段时期里,科幻文学作者与编辑并不承认科幻文学是通俗文学的一种。即使在1999—2009年这段科幻文学发展的黄金时期,也很少有科幻作家敢于理直气壮地赞扬科幻文学作品的通俗性。他们往往把纯文学与主流文学作为学习和赶超的对象,不断证明中国科幻文学的思想性与艺术性可以比肩主流文学。但是,刘慈欣与此时期的大部分科幻作家都不同,他认为应恪守科幻文学的界限,拒绝科幻文学与主流文学"走"得

---

[1] (英)布赖恩·奥尔迪斯、(英)戴维·温格罗夫:《亿万年大狂欢:西方科幻小说史》,舒伟、孙法理、孙丹丁译,安徽文艺出版社,2011年版,第4页。

太近。他自然也不羞于承认科幻文学是通俗文学的一种，他认为："大众文学是没有使命感的，我们写的就是为了发表，为了赢得读者，就这么简单。"①他甚至十分拒斥主流文学的评价体系，当评论者认为他的"很多作品都极具厚重的现实感和昂扬的爱国主义激情"②，他毫不犹豫地作了否认，认为这是评论者的"惯性思维"③。但是，刘慈欣对主流文学评价体系的回避，是否就意味着他不肯逾越通俗文学的界限、完全放弃追求和探索科幻文学作品的思想性和艺术性呢？答案当然是否定的。他尝试挣脱"文以载道"这一文学传统的束缚，但是不能逃避引领、启蒙读者的重任；他企图回避纯文学的价值理念，但是不能放弃对科学精神和哲学议题的思考与追索。因此，尽管他的作品中有着类型化、趣味性等通俗文学的特点，但是仍然掩盖不了其中所闪耀的人文精神之光。

启蒙是中国文学的重要主题，启蒙精神几乎贯穿于整个中国现当代文学史中。而中国科幻文学作为中国文学的一种，不可能不受到启蒙思潮的影响。从20世纪90年代至今，中国科幻作家相比主流文学作家而言，甚至有着更加明显的启蒙者姿态。正如研究者宋明炜所说："从九十年代至今，当主流文学消解宏伟的启蒙论述，新锐作家的文化先锋精神被流行文化收编，那些源自于八十年代的思想话语却化为符号碎片，再度浮现在新科幻作家创造的文化景观之中。"④刘慈欣虽然始终与主流文学界保持着疏离的状态，但是他的作品仍旧表现出强烈的启蒙精神，他对科技和理性的热爱与启蒙主义者对科学和理性的推崇不谋而合。同时，他对于人性弱点的审视构成了其对国民劣根性的另一重批判。刘慈欣在他的作品中开启了另一种启蒙叙事的可能性，天马行空的想象和跌宕起伏的情节虽然赋予了他的作品鲜明的通俗文学特性，但是，这些都不能遮蔽作品本身所表现出的启蒙之光。

对科学与理性的崇拜是刘慈欣科幻作品中的精髓，也是他的作品中对启蒙精神最直接的表现。文化启蒙的精神实质是推崇理性和科学⑤，而刘慈欣在他的作品中展现了对理性精神和科学技术的不懈追求。

对科学与理性的热爱几乎贯穿了他的整个创作生涯，这从他的每部作品中

---

① 杜学文、杨占平主编：《为什么是刘慈欣》，北岳文艺出版社，2016年版，第203页。
② 刘慈欣：《刘慈欣专访》，《科幻世界》2004年第8期，第39页。
③ 刘慈欣：《刘慈欣专访》，《科幻世界》2004年第8期，第39页。
④ 宋明炜：《中国科幻文学新浪潮：历史·诗学·文本》，上海文艺出版社，2020年版，第18页。
⑤ 叶立文：《解构批评的道与谋：中国现当代文学研究论集》，中国社会科学出版社，2012年版，第301页。

都可以找到明晰的证据，但是最能体现这一精神的还是《朝闻道》。在这部作品中，作者想象出了一个极端的情境，以此来歌咏对科学的纯粹向往之情。在这个故事中，人类的一次实验呼唤来了强大的外星文明，宇宙中的排险者将为地球人类提供一个知晓宇宙真相的机会，但是这个机会需要人类以生命来进行交换。获取知识竟要以生命为代价，外星文明的提议是与人类最原始的生存愿望完全背反的。但是，来自世界各地的顶尖科学家却无法拒绝这个诱惑，物理学教授丁仪、松田诚一等人勇敢地走向了真理的祭坛，尽管他们获知真相的时间不过短短一瞬。这部作品的情节相对简单，也没有涉及精巧的科学构想，但是其中所描述的科学家对知识的执着与渴求分外动人。在这里，科学变成了一种信仰，对知识的追求压倒了一切世俗的愿望和情感，成了人类追求的至高目标。不管是爱人的呼喊，还是俗世的成功，甚至万民苍生的规劝，都无法让这些科学至上主义者停下献身的脚步。虽然丁仪、松田等人的行为有着极其自私与冷酷的一面，但是刘慈欣显然不欲谈论这一行为背后的残忍性，而是尽力表现他们作为科学殉道者的神圣性。科学与理性被放在了至高无上的地位，这与自五四以来的文化启蒙精神是相吻合的。同时，借助科幻文学所特有的幻想性，刘慈欣无限放大了科学与理性的意义，在一种极端的情境之下展现出人类对科学、理性之爱的纯粹。在《朝闻道》中，科学家虽然能够得知世界的真相，但是他们根本没有机会去传递、使用这个知识，知识的价值实际上被消弭了。而为何仍旧有人趋之若鹜呢？这是为了得知世界真相后的一丝清明，是为了人类消除蒙昧之后的片刻欢愉。这些科学家在得知真相后的喃喃低语，他们面对死亡的坦然，都在宣告着人生之中另一重境界的存在。这是精神上的极度满足，是视野的极度开阔，知识将以另外的形式赋予人类新生。还有比这更赤裸的对科学与理性精神的宣扬吗？还有比这更直接的对知识的赞美吗？

实际上，在这部作品中包含着两种启蒙范式：一种是外来文明对地球文明的启蒙，它们作为高阶文明的排险者为地球上的科学家答疑解惑；另一种则是人与人之间的互相启迪与学习，如丁仪对女儿丁文的诱导和启发。前一种启蒙范式是科幻文学所特有的，外星文明看似在对地球文明进行启迪，实际上，抛开外星人、星云宇宙等科幻符号之后，可以发现这不过是强势文明与弱势文明的会面，就如同西方文明敲开落后的第三世界国家的大门。看起来一切规则都是由强势文明制定的，毫无公平可言，获取知识也要以生命为代价。但这种启蒙范式其实包含着第三世界国家应对殖民主义的历史经验，只是作者并没有沉浸在低阶文明对高阶文明的无止境的崇拜与愤恨中，最终还是回到了更为抽象的科学境界，以科学家面对外来文明不卑不亢的态度来展现文化自信，没有使作品落入民族焦虑的窠臼之中。后一种启蒙范式则更加常见，那是发生在人类内部族群之间、父辈对子辈的启蒙。丁仪的死亡犹如一场带有表演性质的仪式，当他的生命"在强光中化为美丽的火球飘逝而去"[①]，他的死亡也因此被赋予了一种神圣的色彩，向自己年幼的女儿揭示着知识天堂的存在。当丁文望着广阔的星海发出对生命意义的诘问时，这一仪式最终得以完成，隐藏于文本之中的启蒙叙事也终于展露出来。丁仪与丁文，除了是父与女之外，更是启蒙者与被启蒙者的关系。他们两者之间的关系已经超越了简单的父子亲情，而构成了精神与信念上的相通和传承。作为被启蒙者的丁文接受了父亲的帮助，从而达到了灵识的另一重觉醒。同时，她由对具体学科知识的追寻转变成了对宇宙和生命的诘问，这在无意之中拓宽了科学的内涵：科学不仅是可习得的知识，还是需要进行体悟的哲学境界。而遭受这种诘问的还有来自高阶文明的排险者，这证明了这个高等文明的缺憾，昭示着启蒙者与被启蒙者地位变动的可能。由此观之，刘慈欣设计了一种循环往复的启蒙范式，犹如莫比乌斯环一般无法找到头与尾，所有文明都在以独有的方式来向其他文明传递价值观念与知识信息。这其实已经是对自五四以来启蒙话语的一种颠覆，刘慈欣尝试创造一种非典型的启蒙叙事模式，刻意模糊启蒙者与被启蒙者之间身份的差别，突出了启蒙本身的价值，重视科学与理性本身的力量，让二者既是启蒙的手段，也成为启蒙的目的。这种启蒙范式的创新也许比刘慈欣作品中传递出的对科学、理性精神的肯定更加具有意义。

除了《朝闻道》这部作品之外，《地球大炮》《地火》《山》《乡村教师》等作品也都展现出刘慈欣对科技与理性的高度肯定。特别是在《乡村教师》之中，刘慈欣通过一个乡村教师的故事再度彰显了知识与科学的重要意义。如果说《朝闻道》是从知识精英的角度来论证科学的重要性，刻意回避了科学是否具有实际意义这一问题，那么《乡村教师》则是从社会大众的立场来分析知识的作用，特别强调科学在人类生存中所占据的重要地位。一个身患重病的乡村教师已经走到生命的尽头，贫瘠的山村、麻木的村民、可怕的病魔都在折磨着他，知识成了他的累赘，而不是武器。他用生命之火为学生播下最后的文明种子，让这群困窘的山里孩童得以窥见科学的神奇。没想到这些看似无用的文明种子，在最后关头竟然挽救了整个人类。在这部作品中，刘慈欣用了欲扬先抑的手法，在故事开头着力描写物质社会中科技的无力，最后在千钧一发之际以知识扭转局势。这种情节上的反转本已构成小说的吸引力，而作者又巧妙地把现实与狂想结合了起来，消弭了幻想与现实之间的界限，以虚实结合的方法打破了读者的阅读习惯。在作品的前半部分，他忠实地还原了乡村日常生活中的

[①] 刘慈欣：《朝闻道》，《科幻世界》2002年第1期，第39页。

点滴：生产悲剧、买妻成亲、留守儿童……这些都在构建一个极其荒凉、愚昧的乡村风景。这个乡村世界并不令人陌生，它曾经是见证人类生生不息的生死场，它是磨灭人类温情的故乡，它现在又成了信息社会中一个名不见经传的小山村。这个乡村既需要面对留存千百年的封建桎梏和愚昧孱弱，又需要去解决现代社会带来的数字鸿沟与拜金主义。这是一幅厚重的、沉闷的现实图景。可是，关于宇宙的狂想打破了关于现实世界的叙述。紧张激烈的硅基与碳基生命体大战、杀伤力极强的奇点炸弹……构筑出一个高科技世界，这与无知的乡村世界形成了鲜明的对比。由于对现实细节作了高度还原，因此看似缥缈无羁的想象有了现实的依托；而高科技符号的出现，又一度打破了现实世界的阴郁。现实语境的出现减少了幻想叙事突然涌入所造成的新奇感，而外星族群的莅临打破了批判和反映现实的窠臼。虚实之间，刘慈欣引入了第三方，让外星文明担当了一个在场的观察者，从他们的角度来肯定科学与理性的价值。

对国民性的批判是五四文学的主题之一，刘慈欣也没有回避这一重要议题。虽然刘慈欣认可科幻文学应具有世界视野，但是他没有忘却自身的文化立场，在对人性的普遍审视中，他其实仍旧在意对国民性的揭露与反思。

与韩松不同，刘慈欣不愿以血淋淋的图景来展现国民的劣根性，他更多的是以克制的语调去讲述人与人之间的龃龉，其中所包含的观察、审视意味大过批判、纠正的想法。以《赡养上帝》这部作品为例，这里讲述的是一个关于人类文明的残酷预言：衰朽的族群无处可去，只能在宇宙之间寻找其他文明的荫庇。上帝族群的无能与败落让人觉得触目惊心，人类族群的愚昧、自私、懦弱也让人印象深刻。上帝族群在初入人间时，受到了人类的热烈欢迎，他们所带来的高科技许给了人类一个诱人的前景。但是，随着他们丧失了利用价值，人类便换上了另一副嘴脸。秋生一家是人类世界的典型代表，他们与全世界其他家庭一样分到了一个上帝。起初，由于对上帝族群抱有美好的希冀，也因为赡养上帝能够获得不少津贴，秋生一家与上帝尚且能够和谐相处。但是当上帝族群露出了无能的一面，而津贴也用完了之后，秋生一家与上帝的蜜月期也随之结束了。秋生爹与秋生的妻子玉莲对年迈的上帝呼来喝去，不仅在日常饮食方面克扣他，甚至对他的病痛也视而不见。他们并不是真的大奸大恶之人，在上帝族群将要远走的时候，玉莲不仅为自家的上帝煮了满满一篮子食物，还对自己的行为作了真诚的忏悔，秋生爹也在极力挽留着上帝。可是，唯利是图、冷漠愚昧犹如附骨之疽一般，早已经融入了他们的血液之中。他们缺乏对他人困境的体察，也缺乏对知识与文明的敬畏。世俗生活与眼前利益已经占据了他们全部的心神，让他们不屑于去聆听他者的挽歌。曾经出现在鲁迅作品中的冷漠看客，在刘慈欣的作品中竟然复生了，只不过前者是在围观族类的悲剧，而后者则是在旁观他者的衰亡。秋生其实是整个家庭中的异类，曾经接受过文化洗礼的他，比起他的妻子和父亲来，要清醒与良善很多，他具有反思、批判的能力。但是，软弱却成了对他的诅咒，当看到妻子与父亲过分的行为的时候，他只能"抱头蹲在那儿流眼泪"[①]。这种软弱甚至演变成了一种奴性，在面对强权时便不自然地作着妥协和退让，比如他明明对上帝的处境深感同情，却又不能违拗妻子的意志，最终选择对上帝的悲惨境遇视而不见，成了悲剧的另一个帮凶。值得注意的是，尽管上帝降临了整个世界，但是刘慈欣着意刻画的只是一户家庭。不管是他们的名字，还是他们的生活习惯，都表现着浓厚的乡土文化，他们的生活经验与道德观念并不具有普适性。从这里其实已经可以看出，作者在对人性善恶进行讨论时，主要还是对国民性进行反思。虽然刘慈欣精准地把握到国民性的内涵，但是无意批判国民劣根性，更没有在国民性改造问题上停留太久。在《赡养上帝》中，刘慈欣把国民性改造问题作了悬置，让玉莲与秋生爹匆匆忏悔，而后草草了事。而在《赡养上帝》的续篇《赡养人类》中，刘慈欣讲述了上帝文明归去后，"哥哥"文明的到来。这不再是一个衰落的文明祈求另一个文明荫庇的故事，而是两个几乎处于相同发展阶段的文明互相对峙的情景。如果说在《赡养上帝》中，刘慈欣描述了国民性在底层人民身上的表征，那么在《赡养人类》中，刘慈欣则试图揭露当权者的猥琐与冷酷。尽管与地球文明的发展阶段非常接近，但是作为上帝文明创作的一号星球文明，"哥哥"文明的科技实力显然更强劲。他们不费一兵一卒就肃清了整个澳大利亚岛屿，要把50亿地球人关进岛内进行强行隔离，并且要依照最贫困的人口的生活需求来管理其他人类。被吓破胆的富豪们无法想出可行的方法，只好拼命给予赤贫者金钱，以使自己的生活质量不下降。当这无法达到目的的时候，他们便利用杀手排除异己。作为三代贵族、接受过深厚教育的世界首富朱汉阳并没有表现出更加高尚的情操，而是如同玉莲、秋生爹一般首先想到自身的利益，并且采取了比后者更为狠辣的手段来达到自己的目的。至此，作者显然得出了一个悲观的结论，金钱与智慧并不能改变国民性的实质内涵，对强权的畏惧、对利益的追逐成了一种基因符码，只会随着文化流传，而不能随着时代改变。同时，刘慈欣也不欲讨论国民性改造可能性，而是让杀手滑膛杀掉了所有富商，好似要对人类劣根性斩草除根。刘慈欣在对国民性的批判和反思上显然是弱于韩松的，甚至也可以说比不上王晋康那般大胆和坦率。他以较为克制的笔触来讨论国民性的内涵，既不过分批判，也不尝试改造。但是他敏锐地抓住和刻画了人类日常关系中最平凡的细节，以此观照民族心理的变化。

---

① 刘慈欣：《赡养上帝》，《科幻世界》2005年第1期，第16页。

由此观之，刘慈欣尽管表现出对于纯文学的疏离感，坚称科幻文学是一种通俗文学，热衷于用跌宕起伏的情节、别出心裁的技术来增强文本的可读性，但是他仍旧受到五四启蒙文学传统的影响，他的作品中仍旧可以找到启蒙主题的影子。他一方面重视科学与理性精神，并借助科幻文学的特性创造新的启蒙范式；另一方面又透过对人类行为的精准观察进行国民性批判。刘慈欣虽然无意担任启蒙者角色，但是实际上他所秉持的科幻理念使他远不止于追求作品的趣味性。

二、传递科学之美与科技之魅

虽然刘慈欣写作过多种风格的科幻作品，始终充满着创新与开拓意识，但是他始终在坚持着最为质朴和传统的科幻创作理念，希望能够坚守科幻文学的科技核心，认为科学"点子"才是科幻作品的制胜之道。他对于传统科幻文学的热爱与坚守最直接的表现就是他对于科技之美的表达。

以科学为基础的科幻文学不可避免地要描绘科技图景，科幻作家不仅需要对所涉及的新型工具和仪器进行描写，也需要对科技改变后的自然、社会进行刻画，但是在早期中国科幻文学作品中，对于科学技术的描写更多的是作为一种知识介绍出现，并不具有特别的审美价值。而在刘慈欣的作品中，这些出现了变化，科学技术竟然构成了一种奇特的景观，除了传播知识、构造背景之外，还起到了烘托气氛、塑造美感和传递情绪的作用。换句话说，科技不再只是抽象的知识，游离于故事之外，而是变成了一种可视化的对象，在叙事中扮演着一定角色。

他对科技景观的描写可以分成两大类：一种是对科技场景的直接描写，把看似玄妙的科技转变成一幅幅惊心动魄的画面，给予读者巨大的冲击与惊喜；另一种则是对科技所引发的社会、自然景观的描述，虽然不是对科技场景的直接描写，但是能够间接让读者感受到科技的神奇与魅力，同样具有冲击力。

对新兴技术进行刻画从来不是这一时期中国科幻文学所独有的，而为何在刘慈欣的作品中这种对科技场景的刻画却能变成一种景观呢？这其实与他的描写方式是分不开的，刘慈欣的作品不再平铺直叙地介绍科技背景，而是借助想象展现科技壮美、雄阔的特点。他着意于在对科技图景进行加工，使其成为一种独特的景观，使蕴藏于科技之中的"美点"赤裸裸地展露出来。刘慈欣的作品中有很多对科技场景的直接描述，他避开了枯燥的数据，绕开了难懂的理论，把科技所具有的强大力量直接以画面的形式呈现在读者眼前。如在他的作品《中国太阳》中，人造太阳展现出的技术上的精妙无疑就蕴藏着一种技术上的美感。刘慈欣从多个侧面展示了这个人造太阳的魅力。首先，一幅人造太阳全息图展现了这个技术的概貌："在天花板的一角，有一盏球形的灯，与这镜面一样，这灯球没有任何支撑地悬浮在空中，发出耀眼的黄光。镜面把它的一束光投射到办公桌旁的一个大地球仪上，在其表面打出一个圆圆的亮点……星空、镜面、灯球、光束、地球仪和其表面的亮点，形成了一幅抽象而神秘的构图。"①看似抽象的概念有了能够被触摸和看见的模型，有了被读者审视和看见的可能。其次，作者从各个侧面、各个角度展现"真实"的人造太阳的形态。在人类逐渐靠近这个人造太阳时，"它已占据了窗外的所有空间，一点都感觉不到它的弧度，他们仿佛飞行在一望无际的银色的平原上。距离在继续缩短，镜面上现了'地平线'号的倒影。可以看到银色大地上有一条长长的接缝，这些接缝像地图上的经纬线一样织成了方格，成了能使人感觉到相对速度的唯一参照物"②。"银色的平原"本就给人以无限的遐想，由于是以正在飞向太阳的水娃的视角为观察点，所以画面更加具有动态。而当人类真正踏上这个人造太阳时，呈现的又是完全不同的景致："每天散步时，博士和水娃两人就紧贴着镜面缓缓地飘行，常常从中心一直飘到镜面的边缘。没有月亮时，反射镜的背面很黑，表面是星空的倒影。与正面相比，这里的地平线很近，且能看出弧形，星空下，由支撑梁组成的黑色经纬线在他们脚下移动，他们仿佛飘行在一个宁静的小星球的表面。"③这个看似无限庞大与复杂的机械又展现出了其静谧与安恬的一面，成为深远宇宙的一个倒影。刘慈欣显然无意以长宽高方面的客观数据来展现这个人造太阳的具体形态，而是以从虚拟到现实、由远及近的逻辑理路来展现这个看似简单的技术中的种种细节。他的描写细腻而丰富，使得整个科学构想因之显得真实而立体，能够经得起推敲。在通过细节赋予人造太阳以真实感和生命力的同时，刘慈欣又通过颜色和形态赋予其美感，纯粹的银色、简单的弧形、泾渭分明的两面都在展现一种简洁的技术之美。当然，在刘慈欣的笔下，技术的美不止一种，科技既可以以其简洁的形式来展现智性之美，又可以在翻云倒海之间展示磅礴气势。以其作品《吞食者》为例，庞大的吞食者驾驶着他们巨大的飞船赶来地球，要把太阳系内的所有星球变成他们的食物，而人类却不愿意束手就擒，而是以月亮作为武器，企图击毁这个贪婪的文明。这场难以想象的酷烈战斗中竟然展现出别样的壮丽图景，只见"吞食者

---

① 刘慈欣：《人造太阳》，《科幻世界》2002年第1期，第7页。
② 刘慈欣：《人造太阳》，《科幻世界》2002年第1期，第10—11页。
③ 刘慈欣：《人造太阳》，《科幻世界》2002年第1期，第13页。

的发动机首先喷出了上万公里的蓝色烈焰,开始躲避;月球上的核弹则以空前的密度和频率疯狂地引爆,进行着相应的攻击方向修正……吞食者喷出的上万公里长的蓝色光河的头部镶嵌着月球核弹银色闪光,构成了太阳系有史以来最壮观的景象"[1]。之后吞食者解体的场景同样让人惊心动魄,这个不可一世的伟大文明及其战舰,就如同"一团浮在咖啡上的奶沫一样散开来,边缘的碎块渐渐隐没于黑暗之中,仿佛被太空融化了,只有不时出现的爆炸闪光才能使它们重新现形"。[2]可惜地球人的快乐并没有持续多久,吞食者战舰把地球人也拉入了它的轨迹之中,以至于"南极大陆的海岸线形状在急剧变化,这个大陆像一块热煎锅上的牛油一样缩小着面积,地球的海水在吞食者引力的拉动下涌向南极,地球顶端那块雪白的大陆正在被滔天的巨浪所吞没"[3]。在画面的飞速变化中,人类的命运也在生存与死亡之间徘徊。作者分明写出在两个种族的殊死争斗中连天地也为之色变的惊心动魄的场景,人类的脆弱与坚韧都可从中窥见一二。人类既是在滔天的灾难中难以逆天改命的小小蝼蚁,又是在种族将亡时以科技作为武器反戈一击的勇士。科技,这柄人类手中唯一的武器,在危急时刻搅动了星野,扯碎了河山。此时,刘慈欣已经跃出了对具体科技产品的描述,而是想象科技将会如何改变世界图景。在技术登峰造极之时,种族与种族之间的争斗早已经不是血肉之躯之间的打斗,而是文明与文明之间的较量、科技与科技之间的碰撞。虽看不见奔流的血海与横陈的尸首,但是一次战败便要付出整个文明的代价——技术的力量不能不使人感到悚然。可技术力量尽管可怖,却依然传递出一种磅礴和雄壮的美感,移山易河之力曾经只属于自然,现如今科技已能够使星斗移位、山河失色,万千世界因科技的力量而被人类所操控,不由得让人平添了几分豪气。而在双方对垒过程中,当人类不得不以科技之力亲自摧毁自己的家园,将所有山河毁于一旦时,绚丽的图景只徒留下几许悲壮。在刘慈欣笔下,科技不再是科幻小说中可有可无的陪衬,而是成了可以被审视、被观察的一种对象,它本身就有意义,具有表达情绪、塑造美感的功能。其实早在1994—1998年间,就有一些科幻作家开始注意到科技中包含的独特美感,并且尝试对其进行表达和诠释,如借助音乐和绘画的形式来展现科技的神韵,但是这种表现方式到底是不彻底的、迂回的,实际上很难直击科技之美的精髓。而刘慈欣却选择了直接靠近科技的真相,科技的美感不再体现在其与音乐、绘画等艺术形式的相似上,而是体现在自身富含的逻辑与智性上,在

---

[1] 刘慈欣:《吞食者》,《科幻世界》2002年第11期,第25页。
[2] 刘慈欣:《吞食者》,《科幻世界》2002年第11期,第26页。
[3] 刘慈欣:《吞食者》,《科幻世界》2002年第11期,第26页。

于它所蕴含的其他审美形式所没有的力量上。这种美感只能以简洁的形式、精确的构造来表达，以雄浑的气势和磅礴的胜景来体现。在此意义上，刘慈欣开创了书写科技之美的新纪元。

除了可以直接描写科学技术、新型机器之外，描写科技变化带来的自然与社会景观的变化，其实也应该看作一种科技描写。虽然它所写的可能是看起来与科技毫无关系的自然界，但是若不是科技飞速发展，有些奇观是难以被人所看见的，如宇宙黑洞景观与超自然灾难。相对于直接展现科技场景与新型机器的写法，描写科技变迁导致人类环境的变化在中国科幻文学作品中还是比较常见的，毕竟对未来生活作出想象是科幻小说最重要的主题。而为何只是在刘慈欣的作品中，这种由科技引发的自然、社会景观变化可以被看作一种奇特的科幻景观呢？最重要的原因在于他描述这些图景的方式发生了改变。这种改变主要源于在描写未来城市的变化与自然景观的更迭时，刘慈欣作了极为细致的细节描写。

以刘慈欣的作品《地火》为例，这部作品详细地描述了施行煤炭气化技术过程中的种种情景。当人类第一口燃烧气化煤井出现时，大自然展现了其温和的一面，此时还未超出人类控制的煤井展现出绚烂而多姿的色彩："轰的一声，一根巨大的火柱腾空而起，猛蹿至十几米高。那火柱紧接喷口的底部呈透明的纯蓝色，向上很快变成刺眼的黄色，再向上渐渐变红，它在半空中发出低沉强劲的啸声，离得最远的人都能感觉到它汹涌的热力，周围的群山被它的光芒照得通亮，远远望去，宛如黄土高原上空一盏灿烂的天灯！"[1]而当试验失败、局势失控之后，地火露出了其狰狞的面目，灭火的水在高温之下变成了水蒸气，成了滚烫的白色巨龙："更恐怖的一幕出现了，那条白色的巨龙的头部脱离了同地面的接触，渐渐升起，最后白色蒸汽全部升到了钻塔以上，仿佛横空出世的一个白发魔鬼，而这魔鬼同地面的井口之间，除了破损的井架之外竟空无一物！"[2]及至地火越演越烈的时候，整个煤矿地区变成了人间地狱。"整个天空都是黑色的烟云，太阳是一个刚刚能看见的暗红色圆盘。由于尘粒摩擦产生的静电，烟云中不时出现幽幽闪电。每次闪电出现时，地火之上的矿山就在青光中凸现出来，那图景一次次像用烙铁烙在他的脑海中。烟尘是从矿山的一个个井口中冒出的，每个井口都吐出一根烟柱，那烟柱的底部映着地火狰狞的暗红光，向上渐变成黑色，如天地间一条条扭动的怪蛇。"[3]作者描写了一场未曾发

---

[1] 刘慈欣：《地火》，《科幻世界》2000年第2期，第20页。
[2] 刘慈欣：《地火》，《科幻世界》2000年第2期，第22页。
[3] 刘慈欣：《地火》，《科幻世界》2000年第2期，第25页。

生的灾难，而翔实的细节使这场灾难变得可信和恐怖。雪白的蒸汽与黑色的烟云，明亮的火龙与漆黑的怪蛇，自地底而出的夺人性命的高温蒸汽，从天而降的令人窒息的尘粒……这些具有颜色、伴着怪声所发生的种种自然界异象分明宣告着灾难的一步步到来。鲜明的色彩对比与精准的比喻使整个灾难场景显示出一种奇异的美感，从而使整个场景显得更加真实而恐怖。这种写作手法直观地展现出刘慈欣在科学认知上的变化。由于受到主流文学理论的影响，中国科幻文学很长一段时间以来都更加重视故事情节和人物塑造，甚至在一些风格偏硬的科幻文学作品中，也几乎没有关于科技细节的具体描写。如周宇坤于1996年发表的作品《穿越时间的勇士》，尽管也是以地球危机为主题，但是对于小行星冲撞地球的灾难，作者并未展开具体的描写，而是以寥寥几句带过了："现在不用望远镜我也能看清那颗小行星了。它在隆隆的轰响声中，穿透灰暗的天空，吐着火，闪着光，直逼地球而来，就像一枚出膛的破甲弹，凌厉得好像非要把地球击成粉末不可"①。实际上，对于硬科幻来说，文章最主要的闪光点就是技术设想和细节描写。②若是缺乏支撑科技设想的细节，整部作品不仅会面临不够生动的问题，还会丧失可读性。因此，长期以来缺少细节描写的硬科幻作品不管是在创作水准上还是在创作质量上都有所欠缺，中国科幻文学界始终在呼唤优秀的硬科幻作品。到了21世纪，对优秀硬科幻作品的呼声变得越发迫切，人们甚至认为"硬科幻不是最具文学价值的科幻流派，但它的兴盛程度对一个国家的科幻事业举足轻重"③。而刘慈欣的出现正好填补了这个空白，他深受黄金时代科幻文学作品的影响，以这一时期著名的科幻作家阿瑟·克拉克为榜样。他熟悉经典科幻文学作品，喜爱创意十足、语言简明的传统科幻风格，了解科幻作品的创作规律，而他的理工科背景则为他创作这类作品提供了良好的基础。他的出现为中国科幻文学带来了巨大的改变，他不仅以自己的科幻文学作品震惊了读者，更让硬科幻文学在中国科幻文学界变得流行起来，很多科幻作家都开始模仿和追随刘慈溪开启的"复古"风潮。刘慈欣为中国科幻文学创作带来了很多新的特点，比如开启对科技图景的想象和描画，引领读者直接感悟科技的真正魅力；为科技变迁、灾难图景增添真实可信的细节，让科学构思和科技直接成为作品的"卖点"，不再只依靠复杂的故事来吸引读者……

---

① 周宇坤：《穿越时间的勇士》，《科幻世界》1996年第4期，第23页。
② 《科幻世界》编辑部：《校园科幻·主持人的话》，《科幻世界》2001年第9期，第60页。
③ 《科幻世界》编辑部：《校园科幻·主持人的话》，《科幻世界》2001年第9期，第60页。

综上所述，刘慈欣在描述新兴科技、未来社会等方面有着独特的视角，他不再以客观的数字、繁复的理论来解读某项技术，而是将其作为可以观察的对象，从多个侧面入手去解析其内在结构和逻辑，力图在清晰解释新科技、新技术的基础上，帮助读者形成更加感性和全面的认知，从而挖掘科技所具有的美学价值。同时，他更加注重对未来情境的细节描写，他对科技主导下的未来社会的各个侧面进行深入钻研，不仅使想象更加具体生动，而且使这些细节本身就构成科幻作品的独特魅力。不管是直接描写科技本身的方式发生改变，还是构造未来世界图景的手法有了变化，这些都意味着科技在科幻文学作品中地位的变化，科技不再是游离于故事之外的知识佐料，而是成了具有审美价值的书写对象，仅凭自身就构成了一种别样的科技景观。

第五章
中国科幻文学的转型期（2010—2019）

在前一阶段，《科幻世界》因为高考作文题"撞车"事件获得众多关注，短期内订阅量迅速上升，成为中国乃至全世界销量最多的科幻杂志。它的办刊理念在一定程度上影响着中国科幻文学的走向。中国科幻文学也借着《科幻世界》的"东风"展露出了新气象，不断涌现的新科幻作家昭示着这一时期科幻文学界的繁荣。可是，任何事物的发展都不是一帆风顺的[①]，随着新媒体的出现，作为传统媒体的《科幻世界》在经营方面受到了严重冲击，科幻文学的发展也不可避免地受到波及。要想生存下去，《科幻世界》与中国科幻文学都需要转型，如何转型是两者在接下来的十年中所面临的重要议题。

面对传播环境的巨变，《科幻世界》积极应对，杂志社一方面仍然在挖掘和培养有潜力的新作者，为科幻文学界源源不断地输送新鲜的血液，另一方面则谋求与政府、企业的合作，积极转型，尝试成为科幻产业链中的重要一环。在坚持科幻理想和谋求经济利益之间，《科幻世界》在小心翼翼地做着平衡。在生存压力面前，它需要更多考虑读者的喜好；而为了秉持发展科幻文学的初心，它又需要鼓励科幻作者不断创新。这一时期的《科幻世界》展现出对"小而美"的科幻文学作品的偏爱：不再追逐架构庞大的科幻史诗，而是更倾心于构思精巧的科幻故事；不再醉心于气势磅礴的科幻巨著，而是更喜爱有着脉脉温情的科幻"喜剧"。相比于前一阶段，此时的中国科幻文学界虽然未曾出现如刘慈欣那般的科幻巨擘，但也不乏熠熠星光。

---

① 朱向东、张平心、王炎明主编：《马克思主义哲学教程》，文心出版社，1993年版，第141页。

第一节 《科幻世界》：探索者与领路人

2010年是《科幻世界》发展过程中的一个转折点，飞速发展的新媒体、瞬息万变的出版市场、难以预测的人事变动都让这个老牌的科幻杂志面临重重困境。与此同时，中国科幻文学的发展也遭遇了瓶颈，科幻文学期刊这一渠道已经不能满足科幻文学的发展需要。从"期刊时代"走入"畅销书"时代，这是中国科幻文学发展必经的过程，只是要完成这一转型并不容易。面对复杂的经济形势与文化环境，《科幻世界》既需要持续探索新路，完成杂志本身的转型，也需要凭借自己多年来积累的经验，引导中国科幻文学的创新发展。这一时期，《科幻世界》需要成为一个探索者和领路人。

一、《科幻世界》的涅槃重生

由于传媒环境变化和人事变动等原因，《科幻世界》在2009年后订阅量大幅下降，关于其停刊的谣言甚嚣尘上。2015年，《科幻世界》在经历短暂的沉寂之后，把握住了机遇，迎来了新的生机。对于《科幻世界》来说，2010—2019年这十年并不顺遂，但是它始终能够求新求变，并最终在逆境中涅槃重生。

传媒大环境的改变是《科幻世界》无法回避的风险和挑战。随着网络技术的发展与智能终端的普及，诸多新兴的媒介形式进入人们的生活，如社交媒体、门户网站等基于数字技术的媒体[1]逐渐在日常生活中扮演着重要角色，并改变了人们获取信息的手段和阅读习惯。传统媒体和出版行业因之遭到重创，大量纸质杂志倒闭，科幻杂志同样无法幸免。《幻想纵横》《世界科幻博览》等杂志早在2007、2008年之际就已经停刊，在2015年经过改版的《科幻大王》也随后遗憾告别。尽管《科幻世界》的主刊避免了关门的命运，但是它的子刊《飞·奇幻世界》没有逃脱停刊的命运，这个老牌的专业奇幻期刊[2]在2013年走到了自己的终点。虽然有不少人把《飞·奇幻世界》的停刊与奇幻文学的衰落

---

[1] 熊波：《新媒体时代中国电视产业发展研究》，武汉大学博士毕业论文，2013年，第20页。

[2] 《飞·奇幻世界》编辑部：《〈飞〉编辑部关于停刊的说明》，《科幻世界》2013年第7期，第79页。

联系在一起，但是严峻的出版环境是这一悲剧出现的重要原因。在这一时期，《科幻世界》的发行量也全面缩水，2007年其单期发行量约为32万份，相比2000年单期40万份来说，下降了20%。到了2009年，《科幻世界》的发行量更是降到了单期15万份[1]。这一结果与新媒体时代的到来息息相关，新媒体不仅改变了读者的阅读品位与兴趣，而且在破坏传统媒体赖以生存的零售体系。一位读者叙述他购买《科幻世界》的经历："顶着大太阳在街上寻找报刊亭"，好不容易找到一家，竟然"已经改成了雪糕冷饮店"，直到"转完了七八条街、三四家报刊亭之后"，他才如愿以偿地买到了这本杂志。他这才感觉到"杂志市场正在迅速萎缩，心中不禁为《科幻世界》这种精品而小众的杂志担忧"[2]。读者的担忧不无道理，《科幻世界》杂志主编拉兹也提到了零售报刊行业的萎缩现象："我们杂志社旁边玉林东路上的那个小报刊亭，早期是进《科幻世界》的，现在就连离《科幻世界》这么近的摊店都没在卖了。"[3]面对传媒环境的恶化，《科幻世界》杂志暂时也无法想到应对的良策。

在传媒环境整体都变得恶劣的情况下，《科幻世界》内部也屡屡出现状况。2010年，因为一起"倒社风波"，《科幻世界》再度吸引了读者的注意。2010年3月21日，该杂志全体编辑在网上发表了一份公开信，列举社长李昶上任以来的种种所为，要求有关方面将其免职。[4]曾经万分团结的《科幻世界》杂志社内竟然出现了"内讧"，编辑以集体出走相威胁，要求"赶走"时任社长。尽管这次危机最后有惊无险地过去了，可是社长职位却一直悬置，直到2012年才有新的社长上任。2014年，这位新任社长再度离任，《科幻世界》又处于群龙无首的状态。经过几番折腾，《科幻世界》虽然不能说是奄奄一息，但绝对算得上元气大伤。在"倒社风波"爆出之后，《科幻世界》的订阅量跌入谷底，2010年单期销量平均只有13万份，直到2012年才重新回归到单期16万份左右的销量。[5]

《科幻世界》杂志社内部为什么会出现这种动荡呢？这可能还与《科幻世界》的性质有关。《科幻世界》虽然自负盈亏、自主经营，但是它隶属于四川省科学技术协会，是一个事业单位。因此，《科幻世界》在经营与管理上会受

---

[1] https://www.douban.com/group/topic/39834736/.
[2] 王子良：《我人生路上的北极星》，《科幻世界》2019年第4期，第42页。
[3] 极客公园：《四十岁的〈科幻世界〉，期待一个怎样的未来？》，https://baijiahao.baidu.com/s?id=1632525259869383749&wfr=spider&for=pc。
[4] 郦亮：《〈科幻世界〉成"伪科幻" 编辑集体"倒社长"》，http://www.chinanews.com/cul/ruws/2010/03-23/2184649.shtml。
[5] https://www.douban.com/group/topic/39834736/.

到一定的限制。在一些重大的事件面前，杂志社的编辑并没有绝对的话语权。而作为一个专业的科幻文学期刊，它又有着与普通期刊不同的经营理念与策略，需要一个具有一定专业知识和相关经验的"领头人"。在阿来和秦莉两任社长离任之后，未曾在科幻领域深耕过的两位新社长有些力有不逮。在内外交困的情况下，《科幻世界》的经营日益艰难，关于它将要停刊和休刊的传言从来没有停止过，这成了许多科幻迷心中最深的担忧。一位名叫紫青尧的读者曾说："就好比科幻迷们不怕看到《科幻世界》涨价，却害怕《科幻世界》停刊。"[1]以至于《科幻世界》的编辑不得不亲自辟谣，在《回声》栏目里对"网上时不时蹦出来的质疑"[2]进行回应："请大家放心，《科幻世界》一定会元气满满地陪伴在大家身边，今年、明年，以及往后的每一年。"[3]

虽然《科幻世界》此时的发展不容乐观，但是它并没有放弃希望，而是积极主动寻求摆脱困境的方法。一方面，《科幻世界》积极寻求转型，尝试更好地融入科幻文化市场；另一方面，《科幻世界》在内容和形式上进行了更多尝试和改革，以期更好地适应当下的媒体环境。

《科幻世界》应该如何更好地融入科幻文化市场呢？这是杂志社一直在思考的问题。面对有利可图的科幻文化市场，《科幻世界》决定把握好科幻出版这一块业务。早在2003年，《科幻世界》便推出了"视野工程"，杂志社与出版社合作推出了一些国内外精品科幻书籍。到了2013年，《科幻世界》图书部成立，科幻书籍的出版成了杂志社一笔重要的经济来源，其所出版的刘慈欣的作品《三体》为《科幻世界》杂志社带来了"上亿的书籍销售产值"[4]。何夕的《天年》、王晋康的《天父地母》、阿缺的《与机器人同行》等一批优秀的科幻作品都是由《科幻世界》杂志社出版发行的，可以说《科幻世界》杂志社占据了中国科幻出版行业的半壁江山，而出版、销售图书的利润可以弥补杂志发行量下降所引起的亏空。这种以卖书来"养"杂志的路子是《科幻世界》曾使用过的策略，早在1992年《科幻世界》入不敷出之时，时任社长杨潇便出版过一系列图书，以其利润填补经营杂志所产生的财政赤字。尽管策略相似，但是两者的意义已经完全不同了。1992年，杨潇社长是为了维持杂志的生存，无奈之下出此下策，当《科幻世界》在经营上稍有起色，她便停止了图书出版。对于那时的《科幻世界》来说，出版图书不过是权宜之计，其真正的重心还是杂志

---

[1] 紫青尧：《科幻之缘——我与〈科幻世界〉》，《科幻世界》2019年第10期，第23页。
[2] 陈雪媛：《"回声"》，《科幻世界》2015年第3期，第80页。
[3] 陈雪媛：《"回声"》，《科幻世界》2015年第3期，第80页。
[4] 极客公园：《四十岁的〈科幻世界〉，期待一个怎样的未来？》，https://baijiahao.baidu.com/s?id=1632525259869383749&wfr=spider&for=pc。

经营上。对于现在的《科幻世界》来说,图书出版已经成了《科幻世界》杂志社的核心产业。作为"视觉工程"主要推动者的姚海军早就意识到科幻图书出版的重要性:"换一个角度讲,原创科幻能不能真正繁荣,取决于能不能从杂志时代过渡到图书时代","而在图书时代,一流作者的主要精力就会集中在创作长篇小说上,集中在图书出版上,只有这样,影视化、游戏化才能谈得上,才能形成产业链"①。有着实力强劲的《科幻世界》杂志社作后盾,《科幻世界》杂志至少不用担心因为经济原因而关停。

此外,《科幻世界》也在尝试开展更多的商业活动。虽然科幻图书与杂志的出版是杂志社立身的根本,但是其利润是有限的。2018年,中国科幻产业总产值高达456.35亿元,而中国科幻阅读市场总产值仅为17.8亿元,在整个科幻市场中仅占4%。②《科幻世界》杂志社若想在中国科幻文化市场上立足,只靠科幻出版业务是远远不够的。为此,杂志社提出了一系列新的构想。在第27届中国科幻银河奖颁奖典礼上,《科幻世界》时任社长刘树成就介绍过杂志社的发展战略,他提出:"将以'科幻期刊''科幻图书''科幻IP开发''银河奖''互联网+科幻'为抓手,建立全国最大、最专业、最具有特色的科普科幻传媒基地,实质性地助力成都打造'科幻之都'这一文化产业工程,并把'银河奖'系列活动打造为中国科幻活动的标志性品牌,让它与它的母体科幻世界杂志社一道共同担负起它应有的时代责任和产业发展责任。"③这明显地表示《科幻世界》杂志社有志向科幻文化市场进军。2018年,《科幻世界》杂志社完成身份上的转变,从四川省科学技术协会直属事业单位转型成了国有独资企业,这意味着《科幻世界》杂志"可以更加灵活地开展经营活动和资本运作"④。

在《科幻世界》杂志社谋求转变的过程中,《科幻世界》也在寻求新的发展方向——科幻世界杂志。在形式上,《科幻世界》不再固守纸质出版,而是推出了电子书,以便读者利用移动终端进行阅读,比如在豆瓣阅读、微信读书、京东读书上,读者都能够购买到《科幻世界》电子版。同时,《科幻世界》还开发了自己的App。在内容上,《科幻世界》杂志一方面保持着杂志的特色

---

① 宋平:《"只有核心强大,才能突破边界"——专访〈科幻世界〉杂志副总编、〈三体〉三部曲策划人姚海军》,《中华读书报》2012年7月11日。

② 央广网:《2019年度中国科幻产业报告发布》,https://baijiahao.baidu.com/s?id=1649172834089782614&wfr=spider&for=pc.

③ 冬青子:《健笔绘银河,岁月如长歌——记第27届银河奖颁奖典礼暨银河奖30周年庆典》,《科幻世界》2016年第11期,第45页。

④ 极客公园:《四十岁的〈科幻世界〉,期待一个怎样的未来?》,https://baijiahao.baidu.com/s?id=1632525259869383749&wfr=spider&for=pc.

栏目，另一方面与其他科幻文化公司合作开发新的内容。《封面故事》这个栏目是在1997年推出的，由于科幻作者需要根据杂志封面来写故事，难度较大，所以这个栏目曾经一度取消。但是很多读者对这个栏目印象深刻，所以2017年这个栏目再度回归。《科幻世界》还与未来事务管理局这个新兴的科幻文化公司合作，创办了《不存在日报》这个栏目，这个栏目"将从社会、政治、科技、文化、艺术、历史、未来等多维度去探讨并创造未来的无数种可能性"[1]。在这个栏目中，科幻作家将通过一些小的文章来谈论新的技术。

综上所述，2010—2019年对于《科幻世界》来说是颇为艰难的十年，不管是其自身经营中所遇到的问题，还是科技环境改变所带来的困境，都让这个老牌科幻杂志一度跌入谷中。但是《科幻世界》本着对科幻文学的热爱，凭借对科幻市场的了解，采取了一系列有效措施，逐步度过了危机。《科幻世界》杂志还更多地参与到科幻文化市场中去，并力求在杂志刊发上进行创新，以吸引更多的读者。作为我国发行历史最长、影响力最大的科幻杂志，《科幻世界》的转型将对中国科幻文学造成什么影响呢？

二、《科幻世界》：清醒的在场者

与2010年前相比，此时中国科幻文学的发展状况显然复杂了很多，《科幻世界》对科幻文学的影响也有点隐晦不明。新的媒介环境与逐渐形成的科幻文化市场都在改变中国科幻文学的面貌，在资本投入和媒体变革的助力下，一些更具影响力的科幻平台逐渐兴起，它们代表着中国科幻文学新的发展方向。《科幻世界》反而显得日渐式微，似乎对中国科幻文学来说不再有特殊的意义。可是，实际情况真是如此吗？

虽然《科幻世界》在市场经营方面落后于一些科幻文化公司，但是作为中国科幻文学发展的见证者和缔造者，《科幻世界》有其特殊性。凭借着长期积累下来的办刊经验和对科幻文学的深入了解，《科幻世界》非常清楚当下科幻创作中存在的问题，可以为科幻文学创作提供更多切实可行的意见，并可以成为沟通主流文学与类型文学、主流文化与科幻市场之间的桥梁，更好地促进科幻文学的创新发展。

随着科幻文学的"走红"，《科幻世界》早已经不是唯一的科幻作品刊发平台了，不断涌现的科幻作品刊发渠道为中国科幻作家提供了更多舞台。正如科幻作家江波所说："发表渠道原本只有《科幻世界》杂志社一家，现在杂志增

---

[1] 《科幻世界》编辑部：《不存在日报·开栏语》，《科幻世界》2016年第1期，第87页。

加了科幻Cube，其他传统刊物如《青年文学》《收获》《十月》等都刊载科幻小说，各个出版社也乐意出版科幻图书。"①而中国科幻银河奖也不再是中国科幻文学界唯一的奖项，由蝌蚪五线谱和北京市科学技术协会联合创办的"光年奖"、腾讯公司和中国科普作家协会联合创办的"水滴奖"等都已经成为我国颇有影响力的科幻文学奖项。毫无疑问，层出不穷的科幻大奖赛，多种多样的科幻平台，有利于刺激科幻创作。不过，这在无形中削弱了《科幻世界》的影响力。《科幻世界》无法再单凭一己之力影响整个科幻文学界，这已经是不争的事实，但是这并不意味着它对于中国科幻文学的发展不再重要，只是影响科幻文学的方式发生了变化。

《科幻世界》此时更多是在扮演一个清醒的在场者，为中国科幻文学的发展提供清晰的建议。2015年，刘慈欣获得雨果奖的消息传来，科幻文学成了最热门的类型文学，大量科幻书籍出版，姚海军心心念念的科幻"畅销书"时代似乎到来了。但是科幻文学的"大热"不能掩盖科幻出版行业的乱象。一些出版公司为了紧跟热点，不计后果地签约出版科幻作品。《新科幻》杂志前主编曾如此形容科幻出版的混乱局面："当下的科幻出版可以用三个'一'来概括，即一哄而上、一抢而空、一地鸡毛。"②在这种急功近利的氛围下，科幻创作有可能受到不良的影响。试想一下，如果所有科幻作家都一窝蜂地创作科幻长篇，那么难免有粗制滥造的作品出现，科幻作品的质量将很难得到保障。而真正让人担忧的是，在这种混乱局面中，还会有多少出版社和图书公司去关注原创力量，为新人搭建发展平台，作者们又是否能够保持清醒的头脑和良好的创作心态。③

在行业乱象面前，《科幻世界》没有去追逐暴利，而是持续关注科幻文学的创新，关注科幻人才的培养。虽然杂志出版没有太高的经济利益，但是《科幻世界》杂志社不曾放弃杂志刊发业务，因为他们已然意识到："杂志是真正培养人的，培养作家，也培养读者。对我们来说，我们还是希望更多地保有作者文学创作的空间，在文化和商业之间取得平衡。"④《科幻世界》除了从来稿中发现和培养科幻新人外，还开办了科幻写作精品培训班，为科幻创作爱好者邀请专业的老师，帮助他们步入科幻创作领域，近年来崭露头角的科幻新人彭

---

① 彭样萍：《〈科幻世界〉副总编姚海军：市场上有战斗力了，中国科幻就不流浪了》，《成都商报》2019年2月21日。
② 姚海军：《中国科幻的现实图景》，《人民日报》2012年9月4日，第24版。
③ 姚海军：《中国科幻的现实图景》，《人民日报》2012年9月4日，第24版。
④ 极客公园：《四十岁的〈科幻世界〉，期待一个怎样的未来？》，https://baijiahao.baidu.com/s?id=1632525259869383749&wfr=spider&for=pc。

思萌就是出自这个培训班。《科幻世界》虽然求贤若渴,但是并不揠苗助长,而是根据科幻作家本身的实际情况来帮助作家。如科幻作家索何夫,从2013年开始就在《科幻世界》上发表科幻文学作品,深受读者喜爱,时时被催促创作长篇科幻文学作品,但他却一直认为"目前我的小说还局限于中短篇,而且存在着一些不足之处"[1]。直到2020年,《科幻世界》杂志社才出版了他的第一本科幻长篇《傀儡战记:城堡里的国王》。在此期间,《科幻世界》杂志社始终为他提供发表平台和支持,使他"一直能以较高的频率发表作品"[2]。可以看出,《科幻世界》杂志社对科幻人才的培养有着丰富的经验,作为中国科幻文学的"黄埔军校"[3],它从未曾间断对科幻人才的培养,并且始终为科幻文学界发现、挖掘新人。科幻人才的培养是一个长期的过程,并不是所有的科幻平台都有意愿、有能力去做这件事情,《科幻世界》杂志社坚持在科幻人才的培养上投入如此大的心力,除了因为自身对科幻文学的热爱之外,更关键的是清醒地看到科幻创作中所存在的问题,并愿意为解决这个问题付出自己的努力。

《科幻世界》杂志社还在主流文化和科幻市场之间搭建了一座桥梁,也是主流文学和类型文学之间的纽带。这不仅影响到科幻文化产业的建立,也同样影响到科幻文学的创作。《科幻世界》曾经是四川省科学技术协会的下属单位,有着与政府机构合作的经验,同时它也深谙科幻文化市场的规则。科幻文化产业的发展得到了各方的重视和支持,来自意大利的出版商就曾感叹道:"这十多年以来,在我参加过的所有会议之中,从未见过像科幻这样边缘——即使是迅速发展着——的事物得到如此庞大的经济、学术和政治上的支持。"[4]《科幻世界》杂志对科幻文学的深刻认识将会帮助政府、企业等各方参与者更好地了解这个行业和市场。早在2013年6月,《科幻世界》杂志社就与中国建筑股份有限公司签署了中国科幻文化产业园区项目战略合作框架协议,将在政府的大力支持下把成都打造成"中国科幻城"[5]。2018年,成都市政府、四川省科学技术协会等派出人员与《科幻世界》杂志社一道前往洛杉矶,请求申办2023年世界科幻大会。各方参与者与《科幻世界》杂志社的通力合作,改变着中国科

---

[1] 索何夫:《第26届科幻银河奖·获奖感言》,《科幻世界》2015年第11期,第13页。
[2] 索何夫:《第26届科幻银河奖·获奖感言》,《科幻世界》2015年第11期,第13页。
[3] 侯大伟、杨枫主编:《追梦人:四川科幻口述史》,四川人民出版社,2017年版,第31页。
[4] (意)弗朗西斯科·沃尔索:《我从未见过科幻得到如此庞大的支持》,《科幻世界》2018年第2期,第80页。
[5] 极客公园:《四十岁的〈科幻世界〉,期待一个怎样的未来?》,https://baijiahao.baidu.com/s?id=1632525259869383749&wfr=spider&for=pc。

幻文化市场的格局，而与主流文学、主流文化的紧密联系也对科幻文学创作提出了新的要求。《科幻世界》一直与主流文学界和主流文化界有着密切的往来，这在一定程度上影响了杂志社的办刊理念。虽然为了赢得读者的认可，《科幻世界》会强调科幻作品的故事性，但是不会因为追求故事性而牺牲科幻作品的其他特性，如思想性、科学性等。《科幻世界》延续了上一阶段兼容并包的理念，为不同主题与类型的科幻作品提供了发表的舞台，始终鼓励着科幻作家尝试更多创新。因此，翻开这一时期的《科幻世界》，读者既会看到张冉创作的风格硬朗的作品，也会看到阿缺创作的幽默诙谐的小说。

　　虽然《科幻世界》对科幻文学的影响看似有所减弱，但实际上只是影响的方式发生了变化。它不再单纯通过编辑方针来引导科幻文学的发展，而是在自身转型的基础上，深度参与科幻文化市场，并依据自身的经验与资源，为中国科幻文学的长远发展"保驾护航"。此时，仅凭《科幻世界》已经难以窥见科幻文学的全貌，但是不可否认，它仍是一个有价值的"窗口"，生动地展示着科幻文学的动人侧面。

第二节　"后三体时代"的科幻创作

　　2006年，《三体》在《科幻世界》上进行连载。2010年，《三体3：死神永生》出版，《三体》系列最终完成，"后三体时代"到来。

　　《三体》系列科幻小说的出版与获奖提高了科幻文学在中国的地位，也影响了科幻文化市场的建设，更潜移默化地改变着读者、研究者阅读科幻文学的心境。尽管《三体》系列小说为后起的科幻新秀们带来了无尽启发，但是也投下了一片阴影。能否超越《三体》，如何超越《三体》，这其实已经成了年轻一辈科幻作家无法逃避的议题。在"后三体时代"，一方面为了适应科幻文化市场的变化，另一方面为了进行写作上的创新，越来越多的科幻作家在尝试新的创作手法与风格。

一、别出心裁的"反科幻"叙事

　　在"后三体时代"，创新成了科幻文学创作的重中之重，寻找到新的题材和创作方法的难度也在不断加大。得益于便捷的网络媒体和较为完善的出版机制,读者能够接触到诸多不同风格的、来自国内外的优秀科幻作品,对很多科幻主题已经非常熟悉,如时光穿梭、自然灾难等。为了吸引更多的读者,中国科幻作家自然需要在作品的新奇性上下功夫。于是,他们一方面尝试打破原有科幻叙事的套路,为故事制造多重反转,从而使故事情节更加精彩,另一方面更加注重故事的完整性,不再随意用科学常识、哲理思考来打乱叙事节奏。与上一阶段的作品相比,这一阶段的科幻作品不再以思想性和创新性见长,而是善于从日常生活的细节中延伸出科技巧思。科幻作品之所以会出现这样的风格转变,既与科幻文化市场的变化有关,又与作者群体自身的经历有关。

这一时期的科幻作家善于把流行文化中的主题与元素融合到科幻作品中,把科学构想融入日常生活,试图让科幻作品读起来不那么像科幻作品,以此跳出以往科幻叙事的窠臼。

如桂公梓的《金陵十二区》,把都市传说融入作品中,讲述了一个妙趣横生的故事。"我"本来是一个开黑车的司机,有一次接到了一个相貌平常的乘客,没想到这个看似普通的客人竟然和一个惊天大阴谋有关。通过他的讲述"我"才知道,原来南京早已经沦为外星人的繁殖基地,来自外太空的外星生命已经遍布整个地球了。外星人入侵是科幻文学中的传统母题,无数的科幻作品都涉及这一母题,如威尔斯的《世界之战》、刘慈欣的《三体》系列等都有外星人入侵的情节。一个文明对另一个文明的毁灭时常伴随着血腥与暴力,桂公梓却另辟蹊径,把外星人的入侵与都市秘闻联系了起来,从而使整个事件变成了一个荒唐与戏谑的故事。从故事一开始,一个看似行为疯癫的男子便把"我"当成了救命稻草,对"我"讲述了一个惊人的秘密,明明只有十一个区的南京市其实还有一个秘密的地下区域。在这个区域里生活着外星生命,他们来自三体星,是意外坠落于此的。当时只存活了一个外星女性,为了生存,她要求与人类交配,这个男乘客周春就是被外星雌性选中的地球人类。他与这个外星人共同孕育了上万个孩子,在这个过程中,外星人修改了人类的脑电波,即将占领地球。外星人与人类结合本身就具有荒诞性,而作为"铁证"的都市传说更使整个故事显得滑稽无比,因此整个故事看起来就犹如一个拙劣的笑话,直至最后故事出现了逆转:抓住周春的警察竟然真的是红绿色盲,而色盲正是周春所说的外星人的最大特征,滑稽的笑话有了成真的可能。这部作品处处充满戏剧性的反转,不管是人物的形象,还是故事的走向,都在努力挣脱传统科幻叙事模式的束缚,甚至可以说作者是在以一种"反科幻"的模式来写作科幻小说。"我"的背叛是对古典科幻作品中英雄叙事的解构,对现实社会的细致描摹则构成了浩渺无垠的星空的反面,作品中出现的插科打诨则消解掉了人类末世的悲凉……正是运用这样的反科幻书写方式,作者才创造出一个与众不同的故事。这种对常规科幻叙事的反转构成了这一时期科幻文学的魅力之一。

正如刘慈欣所说："如今科幻面临的最大威胁恰恰来自科学——科学以迅雷不及掩耳之势将科幻变成了现实，而人类对已经成为现实的奇迹天生感到麻木，让科学失去了神奇之处，因此人们对未来的期待变得平淡。"[①]科技的飞速发展为科幻文学创作带来了新的问题。对于新一代的科幻作家们来说，要在题材上创新实属不易，因此越来越多的创作者在叙事上下功夫，突破原有的叙事框架，打破原有的叙事套路，以弥补题材新颖度上的欠缺。

尹洲的《女神之心》就对常见的科幻爱情模式作了反转。在这部作品中，美丽的女孩茜茜使用了一个名为女神之心的App，她想利用这个高端婚恋App为自己找到一个绝佳的伴侣。但是在一次次相亲后，她越来越失望，离真爱也越来越远。最终由于对金钱的追求，以及对更好的物质生活的向往，她委身于一个中年富商。当她伤痕累累、从婚恋市场惨败而归之后，这才发现身边只有一直暗恋自己的汪汪，可是汪汪真的是她的良人吗？这个故事融入了言情小说的元素，但是与早期的科幻爱情故事已有着很大不同。爱情是中国科幻作品中常见的主题，甚至是当代中国科幻文学复兴之初最重要的主题。但是中国科幻爱情故事往往落入一种窠臼，女性常常被设定为弱者，或是作为有智慧的男性角色的陪衬，或是等待着被聪明的科学家来拯救。这种情节设计和形象塑造，到底是出于科幻作者的刻板印象，还是源于他们对英雄主义的迷恋，那就需要依据作者的具体情况进行分析了。但是在这部作品中，作者在这个情节架构上反复游离，最终完成了对传统科幻爱情故事的颠覆。甫一开始，女神茜茜因为具有非凡的美貌，在与男性角色的交往中占据着明显优势，她握有选择的权利。这样的设置既是对早期科幻作品中的性别模式的破坏，又是对科学和智慧至上准则的解构，而对科技与智慧的崇拜曾是上一阶段中国科幻文学的主要特点。随后，茜茜被人欺辱，曾经一文不名的汪汪出面来拯救，证明自己是以科学的方法和手段谋取的财富，能够为茜茜带来幸福。这时候，叙事模式又回归传统，掌握科学技术的男性角色重新扮演起英雄的角色。最终，茜茜发现了汪汪的秘密，原来女神App就是汪汪的作品，自卑的他早已经想好要把昔日的女神拉下马，从而得到她。汪汪从智慧英雄变成了技术恶魔，茜茜则从落难女神变成了无辜受害者。这不仅是一个因爱而不得催生的阴谋，也隐含着技术剥削、性别对立的近未来想象。这不是一个有情人终成眷属的科幻爱情故事，而

---

① 刘慈欣：《关于刘慈欣同志及地外广播〈三体〉研讨会会议资料摘选》，《科幻世界》2013年第1期，第80页。

是隐含着对爱情的嘲弄、对技术的警惕。作者所质疑的并不是汪汪的真情，而是在反问科技能否为情感加成。在当下，科技在感情中将扮演什么角色，这才是作者真正想要探究的。若科技在寻找真爱的途中没有任何意义，那么这些科幻爱情故事该如何立足？这实际上已经构成了对科幻爱情故事中的理想主义的解构。

前一阶段的科幻作家尝试从题材、书写方式上寻找科幻创新的突破口，而这一阶段的科幻作家更愿意通过情节模式的转变来制造新意。他们尝试推翻以往的科幻故事写作模式，甚至不惜解构科幻作品的思想基础，利用情节的多重反转为读者制造惊喜，在嬉笑怒骂中消解科幻文学曾有的庄严与肃穆的气息，使科幻作品变得更加轻松、幽默，与日常生活的联系更加紧密。正如科幻作家宝树所说："将平淡琐屑的日常生活与最遥远不可思议的科幻意境融为一体，有时候这比起直接描写宇宙太空更令人遐想无穷。"[①]

这一时期的科幻作家在创新叙事模式的同时，放弃了过于复杂的叙事技巧，更多在故事的流畅性上下功夫，力图呈现出一个完整而精彩的故事。他们倾向于回归类型文学的本质，尝试改变叙事策略，减少叙事手法带来的阅读障碍，通过线性结构的使用、科幻场景的构建、人物形象的塑造来吸引更多读者。情节上的创新与结构上的守旧形成了鲜明的对比。

以索何夫的作品《出巴别记》为例，这部作品对未来世界作了精彩的想象。在未来社会，一个名为"巴别"的系统改变了整个世界，它相当于一个脑部的万维网。纳米机器人在人们的颅内接入信号器，以方便人类进入巴别系统，人类不用借助任何智能终端下载文件和资料，甚至可以跨过语言障碍与其他人交流。但是有一天，系统突然失灵了，接入这个系统的精英人士统统失语，无法与人进行交流，人类花费几千年建立的文明毁于一旦，世界倒退回农耕时代，人们的生活举步维艰。当青年徐青与他的同伴们陷入困顿时，一个名为美狄亚的统领出现了，她驶过海洋从美洲来到亚洲，期望能摧毁最后一座巴别公司，恢复人类文明。当他们抵达最后战场，却发现"巴别"系统的危机另有隐情。尽管在作品中，"巴别"危机被设定为一个世界性的、长期性的灾难，作者却没有花费过多笔墨去交代科技背景，也没有对人类困境展开描写，而是把笔墨完全集中到人类与"巴别"系统最后的斗争中。在一次次激烈的交火中，人类距离"巴别"主控中心越来越近。也是在激烈的战争场景中，人类所面临的困境与"巴别"系统的特性得到一次次书写，故事也一步步被推向高潮。及至最后，"巴别"危机的真相才暴露出来。整部作品结构完整，相关的

---

① 宝树：《九十九朵玫瑰》，《科幻世界》2012年第4期，第23页。

科技背景和设定蕴藏在故事情节中，没有描述性的文字打断叙述的进程。虽然其中涉及众多人物和场景，但是因为主线清晰，并不显得杂乱。除了这部作品之外，索何夫的其他作品也有着线索清晰、节奏紧凑、叙事流畅的特点。如他的《二人谋事》，同样是从庞大的宇宙基地中选取了几个人，以他们的争斗和交锋为主线，揭露了一个超级文明的存在。喜爱索何夫的读者说道："索爷的作品大多都倾向通过一个或几个科技设定来串联起主要角色和主要冲突，然后通过对科技/人性的反思来实现对主题的解答。"①除了索何夫之外，同时期的科幻作家如叶星曦、张冉等人也有主线突出、结构清晰的写作特点。

这种叙事方式尽管优点十分突出，却也有一些缺憾。科幻作者主要关注对主要矛盾和冲突的描写，并按照事件发展的时间顺序和因果联系推进情节。这确实有利于读者阅读，但是也意味着很难再出现全景式的、史诗级的作品。可以发现，虽然这一时期的科幻作品也有涉及星际交往和外太空探索等宏大主题，但是很少描写整个人类的命运与心境。为了突出故事核心，渲染戏剧画面，科幻作家总是集中描写一两个人的冒险，以至于作品主题设定虽然很庞大，但是形诸笔端的还是少数个体。"写大场面的，视野比较开阔的"②的作品相对来说很少见。如果把这一阶段的科幻文学作品与上一阶段的科幻文学作品放在一起比较，就可以看出其中的差别来。如索何夫的《出巴别记》与刘慈欣的《流浪地球》都是中篇作品，体量相当，主题与背景设定也有相似性，都是以全球化的灾难为背景，但是两者的叙事方式完全不同，风格也差异悬殊。在《流浪地球》中，刘慈欣选取了不同时期的人类社会的生活图景，时间跨度大、涉及范围广。"我"虽然是作品的主角，但是"我"并不是主角。在历史的长河和巨大的灾难面前，"我"的力量微乎其微，"我"只能被时代的潮流裹挟，成为一个历史的亲历者和旁观者，去感受、体悟科技的强大与自然的残酷。地球的流浪是全人类共同努力的结果，这是人类整个族群为了抵抗灾难而创下的壮举。而在《出巴别记》中，很难看到群像描写，人类文明复兴的希望被寄托于个体的冒险上。"巴别"系统最终被消灭，不是全世界人民共同努力的结果，而是以徐青为首的英雄们努力的结果。尽管《出巴别记》在情节上十分精彩，但是难有《流浪地球》那般磅礴的气势。

不管是情节上的创新，还是叙事策略方面的调整，其实都显示出这一时期的科幻创作对故事的高度重视。科幻作者希望讲好一个故事，而不是执着于传达自己的思想和理念。科幻作家索何夫就曾说："更何况，就算看不出中心思

---

① 晨风零雨426：《读者的话》，《科幻世界》2015年第7期，第30页。
② 刘慈欣：《幻界杂谈》，《科幻世界》2015年第4期，第28页。

想和宏大主旨,那也无关紧要,毕竟小说首先要看的是故事。"①这种现象的出现,既是由读者市场所决定的,又与科幻作家的身份、经历有很大关系。

当新媒介逐渐进入日常生活,人们的生活方式随之发生了重大改变,读者的阅读兴趣和阅读习惯也发生了转变。网络新媒体时代,阅读方式正在经历数字化、网络化转向,其以阅读场景的改变为核心,以社交、多元、碎片、日常、互动、去中心为基本特征,改变了以往的阅读情境、阅读行为、阅读体验和阅读关系,实现了对传统阅读的"创造性破坏"②。读者更倾向于从阅读中获得快乐,而不那么在意从中获得知识。在上一阶段,中国科幻文学作品中有着大量的科学普及、哲理思考、现实批判内容,这对资深的科幻迷有着强烈的吸引力,但是对普通读者来说却可能造成阅读障碍,不利于获得新读者的青睐。而故事是吸引读者的不二法宝,正如一位科幻读者所说:"无论什么小说,都需要尊重读者对于一篇小说最基本的诉求——故事。"③这清楚地表达了普通读者对于科幻作品的期待——讲好故事。他们更希望从科幻阅读中获得乐趣,而不完全是获得知识。为了吸引更多新的读者,科幻杂志与科幻作者都开始重视科幻作品的故事性。《科幻世界》编辑部主任刘维佳就提出:"科幻是舶来品,中国人对外国科幻的继承又不全面,导致科幻在中国的根基非常薄弱,而意识到这点的人不多,没有扎牢根,反而往上拔,这非常不利于科幻在中国的生长。科幻的当务之急是在中国的土地上扎下根,这就需要大众化写作。"④而大众化写作的重点就是要提高文本的可读性,创作出吸引人的故事。这自然对科幻作家讲故事的能力提出了更高的要求。

追求流畅、有趣的故事,而不过分注重思想的表达,也与这一时期科幻作者的年龄和创作经历有关。与刘慈欣、王晋康等科幻作家不同,索何夫、阿缺等新生代科幻作家在创作科幻文学作品时年龄都还较小,阅历也较为有限。王晋康40岁左右才开始科幻创作,刘慈欣也是在36岁的时候才向《科幻世界》投稿,他们开始创作的时候就已经有着丰富的人生阅历,有着对宇宙、人性的深入思考。索何夫、阿缺等人都是90后作家,阿缺在读大学时就开始创作。他们在知识的积累上也许并不弱于老一辈科幻作家,但是对事物的思考还是稍显稚嫩,看待科幻创作方式和写作目标的角度也有所不同。如阿缺就直接表明:"我从来都无意在文章中表达人生哲理或启迪之类的东西——我也并不认为我

---

① 索何夫:《创作谈》,《科幻世界》2015年第5期,第37页。
② 郭铮:《新媒体"后阅读":内容、传播与文化意义》,上海大学博士毕业论文,2019年。
③ 无得无失:《读者的话》,《科幻世界》2015年第12期,第33页。
④ 刘维佳:《第25届科幻银河奖颁奖掠影》,《科幻世界》2014年第12期,第45页。

有资格表达这些,如果有读者解读出了什么,那就是他们的事情了。"①他更坦言:"其实我半路出家,文学素养不比专业作家,从来不会在文章里表达什么——不是不想,是限于经历单薄,而不能。"②所以他选择避开自己的短处,以作品的故事性来弥补思想性上的不足。另一位科幻作家墨熊也表示:"因为拼点子和想法,会被大刘殴打;拼文笔与写作技巧,会被黑猫狂挠……所以还是只有做墨熊自己了,继续写着这种模仿好莱坞电影路子的快餐文。"③在读者市场和自身阅历的双重影响下,这一时期的科幻作家在叙事上自觉地挖掘自己的长处。他们往往能够在故事情节上推陈出新,从而超越原有的科幻叙事模式。他们在叙事技巧上更频繁地向类型小说学习,重视叙事结构的完整,讲求主线清晰、情节流畅。他们的努力使中国科幻小说的故事性越发突出,不过这并不意味着他们只重视故事而忽略了其他,他们也同样擅长营造温馨的气氛,描写人与人、人与"非人"之间的复杂情愫。

二、温情的后人类想象

何为后人类?从狭义来说,后人类指的是运用生物基因技术、人工智能技术、信息通信技术等高新技术对人类进行改造以使人类的身体或人类社会的样式发生巨大的变化,从而形成的一种迥异于当前人类世界的新人类群体,如整形人、克隆人、机器人、电子人、智能人、虚拟人、网络人等。④后人类的出现是科技发展带来的结果,或者说,科技的进步势必会催生后人类的产生,而对后人类的想象其实是人类在考量自身与科技的关系。对于科幻文学来说,这并不是一个新颖的主题,早在20世纪90年代初期,我国就已经有科幻作家涉及这一题材了,较为著名的有王晋康的《豹》、潘海天的《克隆之城》,等等。在这些作品中,人类与后人类之间经常呈现出一种紧张的关系,后人类或是在道德伦理上无法为人类所接受,或是被人类所奴役和剥削。可是在2010—2019年期间,关于后人类的想象却变得十分温情,甚至关于后人类社会的想象也变得甜蜜起来。

---

① 刘维佳、阿缺:《阿缺访谈》,《科幻世界》2015年第1期,第51页。
② 刘维佳、阿缺:《阿缺访谈》,《科幻世界》2015年第1期,第50页。
③ 《勇敢的青年们快去创造奇迹——特邀嘉宾:张冉、宝树、迟卉、谢云宁、汪彦中、墨熊、阿缺》,《科幻世界》2014年第1期,第30页。
④ 李洁、张斯琦:《技术、身体景观与人类的命运——后人类视域下的科幻文学创作》,《华夏文学论坛》2020年第1期,第181页。

这一时期的科幻作家不再在后人类的形貌上多下功夫，而是更擅长表现个体微妙的情感。这批科幻作家虽也揭露人性之中的恶，但是更愿意去寻找人性之中善的微光，捕捉人类与后人类生活中温馨、甜蜜的一面。同时，他们在书写个体复杂的情感时，更能够体察人或非人在情感、思想上所处的困境。与上一阶段科幻作品常常批判人性之恶、描绘黑暗的未来世界不同，这一阶段的作品更多的是在歌颂人性的美好，想象科技带来的光明未来。

表现人性之善，发现人类感情中温馨、美好的一面，是这一时期科幻作品的特点。在上一阶段，中国科幻作家更倾向于批判人类的劣根性，常常会设想在末日阴影的笼罩下、在生存欲望的刺激下，人类抛掉善意、道德，上演一出出自相残杀的惨剧。如韩松的《天堂里没有地下铁》、陈楸帆的《鼠年》等，都揭露了人性中让人胆寒的一面。在对人类之恶直白的控诉中，科幻作家自然而然地扮演着启蒙者的角色。他们不仅为读者带来科技知识，更企图从精神、道德层面启迪读者。多个研究者都看到了科幻作家韩松与鲁迅之间的联系，宋明炜就认为："韩松的文学想象所承续或直接对应的，是鲁迅。"[①]而刘慈欣作品中对人性恶的揭露与批判也被研究者反复提及。可是，在这个科幻文学发展的新时期，科幻作家更愿意去书写人性中的美好，更愿意赋予未来光明的色彩，去描绘温馨而甜蜜的亲情、爱情与友情。他们的作品中常常弥漫着一种温情，这种温情也延伸到他们对后人类的想象之中。

科幻作家阿缺就很善于表现人与"人"之间的脉脉温情。在作品《与机器人同行》中，他讲述了发生在机器人与人类之间的美好故事。"我"本是一个花店店员，因遭到情敌污蔑被关进了监狱。当"我"千辛万苦逃出监狱之后，却遇到了一个型号为LW31的机器人。由于我们两个人都渴望回到地球，于是我们结伴同行，一个失意的人与一个被抛弃的机器人，二"人"一起开启了曲折、离奇的回家之旅。虽然这部作品故事脉络相对简单，但是并不妨碍LW31机器人成为作品的亮点。它虽然无法解读人类的情感，但是对自己的小主人爱丽丝抱有无限的爱意，时刻希望回到她身边；它虽然被"机器人三定律"所束缚，却能够以平等的态度面对人类，把"我"当成伙伴和兄弟；它虽然拥有极强的能力，但是也有无数的缺点，比如它胆小、爱死机……这个LW31机器人更像是一个人，而不是冰冷的机器。在以往的科幻作品中，机器人更多是为了弥补人类躯体的缺陷而存在。它们拥有坚硬的躯壳、优越的运动能力和快速的运算能力，其中包含着科幻作家对人类进化方向的想象和期许，希望人类能够

[①] 宋明炜：《"于一切眼中看见无所有"——读韩松的科幻小说〈地铁〉》，载于《中国科幻新浪潮：历史·诗学·文本》，上海文艺出版社，2020年版，第54页。

拥有更强健的体魄和更强大的机能。但是在阿缺的作品中，机器人LW31却更像是为了弥补现代人类情感上的缺失所生的，它的身上有着社会生活中难以见到的懵懂与单纯。当它与"我"这个同样具有善意的人相遇时，就有了擦出情感火花的可能。它会为了"我"承受旁人的拳打脚踢，为了"我"去忍受旁人的冷眼；而"我"也愿意为了它据理力争，为了它去创造一个舒适温暖的家。"我"与LW31之间不是被服务者与服务者的关系，更不是制造者与被制造者的关系，而是人与"人"之间的关系，是情感把我们联系在了一起，是两个在生活中饱受欺凌者的互相治愈。可以发现，虽然"我"与LW31之间的情感真挚而单纯，但是我们所处的世界却有着欺凌与背叛，这显然不是一个处处充满美好事物的乌托邦，只是"我"与LW31两人之间的"喜剧"冲淡了所处世界的悲剧性。作者显然不欲制造一个处处完美的虚假乐土，他更多是在尝试传递一种希望，就算在充满不公的世界里，同样能够利用情感与善意来完成对自己和他人的救赎。阿缺从肯定人类的美好本性出发，去寻觅日常生活中的感动，这难道不也是表达人文关怀的一种方式吗？阿缺还以LW31为主角创作了《与机器人同居》《与机器人同悲》这两部作品，它们是对《与机器人同行》的续写，不仅继续讲述着"我"与LW31之间感人的故事，还延续了第一部作品中诙谐、幽默的文风。

除了阿缺之外，科幻新人钛艺也在他的作品《火花Hibana》中塑造了一个具有感知力的AI机器人。盐野夫妇发现自己的儿子小护有着严重的孤独症，他们在悲伤之余开始为儿子寻找治疗方法，最后他们使用了ABA疗法来对儿子进行训练。一个简单的AI机器人"火花"则成了帮助小护的重要工具，它可以帮助小护持续不断地巩固练习，它了解与人对话的要点。在盐野夫妇的努力和机器人火花的帮助下，小护终于成长为一个正常的孩子，甚至在编程方面有着极高的天赋。他开始对火花进行调试，利用他的父母曾经教育他的方式来帮助火花，让这个简单的AI机器人向更高等的人工智能转变。因此，"火花"在这个家庭中扮演着两个角色：一个是帮助小护、对他进行启蒙的老师与助手，这是这个角色"有用"的一面；而另一个角色是小护的"孩子"，帮助小护去体会父母的付出与艰辛，这是火花"有情"的一面。这个模样简单、智能程度尚低的机器人却成了整个家庭情感交换的枢纽，它也是用来观照人类关系的一面镜子。在这部作品中，作者钛艺所表现的绝不是深刻的哲理思考，也不是精彩的科技巧思，而是普通人生活中的点滴日常。正如他自己所说："我从来不写世界，我只喜欢写普通生活中的个体，大概因为我只是个普通人，所以写起来顺手。而且这样的普通人可以引起经过类似生活的人的共鸣。"①作品看似平淡，却浸透着作者的人文关怀，治愈了疲惫的人心。

夏笳在对后人类的想象上也显得格外有趣。在作品《中国百科全书》中，她塑造了一个具有极强学习能力的小海豹，它们作为新型的AI机器人能够与人类交流，管理人类的居所，并具有乖巧的小海豹的模样。虽然这群机器人拥有海豹的外形，但它们其实是后人类群体的一员。

由此观之，这一时期的后人类形象大都较为乖巧可爱，他们兼具机器的能力与人类的情感，映射出科幻作家对于未来伙伴的想象。若把这一时期中国科幻作品中的后人类形象与早期的后人类形象作对比，可以发现这些后人类尽管看上去更加亲切，却越来越不像真正的人了。他们不仅在外形上与人类相去甚远，在精神和思想上也并不完整，他们缺少人类复杂的欲望和多样的性格底色。科幻作家让后人类保持一种低龄和幼稚的状态，让他们在纷繁复杂的人类社会中保持着单纯与懵懂的一面，以至于这些后人类形象显得有些扁平，不够立体。科幻作品中后人类形象的改变，也意味着人类与后人类的关系发生了变化。后人类不再是人类提防的对象，而是变成了人类的朋友、亲人，他们在一定程度上甚至取代了真正的人类，去抚慰因飞速的都市生活、冷漠的人际关系而给人们精神上带来的伤痛。

关于后人类的温情想象也延续到对后人类社会的想象中，这个社会所指的是由人类与后人类共同构建的社会。依照后人类的定义，我们所处的时代就是所谓的后人类时代：科技日新月异，机械化早已成熟，人与机器在一定程度上实现共生。②换而言之，后人类社会并不一定是一个全部由后人类组成的社会，而是一个科技水平足够高的社会。这一时期的科幻作家非常善于观察个体在后人类时代的情绪和心境的变化，常常以个人的体验为切入口去讨论宏大的议题。

科幻作家夏笳在这方面做得尤为出色。以她的作品《中国百科全书》为例，这是由多篇小说构成的一个系列，它们共同构建了一个后人类社会，这个社会中有AI小海豹、治疗抑郁症的智能玩偶，还有能够被人工操控的AI用人。在这个新兴的后人类社会中，夏笳时常讨论一直以来困扰人类的难题，如语言的形成、生死的意义等。她敏锐地观察着人类在后人类社会中的变化与坚守。

---

① 苟巧、钛艺：《在虚构的世界中安放现实——钛艺专访》，《科幻世界》2019年第9期，第33页。

② 李洁、张斯琦：《技术、身体景观与人类的命运——后人类视域下的科幻文学创作》，《华夏文学论坛》2020年第1期，第182页。

比如，她详细描述了一个名为 iMemorial 的产品，这是一个应用软件，常常被用来纪念逝去的人。程序员把逝者的影音资料搜集起来，按照算法对这些资料进行排序，然后制成二维码放于逝者的墓碑上，扫墓的人可以用手机观看这些资料，用以缅怀逝者。而一个女孩在前男友死亡之后接触到了这个软件，她把对于男友死亡的感受和对这个软件的困惑发布到了网上。于是，各种不同身份的网友针对这个软件展开了讨论。其实，关于 iMemorial 的核心科技并不算复杂，只是把人们生活中的影音资料搜集起来，再根据相关算法制成一个音像合集。夏笳的作品发表于 2015 年，当时还没有抖音等短视频平台，vlog 概念也未曾在国内流行起来，这种以影音形式记录自己生活的方式还没有被大众熟知。而在如今看来，夏笳所构想的 iMemorial 是完全可以实现的。科幻作品中的"点子"一旦能够被实现，科幻作品所具有的新奇性与疏离感便面临着被肢解的可能，科技的发展本就是对科幻作品的祛魅。难道因为技术构想可以被实现，夏笳的这部作品就毫无意义了吗？答案是否定的。在夏笳的作品中，她要讨论的是在信息时代中人类面对死亡的方式与心态，而 iMemroial 是人们讨论这个议题的载体。在作品中，夏笳运用论坛跟帖的形式来写作，营造出一种多人讨论的效果，从而获得相对独立的叙述视角。在这部作品中，既有 iMemroial 的员工从技术角度来对这个项目进行解析，也有失去孩子的母亲对 iMemroial 项目表示感谢，还有身患肝癌的父亲讨论自己将要如何使用 iMemroial，更有粉丝讲述 iMemroial 所引发的争端……所有人看似在聊这个软件，其实都是在谈论生死。iMemroial 改变的是人们对待死亡的方式。在科技不够发达的社会，死亡就意味着终结，人们只能在记忆中凭吊逝者，只能让时间带走哀痛，并在记忆慢慢消散后接受逝者已矣的事实。但是在现代社会，可以运用科技手段将逝者的音容笑貌留在人间，逝者能够以影音方式永远"活着"，那么人类又该如何面对死亡呢？是拒绝高科技手段的辅助，坚持认为死亡就是终结，还是抱着永不褪却的记忆，坚信死亡只是换了一种生存方式？

看待死亡的方式，自然又会涉及面对生活的方式。夏笳从个体的故事出发，谈论了生与死的终极话题。她不欲给生和死下一个定义，更没有说明应如何对待生死。在作者看似暧昧不明的态度中，是她对所有个体价值观的尊重和体谅。在她看来，技术让人类有了更多选择，人们既可以用科技手段使死者以另一种方式重生，也可以通过远离科技使身心得到治愈。夏笳的作品除了让人们看到这些可能性之外，更做到了尊重每个人面对死亡与生活的方式。科技可以改变人类看待死亡的方式，但是永远不能改变死亡痛苦的本质。在夏笳的笔下，个体的情感和意志被放在极其重要的位置，这是与上一阶段中国科幻文学作品最大的不同。在刘慈欣、王晋康等人的作品中，个体只不过是群体的一部分，宏大的家国叙事、恢宏的宇宙图景常常遮蔽了个体的存在，人类的死亡特别是单独个体的死亡无法撼动浩瀚的星河，在挽救地球、拯救人类的目标下，个体的死亡要么没有意义，要么就是以英雄的身份推动宏大目标的实现。而在夏笳的作品中，个体的生老病死与社会的整体发展同样重要，所有的情感都需要被尊重与珍视，科技只是一种帮助表现这些情感的方式而已，科技是因人类的存在而有意义。

虽然这一时期的科幻作家并没有回避重要议题，而且所涉及的主题更加广泛，如犬儒小姐的《应许之子》就提到了代孕问题，但是他们的表达和书写方式发生了变化，他们不再直接触及问题本身，直接表明自己的态度和思考，而是通过书写普通个体的遭遇，通过表达个体的情感，去引导读者进行思考。他们往往是从小的侧面入手，来展现大的议题。他们迂回的叙述方式、暧昧不明的态度完全可以看作对文以载道的文学传统的抛弃，科幻作者是以更加平等、客观的态度来面对读者的，他们无意再担当启蒙者的角色，不管是在科技上，还是在思想上。不过这也常常导致宏大的议题被消解掉，使读者沉浸在精彩的故事和温暖的情感中，忘却了故事背后的深意。

由此观之，这一阶段的科幻作家鲜少去呈现社会与生活的黑暗一面，也不太热衷于构想科技社会的末日。他们倾向于通过创造无害的后人类群体，去展现一个温情的后人类社会。关于科幻文学的功能，学者孟庆枢和科幻作家韩松曾经指出，科幻文学具有警示与疗愈的功能。[1]如果说前一阶段的科幻作家更看重科幻作品的警示功能，常常以种种悲惨的未来景观提醒人类保持敏锐，那么这一阶段的科幻作家更重视科幻文学的疗愈功能，愿意通过捕捉日常生活中的"小确幸"来抚慰人心。钛艺的创作理念也许可以代表很多新时期科幻作家的心声，他说："生活本身没有多少乐趣可言，想写点儿治愈性的文章出来。"[2]但是，若只专注于表现人情的温暖，而拒绝去面对人性的龃龉，那中国科幻文学可能又会变回昔日结尾光明的科幻童话，能给读者以安慰，却不再具有深刻的思想性。

不管是对科幻作品故事性的重视，还是对后人类社会的温情想象，都使这一时期的科幻作品看起来更加浅显和通俗。这些作品有着越来越强的类型文学色彩，也越来越偏离主流文学的评价标准。他们的作品既与文以载道的中国文

---

[1] 韩松、孟庆枢：《科幻对谈：科幻文学的警世与疗愈功能》，《华南师范大学学报（社会科学版）》2020年第4期，第134页。

[2] 苟巧：《在虚构的世界中安放现实——钛艺专访》，《科幻世界》2019年第9期，第32页。

学传统格格不入，也很难和批判现实、表达家国情怀的写作宗旨联系起来，甚至也无法借助现代性范畴来诠释他们作品的特点，很难为这些作品在现存的文学批评体系中找到合适的位置，这在一定程度上导致了主流文学界对这一时期科幻作家的忽视。这是否意味着这一时期的科幻文学创作是失败的？是否意味着新的科幻作家完全比不上刘慈欣、王晋康等科幻名家？当然不是。只能说科幻文学的性质与特点在这期间已经发生了根本的变化，传统的文学理论已经不能套用在现在的科幻文学上了，一个相对独立的科幻文学评价体系亟待建立。

综上所述，与1999—2009年这个阶段相比，2010—2019年期间的科幻文学作品有着许多新的特点，科幻作家回避了对抽象的哲学问题的讨论，专心地述说着飞速发展的科技世界中普通人的喜怒哀乐，曾经宏大的家国叙事、对人性之恶的鞭挞、对现实社会的批判都被淹没在了有趣、温馨的故事中。这一时期的科幻作品时常显得诙谐而幽默，风格轻灵而飘逸，与上一阶段满是沉郁的道德之思和磅礴的科技胜景的科幻作品有着本质上的区别。这既是当前的阅读环境、读者市场造成的，又是读者基于自身的阅历和特点进行选择的结果。而在一众风格轻灵、想象跳脱的作品中，科幻"新人"张冉的作品显得尤为与众不同，他既承袭了前一阶段的科幻风格，又兼具这一时期科幻作品的特点，做到了既传承经典又积极探索科幻文学的新方向。

第三节　张冉：传承与创新

与同时期的科幻作家不一样的是，张冉仍旧很热爱宏大叙事，同时也很热衷于表达个体的故事与情感。他仍旧在探索新颖的表达形式，且不曾放弃对故事性的追求。他的作品有着两个时代的烙印，既可以看到对科幻文学传统的回归，又可以看到向类型文学靠拢的痕迹。

一、回归主流文学传统

张冉承袭了上一阶段科幻作家的写作理念，继续向主流文学传统回归。他继承了刘慈欣等科幻作家对宏大主题的迷恋和对技术之美的执着。在他的作品中，既可以看见如何夕那般的理想主义与浪漫情怀，也可以看见如韩松那般对人性之恶的批判。他没有放弃对人类共同命运的关注，不曾回避现实与人性龃龉的一面,而是努力让自己的作品更具有深度。同时,他在叙述方法上不断探索,试图寻找新的表达方式。

这一时期的科幻作家普遍偏爱"小"故事,通过把笔墨集中在有限的几个人身上来讲述精彩的故事。对个人情感的书写代替了对全人类命运的把握,作品更追求故事的趣味性,而非深刻的思想内涵。但是张冉并不如此,他能够从小处着手,描绘大世界,能够写出架构庞大的、意蕴深刻的科幻作品。他始终没有放弃对现实与人性的摹写,试图更加深刻地思考科技与人类社会的关系。

他的作品《大饥之年》就描绘了一场卷席整个人类社会的灾难。一种奇怪的生物体突然现世,它以肉类为生,能够寄生在人体中。在感染人体之初,它还只表现为对肉类的渴望,无法消化其他食物。随后,这种对肉类的欲望压倒了一切,迫使人类啃噬生肉。最后,真菌完全占据了人体,人体宣告死亡。在一个厌世者的刻意操纵下,病毒瞬间传遍了整个世界。在饥荒年代才出现的食人惨剧,竟然发生在了食物最丰沛的当下。最先感染这种生物体的纽约棒球手咬断了同学的脖子,著名的人类学家祖尔·科曼彻则吞下了自己的手指,在中国发疯的母猪袭击了主人……而在历史上,这种生物体早已经制造过自己的牺牲品:在日本一个乡村,稻谷满仓但村民纷纷被饿死;在中国贵阳,几万人互相啃食。从古到今,从贫瘠的乡村到现代化的大都市,到处都充斥着瘟疫的阴影,人类被推入生死绝境之中。血腥恐怖的景象、无可逃避的危机,在张冉的笔下,把整个地球都变成了人间地狱,而人类被迫变成了一个命运共同体。可是这个共同体显然并不牢固,阶级的对立、观念的对抗都在瓦解着这个脆弱的联盟。大敌当前,人类放下成见共同对抗灾难的场景没有出现。在生存欲望的作祟下,人类的自私行径继续在上演。尽管张冉使用了宏大的时空架构,多线叙事并行,但是无法让人产生科幻史诗中常见的崇高感[①],他用小人物的卑微解构了英雄主义叙事。灾难不仅孕育着英雄,也催生出恶魔。在对人性之恶与不公现实的批判中,张冉不比韩松弱,甚至他的视角要更新一些。他看到了阶级不平等催生出的剥削与压迫,芬兰人拉尔森扩散和传播病毒的初衷是消灭人类,消灭原有的阶级制度,为世间万物提供一个公平竞争、重新开始的机会。但是最后,就算在死亡面前,公平也不过是一个幻影,世界顶级的富豪们可以通过购买优质蛋白活得更久,还能通过基因改造留下自己的血脉。拉尔森期待的公平,恰恰带来了更多的不公平,灾难轻而易举地就剥夺了穷人生的希望,金钱和地位却延续着特权者的生命。张冉不像同时期的科幻作者那般用故事来

[①] 贾立元:《"光荣中华":刘慈欣科幻小说中的中国形象》,《渤海大学学报》2011年第1期,第40页。

遮蔽对社会阴暗面的思考，也不再企图用温情粉饰太平。

《大饥之年》在谈及人性善恶之外，还对全球化进程作了深刻的反思。全球化是世界范围内的大趋势，人们常常谈及它对于环境、经济的影响，但是张冉看到了全球化语境下人类的脆弱。国与国之间利用发达的网络与物流系统形成了一个地球村，人类的通力合作使自身在灾难面前显得更加强大。可是很少有人会想到，全球化本身就是巨大的危险。致命的微生物在我国唐朝就被发现了，也曾在日本肆虐过，但是都未曾造成人类灭亡的灾难。反而在现代社会，人类拥有更先进的科技，却被它们逼得节节败退。古代社会交通不便，造成了环境的封闭，病毒在小范围肆虐后只能偃旗息鼓。而在全球互联的今天，拉尔森仅凭自己一人之力就可以把病毒传遍整个世界。这构成了对科技社会的一重反思。在人类尚未消弭自身的私心、建成利益共同体时，过度的开放也许会放大既有的风险。在开放、共赢已经成为全世界共识的时候，作这种反思是完全有必要的。通过这部作品可以看出，作为科幻作家，张冉除了延续主流文学的启蒙叙事之外，还在开辟独属于科幻文学的话语空间，去观察和想象科技将给人类的精神和思想带来的改变，以及这些改变又将如何作用于物质世界。这也许就是科幻文学异于其他类型文学以及主流文学的意义。

张冉的另一部作品《太阳坠落之时》也是一部时间和空间跨度很大、立意深远的作品。三位宇航员占领了特里尼蒂太空站，他们用高空军事打击作为威胁，要求成立一个由三人组成的外太空共和国。在这个共和国里，他们期盼实现自己的未来蓝图。但是，特里尼蒂太空站是俄罗斯、中国、美国三国联合建立的，是开发太空太阳能的基础设备。暂且不谈它的政治与军事意义，其所具有的商业价值就已经决定了三国政府不可能放弃它。于是，空间站和地球展开了激烈的博弈。乍看起来，这是理想主义者与现存规则的博弈，是"恐怖分子"与政府当局的对抗。可是，随着越来越多的人物出现，事情变得越来越复杂。暂且不说并不牢固的国家联盟，仅那三个占领空间站的宇航员之间就有了分歧，他们根本不是目标一致、牢不可破的团体，而是都有自己的心思。至于这个外太空共和国最后会走向何方，故事结尾并没有明说。张冉自己认为，这是一个"描写一群反人类、反社会的坏蛋的故事"①，但实际上，不管是宇航员，还是他们所处的组织，都很难用"坏"来形容。他们有着对世界不切实际的期待与构想，当无法通过正常手段来实现这一期待时，他们毫不犹豫地选择去摧毁旧的世界。当他们真的面对建立新世界应付出的血的代价时，他们害怕了、犹豫了。只是，箭在弦上，不得不发。这群所谓的"坏人"身上混合着自

---

① 张冉：《太阳坠落之时·后记》，《科幻世界》2015年第9期，第57页。

私与高尚、残忍与慈悲等复杂的情感，他们显得清醒又迷茫、强大又无助。张冉在庞大的宇宙架构下竟然塑造出个性如此复杂的人物，他们身上反映出了多元的世界观和宇宙观。正如他自己说："我是个不太需要灵感的作者，因为写的都是人和人的事情，很少思考生命、宇宙以及一切问题的答案。"[①]不过，他的作品并非没有对现实、社会、宇宙、科技的思考，只不过与这一时期的众多科幻作家一样，他不执迷于给出答案，而更愿意描绘现象，通过自己的作品反映当下社会中存在的多元观念。《科幻世界》编辑刘维佳对阿缺的评价同样可以用在张冉身上："要说没有表达什么，也未必，只能说你没有刻意表达什么。"[②]张冉没有拘泥于题材和叙事的范畴，而是把对现实、人性的思考寓于故事中，在对世界末日的想象、对科技力量的关注中扮演着"敲钟人"的角色，为人类敲响关于科技、社会未来前景的警钟。

除了延续上一代科幻作家对作品思想性的追求，以宏阔的叙事角度写就史诗般的科幻作品，张冉还有意识地追求写作手法的创新。这一时期的科幻作家为了适应读者的需求，更好地讲故事，往往采用较为简单的叙事手法，以时间为叙事线索，高度聚焦主题，不蔓不枝。但是张冉并不如此，他在讲好故事的基础上，进一步探索新的写作手法。他不满足于简单的叙述结构，而是向传统文学与主流文学"取经"，以"闲笔"来丰富作品的内涵。在他的作品《起风之城》中，他就利用闲笔打破了宏大叙事与个体经验之间的界限，使科幻传统与主流文学得到了很好的融合。在《起风之城》中，身为高级白领的"我"在接到旧时好友琉璃的信件后赶回老家。沿途南下的过程中，"我"终于回想起另一个好友乔死亡的真相，并与琉璃一起利用机器人阿丹向罪魁祸首罗斯巴特集团发起攻击。这是一个让人血脉偾张的、关于复仇和梦想的故事，废弃的工厂、笨拙的机器人、高耸的白色高塔等元素都构成了"起风之城"冷硬的一面。可是作者在其中穿插了大量关于"二人羽织"表演的闲笔。既有"我"与琉璃排练时的情景，又有"我"对表演场景的不断回忆，甚至详细到表演时的每一个细节与感受："我垂在琉璃身前的双手能感觉到空气的温度，幸好一万只窥探的眼睛被棉被关在外面的世界。我的鼻尖埋在她的发中，嗅着让人迷醉的甜蜜桃子味道，整张脸都因紧张和幸福而充血、发热。"[③]其实这个来自日本的古老游戏与故事发展并没有直接的联系，甚至它所代表的旖旎的初恋幻梦与

[①] 张冉、王维剑：《像创作一样回答问题——科幻作家张冉访谈》，《科幻世界》2015年第8期，第21页。

[②] 刘维佳、阿缺：《阿缺访谈》，《科幻世界》2015年第1期，第50页。

[③] 张冉：《起风之城》，《科幻世界》2013年第3期，第11页。

充满血腥历史的工业之城还很不搭，但这些闲笔引出了另一重发动复仇的动机。"我"之所以放弃一切陪琉璃走上挑衅罗斯巴特集团的不归路，并不是因为"我"真的对这个集团所犯下的罪恶充满仇恨，也不是因为想为儿时好友讨回公道、求得救赎，而是因为"我"对琉璃那份引而不发的爱。这个"二人羽织"表演是我们两个人亲近的唯一证据，是"我"关于这份爱最珍贵的回忆。正是在这份记忆的推动下，"我"才会想都不想就答应琉璃所有的要求，陪她去赴险。甚至可以说，作为复仇主导者的琉璃身上才真正闪现出为理想和正义献身的大义，而在"我"身上体现的只是为爱不顾一切的"小情"。值得注意的是，作品并没有过分渲染大义而鄙视"小情"，那反复出现的唯美而细腻的"二人羽织"场景从侧面表达出，就算是微小的个人情感，也同样值得重视和珍惜。

闲笔是叙事文学中从人物、时间等主要线索外穿插进去的部分①，它往往与小说的主题无关或者关系不大。尽管闲笔能够"点缀穿插的手段，打破描写的单一性，使不同的节奏、不同的气氛相互交织，从而增加生活情景的空间感和真实感"②，但是闲笔的出现也会在一定程度上造成叙述的游离，拖慢叙述的节奏。对于以广袤的宇宙空间和悠远的时间长河为背景的科幻小说来说，闲笔这一叙述手法并不利于宏大宇宙图景的构建，也不利于刺激的冒险故事的展开，所以它在科幻小说，特别是硬科幻小说中出现的频率并不高。张冉却大胆地把闲笔运用到自己的作品之中，在保证故事完整性的基础上，丰富了文本的内涵。

在他另一部作品《以太》中也能看见类似的闲笔。作品开头就写到"我"在23年前参加的一个无聊的婚礼聚会。在这个聚会上，"我"被当作无知的幼童，因此我忍不住对着父亲发出了"去你的"那声大吼，这是"我"与父亲决裂的开始，但"我"与父亲的这个插曲与主题显得有些格格不入。不管是"以太"系统让我们周围的世界逐渐变得无聊，荼毒我们的精神，还是它对我们进行无情的监视，让我们沦为行尸走肉，这些都不是"我"与父亲的关系能够决定的。当然，把父亲对"我"的压迫看作"我"的反抗精神的来源也不无道理，但是开头的小故事并没有表现父亲的暴力，反而是对父亲大吼的"我"有些不近人情。这个小故事实在难以纳入对"以太"主题的书写中。它成了游离于主线之外的闲笔，与其他关于"我"的家庭故事一起构成一部"我"的个人史。为何要在宏大的主题之外穿插进对"我"的生活的描述呢？又为什么要以

---

① 童庆炳：《现代学术视野中的中华古代文论》，北京出版社，2002年版，第140页。
② 叶郎：《中国小说美学》，北京大学出版社，1982年版，第192页。

闲笔作为整个故事的开头呢？作者以闲笔作为故事的开端，其实是一个暗示，奠定了整个故事的基调。在开头的这个小故事中，"我"与父亲并未形成激烈的对抗，有的只是他对我的漠视，而热闹的婚礼场景也冲淡了家庭暴力所带来的阴霾。在喜庆的气氛下，"我"与父亲的冲突看上去并不必要。这实则都是在影射"以太"对人类社会造成的影响。在"以太"控制的社会中，没有冲突与暴力，但是有着对个体明明白白的无视，普通人被天然地视为社会中的不稳定因子，被剥夺了了解真相、进行思考的权利。这个看似毫无用处的闲笔实则是在帮助读者去理解"以太"系统导致的问题，不是只有暴力才意味着虐待和伤害，对人类创造思维的剥夺、把人类置于"米虫"的位置同样是一种戕害。若是把"我"与父亲的冲突当作一种隐喻来解读，其实就已经把这一闲笔置于主线之上了。但其实更应该把这一闲笔理解为一种游离于主线之外的表达，尽管与主线有着千丝万缕的联系，却构成了相对独立的叙述副线。它虽然所占的篇幅不大，但是在无形之中扩展了整个科幻作品的容量。这部作品已经不仅仅是在讲述人类如何冲破科技的阻碍而获得自由的故事了，还是一部关于家庭的成长小说："我"从任父亲打骂的幼童到能作出反抗的成人，我从愤恨到宽恕。最终，主线与副线交织在了一起，构成了对"爱"的渴求，只是副线讲的是"我"如何被剥夺了爱的能力，而主线则是重在表述"我"再度获得去爱与被爱的可能。通过对社会不公的反抗，通过与科技的角力，"我"治好了童年时留下的心理伤痕，而这构成了与同时期科幻作品的最大不同。前文已经提到，很多科幻作家把人伦亲情作为抵抗现实生活阴影的工具，通过对人与人之间美好情感的追忆来治愈时代带给个体的伤痛，但是张冉显然选择了不一样的叙述手法。这种通过完成宏大的目标来治愈个体的情节，其实在上一阶段的科幻文本中更加容易看到。张冉不仅延续了上一阶段科幻作家对叙事形式的探索，更延续了其叙事模式。

要而言之，不管是对文本思想性的追求，还是对叙事艺术性的探索，张冉都显示出了自己在写作上的野心，他继承了上一阶段科幻文学的创作理念，选择回归主流文学传统。在科幻文学界，研究者和读者总是喜欢把20世纪90年代登上舞台的科幻作家划归为新生代科幻作家，而把21世纪出现的作家称为更新代作家。但是若比较他们的行文特色、写作目标，就会发现这一分法并无充分的逻辑依据。以韩松、刘慈欣、王晋康三人为例，他们都是在20世纪90年代登场的作家，可是他们出现的时间段并不相同：韩松在科幻文学复兴之初就活跃在科幻文学界，而王晋康则是在1993年前后才"入行"，刘慈欣直到1999年才在《科幻世界》上发表自己的作品。他们对科幻文学的认知其实并不相同，以代际来划分并不能充分概括他们三人的特点。莫不如以时间段来划分，不同的科幻作家在相同的历史语境下，才更有可能对科幻文学形成一致的科幻观念。如在1999—2009年期间，科幻作家虽然已经接受了科幻文学作为通俗文学、类型文学的一员这个事实，但是他们在写作上都颇具野心，希望自己的作品能够与优秀的主流文学作品比肩，能够得到主流文学的接纳。而2010—2019年期间，出版市场对科幻文学产生了更大的影响力，大部分科幻作家对于提升科幻文学的艺术性缺乏自觉，而是更愿意去博得资本市场的青睐。张冉显得有些与众不同，他在科幻文学写作上更近似于上一阶段的科幻作者，尝试提升科幻文学的文学性与思想性。他在无形中传承着上一阶段科幻作家的创作理念，但并非一味模仿、墨守成规。他也在根据读者的品位作出调整和创新。

二、与类型文学"结盟"

坚守科幻文学的传统理念固然重要，但是若不能紧跟时代的脚步，科幻文学也只能迎接衰落的命运。中国科幻文学若真想实现从杂志时代向畅销书时代转型，最重要的就是获得更多读者。而如何让科幻文学叫好又叫座呢？这显然是张冉在科幻文学创作中不能回避的命题。作为一个网络文学写手，他擅长吸收其他类型文学的优点，能更加准确地把握流行文化的脉搏，借助时代热点为作品增添光彩。同时，他也关注现实，能够从司空见惯的生活现象中发现其与科学幻想的接轨之处，对现实生活的描摹与艺术化处理，成了其作品的一大亮点。

虽然张冉认为网络文学写作与科幻文学写作有很大的区别，但是这并不妨碍他把网络写作的经验用到科幻写作中来，他能够把悬疑、恐怖等元素融入科幻作品中，为科幻文学作品带来别样的趣味。在作品《没有你的小镇》中，张冉就设置了层层悬念，把一个受困于情的男性描写得淋漓尽致。他以绵绵细雨中的南国小镇开头，普通的景物、濡湿的天气、公交车中的气味与卖汤粉的阿婆，都是常见的小镇画面，可是如此详细地展开这幅画面却莫名地让人不安。及至当"我"第八百次尝试走出小镇遭到失败，读者才明白，那些寻常的人与景竟然是带有诅咒性质的地标，代表着"我"无法逃离的过去。为何看似普通的"我"会被困在这个小镇？"我"有着怎样的身世？问题接踵而来。虽然随着故事的展开，"我"的过去日渐清晰起来，但是关于小镇的疑云还未曾散开。无人认识的杜医生，茫然无知的同事们，一切如故的小镇，毫无踪迹的"你"……这所有的一切都构成了一个巨大的谜题，却不能从中拼凑出蛛丝马迹。到底什么才是解开谜题的密码？无人知晓。以前的种种过往，是"我"在痛苦之后作出的应激反应，还是杜医生与同事们共同设下的圈套，无从得知。悬疑的气氛始终弥漫在字里行间，对真相的探寻化为读者阅读的动力，及至读到最后，读者才发现这根本是一个"伪悬疑"，这更类似于一个语言游戏。走出小镇的必要条件就是忘掉"你"——我的前女友，"忘了你"既是"我"接受情感治疗的目的，又是"我"想要达到的目的。可惜"忘了你"这个念头中就有一个"你"，所以当"我"以为我"忘了你"时，"我"其实是以另一种方式想起了"你"。作者看似在讲述一个惊天疑案，实则是在描述一个男性面对爱情伤痛时的种种情态，无法忘记的故人犹如永远逃不出去的小镇，自己只能在其中一次次进行徒劳的尝试。

而在《永恒复生者》中，张冉则为小说注入了恐怖元素。故事一开头就是在阴冷的墓园中，男孩们戴着怪异的面具，杀手突然冒出，在神秘的磁场里，人类竟然能在死亡后离奇复活……尽管这些故事背后的科学解释入情入理，但是仍旧挡不住作品中飘荡出的丝丝鬼气。但张冉作品中的恐怖气息与韩松的"鬼魅中国"[①]中的鬼魅阴森又是完全不同的。韩松是对现实人类作鬼怪化的书写，他剥掉了人类伪善、遮羞的外衣，露出了一个个植根于人心的魑魅魍魉，可是张冉却是利用诡异的元素制造恐怖的气氛，横流的鲜血、先进的武器等共同构筑成鬼魅般的场景。韩松笔下的鬼魅有着几分《聊斋》的影子，它发自人类内心，有着因缘报应作为指引，变幻无形；而张冉作品中的恐怖气氛源出西方恐怖电影，通过特定场景营造恐怖气氛，效果惊人。这展现出他们不同的创作源流，韩松是从中国传统文化与主流文学之中"借"来气韵，张冉则是在流行文化与类型小说中"拿"来技巧。在当代中国科幻文学复兴初期，中国科幻作家也着迷于把其他类型文学"嫁接"在科幻文学之中，可是这种实验鲜少成功。以中国科幻爱情故事为例，这类作品往往就是在常规的科幻叙事中加入一些言情元素，以此来中和科幻文学本身所具有的冷硬色彩。但是读者对此并不买账，常常把这类作品称为披着科幻外衣的言情作品，而张冉并未让类型文学的色彩掩盖科幻文学的内核。他是如何做到这一点的呢？这主要源于张冉始终在作品中做到了逻辑自洽，不忘赋予自己的作品以科学的内核。如《没有你的小镇》虽然也是与感情故事有关的作品，但是没有因为叙述甜蜜爱情而延误叙事进度，只是在环环相扣的谜题中展现"我"深陷情感而不能自拔的心境。在这部作品中，张冉始终强调逻辑与理性，故事内容是为科学服务的，而不是为了展现情爱。因此，虽然张冉的科幻作品内容比较"软"，但是读者鲜少质疑他的作品的科幻性质。

[①] 贾立元：《韩松与"鬼魅中国"》，《当代作家评论》，2011年第1期，第83页。

对普通人生活状态的观察与体谅为张冉的作品带来了另一种深度，也构成了对读者的一种吸引力。刘慈欣认为国内的读者偏爱贴近现实的科幻，稍微超脱和疯狂一些的想象就无法接受。①他坦言这并不利于科幻文学作品展开想象，甚至辛辣地说："科幻是一种能飞进来的文学，我们偏偏喜欢让它在地上爬行。"②尽管刘慈欣的批评有一定的道理，但是读者对近未来科幻的偏爱不会改变，而且作者也需要承认科幻文学的多样性。目光投向邈远星空的科幻文学作品可以是好的科幻文学作品，但是以现实为基准的科幻文学作品也不一定就是低级的。张冉可以写出想象力丰富的宇宙史诗，但是他也同样对科技环境之下普通人类的命运深感兴趣。在作品《再见，老七》中，他展现出了自己对现实社会的洞察力。这个故事与一个男生宿舍有关，宿舍里的七个男孩子都有自己鲜明的个性，但都同样喜欢享受自己的大学生活，挥霍自己的青春。但老七的突然疯魔让这个寝室变得不和谐起来，来自乡村的他沉浸于星际争霸这个网络游戏无法自拔，"我"与另外的室友想尽了办法也无济于事，只能看着他用电脑显示屏割断了自己的手，看着他进入疯人院。老七的人生永远停在了二十多岁，而"我"与寝室其他人则在"社畜"的道路上一去不返。我们开始为了生计收起自己的锋芒，为了生存而向五斗米折腰，为了尊严而保持与他人疏离的关系。直到我们寝室几人再次相聚，一起去看望老七时，"我"才发现"我"竟然从来没有存在过……张冉以现实世界为背景再度编织了一个心理悬疑故事。作为叙述者的"我"看起来与普通人无异，没想到"我"竟然是老七臆想出来的，沉迷于游戏世界中的他让"我"来代替他长大，去体会社会的点点滴滴，似真似假，如梦似幻。张冉不爱用虚拟世界来表现现实与幻想的暧昧不清，他更愿意描写人类内心的幻境，这个幻境比虚拟世界更难以逃脱。这部作品所关注的其实是信息时代中的另一种"底层人"。他们在写字楼工作，看似体面，却在生活与精神上都感到贫瘠，他们承载着来自社会与科技的双重剥削。就如"我"与老七，其实是一体两面，我们共同负担着科技社会所施加的压力。"我"作为一个"码农"，做着压力很大的工作，加班成了一种常态，可就算这样也依然无法支付房租，更不要提有尊严地去获得一份爱情。"我"被高昂的生活成本和无望的生活榨干了剩余的精力，但无从逃脱。而老七是一个在校大学生，他在玩星际争霸的游戏时被攫住了灵魂，电子游戏成了对他的另一种盘剥，摧毁了他的注意力，也摧毁了他感知世界的能力。这两种伤害不是同时发生的，而是有着先后的顺序。正是因为科技的影响，才使像老七这样的

---

① 刘慈欣：《刘慈欣谈科幻》，湖北科学技术出版社，2013年版，第51页。
② 刘慈欣：《刘慈欣谈科幻》，湖北科学技术出版社，2013年版，第51页。

人更加没有能力去应对未来社会的危机。老七，也就是"我"，可以被看作信息社会中的另一种"底层人"，他们接受过良好的教育，可是因为受到各种外力的限制，不得不承受精神与肉体的双重煎熬。在现实生活中，他们可能成为拥护"丧文化"的一分子，以调侃和麻木来对抗危机。而在张冉的作品中，他们拥有了分裂的可能，虽不能真正解决生活中的困境，却可以借此逃避。在科技时代，"底层人"已经不只是面朝黄土背朝天的农民，不只是在城市里穿行的体力劳动者，还可以是受过高等教育却无法寻得出路的年轻人，是作为科技的奴隶而终身难以脱困的"零余者"。张冉在作品中既写了老七身处精神病院的惨剧，也写了寝室之中其他几个人都过上了相对正常的生活，好像老七被科技所裹挟、无法脱身只是特例，但是谁又能断言，他们不是下一个老七呢？就好像一直以来恪守成规的"我"，也不过是老七的一个分身而已。张冉未曾承认自己隶属于科幻现实主义阵营，可是他确实在带领读者去了解另一个维度的现实，这个现实还未曾得到很多关注，但也是真实存在的。张冉和夏笳一样有着揭露现代生活症候的想法与能力，但他的表达比夏笳直接得多。夏笳尚且还在用一些科技产物来缓和人与社会的矛盾，张冉却直接撕开了科技的遮羞布，指出它也是盘剥人类的一员，只是它剥削人类的方式令人难以察觉而已，它是打着娱乐的旗号从精神上对人类进行无情的阉割，让人类失去了向上攀爬的能力。

1996年，星河写出了《决斗在网络》这部作品，这是我国第一部赛博朋克科幻作品。它除了构建出一个精彩的网络世界之外，还描述了一个充满活力的大学校园。星河把网络作为人类发展过程中的福音，想象着科技对人类交往发展的推动作用。而到了2016年，张冉再现了另外一个大学校园，这个校园里仍旧有着青春的热情，有着独属于少年人的单纯，可是科技全覆盖之后，校园并没有变成乐园，青年学子有了更多被诱惑的可能，而现实则已经早早蹲踞在校园的门口，让人无法轻松。20年时光荏苒，星河笔下的青年学子尚还有着作为天之骄子的傲气，而张冉作品中的大学新生却变成了新一代的"底层人"。

张冉既能够写出气势磅礴的科幻作品，又同样擅长从小处着手，关注个体的心灵。在另一部作品《炸弹女孩》中，他不遗余力地挖掘现代社会中青少年独特的心境。这次他以两个中学生为主角，不再拘泥于对技术手段的想象，而是着力描摹两个中学生内心隐秘的角落。内心拥有澎湃欲望的丁满，满身裹满黑色胶带的"炸弹"女孩彭彭，这两个"不正常"的孩子实则都在渴求着最真诚的爱意，只是在现实中，他们根本没有表达自己的不安与情感的机会，只能以怪异的行为来遮掩他们的脆弱与自卑。直到他们相遇，两个人才拥有了变得完整的可能。相对于张冉其他的作品来说，这部作品在科幻构想上稍稍逊色，充满了青春爱情小说的气息，但对二人心理的描写非常精彩。张冉设置了一个开放性的结局，到底彭彭是能够自爆的异人，还是以谎言掩盖残忍的女孩？没有一个确定的答案，模糊的结果延宕了真相，也避免了仓促地作出价值判断。

综上所述，张冉对科幻文学的创新既体现在写作手法的创新上，吸收了很多类型文学的长处，又体现在他有意识地拓宽科幻文学的写作范围。科幻文学不仅可以描写浩渺星空与高新科技，而且可以写作平凡世界中的点滴小事。张冉在努力适应时代的同时，也未曾忘记优秀的中国科幻文学传统。他的身上既有鲜明的时代印记，也能够看到前一阶段科幻文学的痕迹。

结语

《科幻世界》是一份非常重要的科幻文学刊物。作为我国创办时间最长、发行量最大的科幻杂志,它既参与了中国科幻文学历史的建设,又见证了中国科幻文学的发展。以《科幻世界》为窗口,能够再度回到中国科幻文学的历史现场,更好厘清中国科幻文学的发展脉络,理解它在教育民众、传播知识方面的意义,同时也可以看到作为类型文学的科幻文学如何与主流文学进行互动,从而了解二者之间复杂的关系,看清当下科幻文学研究中存在的问题。

1991年,《科学文艺》最终确定改名为《科幻世界》,并把发表科幻小说作为刊物的主要特色。《科学文艺》的易名成了中国科幻文学复兴的起点,曾经被视为"精神污染"的科幻小说终于有了较为正规的刊发渠道。彼时,中国科幻文学正处于低谷时期,缺少专业的科幻作家群体:老一辈的科幻作家已经悉数封笔,而年轻一代的科幻作家还未成长起来。《科幻世界》杂志不仅需要改善自身的经营状况,还肩负着培养作家、为科幻正名的重任。在这样的条件下,1991年,他们克服万难举办了享誉国内外的世界科幻年会。来自海内外的科幻作家与国内的众多媒体共聚一堂,为中国科幻文学的发展出谋划策。自此之后,中国科幻文学不必再顾虑身份的合法性问题,但是创作上的凋敝局面一时还未能改变。彼时,科幻文学虽然已在逐步走出儿童文学阵营,但是仍然存在科学性不足、文学性欠佳等缺陷。到了1994年,《科幻世界》经过改版之后,终于摆脱了经济困难的窘境,能够以更大的力度来培养新人作者,并扩大科幻文学的影响力。一批对科幻文学有着浓厚兴趣的青年学子在这一阶段加入了科幻文学创作阵营,他们的出现使科幻文学再次出现勃勃生机。作为接受过系统教育的"天之骄子",他们展现出更加敏锐的科技"嗅觉",在新颖的科幻构思上更下功夫。同时,他们也以青年的赤诚去歌咏爱情、赞美青春。这一时期的中国科幻文学因为他们而一扫之前的疲态,变得富有生命力。1999年,是《科幻世界》与中国科幻文学的转折点。时任杂志主编阿来无意中命中了高考作文题，使《科幻世界》在国内一举成名，销量迅速攀升。同年，刘慈欣的作品《鲸歌》《微观尽头》发表在《科幻世界》上。他的作品具有美国黄金时代科幻作品的特点，气势磅礴、科技感十足，迅速赢得了科幻读者的喜爱，并引发了科幻创作的"复古"热潮。奇幻、玄幻文学的兴起，也在一定程度上影响着科幻文学的创作，一些科幻作家开始在科幻文学中融入奇幻与玄幻元素。中国科幻文学进入了百花齐放的新纪元，不同类型、不同题材的科幻文学作品都在这一阶段出现了。这一时期，《科幻世界》虽然已经不再是国内唯一的科幻文学杂志，但是它的权威地位并没有改变，它的办刊方针也持续影响着科幻文学的整体走势。《科幻世界》所奉行的兼容并包理念，可以看作中国科幻文学百花齐放的重要保障。2010年，《科幻世界》遭遇了"倒社风波"，本就因为复杂的传媒环境而在经营上每况愈下的杂志社深受其害，其销量一落千丈。这一时期，新的科幻发表平台出现了，网络科幻文学也在快速兴起，《科幻世界》对于中国科幻文学的影响受到了削弱，杂志社到了关键的转型时期。作为老牌的科幻杂志，《科幻世界》凭借其丰富的经验和长期积累的资源，逐渐扭转了劣势。它在2013年创建了专业的科幻图书发行部门，以图书出版的利润来填补杂志发行造成的财政亏空。同时，杂志社还积极与政府、企业合作，更多地参与到科幻文化市场中去，以此引领科幻文学的转型。1991—2019年，短短的十几年间，《科幻世界》的命运与中国科幻文学的发展紧密地结合在了一起。《科幻世界》不仅起到了留存中国科幻文学火种的作用，更让这颗火种有了燎原之势，使科幻文学成了当下热门的类型文学之一。

《科幻世界》与中国科幻文学从边缘地带走入舞台中心的过程，其实可以看成是一部非典型的中国科幻文学史，而科幻文学作为一种类型文学与主流文学的互动过程尤其耐人寻味。科幻文学作为"舶来品"，其处境一直较为艰难和尴尬。20世纪70年代末80年代初，中国科幻文学迎来了创作小高峰，主流文学界受到苏联文学理论的影响，把其归入儿童文学阵营。尽管当时诸多科幻名家就此发文讨论，但是讨论还未曾真正展开就被中断了。到20世纪90年代，科幻文学呈现复兴之态后，主流文学对于科幻文学的偏见并没有完全消除，仍旧把科幻文学归入科普文学和儿童文学中。虽然有一些研究者把科幻文学纳入文学现代性的讨论范畴中，但是他们关注更多的是清末的科幻文学作品，并没有把当代的科幻文学作品纳入其中。2015年，刘慈欣的作品《三体》获得"雨果奖"之后，主流文学界开始关注到科幻文学，很多纯文学杂志开始刊登科幻文学作品。在随后的两年里，关于科幻文学的研究成果呈现井喷式增长。但是由于对这种文类比较陌生，很多学者只能借助纯文学的评价体系来研究科幻文学。科幻文学作品的现实主义特征、人道主义情怀受到了重点关注，人物塑造、语言特色也成了研究中常见的分析角度。学界对于科幻文学的认识有了很大的进步，他们不再草草对科幻文学进行分类，而是肯定了科幻文学的价值，从学理的角度来看待科幻文学作品。可是，这并不能掩盖主流文学界的霸权语态对科幻文学特性的压抑。只有符合纯文学审美标准的科幻文学作品才能够被学术界和文学界研究和接纳，不符合这些审美标准的科幻文学作品仍旧无法得到正视。这意味着不符合主流文学评价标准的科幻作品将遭到摒弃，如阿缺、张冉、迟卉、糖匪等科幻作家在科幻创作上颇具特色，却未曾被主流文学界关注和重视，主流文学界以自己的方式在对科幻文学进行匡正与规训。回归中国科幻文学史，这就是一部科幻文学被"误读"的历史，只是在不同的时间段，误读科幻文学的方式有所不同。如果真的想对中国科幻文学有更加全面的认知，可能还需要建立一个相对独立的、基于科幻文学自身特性的评价系统。

如果说主流文学界对科幻文学是以误读为主，那么科幻文学界对主流文学的态度显然复杂得多。当科幻圈逐渐形成，越来越多有着科幻阅读经验的科幻迷加入了创作队伍。此时，科幻文学界已然认识到科幻文学与主流文学的不同，要求与主流文学圈保持相对疏离的态度。一些科幻作家与编辑反对为科幻文学增添不必要的负担，更反对过分强调科幻文学的教育意义。其中声音最大的应该是科幻作家刘慈欣，作为核心科幻的拥护者，他拒绝以主流文学评价体系来评价自己的作品，多次强调科幻作品在写作手法上的独特性。可是，中国科幻文学的发展状况以及特殊的文学环境已经决定了中国科幻文学不能独立于主流文学圈而存在。作为在中国毫无根基、发展进程屡被打断的类型文学，科幻文学需要吸取纯文学写作的优点。这也导致很多科幻作家在对待主流文学时的矛盾态度。他们已经敏锐地感知到主流文学界对科幻文学的忽视，一方面试图摆脱主流文学界的影响，从自身特性出发来研究、创作科幻文学，另一方面仍旧以主流文学的标准来要求自己，试图写出与纯文学作品同样优秀的科幻小说。这种矛盾的状态使得很多科幻文学作品都是拥有精英内核的"伪通俗"文本。

随着越来越多的学者投入中国科幻文学的研究，关于中国科幻文学的学术成果日渐丰富起来，从最开始照搬纯文学理论，到现在有意识地构建科幻文学理论体系，中国科幻文学日益成熟起来。但是，中国科幻文学研究中仍然存在一些有待解决的问题，比如如何书写中国科幻文学史。中国科幻文学史长期以来淹没于中国文学史中，有限的资料都是对科幻文学史的片段式呈现，其看待科幻文学史的角度也相对单一。《科幻世界》为研究中国科幻文学史提供了另一种视角，同时也提供了非常宝贵的第一手资料。以《科幻世界》为载体来观察科幻文学的流变,能够窥到中国科幻文学创作、中国科幻文学研究中存在的诸多问题。只是为了保证篇章架构的完整性,在这部书稿中,很多议题还未得到深入的探讨,只能局限于对现象的描述。其所存在的种种遗憾与缺陷,将在今后的研究中进一步完善。

参考文献

一、著作

[1] C.P.斯诺.两种文化[M].纪树立,译.北京:生活·读书·新知三联书店,1994.

[2] 阿来.大雨中那唯一的涓滴[M].西安:陕西师范大学出版社,2017.

[3] 艾萨克·阿西莫夫.阿西莫夫论科幻小说[M].涂明求,胡俊,姜男,译.安徽:安徽文艺出版社,2011.

[4] 爱德华·詹姆斯,法拉·门德尔松.剑桥科幻文学史[M].穆从军,译.北京:百花文艺出版社,2018.

[5] 巴赫金.小说理论[M].白春仁,晓河,译.石家庄:河北教育出版社,1998.

[6] 布赖恩·奥尔迪斯,戴维·温格罗夫.亿万年大狂欢:西方科幻小说史[M].舒伟,孙法理,孙丹丁,译.合肥:安徽文艺出版社,2011.

[7] 达科·苏恩文.科幻小说变形记:科幻小说的诗学与文学类型[M].丁素萍,李靖民,李静滢,译.合肥:安徽文艺出版社,2011.

[8] 达科·苏恩文.科幻小说面面观[M].郝琳,李庆涛,程佳,等译.合肥:安徽文艺出版社,2011.

[9] 戴锦华.隐形书写:90年代中国文化研究[M].北京:北京大学出版社,2018.

[10] 戴联斌.从书籍史到阅读史:阅读史研究理论与方法[M].北京:新星出版社,2017.

[11] 董仁威.穿越2012:中国科幻名家评传[M].北京:人民邮电出版社,2012.

[12] 董仁威.中国百年科幻史话[M].北京:清华大学出版社,2017.

[13] 刘慈欣.我是刘慈欣[M].太原:北岳文艺出版社，2019.

[14] 弗里德里克·詹姆逊.未来考古学:乌托邦欲望及其他科幻小说[M].吴静，译.南京:译林出版社，2014.

[15] 哈贝马斯.公共领域的结构转型[M].曹卫东，王晓珏，刘北城，等译.上海:学林出版社，1999.

[16] 贺桂梅."新启蒙"知识档案:80年代中国文化研究[M].北京:北京大学出版社，2021.

[17] 亨利·詹金斯.融合文化:新媒体和旧媒体的冲突地带[M].杜永明，译.北京:商务印书馆，2012.

[18] 洪子诚.中国当代文学史[M].北京:北京大学出版社，2010.

[19] 侯大伟，杨枫.追梦人:四川科幻口述史[M].成都:四川人民出版社，2017.

[20] 江晓原，穆蕴秋.新科学史:科幻研究[M].上海:上海交通大学出版社，2016.

[21] 卡尔·阿博特.未来之城:科幻小说中的城市[M].上海社会科学院全球城市发展战略研究创新团队，译.上海:上海社会科学院，2018.

[22] 李广益.中国科幻文学再出发[M].重庆:重庆大学出版社，2016.

[23] 林建光，李育霖.赛博格与后人类主义[M].台北:华艺学术出版社，2013.

[24] 刘慈欣.刘慈欣谈科幻[M].武汉：湖北科学技术出版社，2014.

[25] 刘慈欣.最糟的宇宙，最好的地球:刘慈欣科幻评论随笔集[M].成都:四川科学技术出版社，2015.

[26] 龙迪勇.空间叙事学[M].北京:生活·读书·新知三联书店，2015.

[27] 鲁迅.鲁迅全集（第10卷）[M].北京:人民文学出社，1981.

[28] 马来平.通俗科技发展史[M].济南:山东科学技术出版社，2007.

[29] 石晓岩.刘慈欣科幻小说与当代中国的文化状况[M].北京:社会科学文献出版社，2018.

[30] 宋明炜.中国科幻新浪潮:历史·诗学·文本[M].上海:上海文艺出版社，2020.

[31] 汤哲声.流行百年:中国流行小说经典[M].北京:文化艺术出版社，2004.

[32] 汤哲声.中国当代通俗小说史论[M].北京:北京大学出版社，2007.

[33] 王德威.被压抑的现代性:晚清小说新论[M].北京:北京大学出版社，2005.

[34] 王德威.想象中国的方法:历史·小说·叙事[M].天津:百花文艺出版社，

2016.

[35] 王建元,陈洁诗.科幻·后现代·后人类:香港科幻论文精选[M].福州:福建少年儿童出版社,2006.

[36] 王泉根.现代中国科幻文学主潮[M].重庆:重庆出版社,2011.

[37] 王卫英.中国科幻的思想者:王晋康科幻创作研究文集[M].北京:科学普及出版社,2016.

[38] 王瑶.未来的坐标:全球化时代的中国科幻论集[M].上海:上海文艺出版社,2019.

[39] 吴岩.科幻文学理论和学科体系建构[M].重庆:重庆出版社,2008.

[40] 吴岩.科幻文学论纲[M].重庆:重庆出版社,2011.

[41] 吴岩.中国科幻文学沉思录:吴岩学术自选集[M].南宁:接力出版社,2020.

[42] 武田雅哉,林久之.中国科学幻想文学史[M].李重民,译.杭州:浙江大学出版社,2017.

[43] 叶立文.解构批评的道与谋:中国现当代文学研究论集[M].北京:中国社会科学出版社,2012.

[44] 於可训.中国当代文学概论[M].武汉:武汉大学出版社,2009.

[45] 约翰·费斯克.理解大众文化[M].王晓珏,宋伟杰,译.北京:中央编译出版社,2001.

[46] 詹姆斯·冈恩.交错的世界——世界科幻图文史[M].姜倩,译.上海:上海人民出版社,2020.

[47] 张治,胡俊,冯臻.现代性与中国科幻文学[M].福州:福建少年儿童出版社,2006.

二、论文

[1] 陈舒劼."他者"的挑战——1990年代以来中国科幻小说的怪物想象[J].中国现代文学研究丛刊,2020(11):123-136.

[2] 董仁威,高彪泷.中国科幻作家群体断代初探[J].科普研究,2017,12(2):69-80,109.

[3] 方英.绘制空间性:空间叙事与空间批评[J].外国文学研究,2018,40(5):114-124.

[4] 付筱娜.携想象以超四海——《三体》的海外传播之鉴[J].当代作家评论,2018(1):174-179.

[5] 韩松,孟庆枢.科幻对谈:科幻文学的警世与疗愈功能[J].华南师范大

学学报（社会科学版），2020（4）:134-143，191-192.

[6] 贾立元."光荣中华":刘慈欣科幻小说中的中国形象[J].渤海大学学报（哲学社会科学版），2011，33（1）:39-45.

[7] 姜振宇.科幻"软硬之分"的形成极其在中国的影响与局限[J].中国文学批评，2019（4）:149-156，160.

[8] 柯玉环.在中国科幻阵地上默默奉献——记第八届"韬奋出版奖"获奖者杨潇[J].科技与出版，2004（4）:62-64.

[9] 李洁,张斯琦.技术、身体景观与人类命运——后人类视域下的科幻文学创作[J].华夏文学论坛，2020（1）:181-186.

[10] 刘慈欣.重返伊甸园——科幻创作十年回顾[J].南方文坛，2010（6）:31-33.

[11] 刘健.中国科幻文学创作进入80后时代[J].天津师范大学学报（社会科学版），2018（1）:22-30，38.

[12] 卢军,王文林.《未来病史》中的人间失格——论陈楸帆的科幻小说创作[J].文艺评论，2019（6）:58-62.

[13] 吕超."我们的征途是星辰大海":中国科幻文学研究的新发展（2018—2020）[J].国际比较文学（中英文），2020，3（4）:736-741.

[14] 吕超.从寂寞星火到梦想燎原:中国科幻文学研究概览（2014—2018）[J].国际比较文学（中英文），2018，1（2）:301-306.

[15] 南帆.乐观的前提:祛魅与复魅[J].福建论坛（人文社会科学版），2020（1）:15-26.

[16] 秦莉.《科幻世界》:小众化期刊赢得大市场[J].传媒，2007（12）:44-45.

[17] 邱硕.城市与科幻的双向赋予:科幻文学的成都书写[J].现代中国文化与文学，2020（3）:1-11.

[18] 任一江.文学新境与审美路标——论中国当代新科幻小说的四副面孔[J].北京社会科学，2018（9）:44-56.

[19] 宋明炜,王振.科幻新浪潮与乌托邦变奏[J].南方文坛，2017（3）:33-41.

[20] 宋明炜.再现"不可见"的诗学——从文类的先锋性到文学的当代性（上）[J].小说评论，2023（1）:32-40.

[21] 汤哲声.论中国当代科幻小说的思维和边界[J].学术月刊，2015，47

(4):128-134.

[22] 汤哲声.站在地球,敬畏星空:刘慈欣科幻小说论[J].文艺争鸣,2018(3):146-153.

[23] 王大鹏,李赫扬.基于文献计量的科幻产业领域知识图谱分析[J].齐齐哈尔大学学报(哲学社会科学版),2020(11):32-36.

[24] 王洁.中国科幻文学的发展历程及三大走向[J].江西社会科学,2018,38(7):99-105.

[25] 王瑶.混乱中的秩序:90年代—新世纪中国科幻文学创作(上)[J].科普创作通讯,2014(1):36-39.

[26] 王瑶.混乱中的秩序:90年代——新世纪中国科幻文学创作(下)[J].科普创作通讯,2014(2):42-46.

[27] 王瑶.迷宫、镜像与环舞——韩松科幻小说赏析[J].名作欣赏,2014(22):49-51.

[28] 吴岩.科幻文学的中国阐释[J].南方文坛,2010(6):25-28.

[29] 吴岩.论中国科幻小说中的想象[J].中国现代文学研究丛刊,2018(12):17-29.

[30] 杨鹏.科幻小说·文化工业·流水线写作[J].南方文坛,2010(6):37-39.

[31] 杨潇.《科幻世界》的发展之路[J].中国科技期刊研究,2002.13(S1):8-10.

[32] 姚利芬,刘慈欣.宏大宇宙与微渺个体的探索者——访问"雨果奖"得主刘慈欣[J].世界华文文学论坛,2017(1):100-106.

[33] 俞天山,吴天德.想象力的张扬——《科幻世界》的理念创新[J].中国科技期刊研究,2009,20(3):408-410.

[34] 詹玲.当代中国科幻小说中的科技美学问题——兼及"十七年"和1980年代初中国科幻小说创作的反思[J].南方文坛,2022(1):55-63.

[35] 詹玲.启蒙视野下的中国科幻小说发展流变[J].学术月刊,2019,51(4):128-138.

[36] 张朔.中国当代科幻小说研究刍议[J].河南科技大学学报(社会科学版),2018,36(3):65-71,112.

[37] 朱栋梁.谈期刊品牌栏目的构建[J].出版发行研究,2002(12):51-53.

附录
历届中国科幻银河奖部分获奖作品

第一届

《科学文艺》部分·甲等奖

吴显奎：《勇士号冲向台风》（《科学文艺》1985年第5期）
缪士：《不要问我从哪里来》（《科学文艺》1986年第1期）
孔良：《盗窃青春的贼》（《科学文艺》1985年第5期）
杨志鹏：《青春的眷恋》（《科学文艺》1985年第3期）
魏雅华：《远方来客》（《科学文艺》1985年第2期）

《科学文艺》部分·乙等奖

王水根：《盖尔克敢死队》（《科学文艺》1985年第2期）
丁宏昌：《死囚之欲》（《科学文艺》1985年第4期）
万焕奎：《代人怀孕的姑娘》（《科学文艺》1985年第4期）
泮云强：《金魔王》（《科学文艺》1986年第2期）
王晓达：《偷不走的机密》（《科学文艺》1985年第3期）
李镇：《冷冻人体俱乐部》（《科学文艺》1985年第5期）

《智慧树》部分·甲等奖

迟方：《柳暗花明又一"鸡"》（《智慧树》1985年第5期）
王晓达：《陶博士和电子锁的悲剧》（《智慧树》1985年第5期）
刘兴诗：《失踪的航线》（《智慧树》1985年第1—5期）
洪梅：《绿色狂想曲》（《智慧树》1986年第1期）
黄人俊：《恶梦》（《智慧树》1985年第2期）

《智慧树》部分·乙等奖

席文举：《启动新的节奏》（《智慧树》1985年）
郁越：《金亚斌与"NQ"》（《智慧树》1986年第2期）
吴岩：《白痴》（《智慧树》1986年第3期）
王亚法：《梦幻银行》（《智慧树》1985年第6期）
宋宜昌：《禁锢》（《智慧树》1985年第3期）
张静：《神秘的声波》（《智慧树》1986年第1期）
陈鹰：《异类》（《智慧树》1985年）

第二届

一等奖

童恩正：《在时间的铅幕后面》（《奇谈》1989年第3期）

优秀作品

资民筠：《伊甸城的毁灭》（《科学文艺》1988年第6期）
缪士：《别进入禁区》（《科学文艺》1988年第4期）
魏雅华：《天火》（《科学文艺》1988年第2期）
覃白：《我借少女一双眼睛》（《奇谈》1989年第1期）
韩松：《天道》（《科学文艺》1988年第3期）

李晋西：《遥远的记忆》(《科学文艺》1988年第5期)
姜云生：《遥远的星空》(《奇谈》1989年第4期)
崔金生：《水兽》(《科学文艺》1988年第5期)
洪梅：《倩女还魂记》(《科学文艺》1988年第3期)
绿杨：《难圆玫瑰梦》(《科学文艺》1988年第6期)

第三届

一等奖

谭力、覃白：《太空修道院》(《科幻世界》1991年第1期)

二等奖

刘兴诗：《雾中山传奇》(《科幻世界》1991年第2期)
姜云生：《一个戊戌老人的故事》(《科幻世界》1991年第3期)

三等奖

晶静：《女娲恋》(《科幻世界》1991年第3期)
汪洋啸：《火山口上的大脑基地》(《科幻世界》1991年第4期)
刘继安：《证据》(《科幻世界》1991年第1期)
吴岩：《生死第六天》(《科幻世界》1991年第3期)
金平：《故土难离》(《科幻世界》1991年第2期)

第四届

一等奖

空缺

二等奖

何夕：《光恋》（《科幻世界》1992年第3期）
杨鹏：《坠入爱河的电脑》（《科幻世界》1992年第2期）

三等奖

石坚：《等你一千年》（《科幻世界》1991年第5期）
袁英培：《行星巴士》（《科幻世界》1991年第6期）
雷良锜：《波儿》（《科幻世界》1992年第5期）
绿杨：《遗物钓鲨》（《科幻世界》1992年增刊）
江猎心：《梦幻世界》（《科幻世界》1992年第3期）

第五届

一等奖

王晋康：《亚当回归》（《科幻世界》1993年第5期）

二等奖

王志敏：《无际禅师之谜》（《科幻世界》1993年第3期）

三等奖

柳文扬：《戴茜救我》（《科幻世界》1993年第12期）
牛小哲：《雪陆星》（《科幻世界》1993年第7期）
何夕：《电脑魔王》（《科幻世界》1993年第6期）

第六届

特等奖

王晋康:《天火》(《科幻世界》1994年第11期)

一等奖

何夕:《平行》(《科幻世界》1994年第6期)
星河:《朝圣》(《科幻世界》1994年第8期)

二等奖

孔斌:《智慧病毒》(《科幻世界》1994年第2期)
袁英培:《丘比特的谬误》(《科幻世界》1994年第10期)
柳文扬:《圣诞礼物》(《科幻世界》1994年第7期)

三等奖

严安:《魔瓶》(《科幻世界》1994年第4期)
绿杨:《空中袭击者》(《科幻世界》1994年第6期)
裴晓庆:《失去记忆的人》(《科幻世界》1994年第8期)
孙继华:《撞击》(《科幻世界》1994年第11期)

第七届

特等奖

王晋康:《生命之歌》(《科幻世界》1995年第10期)

一等奖

吴岩:《沧桑》(《科幻世界》1995年第8期)
韩建国:《泪洒鄱阳湖》(《科幻世界》1995年第8期)

二等奖

韩松:《没有答案的航程》(《科幻世界》1995年第2期)
凌晨:《信使》(《科幻世界》1995年第7期)
李博逊:《太空抢险》(《科幻世界》1995年第1期)

三等奖

赵如汉:《超脑》(《科幻世界》1995年第7期)
苏学军:《远古的星辰》(《科幻世界》1995年第4期)
村砚:《寂寞长天》(《科幻世界》1995年第10期)
苏晓苑:《"幽灵"列车》(《科幻世界》1995年第9期)

第八届

特等奖

星河:《决斗在网络》(《科幻世界》1996年第3期)

一等奖

王晋康:《西奈噩梦》(《科幻世界》1996年第10期)
苏学军:《火星尘暴》(《科幻世界》1996年第11期)

二等奖

宋宜昌、刘继安:《网络帝国》(《科幻世界》1996年第5期)
江渐离:《伏羲》(《科幻世界》1996年第3期)
刘维佳:《我要活下去》(《科幻世界》1996年第8期)

三等奖

潘海天:《克隆之城》(《科幻世界》1996年第4期)
杨平:《为了凋谢的花》(《科幻世界》1996年第11期)
杨冬成:《全息传真机》(《科幻世界》1996年第10期)
李学武:《梦境》(《科幻世界》1996年第12期)

第九届

特等奖

绿杨:《黑洞之吻》(《科幻世界》1997年第8期)

一等奖

王晋康:《七重外壳》(《科幻世界》1997年第7期)
赵海虹:《桦树的眼睛》(《科幻世界》1997年第11期)

二等奖

周宇坤:《谁是亚当》(《科幻世界》1997年第10期)
云翔:《天骄》(《科幻世界》1997年第8期)
米兰:《红舞鞋》(《科幻世界》1997年第3期)

三等奖

柳文扬：《毒蛇》（《科幻世界》1997年第7期）
陈兰：《猫捉老鼠的游戏》（《科幻世界》1997年第9期）
王海兵、萧川：《谁胜谁负》（《科幻世界》1997年第8期）
昆鹏：《一个老流浪汉的自述》（《科幻世界》1997年第6期）

第十届

特等奖

王晋康：《豹》（《科幻世界》1998年第6期）

一等奖

周宇坤：《会合第十行星》（《科幻世界》1998年第10期）
凌晨：《猫》（《科幻世界》1998年第9期）

二等奖

杨平：《MUD——黑客事件》（《科幻世界》1998年第5期）
刘维佳：《高塔下的小镇》（《科幻世界》1998年第12期）
高薇嘉：《风之子》（《科幻世界》1998年第10期）

三等奖

赵海虹：《时间的彼方》（《科幻世界》1998年第8期）
凌远：《这一刻用尽一生》（《科幻世界》1998年第9期）
何海江、饶骏：《飞越海峡的鸽子》（《科幻世界》1998年第12期）
潘海天：《偃师传说》（《科幻世界》1998年第2期）

第十一届

特等奖

赵海虹:《伊俄卡斯达》(《科幻世界》1999年第3期)

一等奖

刘慈欣:《带上她的眼睛》(《科幻世界》1999年第10期)
何夕:《异域》(《科幻世界》1999年第8期)

二等奖

潘海天:《黑暗中归来》(《科幻世界》1999年第12期)
唐晓鹏:《笑吧,朋友》(《科幻世界》1999年第6期)
星河:《潮啸如枪》(《科幻世界》1999年第2期)

三等奖

周宇坤:《心灵密约》(《科幻世界》1999年第5期)
于向昀:《来自远古——宝瓶座传奇》(《科幻世界》1999年第9期)
李梦吟:《超越永恒》(《科幻世界》1999年第8期)
王麟:《心歌魅影》(《科幻世界》1999年第7期)

第十二届

特等奖

刘慈欣:《流浪地球》(《科幻世界》2000年第7期)

一等奖

李兴春：《橱窗里的荷兰赌徒》（《科幻世界》2000年第1期）
何夕：《爱别离》（《科幻世界》2000年第9期）

二等奖

陈位昊：《日落了，却没人写诗》（《科幻世界》2000年第8期）
黄孟西：《我想回桂林》（《科幻世界》2000年第7期）
姚鹏博：《三十六亿分之一》（《科幻世界》2000年第11期）

三等奖

赵海虹：《异手》（《科幻世界》2000年第6期）
柳文扬：《一线天》（《科幻世界》2000年第8期）
韩松：《深渊：十万年后我们的真实生活》（《科幻世界》2000年第4期）
王亚男：《邮差》（《科幻世界》2000年第10期）

第十三届

读者提名奖

刘慈欣：《乡村教师》（《科幻世界》2001年第1期）
失落的星辰：《废墟》（《科幻世界》2001年第2期）
王亚男：《诡础》（《科幻世界》2001年第3期）
韩治国：《心中的香格里拉》（《科幻世界》2001年第5期）
李忆仁：《棋谱》（《科幻世界》2001年第7期）
柳文扬：《是谁长眠在此》（《科幻世界》2001年第2期）
刘维佳：《来看天堂》（《科幻世界》2001年第6期）
何夕：《故乡的云》（《科幻世界》2001年第10期）

北辰：《战神初航》（《科幻世界》2001年第9期）
杨玫：《薰衣草》（《科幻世界》2001年第11期）

银河奖

刘慈欣：《全频带阻塞干扰》（《科幻世界》2001年第8期）
王晋康：《替天行道》（《科幻世界》2001年第10期）
潘海天：《大角，快跑》（《科幻世界》2001年第12期）
赵海虹：《蜕》（《科幻世界》2001年第9期）
王亚男：《盗墓》（《科幻世界》2001年第11期）

第十四届

读者提名奖

刘慈欣：《朝闻道》（《科幻世界》2002年第1期）
刘慈欣：《人和吞食者》（《科幻世界》2002年第11期）
柳文扬：《一日囚》（《科幻世界》2002年第11期）
程婧波：《西天》（《科幻世界》2002年第11期）
王晋康：《生存实验》（《科幻世界》2002年第12期）
燕垒生：《瘟疫》（《科幻世界》2002年第10期）
赵海虹：《宝贝宝贝我爱你》（《科幻世界》2002年第8期）
赵永光：《植花演义》（《科幻世界》2002年第10期）
李嚣：《饥不择食》（《科幻世界》2002年第12期）
韩松：《天下之水》（《科幻世界》2002年第7期）

银河奖

何夕：《六道众生》（《科幻世界》2002年第3期）
刘慈欣：《中国太阳》（《科幻世界》2002年第1期）
王晋康：《水星播种》（《科幻世界》2002年第5期）

遥控:《马姨》(《科幻世界》2002年第6期)
杨玫:《日光镇》(《科幻世界》2002年第7期)

第十五届

读者提名奖

潘海天:《饿塔》(《科幻世界》2003年第6期)
未明小痴:《唯美》(《科幻世界》2003年第8期)
刘慈欣:《诗云》(《科幻世界》2003年第3期)
罗隆翔:《山海间》(《科幻世界》2003年第11期)
刘慈欣:《思想者》(《科幻世界》2003年第12期)

银河奖

何夕:《伤心者》(《科幻世界》2003年第1期)
刘慈欣:《地球大炮》(《科幻世界》2003年第9期)

第十六届

特别奖

钱莉芳:《天意》(《科幻世界》2004年第1期)

读者提名奖

何夕:《审判日》(《科幻世界》2004年第10期)
罗隆翔:《异天行》(《科幻世界》2004年第9期)
刘慈欣:《圆圆的肥皂泡》(《科幻世界》2004年第3期)
呼呼:《冰上海》(《科幻世界》2004年第7期)

凌晨：《潜入贵阳》（《科幻世界》2004 年第 2 期）

银河奖

刘慈欣：《镜子》（《科幻世界》2004 年第 12 期）
夏笳：《关妖精的瓶子》（《科幻世界》2004 年第 4 期）

第十七届

读者提名奖

王晋康：《一生的故事》（《科幻世界》2005 年第 6 期）
夏笳：《卡门》（《科幻世界》2005 年第 8 期）
燕垒生：《情尽桥》（《科幻世界》2005 年第 12 期）
马伯庸：《寂静之城》（《科幻世界》2005 年第 5 期）
韩松：《天堂里没有地下铁》（《科幻世界》2005 年第 7 期）

银河奖

刘慈欣：《赡养人类》（《科幻世界》2005 年第 11 期）
何夕：《天生我材》（《科幻世界》2005 年第 10 期）

第十八届

特别奖

刘慈欣：《三体》（《科幻世界》2006 年第 5 期）

读者提名奖

韩文轩：《上校的军刀》（《科幻世界》2006年第7期）
何夕：《我是谁》（《科幻世界》2006年第2期）
柳文扬：《废楼十三层》（《科幻世界》2006年第11期）
迟卉：《归者无路》（《科幻世界》2006年第5期）
罗隆翔：《囚魂曲》（《科幻世界》2006年第10期）

杰出奖

王晋康：《终极爆炸》（《科幻世界》2006年第3期）
长铗：《昆仑》（《科幻世界》2006年第2期）

第十九届

读者提名奖

王晋康：《泡泡》（《科幻世界》2007年第1—2期）
何夕：《假设》（《科幻世界》2007年第9期）
燕垒生：《天雷无妄》（《科幻世界》2007年第3期）
郝景芳：《祖母家的夏天》（《科幻世界》2007年第1期）
万象峰年：《后冰川时代纪事》（《科幻世界》2007年第10期）

科幻小说奖

拉拉：《永不消失的电波》（《科幻世界》2007年第12期）
长铗：《674号公路》（《科幻世界》2007年第11期）
罗隆翔：《在他乡》（《科幻世界》2007年第9期）

最佳长篇奇幻奖

冥灵：《唐人街13号》(《飞·奇幻世界》2007年第7—8期)
秋风清：《西陵阙》(《飞·奇幻世界》2007年第1—3期)

最佳中篇奇幻奖

小狼：《我是一只猫精Ⅱ》(《飞·奇幻世界》2007年第2期)
冥灵：《Miss小倩》(《飞·奇幻世界》2007年第12期)
荆泽晓：《荆秋演义》(《飞·奇幻世界》2007年第6期)

最佳短篇奇幻奖

本少爷：江湖异闻录 (《飞·奇幻世界》2007年第1期)
白饭如霜：《心理咨询师》(《飞·奇幻世界》2007年第11期)
飞氘：《沦陷200X》(《飞·奇幻世界》2007年第10期)
文舟：《圣光》(《飞·奇幻世界》2007年第12期)
读书之人：《英雄》(《飞·奇幻世界》2007年第3期)

第二十届

读者提名奖

迟卉：《虫巢》(《科幻世界》2008年第12期)
双翅目：《基因源》(《科幻世界》2008年第2期)
林川：《袋鼠》(《科幻世界》2008年第3期)
江波：《湿婆之舞》(《科幻世界》2008年第1期)
叶星曦：《玻璃迷宫》(《科幻世界》2008年第10期)

科幻杰作奖

长铗：《扶桑之伤》（《科幻世界》2008年第11期）

科幻优秀奖

夏笳：《永夏之梦》（《科幻世界》2008年第9期）
王晋康：《活着》（《科幻世界》2008年第8期）

第二十一届

读者提名奖

长铗：《屠龙之技》（《科幻世界》2009年第2期）
叶星曦：《胎动之星》（《科幻世界》2009年第11期）
甘泉：《达尔文的夜莺》（《科幻世界》2009年第9期）
进麦：《抽签伴谬》（《科幻世界》2009年第11期）
韩松：《绿岸山庄》（《科幻世界》2009年第8期）

科幻杰作奖

江波：《时空追缉》（《科幻世界》2009年第12期）

科幻优秀奖

王晋康：《有关时空旅行的马龙定律》（《科幻世界》2009年第10期）
何夕：《十亿年后的来客》（《科幻世界》2009年第5—6期）

第二十二届

特别奖

刘慈欣:《三体Ⅲ·死神永生》(《科幻世界》2010年第10期)

读者提名奖

迟卉:《伪人算法》(《科幻世界》2010年第5期)
五十弦:《双生忆》(《科幻世界》2010年第1期)
长铗:《昔日玫瑰》(《科幻世界》2010年第11期)
崖小暖:《笼中乌鸦》(《科幻世界》2010年第6期)
叶星曦:《永夜之星》(《科幻世界》2010年第6期)

科幻杰作奖

何夕:《人生不相见》(《科幻世界》2010年第12期)

科幻优秀奖

王晋康:《百年守望》(《科幻世界》2010年第10期)
夏笳:《百鬼夜行街》(《科幻世界》2010年第8期)

第二十三届

特别奖

王晋康:《与吾同在》(重庆出版社,2011)

读者提名奖

夏笳：《杀死一个科幻作家》（《科幻世界》2011年第12期）
叶星曦：《永别了，舰队》（《科幻世界》2011年第1期）
罗隆翔：《村庄里的高塔》（《科幻世界》2011年第4期）
廖舒波：《您好，异星人陪聊》（《科幻世界》2011年第3期）
汪彦中：《伶盗龙复活计划》（《科幻世界》2011年第5期）

科幻优秀奖

陈楸帆：《无尽的告别》（《科幻世界》2011年第11期）
因可觅：《雷峰塔》（《科幻世界》2011年第12期）
刘水清：《第九站的诗人》（《科幻世界》2011年第9期）

第二十四届

读者提名奖

陈楸帆：《犹在镜中》（《科幻世界》2012年第12期）
江波：《移魂有术》（《科幻世界》2012年第5期）
迟卉：《大地的裂痕》（《科幻世界》2012年第10期）
墨熊：《绿海迷踪》（《科幻世界》2012年增刊）
汪彦中：《症候》（《科幻世界》2012年第5期）

科幻杰作奖

张冉：《以太》（《科幻世界》2012年第9期）

科幻优秀奖

何夕：《汪洋战争》（《科幻世界》2012年第2期）
宝树：《在冥王星上我们坐下来观看》（《科幻世界》2012年第1期）

第二十五届

最佳长篇小说奖

王晋康：《逃出母宇宙》（《科幻世界》2013年第11—12期）

最佳中篇小说奖

张冉：《起风之城》（《科幻世界》2013年第3期）

最佳短篇小说奖

江波：《梦醒黄昏》（《科幻世界》2013年第9期）
韩松：《老年时代》（《科幻世界》2013年第10期）
阿缺：《收割童年》（《科幻世界》2013年第11期）

最佳翻译奖

（英）特里·普拉切特：《女巫复仇记》（胡纾译，《科幻世界》2013年第3期）

最佳原创图书奖

王晋康：《逃出母宇宙》（四川科学技术出版社，2013）

最佳引进图书奖

（加）威廉·吉布森、（美）布鲁斯·斯特林：《差分机》（郝秀玉译，新星出版社，2013）

最佳相关图书奖

（日）武田雅哉：《飞翔吧！大清帝国：近代中国的幻想与科学》（任钧华译，北京联合出版公司，2013）

第二十六届

最佳长篇小说奖

空缺

最佳中篇小说奖

张冉：《大饥之年》（《科幻世界》2014年第8期）
宝树：《人人都爱查尔斯》（《科幻世界》2014年第9期）

最佳短篇小说奖

陈梓钧：《卡文迪许陷阱》（《科幻世界》2014年第10期）
吴岩：《打印一个新地球》（《科幻世界》2014年第2期）
桂公梓：《金陵十二区》（《科幻世界》2014年第12期）

最佳原创图书奖

韩松：《宇宙墓碑》（上海人民出版社，2014）

最佳引进图书奖

（美）吉恩·沃尔夫：《新日之书》（栾杰译，新星出版社，2014）

最佳相关图书奖

（美）弗里德里克·詹姆逊：《未来考古学：乌托邦欲望及其他科幻小说》（吴静译，译林出版社，2014）

特别功勋奖

刘慈欣

第二十七届

最佳长篇小说奖

何夕：《天年》（四川文艺出版社，2015）

最佳中篇小说奖

张冉：《太阳坠落之时》（《科幻世界》2015年第7—9期）
江波：《机器之道》（《科幻世界》2015年第3期）

最佳短篇小说奖

夏笳：《晚安忧郁》（《科幻世界》2015年第6期）
陈楸帆：《巴鳞》（《人民文学》2015年第7期）
犬儒小姐：《应许之子》（《科幻世界》2015年第11期）

最佳原创图书奖

刘慈欣：《带上她的眼睛：刘慈欣科幻短篇小说集Ⅰ》（四川科学技术出版社，2015）

刘慈欣：《梦之海：刘慈欣科幻短篇小说集Ⅱ》（四川科学技术出版社，2015）

最佳引进图书奖

（美）迈克·雷斯尼克：《基里尼亚加》（汪梅子译，四川科学技术出版社，2015）

（美）安迪·威尔：《火星救援》（陈灼译，译林出版社，2015）

最佳相关图书奖

李淼：《〈三体〉中的物理学》（四川科学技术出版社，2015）

特别功勋奖

杨潇
谭楷

第二十八届

最佳长篇小说奖

江波：《银河之心Ⅲ·逐影追光》（《科幻世界》2016年第6期）

最佳中篇小说奖

陈梓钧:《闪耀》(《科幻世界》2016年第7期)
犬儒小姐:《电魂》(《科幻世界》2016年第2—3期)

最佳短篇小说奖

何夕:《浮生》(《科幻世界》2016年第11期)
夏笳:《铁月亮》(《科幻世界》2016年第11期)
顾适:《莫比乌斯时空》(《科幻世界》2016年第6期)

最佳原创图书奖

王晋康:《天父地母》(四川科学技术出版社,2016)

最佳引进图书奖

(芬)哈努·拉贾涅米:《量子窃贼》(胡纾译,四川科学技术出版社,2016)
(美)雷·布拉德伯里:《暗夜独行客:雷·布拉德伯里短篇自选集(第1卷)》(夏笳、曹浏等译,新星出版社,2016)
(美)雷·布拉德伯里:《亲爱的阿道夫:雷·布拉德伯里短篇自选集(第2卷)》(徐黄兆、秦鹏等译,新星出版社,2016)
(美)雷·布拉德伯里:《殡葬人的秘密:雷·布拉德伯里短篇自选集(第3卷)》(仇春卉、李懿等译,新星出版社,2016)
(美)雷·布拉德伯里:《夏日遇见狄更斯:雷·布拉德伯里短篇自选集(第4卷)》(刘媛、时雨等译,新星出版社,2016)

最佳相关图书奖

西夏:《外星人的手指有多长:世界经典科幻电影评论集》(四川科学技术出版社,2016)

第二十九届

最佳长篇小说奖

空缺

最佳中篇小说奖

谷第：《画骨》（《科幻世界》2017年第1期）
彭超：《死亡之森》（《科幻世界》2017年第7期）

最佳短篇小说奖

王晋康：《天图》（《科幻世界》2017年第10期）
白乐寒：《扑火》（《科幻世界》2017年第6期）
阿缺：《云鲸记》（《科幻世界》2017年第4期）

最佳原创图书奖

韩松：《驱魔》（上海文艺出版社，2017）

最佳引进图书奖

（美）菲利普·迪克：《记忆裂痕：菲利普·迪克短篇小说全集Ⅰ》（于娟娟译，四川科学技术出版社，2017）
（美）尼尔·斯蒂芬森：《编码宝典》（刘思含、韩阳译，新星出版社，2017）

最佳相关图书奖

侯大伟、杨枫主编：《追梦人：四川科幻口述史》（四川人民出版社，2017）

第三十届

最佳长篇小说奖

江波:《机器之门》(《科幻世界》2018年第5期)

最佳中篇小说奖

顾适:《赌脑》(《科幻世界》2018年第9期)

最佳短篇小说奖

孔欣伟:《大地的年轮》(《科幻世界》2018年第8期)
宝树:《成都往事》(《科幻世界》2018年第1期)
阿缺:《宋秀云》(《科幻世界》2018年第5期)

最佳翻译奖

(美)罗伯特·L.福沃德:《龙蛋》(宽缘,四川科学技术出版社,2018)

最佳微小说奖(以下作品后集中发表于《科幻世界》2020年第2期)

关德深:《星空捕梦人》
灰狐:《相对永恒》
陈虹羽:《新世界》
杨晚晴:《赎身》
毛植平:《茉莉的短讯》
修新羽:《斗犬》
伽辽:《它的回忆》
克莱因颠:《快乐的马赛克》

唐剑威:《爱的涅槃》
王元:《气泡》

最佳原创图书奖

E伯爵:《异乡人》(四川科学技术出版社,2018)
Priest:《残次品》(江苏凤凰文艺出版社,2018)

最佳引进图书奖

(美)菲利普·迪克:《少数派报告:菲利普·迪克短篇小说全集4》(郝秀玉译,四川科学技术出版社,2018)
(美)尼尔·斯蒂芬森:《七夏娃》(陈岳辰译,中信出版社,2018)

最佳相关图书奖

(加)玛格丽特·阿特伍德:《在其他的世界:科幻小说与人类想象》(蔡希苑、吴厚平译,河南大学出版社,2018)

终身成就奖

王晋康
杨潇

特别贡献奖

姚海军
阿来

第三十一届

最佳长篇小说奖

空缺

最佳中篇小说奖

陈虹羽:《永劫之境》(《科幻世界》2019 年第 6—7 期)
宝树:《我们的科幻世界》(《科幻世界》2019 年第 4 期)
七月:《双旋》(《科幻世界》2019 年第 3 期)

最佳短篇小说奖

钛艺:《火花 Hibana》(《科幻世界》2019 年第 9 期)
灰狐:《三位一体》(《科幻世界》2019 年第 9 期)
分形橙子:《提托诺斯之谜》(《科幻世界》2019 年第 10 期)
刘艳增:《优雅的叠加》(《科幻世界》2019 年第 9 期)
慕明:《涂色世界》(《科幻世界》2019 年第 10 期)

最佳翻译奖

(美)菲利普·迪克:《神圣秘密》(孙加译,四川科学技术出版社,2019)

最佳原创图书奖

陈楸帆:《人生算法》(中信出版社,2019)
王晋康:《宇宙晶卵》(四川科学技术出版社,2019)

最佳引进图书奖

(美)罗伯特·福沃德:《龙蛋》(宽缘译,四川科学技术出版社,2019)

最佳相关图书奖

田加刚:《三体秘密》(四川科学技术出版社,2019)
(英)盖伊·哈雷:《科幻编年史:银河系伟大科幻作品视觉宝典》(王佳音译,中国画报出版社,2019)

第三十二届

最佳长篇小说奖

谢云宁:《穿越土星环》(《科幻世界》2020年第1期)

最佳中篇小说奖

程婧波:《去他的时间尽头》(《科幻世界》2020年第7—8期)
滕野:《隐形时代》(《科幻世界》2020年第11—12期)

最佳短篇小说奖

任青:《还魂》(《科幻世界》2020年第4期)
李维北:《莱布尼兹的箱子》(《科幻世界》2020年第6期)
杨晚晴:《归来之人》(《科幻世界》2020年第6期)
彭超:《生而为人》(《科幻世界》2020年第7期)
张蜀:《传译》(《科幻世界》2020年第10期)

最佳原创图书奖

刘慈欣、何夕等：《想象是灵魂的眼睛》（四川科学技术出版社，2020）

阿缺、江波、许刚、鲁般：《星云X：忒弥斯》（四川科学技术出版社，2020）

最佳引进图书奖

（英）K.J.帕克：《紫与黑：K.J.帕克短篇小说集》（沈恺宇等译，四川科学技术出版社，2020）

（美）亚历克·内瓦拉-李：《惊奇：科幻黄金时代四巨匠》（孙亚南译，北京理工大学出版社，2020）

最佳相关图书奖

赵恩哲：《星渊彼岸》（人民邮电出版社，2020）

（美）菲利普·迪克：《神圣入侵》（孙加译，四川科学技术出版社，2020）

最佳少儿科幻短篇奖

徐东泽：《疯狂的校车》（《科幻世界·少年版》2020年第1期）
彭柳蓉：《永恒之夏》（《科幻世界·少年版》2020年第3期）
陈敬：《猿猱欲度》（《科幻世界·少年版》2020年第11期）

第三十三届

最佳长篇小说奖

空缺

最佳中篇小说奖

鲁般：《新贵》（收录于《星云XI：见字如面》，四川科学技术出版社，2021）
东方晓灿：《末日独白》（《科幻世界》2021年第6期）

最佳短篇小说奖

王诺诺：《图灵大排档》（《科幻世界》2021年第1期）
夏笳：《灵隐寺僧》（《科幻世界》2021年第12期）
贾煜：《龙门阵》（《科幻世界》2021年第11期）
阿缺：《2039：脑机时代》（《科幻世界》2021年第11期）
谢云宁：《一生都在吹泡泡的人》（《科幻世界》2021年第2期）

最佳翻译奖

（英）威廉·奥拉夫·斯特普尔顿：《造星主》（宝树译，四川科学技术出版社，2021）

最佳原创图书奖

杨晚晴：《归来之人：杨晚晴中短篇科幻小说集》（四川科学技术出版社，2021）
程婧波主编：《她：中国女性科幻作家经典作品集》（中国广播影视出版社，2021）
天瑞说符：《泰坦无人声》（北京联合出版公司，2021）

最佳引进图书奖

（英）威廉·奥拉夫·斯特普尔顿：《造星主》（宝树译，四川科学技术出版社，2021）
（美）安迪·威尔：《挽救计划》（耿辉译，译林出版社，2021）

最佳相关图书奖

（美）卡伦·邦恩：《赛博朋克2077：创伤小组》（[西]米格尔·巴尔德拉马绘，赵伟轩译，四川科学技术出版社，2021）

贾立元：《"现代"与"未知"：晚清科幻小说研究》（北京大学出版社，2021）

最佳少儿科幻短篇奖

纪达雱：《最后的同行者》（《科幻世界·少年版》2021年第11期）

贺欣：《异频世界》（《科幻世界·少年版》2021年第6期）

曹小丹：《超级英雄》（《科幻世界·少年版》2021年第5期）

最具改编潜力奖

王诺诺：《图灵大排档》（《科幻世界》2021年第1期）

鲁般：《新贵》（收录于《星云Ⅺ：见字如面》，四川科学技术出版社，2021）

会说话的肘子：《夜的命名术》（发表于起点中文网，2021）

卖报小郎君：《灵境行者》（发表于起点中文网，2021）

第三十四届

最佳长篇小说奖

空缺

最佳中篇小说奖

张潇：《和故事有关的故事》（《科幻世界》2022年第5期）

分形橙子：《笛卡尔之妖》（收录于《星云Ⅻ：笛卡尔之妖》，四川科学技

术出版社，2023）

杨晚晴：《塔》（收录于《星云Ⅻ：笛卡尔之妖》，四川科学技术出版社，2023）

最佳短篇小说奖

江波：《命悬一线》（收录于《造访星辰：飞往太空的中国故事》，译林出版社，2023）

任青：《弃日无痕》（《科幻世界》2022年第2期）

杨健：《鄢红》（《科幻世界》2022年第4期）

杨健：《白头雀》（《科幻世界》2022年第6期）

孔欣伟：《看不见的云》（《科幻世界》2022年第11期）

最佳翻译奖

（韩）金草叶：《如果我们无法以光速前行》（春喜译，四川科学技术出版社，2022）

最佳原创图书奖

宝树：《我们的科幻世界：宝树中短篇科幻小说集》（四川科学技术出版社，2022）

我会修空调：《我的治愈系游戏·壹·幸福小区》（华中科技大学出版社，2023）

最佳引进图书奖

（美）刘宇昆等：《爱，死亡和机器人1》（耿辉译，译林出版社，2022）

（日）宫部美雪：《鸠笛草》（张乐译，四川科学技术出版社，2022）

最佳相关图书奖

吴岩：《20世纪中国科幻小说史》（北京大学出版社，2022）

突袭游戏工作室：《对马岛之魂艺术设定集》（海南出版社，2022）

最佳少儿科幻短篇奖

逯金铭：《家园》(《科幻世界·少年版》2022年第9期)
慢慢侠：《被阻止的考试日》(《科幻世界·少年版》2022年第9期)
贾煜：《一只蝴蝶的自述》(《科幻世界·少年版》2022年第4—5期)

最佳国际传播奖

（意）弗兰西斯科·沃尔索